SANTA MONTEFIORE

Een verre horizon

Om de goede naam van zijn familie te beschermen, moet Colm Deverill het opnemen tegen een veel te aantrekkelijke jonge journaliste

BOEKERIJ

ISBN 978-90-225-9251-9
ISBN 978-94-023-1629-2 (e-book)
ISBN 978-90-528-6361-0 (audio)
NUR 302

Oorspronkelijke titel: *The Distant Shores*
Vertaling: Erica Feberwee
Omslagontwerp: Johannes Wiebel | punchdesign, Munich
Omslagbeeld: © Shutterstock.com
Zetwerk: Mat-Zet, Huizen

Voor Peter Nyhan

Waarom

Ik vraag U, Heer, Hemelse Vader, waarom zijn wij op aard?
Waarom wordt een vrucht van liefde in tranen en met pijn gebaard?
Waarom is de weg zo eenzaam tot we naar de hemel gaan?
Ik vraag U, Heer, met al dat lijden, wat is de zin van ons bestaan?

Anoniem

Kitty

1980

Ik heb altijd geweten wat ik van de dood kon verwachten. Dus toen het zover was, joeg hij me geen angst aan en werd ik er niet door verrast. De dood kwam als een goede vriend: hij strekte zijn armen naar me uit, en zijn vertrouwde gezicht straalde van licht en liefde, precies zoals ik me had voorgesteld. Mijn leven was voltooid, het werd tijd om naar huis te gaan.

Ik was tachtig, een vermoeide reiziger, uitgeput van een leven dat rijk werd gezegend met liefde en geluk, maar dat ook werd verscheurd door verlies en verdriet. Mijn lichaam was verzwakt, mijn krachten steeds verder afgenomen met elke nieuwe dag die me dichter bij de verlossing bracht. En diep in mijn hart verlangde ik naar die verlossing, zoals een hardloper tijdens de laatste meters verlangt naar de finish. Hoe lief ik het leven ook had, mijn hart hunkerde naar rust.

Al toen ik heel klein was, heeft grootmama Adeline me verteld dat ik een kind was van Mars, omdat ik op de negende dag van de negende maand in het jaar 1900 was geboren. En dat ik, als kind van Mars, een leven vol strijd tegemoet ging. Grootmama heeft gelijk gekregen. Op mijn reis door het leven ben ik achtervolgd door oorlog, verraad, pijn en verdriet, die als schimmige honden niet van mijn zijde weken. Maar bij de keuzes die ik heb gemaakt, heb ik me niet door die beproevingen laten leiden. Ik heb ze niet de kans gegeven me tot hun gevangene te maken. Ik ben me altijd bewust gebleven van mijn spirituele ambities, van wie ik was en waar ik vandaan kwam. Het leven heeft me een uitdagend stel kaarten toebedeeld, maar daarbij waren de harten ruimschoots vertegenwoordigd; ook daarvan ben ik me altijd bewust gebleven.

Want ik heb vurig en oprecht liefgehad. Maar toen de dood me kwam halen, om me mee te nemen naar een zelfs nog grotere liefde, ben ik niet met hem meegegaan. Mijn liefde voor de torens, de spitsen, de machtige muren van kasteel Deverill was sterker dan mijn verlangen naar rust. Bovendien werd ik verteerd door woede omdat wij Deverills ons kasteel hadden verloren. Hoe zou ik de hemelpoort kunnen binnengaan zolang ik was vervuld van wrok en verbittering?

En dus besloot ik te blijven.

Ik maakte de keuze om het licht af te wijzen, de belofte van hereniging met mijn dierbaren, de eeuwige rust in vrede en schoonheid die wacht op ieder die deze verdient. En ik verdien die eeuwige rust. Dat weet ik zeker. Maar ik ben er nog niet klaar voor. Mijn leven mag dan voltooid zijn, ik heb nog een taak te vervullen. God heeft me Zijn hand toegestoken, maar Hij heeft me ook de vrijheid gegeven om mijn hart te volgen.

Net als mijn grootmoeder ben ik helderziend, geboren met de gave om de meest subtiele vibraties van de ziel te kunnen waarnemen. Nu ik dood ben, verkeer ik in het schemerige voorgeborchte tussen de twee werelden. Terug naar het aardse leven kan ik niet, de hemel heb ik afgewezen. Dat was een bewuste keuze, en daar heb ik geen spijt van. Er is nog werk te doen, ik heb mezelf een taak gesteld. En het zou je verbazen waartoe wij dode zielen in staat zijn als we alles op alles zetten.

De taak die ik mezelf heb gesteld, is heel simpel: ik zal niet rusten totdat het kasteel opnieuw in handen is van een Deverill. Want – en dat heeft grootmama me níét verteld – kinderen van Mars kunnen ook heel koppig zijn.

Mijn halfbroer, JP Deverill, heeft het kasteel verkocht. Ons voorouderlijk huis, dat met uitzondering van de onzalige veertien jaar dat de gravin Di Marcantonio er woonde, meer dan drie eeuwen lang in het bezit is geweest van onze familie – sinds 1662, het jaar dat Barton Deverill als beloning voor zijn trouw door koning Karel II de titel van Lord kreeg toegekend, samen met een stuk land in het Ierse graafschap Cork. Het kasteel dat Barton op dat land liet bouwen, behoorde de daaropvolgende drie eeuwen aan mijn familie toe. Meer dan driehonderd jaar heeft het 'Grote Huis', als symbool van de protestantse Anglo-Ierse dominantie, standgehouden tegen de Ierse roep om onafhankelijkheid. Het kasteel trotseerde rebellie, samenzwering, zelfs brand, en rees als een feniks op uit de vlammen, net als mijn zwaarbeproefde familie. Het Grote Huis had alles doorstaan, totdat JP er in 1976, op een koude dag in februari, afstand van deed. Eén pennenstreek, en het kasteel was niet langer van een Deverill.

Het is tot hotel verbouwd. Ik heb er mijn domicilie gekozen en ik zal doen wat ik kan om de gasten de stuipen op het lijf te jagen. Om de nieuwe eigenaars het leven zuur te maken. Wat denken ze wel? Dat ze rijk kunnen worden dankzij de geschiedenis van mijn familie? Wij Deverills hebben niet eeuwenlang verliezen geleden en beproevingen doorstaan opdat gewetenloze zakenlui hun bankrekening kunnen spekken door ons dierbare voorouderlijk huis te veranderen in een kermisattractie.

Ik ben een kind van Mars en ik ben bereid om te vechten voor wat me lief is.

Castellum Deverilli est suum regnum is het motto dat Barton Deverill boven de deur heeft laten beitelen: *Het kasteel van een Deverill is zijn koninkrijk.*

Althans, dat was het.

En ik zal niet rusten totdat opnieuw een Deverill er de scepter zwaait.

1

Ballinakelly, graafschap Cork, 1985

Bij het binnenrijden van het stadje nam Margot Hart gas terug zodat haar blauwe Volkswagen Kever nog maar met een slakkengangetje voortsukkelde. Een dichte mist was uit zee landinwaarts gedreven, waardoor ze amper een hand voor ogen kon zien. Het asfalt glansde in het licht van de koplampen, de ruitenwissers veegden de druppeltjes van de voorruit. Op de stoep voor O'Donovan's stond een boer met zijn herdershond. Hij keek de auto na, hoofdschuddend om zo veel roekeloosheid, en vroeg zich af waarom de bestuurder niet bij de pub stopte, om te wachten tot de mist was opgetrokken. Maar Margot liet zich niet ontmoedigen. Na de lange rit vanuit Londen, compleet met een oversteek van de Ierse Zee, kon een beetje mist er ook nog wel bij. Maar die mist werd wel steeds dichter. Ze was op weg naar het kasteel, en het leek wel alsof dat probeerde zich achter de ondoordringbare mistbanken te verschuilen. Niet dat Margot zich daar ook maar iets van aantrok. Ze had voor wel hetere vuren gestaan. Toen de muur rond het oude landgoed uit de duisternis opdoemde, maakte een gevoel van opwinding zich van haar meester. Ze haalde diep adem en volgde de muur totdat ze bij de poort kwam, gemarkeerd door een opvallend groen bord met sierlijke gouden letters. *KASTEEL DEVERILL LUXE HOTEL & EXCLUSIEF RESTAURANT.*

De zwarte ijzeren hekken zagen er precies zo uit als op de oude foto's die ze had bestudeerd. Indrukwekkend, met aan weerskanten een stenen leeuw op een hoge zuil. De dieren ontblootten hun tanden, klaar om de voormalige zetel van de Deverills te verdedigen tegen indringers. Maar de leeuwen konden gerust zijn. De Onafhankelijkheidsoorlog was voorbij, en zelfs de daaropvolgende burgeroorlog was al meer dan zestig jaar geleden. Sindsdien had het kasteel slechts vrede gekend. Geschiedenis was Margots grote passie, vooral de geschiedenis van oude kastelen. Daarom was ze hier. Terwijl ze de oprijlaan insloeg en de flauwe bocht tussen dichte rododendronstruiken volgde, verscheen er een glimlach op haar gezicht. 'Daar ben ik dan,' zei ze hardop. 'Margot Hart, gastschrijver in kasteel Deverill.'

Bij de eerste aanblik viel haar mond open. En dat was ook niet zo vreemd. Het kasteel was gebouwd om macht, rijkdom, status uit te stralen. Het was gebouwd om te schitteren. En dat deed het. Het was prachtig! Margot trapte op de rem voordat ze het plein aan de voorkant op reed. Vervuld van ontzag liet ze haar blik over de glanzende grijze muren gaan, over de hoge, gekanteelde torens en borstweringen. Het kasteel werd omhuld door een sfeer van tijdloosheid, alsof het er altijd al was geweest en er ook altijd zou zijn. Mist zou aanrollen uit zee, gure winterstormen zouden het land geselen, zachte lenteregens zouden het voeden, de seizoenen zouden elkaar opvolgen, maar het kasteel zou standhouden, trots en uitdagend als altijd.

Margot zuchtte tevreden. Ze had haar bestemming bereikt: de plek waar de geschiedenis van de Deverills was geschreven, waar alle verhalen die ze inmiddels kende, zich hadden afgespeeld. Ze stelde zich Barton Deverill voor, de eerste Lord Deverill van Ballinakelly, hoog gezeten op zijn paard, met een pluim op zijn hoed en een zwaard op zijn heup, terwijl hij de jacht aanvoerde door bossen en velden die hij dankzij de koning zijn eigendom mocht noemen. Ze stelde zich de bals voor. Dames die, gehuld in zijde en met lange handschoenen, door livreiknechten uit fraaie koetsen werden geholpen en die met hun satijnen muiltjes voorzichtig naar de treeplank tastten. Voor haar geestesoog zag ze kaarslicht opgloeien in het donker en hoorde ze muziek en gelach vanuit de balzaal, begeleid door het zachte gerinkel van kristal, terwijl de Deverills en hun gasten het glas hieven op hun gezondheid, hun rijkdom en hun voorspoed. In die dagen lachte het geluk de Anglo-Ieren toe. Margot keek omhoog naar de bovenramen. Welke geheime afspraakjes hadden daarachter plaatsgevonden? Welke geheime plannen waren daar gesmeed, welke intriges waren er beraamd? Ze ging het allemaal ontdekken. En ze twijfelde er niet aan of haar research zou een fascinerend boek opleveren.

Ze had zich contractueel vastgelegd om negen maanden in kasteel Deverill te verblijven; behoorlijk intimiderend voor iemand die altijd was teruggedeinsd voor het aangaan van verplichtingen. Margot was achtentwintig en eigenlijk altijd op reis – ze leefde permanent uit haar koffer, ze ging steeds weer op zoek naar een nieuwe horizon, een nieuwe uitdaging. Maar ze had uitgerekend dat ze minstens negen maanden nodig zou hebben om het boek te schrijven dat ze in haar hoofd had. De tijd zou omvliegen. Research doen en schrijven was wat ze het liefste deed. Aanvankelijk had ze haar kennismaking met de eigenaar van het hotel, op een cocktailparty in Londen, als toeval beschouwd. Inmiddels voelde het alsof het zo had moeten zijn.

Dankzij de verhalen van haar opa was ze als kind al gefascineerd geweest door de Deverills. Opa Hart sprak altijd vol weemoed over het verleden. Hij was opgegroeid in het graafschap Cork en goed bevriend geweest met Harry Deverill. In 1919 – hij was toen vierentwintig – hadden zijn ouders hun huis verkocht en was de familie naar Engeland vertrokken, op de vlucht voor de Troebelen. Opa Hart was er daarna nooit meer terug geweest. Nog maar kortgeleden was hij gestorven, na een leven dat talloze hoofdstukken had gekend. Maar Margot had altijd de indruk gekregen dat het hoofdstuk van zijn jeugd het meest bruisende was geweest en hem altijd het meest dierbaar was gebleven. In die tijd hadden de zomers eindeloos geleken, een aaneenschakeling van dagen gevuld met luieren en onbekommerd plezier maken. Naarmate hij ouder werd, verviel hij steeds vaker in herhaling wanneer hij daarover vertelde. Maar dat deed niets af aan het charisma, de zwierige elegantie van de Deverills, die uitzonderlijke familie met een dramatische geschiedenis die Margot nooit verveelde. Het boek over de Deverills moest er komen, en zíj zou het gaan schrijven. Ze was alleen verbaasd – en blij verrast – dat nog niemand haar vóór was geweest.

Ze reed het plein op, en zodra ze stilhield voor de treden naar de voordeur, kwam de portier naar buiten, een al wat oudere man in een zwart met groen uniform. Op zijn grote paraplu stond het logo van het hotel: de initialen en een klaverblad. Hij hield de paraplu gedienstig boven haar hoofd terwijl ze op het natte grind stapte.

'*Céad míle fáilte* in kasteel Deverill.' Zijn accent was zo mild en zacht als de Ierse regen. 'Wat een weer! Je zou nog geen vos uit een kippenren jagen. Echt een dag om in bed te blijven of bij de haard te kruipen. Wat zult u een zware reis hebben gehad! Het is een wonder dat u ons in die mist hebt weten te vinden.'

'Het werd pas het laatste stuk echt heel erg mistig.' Margot haastte zich naar de ingang.

'Mist uit zee, een streek van de duivel.' De portier schudde zijn hoofd. 'Maar zowaar als er een gat in een naald zit, wordt het morgen weer zonnig,' vervolgde hij opgewekt. 'Er was vannacht een ring om de maan. Dus de zon zal de mist verjagen.'

Toen Margot de schitterende hal binnenstapte hield ze haar adem in. En dan te bedenken dat hier vroeger gewoon een familie woonde! Vol ontzag keek ze om zich heen, diep onder de indruk van de afmetingen en de grandeur. Hoe zou het zijn om in een kasteel te wonen? Om het helemaal voor jezelf te hebben? In de imposante haard brandde een knisperend vuur. Daarboven hing een reusachtig portret van Barton Deverill, in geel en goud, met een scharlakenrode veer op zijn hoed, trots gezeten op een steigerende hengst. Het herinnerde Margot aan de vergane glorie van zijn verdoemde familie. Wat moesten de Ieren de schatrijke Deverills hebben gehaat. Meer dan zestig jaar na de

Onafhankelijkheidsoorlog vormde het kasteel met al zijn pracht en praal nog altijd een schril contrast met het ruige omringende landschap. De talloze lampen verspreidden een warmgouden gloed, er hing een geur van lelies, en overal waar Margot keek zag ze glanzend chroom en glinsterend kristal. Ze had het gevoel dat ze een parallelle wereld binnenging, een wereld van ongebreidelde extravagantie en overdaad, terwijl daarbuiten grijze nevelen wervelden rond kliffen die werden geteisterd door de wind, en nederige cottages huiverden van een ijzige kilte die door alle kieren drong.

Binnen was het gezellig. Een jong stel had zich comfortabel genesteld in een zitje van paarsfluwelen fauteuils met op het tafeltje een wegenkaart en koffie in fraaie turkooisblauwe kopjes. Bij de haard zaten drie mannen in knickerbockers en zeemanstruien aan een sigaar. Ze waren in een geanimeerd gesprek verwikkeld, en te oordelen naar hun blozende gezichten waren ze de hele dag buiten geweest. Vanuit de eetzaal, waar thee met sandwiches werd geserveerd, klonk serviesgerinkel. Margots blik ging van de glanzende marmeren vloer naar de schitterende trap die de hal domineerde en die zich na een brede overloop in twee sierlijk gewelfde vertakkingen splitste. Karmozijnrode tapijten, schilderijen in gouden lijsten, smetteloos witte muren en flonkerende kroonluchters zorgden voor een sfeer van ouderwetse glamour. Margot stelde zich voor hoe Hubert Deverill vanaf de overloop had neergekeken op zijn gasten voor het zomerbal van 1910. Ze kon hem bijna zien staan, met in zijn ene hand een glas whiskey en de andere hand in de zak van zijn jasje. Bij de gedachte dat zij hier de komende negen maanden ook te gast zou zijn, verscheen er een glimlach op haar gezicht. Negen maanden. Het leek ineens veel te kort.

Terwijl ze over het zwart met witte marmer naar de receptie liep, hoorde ze hoe een oudere dame haar beklag deed bij de manager, een lange man in een marineblauw pak met een groene stropdas, en met een minzame, klantvriendelijke glimlach op zijn gezicht. De oudere dame droeg een tweed mantelpak, dikke bruine sokken en degelijke bruine veterschoenen. Ze wrong nerveus haar handen. Met de beroepsmatige nieuwsgierigheid van een journalist spitste Margot haar oren.

'Ik kan u verzekeren dat het hier niet spookt.' De manager boog licht zijn hoofd en keek haar met zijn koele blauwe ogen bezwerend aan. 'Het kasteel is eeuwenoud. Er kraakt altijd wel iets, vooral als het waait. Maar nogmaals, u hoeft niet bang te zijn dat het hier spookt. Echt niet.'

Hij klonk erg geruststellend, vond Margot, mede dankzij zijn Ierse accent.

'Maar ik heb het toch zelf gezien!' De oude dame dempte haar stem, misschien uit angst dat de spoken haar zouden horen. 'Het was een vrouw. Ongeveer van mijn leeftijd. Ze droeg een ouderwets kamermeisjesuniform en ze was aan de schoonmaak. Ik heb haar heel duidelijk gezien. Als ik niet beter wist, had ik kunnen denken dat ze bij het personeel hoorde.'

De manager fronste zijn wenkbrauwen. 'Ze was aan de schoonmaak, Mrs. Walbridge? Was het maar waar, zou ik bijna zeggen. Als spoken het werk deden, zou dat de personeelskosten aanzienlijk drukken.' Hij lachte zijn stralend witte tanden bloot.

Mrs. Walbridge kon er de humor niet van inzien. Ze stak haar kin naar voren. 'Ik weet heus wel wat u denkt,' zei ze kortaf. 'U denkt dat ik het verzin, of dat ik het heb gedroomd. Of misschien denkt u wel dat ik niet goed bij mijn hoofd ben! Nou, ik mag dan oud zijn, Mr. Dukelow, maar er mankeert niks aan mijn verstand. Het spookt hier. Ik zou nog twee dagen blijven, maar ik vertrek nu meteen. Dus ik verwacht dat u me de niet gemaakte kosten terugbetaalt. Ik boek voor vannacht ergens anders een kamer, en morgen ga ik terug naar Engeland.'

Margot kon de rest niet horen omdat ze werd aangesproken door de receptioniste, een efficiënt ogende jonge vrouw met een zwarte boblijn, blauwe oogschaduw en vuurrode lippen.

'O. Hallo.' Margot rukte zich met tegenzin los van het fascinerende gesprek, en stelde zich voor. 'Margot Hart. Ik ben hier uitgenodigd als gastschrijver.'

Het gezicht van de receptioniste lichtte op. 'Miss Hart! Welkom in het hotel. Ik ben Róisín.' Ze sprak het uit als Ro-shien. Haar charmante glimlach onthulde dat ze een spleetje tussen haar voortanden had. 'Ik ga meteen de manager waarschuwen. Wat geweldig dat u er bent! We hebben hier nog nooit een gastschrijver gehad.' Ze kwam achter de balie vandaan en onderbrak het gesprek tussen Mrs. Walbridge en Mr. Dukelow door hem iets in het oor te fluisteren. Daarop draaide de manager zich abrupt om. Hij liep met grote stappen naar Margot en liet het aan de receptioniste over om Mrs. Walbridge naar de eetzaal te escorteren. Waarschijnlijk in de hoop dat Róisín haar tijdens een kop thee met een scone zou weten over te halen om toch te blijven.

'Miss Hart! Welkom in kasteel Deverill.' Mr. Dukelow schudde haar krachtig de hand, zichtbaar opgelucht dat hij van de nijdige Mrs. Walbridge was verlost.

Margot grijnsde. 'Ik hoop niet dat ik ook bezoek krijg van spoken met stofdoeken,' zei ze met pretlichtjes in haar ogen.

Mr. Dukelow schoot in de lach, op slag gecharmeerd. 'We krijgen soms de vreemdste klachten. Maar dit is voor het eerst dat een gast over spoken klaagt.'

'Misschien was het een truc om haar geld terug te krijgen,' opperde Margot.

'Nee, helaas niet. Ze gelooft oprecht dat ze een geest heeft gezien. Maar maakt u zich geen zorgen, miss Hart. Spoken bestaan niet, dus u zult er ook geen last van hebben. U verblijft in een van onze mooiste suites. Mrs. De Lisle stond erop dat het u aan niets zou ontbreken en dat u optimaal kon genieten van alles wat het hotel te bieden heeft.'

Margot dacht terug aan haar ontmoeting met de eigenaar. Angela de Lisle was een indrukwekkende verschijning, gehuld in een wolk Rive Gauche, met kort rood haar, gouden oorbellen, een parelketting, onberispelijke nagels en een facelift die zo te zien was uitgevoerd door een overijverige plastisch chirurg uit Hollywood. Het soort vrouw dat maar met haar vingers hoefde te knippen en iedereen vloog voor haar.

'Kom, dan zal ik u de kamers laten zien.' Mr. Dukelow liep naar de trap. 'Ik heb begrepen dat u met de auto bent gekomen? Helemaal uit Londen? Wat een lange rit. En dan ook nog helemaal in uw eentje.'

Margot glimlachte geduldig. Ze was het gewend. Lang blond haar, dat stond bij de meeste mannen synoniem voor 'hulpeloos'. Maar Margot was verre van hulpeloos. Ze had in het verleden haar hand niet omgedraaid voor de rit van Buenos Aires naar Patagonië. Daarmee vergeleken stelde de reis van Londen naar Ballinakelly niets voor. 'Ik wil graag mijn auto bij de hand hebben,' antwoordde ze koeltjes.

'Het is hier prachtig. Er is zo veel te zien, vooral voor een historicus zoals u. Trouwens, uw biografie van Eva Perón is hier erg goed ontvangen. We hebben een exemplaar in onze bibliotheek. Zou u dat voor ons willen signeren?' vroeg hij.

'Natuurlijk. Met alle plezier,' antwoordde Margot enthousiast. Haar eerste biografie, waar ze drie jaar aan had gewerkt en die de vorige zomer was verschenen, was een bestseller geworden. Het succes van het boek was in belangrijke mate te danken aan de musical *Evita*, die Andrew Lloyd Webber zeven jaar geleden op de planken had gebracht en die haar op het idee van een boek had gebracht. Zonder *Evita* zouden de meeste Britten niet eens hebben geweten wie Eva Perón wás. Daar was Margot zich terdege van bewust. Maar ze wist ook dat ze goed werk had geleverd, dat het succes verdiend was.

Op weg naar boven ging haar blik langs de schilderijen in hun rijkelijk bewerkte, vergulde lijsten. 'Hingen deze er al toen Mrs. De Lisle het kasteel kocht?' Ze keek naar het naamplaatje op een schilderij van een jongeman in een glanzend harnas. Geen Deverill, stelde ze teleurgesteld vast.

Eenmaal op de overloop gekomen bleef Mr. Dukelow staan, met zijn handen in zijn zij. 'Nee, jammer genoeg niet. Op dat moment had Lord Deverill de kostbaarste stukken al laten veilen. Maar gelukkig heeft Mrs. De Lisle nog twee portretten kunnen kopen. Dat van Barton Deverill in de hal, en het portret van zijn kleinzoon, Tarquin, in de salon. De rest van de schilderijen is afkomstig uit haar eigen collectie. Het hotel heeft ze in bruikleen. Mrs. De Lisle is een gepassioneerd verzamelaar met oog voor detail. Ze heeft er alles aan gedaan om de authentieke sfeer van het kasteel te behouden. Het zijn net familieportretten, vindt u ook niet? Maar ik kan u helaas niet vertellen wie het zijn die erop staan.'

'Is er nog iemand die weet welke schilderijen origineel zijn en welke in bruikleen van Mrs. De Lisle? Ik zou zo graag willen weten wat er hing toen het kasteel nog door de familie werd bewoond.'

Mr. Dukelows gezicht betrok. 'De enige die het kasteel nog in de oude staat heeft gekend, is de laatste eigenaar, Lord Deverill,' zei hij een beetje aarzelend. 'Hij woont in het oude Jachthuis, hier op het terrein. Als ik goed ben geïnformeerd, maakte dat geen deel uit van de verkoop. Maar ik betwijfel of hij u te woord zal willen staan. Hij schijnt nogal op zichzelf te zijn.'

Dat verbaasde Margot niet. 'Het moet een zware beslissing zijn geweest om zijn voorouderlijk huis te verkopen,' zei ze peinzend. 'Hij heeft zich vast en zeker geschaamd en schuldig gevoeld tegenover de rest van de familie. En hoe zou die het vinden dat hun voormalige thuis is veranderd in een hotel? Dat er nu vreemde mensen rondlopen, die zonder erbij na te denken over hun herinneringen heen walsen?'

Mr. Dukelow keek haar bewonderend aan. 'Wat weet u dat prachtig te verwoorden, miss Hart. Daar heb ik eigenlijk nooit bij stilgestaan. Maar u als historicus denkt natuurlijk bij uitstek aan de mensen die hier eerder hebben gewoond. Zelf ben ik vooral met het heden bezig, en met de toekomst. Kasteel Deverill is een van de mooiste hotels ter wereld, en het is aan mij om ervoor te zorgen dat we aan de top blijven. Met minder neemt Mrs. De Lisle geen genoegen.' Ze vervolgden hun weg de trap op. 'Op het moment van aankoop was er niet veel kunst meer over. Maar als ik het goed heb zijn de hemelbedden en een deel van de meubels nog origineel. Mrs. De Lisle heeft alles grondig laten restaureren. Wat goed was, mocht blijven. De rest heeft ze weggedaan. Al met al heeft het hele project zes jaar in beslag genomen. Het kasteel zelf verkeerde in slechte staat, ook al is het voor een groot deel herbouwd na de verschrikkelijke brand in de jaren twintig. Als Amerikaanse stelt Mrs. De Lisle buitengewoon hoge eisen. Dat vertaalt zich in het succes van het hotel. Ze is erin geslaagd zowel de huiselijke als de historische sfeer te behouden. Toch voldoet het kasteel aan de modernste eisen.'

Margot glimlachte om de geroutineerde manier waarop hij de bedrijfsfilosofie opdreunde. 'Ja, dat is te zien. Maar nog even over Lord Deverill. Woont hij alleen?'

'Dat klopt.'

'En het Jachthuis staat hier op het terrein, zei u?'

'Ja, het is vlakbij. Dus u kunt het proberen, maar ik denk niet dat Lord Deverill u zal willen ontvangen.'

'Als ik een goed verhaal op het spoor ben laat ik me niet zo snel afpoeieren.' Ze zou al haar charmes in de strijd gooien om het vertrouwen van Lord Deverill te winnen.

'Maar het is wel zíjn verhaal. En daar schuilt het probleem. Hij zal niet willen dat iedereen dat kan lezen in uw boek. Hoe dan ook, er zijn hier ettelijke families die al van generatie op generatie in Ballinakelly wonen. Dus ik verwacht dat er genoeg mensen zijn die u willen helpen bij uw research. Ik wil u met alle plezier met hen in contact brengen. We beschouwen het als een eer om u als gastschrijver te mogen verwelkomen, dus we zullen er alles aan doen om te zorgen dat uw verblijf hier zijn vruchten afwerpt.'

Margots suite bevond zich in de westelijke toren, aan het eind van een smalle trap. De sfeer was op slag anders toen Mr. Dukelow de zware houten deur openzwaaide. Margot voelde onmiddellijk dat ze het oudste, meest afgezonderde deel van het kasteel betraden. Dankzij haar research wist ze dat het kasteel in 1921 grotendeels in de as was gelegd door nationalistische rebellen, en blijkbaar behoorde deze toren tot het gedeelte dat had standgehouden. Haar suite bestond uit een zit-, slaap- en badkamer en keek uit op de tuinen. Dankzij de lage plafonds, scheve muren en ongelijke vloeren leek het alsof de tijd er had stilgestaan. Het effect was betoverend. Margot was ervan overtuigd dat ze het niet beter had kunnen treffen. Dit moest wel het mooiste plekje van het hele kasteel zijn. In de grote open haard in de zitkamer brandde een knappend houtvuur. De donkere, enigszins doorgezakte balken aan het plafond verrieden behalve ouderdom ook een bezadigde trots dat zíj er nog waren nadat zo'n groot deel van het kasteel verloren was gegaan.

'Het is prachtig!' Margot keerde zich stralend naar Mr. Dukelow. 'Ik ben er helemaal weg van!'

'Zoals u ziet hebben we hier een bureau voor u laten neerzetten, maar we zouden het op prijs stellen als u regelmatig beneden in de salon kwam zitten. De gasten zullen het geweldig vinden om de beroemde schrijver aan het werk te zien.'

'Ik voel me vereerd, Mr. Dukelow,' zei Margot lachend. 'Maar natuurlijk, dat begrijp ik. Ik zal regelmatig mijn gezicht laten zien en de fans van me afhouden met mijn pen.'

Mr. Dukelow schoot in de lach. Margots enthousiasme was net zo aanstekelijk als de flonkering in haar olijfgroene ogen.

Op dat moment klonk er gehijg en gesteun op de trap, doorspekt met gemopper. 'Allemachtig! God sta me bij.'

Mr. Dukelow hield de deur open voor de piccolo die Margots bagage kwam brengen.

'Ja, hij is erg zwaar,' zei ze verontschuldigend tegen de al wat oudere man die haar koffer de trap op had gesjouwd. Zijn gezicht was rood aangelopen. 'Mijn hele hebben en houden zit erin.'

'Daar worden we hard van, miss.' Zijn Ierse accent was rijk en donker als Guinness. Terwijl hij kreunend zijn rug kromde, wist Margot zeker dat ze iets hoorde kraken. Ze had met hem te doen.

Hij was veel te oud voor zulk zwaar werk.

'Zo mag ik het horen, Mr. Flannigan,' zei Mr. Dukelow, doof voor diens gemopper.

'En hij hoeft pas in september weer naar beneden.' Margot schonk de oude man haar innemendste glimlach, in de hoop hem te ontdooien.

Maar Mr. Flannigan nam haar wantrouwend op. 'Als ik dat nog mag beleven, miss. Maar dan zult u toch iemand anders moeten zien te vinden. Godallemachtig, ik ben sinds mijn huwelijksnacht niet meer zo moe geweest.'

'Dank u wel voor het brengen. Ik weet zeker dat ik het hier naar mijn zin zal hebben. Tenminste, als ik 's nachts geen rare geluiden hoor.'

Het ontging haar niet dat Mr. Flannigan onopvallend een blik wisselde met Mr. Dukelow.

'Wilt u misschien iets van de roomservice?' vroeg de hotelmanager. 'Een kop thee of een lichte maaltijd?'

'Nee, ik pak mijn koffer uit en dan kom ik beneden om te eten. Want ik ben razend nieuwsgierig naar de rest van het kasteel.'

'In dat geval laten we u alleen.'

Nadat de twee mannen de deur achter zich hadden dichtgetrokken, slaakte Margot een zucht van genot. Ze kon het nog amper bevatten, maar ze was er! In kasteel Deverill! Ze liep naar het raam en keek uit over het gazon, dat in het verleden het decor was geweest van talloze tuinfeesten, waarbij de Deverills zich met thee en taart hadden verzekerd van de loyaliteit van hun pachters. Met een innemende glimlach en wat zorgvuldig gekozen woorden hadden ze verzet en rebellie eeuwenlang weten te voorkomen. Nu, in januari, oogde het gras grauw en doods, druipend van de mist, die de herinnering aan de glorierijke dagen van weleer had opgeslokt. De borders waren in winterslaap, de bomen boden een verloren aanblik zonder hun indrukwekkende bladerkroon. Een enorme ceder met zwartgroene takken verhief zich als een wachter naar de hemel, een reus die waakte over het kasteel, als een trouwe bediende die had gezworen het tot zijn laatste snik te zullen verdedigen. Margot verheugde zich op de zomer, wanneer de borders in bloei zouden staan en de bomen in blad. Haar opa had haar ook over de tuinen verteld. Hoe ze overdag croquet hadden gespeeld op het gazon en 's avonds duvelsjagertje, de Deverill-variant van verstoppertje. In een van de kassen had hij een meisje gekust, had haar opa haar met een ondeugende blik toevertrouwd. 'Die moet je echt zien, die kassen. Als paleizen zo groot, met een oerwoud van planten.'

En hij raakte niet uitgepraat over het jaarlijkse zomerbal, waarvoor alle Anglo-Ieren in de wijde omgeving werden uitgenodigd. Het zomerbal kwam vaker in zijn verhalen voor dan de jacht, waaraan hij ook maar al te graag had deelgenomen. Uit wat hij vertelde, begreep Margot dat hij in trek was geweest bij de dames en op de bals altijd met alle meisjes had gedanst. Hij zorgde dat hij er vroeg bij was, had hij gezegd. Dat was het geheim van zijn succes. Hij liet zijn naam al aan het begin van de avond in hun balboekje zetten, waardoor hij geen dans hoefde uit te zitten. De Deverills waren wild en onstuimig. Niet alleen tijdens de jacht, waarbij ze alle andere ruiters in roekeloosheid overtroffen, maar ook op de dansvloer. Bertie Deverill, de vader van opa's vriend en de latere Lord Deverill, was een charmeur. Alle vrouwen wilden met hem dansen. 'Het probleem was dat hij ze al foxtrottend mee naar boven troonde,' vertelde Margots opa met opgetrokken wenkbrauw. 'Dus mijn vader wilde niet dat mijn zus Abigail met hem danste. En hoe vreselijk Abigail het ook vond om nee te moeten zeggen tegen de gastheer, mijn vader hield voet bij stuk. En gelijk had hij!'

Uiteindelijk vergreep Bertie zich aan een van de dienstmeisjes en maakte haar zwanger. Later erkende hij het kind, en toen Harry, zijn wettige zoon, in de Eerste Wereldoorlog sneuvelde aan het front, werd JP – hij heette officieel Jack Patrick – Berties erfgenaam. Vanuit haar raam kon Margot het Jachthuis niet zien, maar ze wist dat het daar ergens moest zijn. In het kader van haar research zou ze de bewoner, de huidige Lord Deverill, te spreken moeten zien te krijgen. Hij was de enige die alle familiegeheimen kende.

Ze pakte haar koffer uit, hing haar kleren in de kast en neuriede ondertussen mee met Jennifer Rush. 'The Power of Love' stond op nummer 1 van alle hitlijsten en werd voortdurend gedraaid. Ten slotte zette ze haar schrijfmachine op het bureau, samen met haar notitieboeken, gevuld met de verhalen van haar opa en met de aantekeningen die ze had gemaakt bij het bestuderen van oude kranten. Van de brand in 1921 was destijds uitvoerig verslag gedaan in de Engelse pers, compleet met foto's van Hubert Deverill, Berties vader, die bij de brand was omgekomen, en van de Royal Irish Constabulary die de nog rokende puinhopen inspecteerde. De daders waren nooit gepakt, ook al wisten de autoriteiten om wie het ging. Het was de tijd van de Troebelen. In heel Ierland werden Britse kastelen en 'Grote Huizen' in de as gelegd door de IRA, die vocht voor de Ierse onafhankelijkheid. Tussen 1919 en 1923 waren tweehonderdvijfenzeventig huizen in brand gestoken of opgeblazen. Maar ook al waren de Deverills niet de enigen die onder het geweld te lijden hadden, dat was een schrale troost. En de daders werden ongemoeid gelaten, zodat ze hun strijd tegen de Britten ongehinderd konden voortzetten.

Tijdens het doorspitten van de oude kranten was Margot ook gestuit op een artikel over Celia Deverill, een nicht van de Deverills van Ballinakelly, die het afgebrande kasteel had gekocht en voor een vermogen had laten herbouwen. De foto bij het artikel toonde een prachtige blondine, rijk behangen met juwelen en gehuld in een bontjas, met naast zich haar echtgenoot, een man zonder kin en met een lang, ernstig gezicht. Als kind van de roaring twenties had Celia een schandaal veroorzaakt door op haar bruiloft de benen te nemen naar Schotland, samen met de getuige van de bruidegom. Dankzij de verhalen van haar opa wist Margot dat Celia's vader haar kersverse echtgenoot Archie een grote som geld had geboden om haar terug te nemen. En met dát geld had Celia de restauratie van het kasteel bekostigd. Maar net toen Celia en Archie alle problemen achter zich hadden gelaten, sloeg het noodlot opnieuw toe. Tijdens de Grote Depressie van 1929 raakten ze al hun geld kwijt, waarop Archie zich verhing aan een boom in de tuin van het kasteel. Celia vertrok naar Zuid-Afrika en verkocht het kasteel aan een geheimzinnige Italiaan, een zekere graaf Cesare di Marcantonio. De graaf bleek getrouwd te zijn met Bridie, het dienstmeisje dat door Bertie was bezwangerd, de moeder van JP. Margot klopte tevreden op de stapel notitieboeken. Ze was amper begonnen met haar research, maar ze had al genoeg materiaal om een boek mee te vullen!

Toen ze beneden kwam, werd ze naar een ronde tafel in een hoek van de imposante eetzaal gebracht. Vandaar kon ze de hele ruimte overzien. Ze stelde zich voor dat dit ook vroeger de eetzaal moest zijn geweest, waar de Deverills met de hele familie hadden gedineerd, bediend door lakeien in rood met gouden livrei. Het plafond was rijkelijk versierd met lofwerk, de kroonluchters in art-decostijl waren van chroom en matglas, de hoge ramen gingen schuil achter dieppaarse fluwelen gordijnen. Schilderijen ontbraken. In plaats daarvan waren de muren beschilderd met landelijke taferelen. Het effect was schitterend. Margot werd rechtstreeks de stralend groene velden in gezogen, met daarachter paarse heuvels die naar de hemel reikten. Ze vermoedde dat de landschappen in opdracht van Celia Deverill waren geschilderd. Ze maakten deel uit van het kasteel en waren bij de verkoop onmogelijk te verwijderen geweest.

Net toen Margot een slok van haar wijn wilde nemen, kwam Mrs. Walbridge naar haar tafel, de oude dame die zich die middag in de lobby had beklaagd. Ze had haar tweed mantelpak verruild voor een blauwe rok van ruwe zijde en een zijden bloes, met op de kraag een gouden broche met een amethist. Met haar grijze knot en haar bril had ze wel iets van een oude schooljuffrouw. Achter haar brillenglazen stonden haar kleine bruine ogen helder en alert. Ze glimlachte naar Margot en stelde zich voor. 'Neemt u me niet kwalijk dat ik stoor,' vervolgde ze. 'Maar ik heb begrepen dat u de gastschrijver bent, en ik wilde u even de hand schudden. Ik heb genoten van uw boek over Eva Perón.'

Margot vond het nooit erg als ze werd aangesproken. Integendeel. Bijna iedereen had wel een verhaal, ook al moest je er soms een beetje naar graven. Ze bood de oude dame een stoel aan en een glas sherry.

'Ik ben in Argentinië opgegroeid. In de jaren veertig, op het hoogtepunt van de macht van de Peróns, was ik vijftig,' vertelde Mrs. Walbridge. Ze ging zitten. Het aanbod van een glas sherry had ze gretig aangenomen.

Door wat ze vertelde, kon Margot haar accent plaatsen. Daarin herkende ze de zorgvuldige articulatie en de licht elitaire manier van praten van een uitstervend ras Anglo-Argentijnen die een gesloten gemeenschap van Britse immigranten vormden in Hurlingham, een provinciestadje vlak bij Buenos Aires; een gemeenschap waarin uitsluitend binnen de eigen kring werd getrouwd.

'Dus ik weet waar ik het over heb als ik zeg dat Eva Perón een afschuwelijk mens was. U bent erg mild in uw boek. Of misschien moet ik zeggen: evenwichtig. Want ook al was ze in de ogen van de Britten een opportunist en een gelukszoeker, voor de Argentijnen was ze een heilige. Er is voor beide kanten wat te zeggen, en u hebt daarin de juiste balans gevonden.'

'Dank u wel.'

'Als we elkaar eerder hadden ontmoet, zou uw biografie misschien iets minder evenwichtig zijn uitgevallen.' Ze glimlachte veelbetekenend. 'Jammer dat we elkaar nu pas leren kennen. Erg jammer. Waaraan werkt u op dit moment?'

'Aan een boek over de familie Deverill.'

De ogen van Mrs. Walbridge lichtten op. 'Aha, dus daarom bent u hier. Nou, de familie kan bogen op een boeiende geschiedenis.'

'Zegt u dat wel.'

'Een en al drama en tragedie. Want dat heb je nodig voor een boek.

De lezers van tegenwoordig raken al snel verveeld. Niet dat ik ook maar iets moet hebben van al dat dramatische gedoe. Ik hou van rust. Van een bestaan in harmonie.'

De ober zette een glas sherry voor haar neer, en Margot keek toe terwijl ze genietend een slokje nam. Na enig aarzelen besloot ze het erop te wagen. 'Ik ving onbedoeld iets op van uw gesprek met de manager vanmiddag. Dus eerlijk gezegd verbaast het me dat u er nog bent.'

Mrs. Walbridge tuitte haar lippen. 'Ik had eigenlijk weg gewild,' zei ze zacht. 'Naar een ander hotel. Ik ben hier nu twee dagen, en er gebeuren 's nachts heel rare dingen in mijn kamer. Ik doe amper een oog dicht. Maar Mr. Dukelow kan erg charmant zijn. Hij heeft me weten over te halen om te blijven, met de belofte dat ik een andere kamer krijg.' Ze boog zich naar Margot toe. 'En hij heeft me de eerste twee nachten niet in rekening gebracht. Aardig, hè?'

'Wat gebeuren er dan voor rare dingen in uw kamer? Bedoelt u dat het er spookt?'

'Precies!' zei ze fel. 'Het spookt er. Ik weet het zeker.'

Margot schoot in de lach. 'U maakt me nieuwsgierig. Wat gebeurt er dan precies?'

Mrs. Walbridges gezicht verstrakte. 'Er loopt een oude vrouw door mijn kamer. Een soort kamermeisje in uniform. Een zwarte jurk met een wit schort.'

'En ze maakt schoon?'

'Nou, dat valt tegen,' klonk het misprijzend. 'Want toen ik de volgende morgen onder mijn bed keek, lag daar nog behoorlijk wat stof.'

'Ik neem aan dat Mr. Dukelow u niet geloofde.'

Mrs. Walbridge vernauwde haar ogen tot spleetjes. 'Als hij me niet geloofde, waarom heeft hij me dan die eerste twee nachten niet in rekening gebracht?'

'Omdat hij niet wil dat u de andere gasten de stuipen op het lijf jaagt.'

'Misschien. Maar ik kan me niet voorstellen dat ik de eerste ben die klaagt.'

'Nou, míj zult u de stuipen niet op het lijf jagen. Ik geloof niet in spoken.'

Margot had het nog niet gezegd of haar glas viel om. De rode wijn stroomde over het witte tafelkleed.

Mrs. Walbridge verbleekte. 'Wat was dat?' Ze legde geschrokken een hand op haar hart.

'Mijn schuld. Ik stootte er met mijn elleboog tegenaan.' Margot zette het glas weer overeind en legde een servet op de wijnvlek.

'U stootte er helemaal niet tegenaan! Het viel uit zichzelf om.' De oude dame keek om zich heen, op zoek naar de onzichtbare boosdoener. 'Er is hier iemand,' fluisterde ze onheilspellend. 'Dat voel ik. Het wordt ineens kouder. Dat betekent dat er een geest is. Die brengen een soort kilte met zich mee.'

'Welnee. U zei toch dat die geest in uw kamer aan de schoonmaak was? Die zit echt niet op nog meer werk te wachten.' Margot schoot in de lach. 'Het was echt mijn schuld. Ik ben soms zo onhandig. Waar hadden we het over?'

Mrs. Walbridge nam een grote slok van haar sherry. 'U zei dat u niet in spoken geloofde!'

2

Margot rekende er niet op dat ze die nacht zou kunnen slapen. Ondanks zichzelf was ze toch nerveus door het omgevallen glas en de reactie van Mrs. Walbridge. Want ook al had ze dan gezegd dat ze niet in spoken geloofde, toen ze het licht eenmaal had uitgedaan voelde ze zich merkwaardig slecht op haar gemak en hoorde ze overal gekraak en gekreun. Maar ze was doodmoe na de lange rit. Dus ze had amper haar hoofd op het kussen gelegd – van de duurste kwaliteit, voor Mrs. De Lisle was alleen het beste goed genoeg – of ze viel in een diepe, droomloze slaap.

De volgende morgen bestelde ze koffie bij de roomservice en ging daarmee aan het bureau zitten om haar aantekeningen door te nemen en te inventariseren wat ze nog aan research te doen had. De geschiedenis kende acht Lords Deverill: Barton, Egerton, Tarquin, Peregrine, Greville, Hubert, Bertie en ten slotte Jack Patrick, de huidige Lord Deverill. Als hoofd van een prominente familie hadden ze een niet te onderschatten politieke invloed uitgeoefend. Althans, tot Greville Deverill, aan het eind van de negentiende eeuw. Vandaar dat Margot over de eerste vijf lords erg veel informatie had kunnen vinden. Het waren stuk voor stuk kleurrijke figuren geweest, buitengewoon gefortuneerd, maar ook omringd door duistere geheimen, waaronder de buitenechtelijke verhoudingen en onwettige kinderen die in aristocratische kringen als normaal werden beschouwd en waaraan niemand aanstoot nam. Barton was een tiran geweest, Egerton een bullebak die zijn vrouw afschuwelijk had behandeld. Tarquin had niets willen weten van zijn gehandicapte zoon, die op zijn tiende verjaardag in de siervijver van het kasteel was verdronken. Het gerucht ging dat hij niet had ingegrepen omdat hij het kind als een smet op zijn blazoen beschouwde. Tarquins vrouw was korte tijd later gestorven. Ongetwijfeld aan een gebroken hart.

Margots research zou zich nu richten op de laatste zestig jaar, vanaf Hubert Deverill. De uitdaging was dat zo veel van de hoofdrolspelers in het verhaal nog leefden. Om te beginnen JP, de huidige Lord Deverill, en zijn ex-vrouw, Alana, die na de scheiding naar Amerika was vertrokken. Blijkbaar had ze hem financieel behoorlijk uitgekleed, waardoor hij geen andere mogelijkheid had gezien dan het kasteel te verkopen. JP en Alana hadden drie kinderen, inmiddels ruimschoots volwassen, van wie Margot nog niet wist waar ze woonden. Verder was er nog Celia Deverill, van ver in de tachtig, die na de dood van Archie was hertrouwd met Boysie Bancroft. Het echtpaar woonde in Parijs. En Martha, de tweelingzus van JP, die met haar man Joshua afwisselend in Californië en in Cork woonde. Maar het leek Margot onwaarschijnlijk dat de nog levende Deverills stonden te trappelen om haar te helpen. Dus ze zou diplomatiek – of sluw – te werk moeten gaan.

Tot haar opluchting was de mist in de loop van de nacht opgetrokken. Witte wolken, ijl en pluizig als dons, dreven langs een stralend blauwe winterlucht. Het gazon glinsterde van de rijp, waarin een nachtdier een meanderend spoor van pootafdrukken had achtergelaten. Margot besloot een kijkje in het stadje te gaan nemen. Wanneer ze over de Deverills ging schrijven, was het belangrijk het kasteel in zijn context te plaatsen. De verhoudingen tussen de familie en Ballinakelly waren altijd grillig geweest. De Deverills hadden bij de Ieren zowel loyaliteit afgedwongen als gevoelens van weerzin opgeroepen. Het boek zou daarvan – in de woorden van Mrs. Walbridge – evenwichtig verslag moeten doen.

Vol verwachting trok Margot haar vuurrode jas aan, zette haar muts op en haastte zich de trap af. In de hal trof ze Mrs. Walbridge. De oude dame stond met haar jas aan voor de haard, met op haar hoofd een gehaakte muts die een sterke gelijkenis vertoonde met een theemuts.

'Goedemorgen,' groette Margot vrolijk.

Mrs. Walbridges ogen lichtten op. 'Goedemorgen, kindje. Ga je uit?'

'Ja, ik ga het stadje in.'

'Ik ook. Ik sta op een taxi te wachten.'

'U kunt wel met mij meerijden.'

'Nou, graag. Dank je wel. Ik ga bij een vriendin langs. Ze woont aan zee, aan de andere kant van Ballinakelly.'

'Dan woont ze vast prachtig. Dus dat komt goed uit, dan zie ik meteen iets van de omgeving. Ik zal de receptie vragen om de taxi af te bestellen.'

Even later trok Mrs. Walbridge haar handschoenen aan en volgde ze Margot naar buiten. 'Wat een prachtige, zonnige dag!' zei ze enthousiast. 'Ierland is zo onvoorspelbaar. De ene dag kun je amper een hand voor ogen zien, en de volgende is het glashelder. Met een hemel zo blauw als korenbloemen.'

Margot stapte in haar Volkswagen Kever, die net zo korenbloemenblauw was als de hemel.

Mrs. Walbridge wachtte geduldig totdat ze alle kranten en tijdschriften, chipszakken en colaflessen van de bijrijdersstoel had verwijderd. Toen werkte ze zich enigszins stijfjes de auto in en had even tijd nodig om zich te installeren en haar veiligheidsriem vast te maken.

'Trouwens, zullen we elkaar tutoyeren? Ik heet Dorothy.'

'Prima. Dat doen we.' Margot startte de auto.

Net toen ze wilde wegrijden, kwam er een roodborstje aanfladderen dat op de motorkap neerstreek. 'Kijk nou eens!' riep ze verbaasd.

‘O, dat overkomt me regelmatig,’ vertelde Dorothy. ‘Ik heb iets met roodborstjes. Heel bijzonder. Ze proberen voortdurend mijn aandacht te trekken. Ik weet niet wat het betekent, maar ze zoeken me altijd op.’

‘Dat had Franciscus van Assisi ook. Misschien moet ik je Sint-Dorothy noemen.’ Margot schoot in de lach.

Het roodborstje hipte dichterbij, ging op een van de ruitenwissers zitten en tikte met zijn snaveltje tegen de voorruit. ‘Zie je wel?’ Dorothy zuchtte. ‘Je zou bijna denken dat hij me iets wil vertellen.’

‘Ja, inderdaad. Hoe dan ook, we zullen moeten wachten tot hij weer wegvliegt.’ Margot nam haar handen van het stuur.

‘Ga maar, kleine roodborst.’ Dorothy boog zich naar voren en tikte tegen het glas. Het roodborstje leek bijna teleurgesteld. Het keek haar doordringend aan, toen vloog het weg. ‘Het is echt heel bijzonder.’ Dorothy schudde haar hoofd. ‘En ik heb het alleen met roodborstjes. Niet met andere vogels.’

Margot zette de auto in zijn versnelling en reed de oprijlaan af.

‘Zeg, misschien heb je wel zin om met me mee te gaan,’ stelde Dorothy voor, die graag iets terug wilde doen. ‘Mijn vriendin is de schoonmoeder van JP Deverill. Emer O’Leary. Sinds de scheiding hebben ze elkaar nauwelijks meer gesproken. Maar vanwege haar familierelatie met de Deverills zou ze je misschien kunnen helpen bij je research. Je weet maar nooit. Het is het proberen waard, lijkt me.’

‘Maar vindt ze het niet vervelend als ik zomaar, onuitgenodigd op de stoep sta?’

‘Welnee. We zijn hier niet in Engeland. De Ieren zijn zo gastvrij. Ik weet zeker dat ze het enig vindt om zo’n beroemde schrijver als jij te ontmoeten.’

Margot nam de uitnodiging maar al te graag aan. Ze was pas één dag op het kasteel en ze ging nu al op bezoek bij iemand die heel dicht bij de Deverills stond. Als Mrs. O’Leary nog altijd kwaad was op haar voormalige schoonzoon, zou ze misschien maar al te graag wat familiegeheimen onthullen. Een gevoel van opwinding bekroop haar terwijl ze door de kronkelende lanen reed. Haar verblijf in Ierland had niet beter kunnen beginnen!

Anders dan de vorige dag kon ze nu wel genieten van de wilde schoonheid van de groene weiden en de ruige heuvels, zonder mist en regen die het zicht vertroebelden. Op de zonnige, grazige velden en heidevlaktes graasden schapen, tussen afbrokkelende ruïnes van stapelmuren en al lang niet meer bewoonde cottages. Rode wouwen cirkelden langs de hemel, met hun vleugels gespreid, klaar om zich op een nietsvermoedende prooi te storten. Het landschap had iets dramatisch. Het was een sfeer die Margot aansprak, romantisch als ze was. De geschiedenis was hier voelbaar, alsof de echo van eeuwen vol strijd en conflict nog altijd nagalmde. Alsof de grond erdoor was bezoedeld en nooit kon worden schoongewassen, hoeveel regen er ook viel.

De O'Leary's woonden in een kleine witte cottage met een grijs leiendak, veilig genesteld in een beschutte baai, vanwaar het huis uitkeek over de zee. Het was eb, en op het vochtige zand krioelde het van levend voedsel waar de meeuwen krijsend om kibbelden. Zelfs in het sombere hart van de winter bezaten de fluweelgroene heuvels en ruige kliffen een idyllische charme. 'Wat een prachtige plek om te wonen,' verzuchtte Margot vanuit een diep weggestopt verlangen naar rust en verlatenheid.

Ze parkeerde de auto voor het huis.

'Ja, Emer heeft het getroffen. Ze heeft overal gewoond. In Amerika, en in Argentinië – daar hebben we elkaar leren kennen – maar het grootste deel van haar leven hier. Ik had verwacht dat ze met haar dochter mee zou gaan toen die naar Amerika vertrok. Maar Jack, haar man, is verknocht aan Ierland. Volgens mij zou hij nergens anders willen wonen. Hij heeft destijds gevochten voor de onafhankelijkheid. Jack O'Leary is een moedig mens. Vurig, idealistisch, net als de helden in films en boeken. Iemand die zo hartstochtelijk van zijn vaderland houdt, zou in Amerika nooit gelukkig zijn. Hij zou sterven van heimwee.' Dorothy zuchtte. 'Hij is inmiddels bijna negentig, maar er hangt nog altijd een zweem van mysterie om hem heen.'

Margot kreeg sterk de indruk dat Dorothy een beetje verliefd was op Jack O'Leary.

Ze stapten uit en liepen naar de voordeur. Nadat Dorothy krachtig had geklopt, duurde het niet lang of er klonk geschuifel, en de deur zwaaide open. In de kier verscheen een lief gezicht, omkranst door kort grijs haar. Emer O'Leary. Ze keek van Dorothy naar Margot en trok toen verrast haar wenkbrauwen op.

'Dag, Emer,' zei Dorothy. 'Ik heb een vriendin meegebracht. Margot Hart. Ze verblijft als gastschrijver in het kasteel en ze is wereldberoemd.'

Margot glimlachte verlegen. 'Nou, zo ver zou ik niet willen gaan –'

'Ik wel. En ik kan het weten, want ik heb je boek gelezen,' onderbrak Dorothy haar met een brede grijns. 'Ze kan prachtig schrijven. Ik ben een grote bewonderaar van haar.'

Met een geamuseerde glimlach om Dorothy's enthousiasme schudde Emer Margot de hand. 'Leuk je te ontmoeten.' Ze deed een stap opzij om hen binnen te laten. 'Vrienden van Dorothy zijn hier altijd welkom.'

Ze ging hun voor naar de zitkamer. De zon scheen stralend door de ramen, in de haard brandde een knapperend houtvuur. Dorothy wachtte niet tot haar een stoel werd aangeboden, maar liet zich met een zucht in een van de comfortabele fauteuils vallen. 'Wat ruikt het hier heerlijk.' Met een tevreden glimlach streek ze haar rok glad.

'Er staat een appeltaart in de oven,' zei Emer. 'Mijn kleinzoon komt straks lunchen, en die is er dol op. Hij is bijna dertig, maar hij wil nog steeds dat ik zijn lievelingskostjes maak. Thee?'

'Heerlijk,' zei Dorothy.

'Kan ik helpen?' vroeg Margot.

'Misschien zou jij het blad naar binnen willen brengen,' antwoordde Emer.

'Ik zit en ik blijf zitten.' Dorothy klonk vastbesloten. 'Het is heerlijk, hier bij de haard. Echt heerlijk.'

Margot volgde Mrs. O'Leary naar de lichte, gezellige keuken. De grenen vloer was op sommige plekken volledig kaal gesleten. Tegen de achterste muur stond een antieke houten ladekast, de lange eettafel daarvoor lag bezaaid met kranten. Op een stoel stond een rieten mand, gevuld met was die nog moest worden gestreken. 'Let maar niet op de rommel. Ik wist niet dat ik zulk hoog bezoek kreeg.' Emer trok opnieuw een wenkbrauw op, en Margot vermoedde dat ze minder snel onder de indruk was dan Dorothy.

'Ik begreep dat Dorothy en u elkaar uit Argentinië kennen,' zei ze.

'Dat klopt. Het lijkt inmiddels een ander leven. Dorothy is een schat. We zijn altijd bevriend gebleven.' Emer bewoog zich ongehaast door de keuken, haalde kopjes en schoteltjes uit de kast en zette die op een blad, samen met een kannetje melk en een schaal koekjes die ze keurig in een halve cirkel schikte. Ze droeg een lange broek met daarop een gebloemde bloes en een lang vest en bezat een soort ingetogen elegantie. Margot probeerde zich voor te stellen hoe ze er als jonge vrouw had uitgezien. Ze was waarschijnlijk nooit echt een schoonheid geweest, maar ze bezat een verstilde kalmte die haar een innemende charme verleende. Haar zachtblauwe ogen straalden een en al goedheid uit, en er dansten pretlichtjes in die een gevoel voor humor verrieden. Een geduldige, intelligente vrouw als Emer was waarschijnlijk precies wat een hartstochtelijke man als Jack O'Leary nodig had, vermoedde Margot.

'Dus je logeert in het kasteel. Ben je alweer met een nieuw boek bezig?' vroeg Emer. Ze stond bij het fornuis, het water in de ketel begon te koken.

'Ja, mijn nieuwe boek gaat over de Deverills.' Margot zette zich schrap voor haar reactie. 'Het wordt een geschiedenis van de familie.' Het was eruit! Ze hield haar adem in.

Emers reactie liet niet lang op zich wachten. 'Nou, daar valt genoeg over te schrijven.' Ze kneep peinzend haar ogen tot spleetjes.

'Ik ga helemaal terug naar het begin. Naar Barton Deverill.'

'En waar eindigt het boek?' Emer keek haar recht aan, en Margot was zich bewust van het wantrouwen achter haar glimlach.

'Waarschijnlijk bij de Tweede Wereldoorlog,' antwoordde Margot. Ze had er meteen spijt van. Waarom was ze niet eerlijk geweest? Waarom had ze niet gewoon gezegd dat ze de familiegeschiedenis tot op de huidige dag wilde vastleggen?

'Een verstandige keuze, lijkt me.'

'Mijn opa was een Anglo-Ier. Hij bewaart dierbare herinneringen aan de Deverills. In zijn jonge jaren ging hij regelmatig jagen met de familie.'

Dat nam althans iets van het ongemak weg. Mrs. O'Leary knikte, haar wantrouwen maakte plaats voor een opgeluchte glimlach. 'Wat fijn dat je de Deverills een goed hart toedraagt. Dat je er niet opuit bent negatief over hen te schrijven.'

Margot legde verschrikt een hand op haar hart. 'Absoluut niet. Ik ben een enorme bewonderaar van de familie. En van het kasteel. Ik ben met name geïnteresseerd in de geschiedenis van het kasteel.'

'Mijn dochter en mijn kleinkinderen hebben er zeventien jaar gewoond. Ze vonden het verschrikkelijk toen JP het moest verkopen. Maar ja, niet alles gaat zoals we dat zouden willen. En uiteindelijk is zelfs een kasteel niet meer dan een berg stenen. Thuis is waar de liefde woont. En aan die liefde schortte het op het laatst. Dát is de ware tragedie.'

'Ach, wat verdrietig,' zei Margot oprecht, maar tegelijkertijd brandde ze van nieuwsgierigheid.

'Zou jij het blad vast naar de kamer willen brengen? Die arme Dorothy zit helemaal alleen. Ze zal zich wel afvragen waar we blijven.'

Margot deed wat ze vroeg. Emer O'Leary mocht dan nuchter en direct zijn, ze klonk ook mild en wijs. Als zij en haar schoonzoon niet meer met elkaar spraken, dan moest dat haast wel van JP Deverill uitgaan. Andersom kon Margot het zich nauwelijks voorstellen. Emer O'Leary leek haar niet iemand die lang boos bleef.

Ze zette het blad op de tafel bij het vuur, en even later kwam Emer de keuken uit met de theepot. 'En, Dorothy, heb je een beetje geslapen vannacht? Of had je die geest weer op bezoek?'

'Ik heb geslapen als een blok! Mr. Dukelow is zo vriendelijk geweest me een andere kamer te geven.'

'Dat is inderdaad sympathiek van hem.' Emer reikte haar een kopje aan.

'Heerlijk. Thee.' Dorothy zuchtte genietend. 'En dat niet alleen, hij heeft de eerste twee nachten van mijn rekening gehaald,' vertelde ze stralend.

Emer schonk eerst Margot en toen zichzelf thee in en ging vervolgens ook bij het vuur zitten. 'Volgens mij wil Mr. Dukelow niet dat jij overal rondvertelt dat het spookt in het kasteel. Want dan blijven de gasten weg.'

'Dat zei ik ook al,' viel Margot haar bij. 'Hoewel... volgens mij komen mensen daar juist op af. Spoken zijn in. Een vriend van me is medium. Ik weet niet zeker of hij echt met de overledenen kan communiceren, maar hij is enorm in trek.'

'Ik vind dat we de doden met rust moeten laten.' Dorothy snoof. 'En ik heb al helemaal geen behoefte aan vreemde verschijningen in mijn slaapkamer. Als ik had geweten dat het ervan wemelde, had ik een ander hotel genomen.'

'Ik heb je gevráágd om hier te komen logeren,' zei Emer.

'Ja, maar Jack heeft het niet zo op bezoek. Hij zal het misschien niet hardop zeggen, maar ik weet dat hij er niet van houdt. Bovendien wil ik niemand tot last zijn. En ik ben liever van niemand afhankelijk. Trouwens, waar is hij?'

'Een eind lopen met de hond. Hij zal zo wel thuiskomen.'

'Heel gezond. Die man wordt minstens honderd,' zei Dorothy. 'Veel bewegen. Dat is het geheim van een lang leven.'

'Je moet ook een beetje geluk hebben,' verklaarde Emer. 'Maar het leven is eindig. Het geluk raakt ooit op.'

Het was gezellig in de behaaglijke zitkamer. De gietijzeren haardplaat gloeide, stofjes dansten als vuurvliegjes in het zonlicht dat door de ramen naar binnen viel. Terwijl Margot haar thee dronk en op een koekje knabbelde, luisterde ze naar Dorothy en Emer terwijl die herinneringen ophaalden aan Argentinië. Ondertussen gingen haar ogen langs de foto's op de zijtafels tegen de muren. Foto's van mooie, gelukkige mensen die lachend in de camera keken. Het liefst zou ze vragen wie al die mensen waren, maar ze wilde niet nieuwsgierig lijken. Bovendien dacht Emer dan misschien dat ze ernaar vroeg vanwege haar boek.

Na een tijdje hoorde ze de voordeur opengaan. Een hond kwam met zijn tong uit zijn bek de kamer binnenstormen en bracht een stroom koude lucht mee. 'Je bent toch niet drijfnat, hoop ik,' mopperde Emer. Nat of niet, de hond snuffelde belangstellend aan de gasten en draafde toen terug naar zijn baas, die even later de kamer binnenkwam. Jack O'Leary was niet extreem groot of breedgeschouderd, maar met zijn krachtige charisma leek hij de hele kamer te vullen.

'Hallo, Dorothy.' Hij knikte naar de vriendin van zijn vrouw, zo nonchalant alsof hij haar dagelijks zag. Dorothy keek bewonderend naar hem op, met een warme gloed in haar ogen. Daarop keerde Jack zich naar Margot. Die stond op en stak hem haar hand toe. 'Aangenaam kennis te maken, Mr. O'Leary.'

'Margot is een vriendin van Dorothy,' vertelde Emer. 'Ze verblijft als gastschrijver in het kasteel. Wie had dat ooit kunnen denken, Jack! Een gastschrijver in het kasteel.'

'Toe maar. Dat klinkt indrukwekkend.' Zijn ruige Ierse accent riep bij Margot beelden op van kliffen gebeukt door de wind, van onstuimige golven die tegen de rotsen sloegen. Dorothy had gelijk. Jack O'Leary was zo Iers als Guinness en groene klaver.

Hij mocht dan bijna negentig zijn, Margot kon zien dat hij vroeger waanzinnig aantrekkelijk moest zijn geweest. Zijn haar was grijs geworden, zijn gezicht verweerd en afgetobd, als het gezicht van een oude visser na een leven op zee, geteisterd door de elementen, maar zijn ogen waren stralend blauw, zijn blik onpeilbaar en mysterieus. Margot voelde dat hij vele levens had geleid en dat het hem niet altijd voor de wind was gegaan. Zijn talloze rimpels getuigden van vreugde en verdriet, maar vooral van de verliezen die hij had geleden.

'Waar schrijf je over?' vroeg hij.

'Ik ben bezig met de geschiedenis van de Deverills.' Ze keek hem recht aan en zag aan zijn blik dat zijn belangstelling was gewekt.

'Nee maar.' Er verscheen een zweem van een glimlach om zijn mond. 'Nou, daar kun je wel een boek over schrijven. Sterker nog, een trilogie!'

Margot voelde aan dat het idee hem amuseerde. 'Ik wil gaan praten met mensen zoals u, mensen die de Deverills aan het begin van deze eeuw hebben gekend,' zei ze, in de hoop hem te kunnen strikken. Het was het proberen waard.

Jack grinnikte. '*Aye*, reken maar dat ik ze heb gekend. En daar heb ik behoorlijk mijn vingers aan gebrand. Maar de tijden zijn veranderd. We zijn inmiddels familie. Dus ik praat niet over de Deverills. Met niemand. Maar er zijn er nog genoeg die dat wél doen. Je hoeft het ze maar te vragen, en ze rakelen het hele verleden op, compleet met alle familiegeheimen.'

'Onze dochter is getrouwd geweest met JP Deverill.' Emer zuchtte spijtig. 'Het leek zo'n mooi stel. Maar mensen veranderen, en soms groeien ze dan uit elkaar.'

'Je hebt er gelukkig wel drie schatten van kleinkinderen aan overgehouden,' zei Dorothy, vastberaden om de stemming niet te laten bederven. 'En Colm woont hier in Ballinakelly. Wat moet dat heerlijk zijn, dat jullie hem zo vaak zien.'

'Nou en of.' Emer glimlachte. Ze keerde zich naar Margot. 'Onze kleinzoon is dierenarts, net als Jack vroeger. We zijn erg blij dat hij in

Ierland is gebleven. Zijn zussen zijn met hun moeder meegegaan, naar Amerika. Maar Colm is net als zijn opa diep geworteld in Ierse grond. Als het aan hem ligt, gaat hij hier nooit weg.'

Jack liep naar de keuken, gretig gevolgd door de hond. Margot had op slag het gevoel dat ze weer vrijer kon ademhalen. Maar terwijl ze naar het gesprek tussen Emer en Dorothy luisterde, was ze in gedachten nog bij Jack. Ze voelde zich aangetrokken door zijn duistere charisma, door het verhaal dat daarachter schuilging. Wist ze maar hoe ze hem kon overhalen dat verhaal te vertellen!

Ten slotte werkte Dorothy zich met enige moeite overeind. Ze wilde niet langer beslag leggen op Emers tijd, zei ze. 'Ik vertrek morgen, maar ik kom snel weer terug.' Ze keerde zich naar Margot. 'Na de dood van mijn man trakteer ik mezelf door zo vaak als ik maar wil naar Ballinakelly te gaan. Een mens moet zijn hart volgen, in de tijd die hem is gegeven. Niemand weet hoe lang hij nog heeft. Dus ik verheug me er nu al op om weer terug te komen.'

Emer liet hen uit. Ze omhelsde haar vriendin en schudde Margot de hand. 'Leuk dat ik je heb ontmoet. Ik hoop dat je geniet van het kasteel. Mrs. De Lisle heeft het ongetwijfeld prachtig laten restaureren.'

'Ja, het is schitterend. En erg luxueus.'

Emer knikte verdrietig. 'Dat was het ook toen JP het erfde.' Ze zuchtte. 'Helaas valt de appel niet ver van de boom.'

Margot wist niet wat ze bedoelde, maar knikte alsof ze het begreep. 'Bedankt voor de thee,' zei ze. Toen stapte ze de kou in en haastte zich naar de auto. Dorothy wisselde nog een paar laatste woorden met Emer, toen stapte ook zij in. Ze draaide haar raampje open om te wuiven.

Omdat de smalle weg die ze volgden eindigde bij het huis van de O'Leary's, verwachtte Margot geen tegenliggers. Met als gevolg dat haar gedachten opnieuw afdwaalden naar Jack O'Leary. Waarom had hij zich niet meer laten zien? Waarom was hij geen afscheid komen nemen? Omdat ze er niet helemaal bij was met haar gedachten, vergat ze bij het naderen van de bocht gas terug te nemen. Plotseling kwam hun een bemodderde Land Rover tegemoet. Blijkbaar had de bestuurder ook niet op een tegenligger gerekend. Dorothy slaakte een kreet van schrik, Margot trapte uit alle macht op de rem, de Land Rover kwam slippend tot stilstand. De auto's hadden elkaar op een haar na gemist.

'Godallemachtig!' riep Margot. 'Dorothy! Is alles goed met je?'

'Ja, ik leef nog,' antwoordde die beverig. 'Maar ik ben me wel doodgeschrokken.'

De twee auto's stonden recht tegenover elkaar, en in eerste instantie was geen van beide bestuurders bereid de ander de ruimte te geven. Maar Margot besefte al snel dat de Land Rover onmogelijk achteruit kon rijden zonder eventueel ander verkeer in gevaar te brengen. Dus ze reed met een geërgerde zucht achteruit naar een uitwijkhaven. Toen de Land Rover haar passeerde, was ze onder de indruk van de verrassend knappe bestuurder, die haar zonder een zweem van ergernis bedankte. Hij reed heel langzaam, zorgvuldig om haar auto niet te raken, en Margots boosheid was op slag verdwenen dankzij zijn ontwapenende glimlach. Zijn gezicht verried dat hij zich afvroeg wie ze was en wat ze hier deed. Maar toen hij Dorothy zag, werd zijn glimlach nog breder en nam hij zijn pet af, waaronder een bos donkere krullen tevoorschijn kwam.

'Dat is Colm,' vertelde Dorothy. 'De kleinzoon van Emer en Jack. Hij heeft hier zijn praktijk als dierenarts, en hij is het evenbeeld van zijn opa. Dus dat was je eerste Deverill,' vervolgde ze terwijl Margot de weg weer op reed. 'Ik vind het gewoon jammer om weg te gaan. Ik ben zo benieuwd naar je ervaringen. Misschien kun je me af en toe bellen, om me bij te praten.'

'Hoe oud zou hij zijn? Weet je dat?' vroeg Margot plotseling geïnteresseerd.

'Ja, dat weet ik. Aisling is eenendertig, dus dan is Colm negenentwintig, en Cara zevenentwintig.'

'En hij is de plaatselijke dierenarts.'

'Ja, maar ooit erft hij de titel. Helaas zonder kasteel. En ik denk niet dat hij de titel zal voeren. Lord Deverill, de dierenarts. Dat klinkt een beetje mal.'

'Is hij getrouwd?'

'Nog niet.' Dorothy keek haar aan. 'Wat een knappe man, hè?'

'Nou en of.' Margot schoot in de lach. 'Maar ik ben niet op zoek naar een man. Bovendien houd ik werk en plezier altijd strikt gescheiden,' zei ze haastig bij het zien van Dorothy's veelbetekenende glimlach.

'Ik hoor het je zeggen,' mompelde die.

Margot schoot opnieuw in de lach. 'Zullen we ergens iets gaan eten?'

'Ja! Goed idee. Laten we naar de pub gaan. O'Donovan's. Daar maken ze de lekkerste Ierse stoof.'

Jack O'Leary stond voor zijn slaapkamerraam en keek uit over zee. Zijn gedachten gingen naar haar, en er ging een steek van pijn door zijn hart, op de plek waar hij haar voor altijd bij zich droeg. Hij legde zijn hand erop, maar niets kon de pijn om het verlies verzachten. Iets in de aanblik van die verre horizon – de vage lijn waar hemel en zee elkaar ontmoetten – bracht haar bij hem terug. Alsof ze daar was, op de grens tussen hemel en aarde. Alsof ze niet dood was, maar op hem wachtte, zoals ze ook in het leven op hem had gewacht. En terwijl hij in de verte staarde, staarden twee grijze ogen terug. Hij legde zijn gespreide vingers op het raam. Kitty. Zijn leven lang had hij van haar gehouden, en nu was ze er niet meer. Hij legde zijn voorhoofd tegen het glas en sloot zijn ogen. Ze was weggegaan, en deze keer kwam ze niet meer terug. Nooit meer.

Kitty

O Jack!

Ik zie je staan, ik zie je zoekend door het raam naar buiten kijken. Het zijn niet jóúw ogen die je vanuit je spiegelbeeld aankijken, maar de mijne. Ik ben bij je, ik heb je niet alleen gelaten, en dat zal ik ook nooit doen. Kon je maar begrijpen dat de dood simpelweg een overgang is van de ene dimensie naar de andere. Een transitie, meer is het niet. Ik ben er nog, ik ben nog altijd Kitty Deverill, en ik hou nog steeds van je zoals ik mijn leven lang van je heb gehouden.

O Jack, ik zie je wanneer je met de hond door de heuvels zwerft. Ik zie je bij de Elfenring, hoog op de kliffen. Ik zie je wanneer je uitkijkt over de zee, waar mijn sterfelijke resten zijn uitgestrooid. En dan denk ik aan alle keren dat we daar hebben afgesproken. Het was onze plek. Weet je nog dat we als kinderen speelden tussen die reusachtige stenen? Weet je nog dat we elkaar als tieners zoenden in hun beschutting? Weet je nog dat we er later ruziemaakten, dat we vrijden, verborgen tussen de megalieten, als bewakers van onze geheimen? En die geheimen bewaken ze nog steeds.

Weet je nog dat we hebben gezworen elkaar trouw te blijven en nooit van een ander te zullen gaan houden? Herinner je je die belofte nog? Het was de belofte van twee door liefde verblinde dwazen.

Alles en iedereen was tegen ons, liefste, alsof er een vloek rustte op ons en onze dromen. Maar wat vroegen we nou helemaal? Alleen dat we samen konden zijn, dat we in alle openheid van elkaar konden houden, dat we ons geluk met de wereld konden delen. Helaas, het was een andere tijd, tussen ons gaapte een onoverbrugbare kloof. Jij was katholiek, ik protestant; jij was Iers, ik Anglo-Iers; jij was een O'Leary, ik een Deverill. Maar de liefde kent geen grenzen. Het zijn de mensen die in hun kleinzieligheid, gehinderd door vooroordelen, niet beseffen dat we allemaal hetzelfde zijn. Dat we allemaal dezelfde verlangens koesteren, ongeacht aan welke kant van de kloof we staan.

Weet je nog, de geheimen die we hadden? De briefjes die we in de muur van de moestuin stopten, waren nog maar het begin van jaren vol gestolen momenten, van ontmoetingen waarvan niemand wist. We vonden elkaar steeds opnieuw, ook al wisten we dat we geen toekomst hadden. Maar we hielden zo hartstochtelijk veel van elkaar dat we die passie niet onder controle hadden. Een passie die zich door geen sterfelijke hand liet bedwingen, zelfs niet door de handen die we voor Gods aangezicht in de onze hielden, terwijl we zwoeren lief te hebben en getrouw alle plichten te zullen vervullen die door de wet aan de huwelijkse staat worden verbonden. We hebben samen gevochten voor de vrijheid van ons land. In die strijd gaf jij me moed. Vol trots denk ik terug aan alle keren dat ik wapens van de ene schuilplaats naar de andere bracht, in het vertrouwen dat de *Black and Tans* mij als Deverill ongemoeid zouden laten, dat ze me er nooit van zouden verdenken dat ik partij had gekozen voor de Ieren. Maar die keuze had ik wel degelijk gemaakt. Het was een zaak waarin ik geloofde, net als jij. En daarin streden we zij aan zij.

Weet je nog dat je me vroeg om met je mee te gaan naar Amerika, om daar samen een nieuw leven op te bouwen? Maar ik kon het niet. Ik kon geen afscheid nemen van het kasteel, van mijn thuis dat ik zo vurig liefhad. Net zomin als ik afscheid kon nemen van Ierland. En daardoor ben ik je kwijtgeraakt, Jack. Dus je ziet, je bent niet de enige die spijt heeft van sommige keuzes.

En ik voel je spijt. Maar die kwam te laat. Die kwam pas toen ik er niet meer was. Toen ik nog leefde, was de band met je gezin, je familie te sterk. Onze liefde was van meet af aan gedoemd. Als we samen het geluk hadden gevonden, zouden we daarmee anderen ongelukkig hebben gemaakt; anderen die van ons hielden. Ik ben dankbaar dat ik me daarover niet schuldig hoef te voelen. Wanneer ik mijn weg vervolg en al het aardse definitief achter me laat, zal mijn hart vrij zijn van schuld. Ik heb gezondigd, maar niet door mijn liefde voor jou, Jack. Liefhebben kan nooit zondig zijn. Ik heb gezondigd door mijn trots en mijn wraakzuchtigheid. Daar ben ik me van bewust. En toch houd ik er nog altijd aan vast.

Ik ben nu vijf jaar dood, en je rouwt al vijf jaar om me. Maar waar ik ben, heeft de tijd geen betekenis meer. Hier in het Tussenrijk ben ik nog steeds wie ik was, maar doorschijnend, vluchtig als damp. Slechts weinigen bezitten het vermogen om de subtiele trillingen van de ziel te zien, zoals mijn grootmoeder Adeline dat bezat. Ik kijk naar je, Jack. Ik zie je terwijl je om me rouwt, maar jij kunt mij niet zien. Toch ben ik heel dichtbij, zo dichtbij dat ik mijn lippen op de jouwe zou kunnen drukken als ik nog stoffelijk was. Wist je maar dat de liefde ons nog steeds verbindt! Dat die ons voor altijd, tot in eeuwigheid zal verbinden. Ik ben bij je, Jack. Ik zal altijd bij je zijn.

Ik ben hier niet alleen. Sommigen in het Tussenrijk zijn net zoals ik; ze kunnen ook niet verder, hetzij omdat ze dat niet willen, hetzij omdat ze niet beseffen dat ze verder kúnnen. Zoals Mrs. Carbery, die niet weet dat ze dood is. Toen ik nog klein was, werkte ze als naaister op het kasteel. Ergens boven, in een klein kamertje. Ze maakte onze jurken, voor mij en mijn zussen, Victoria en Elspeth. We woonden destijds niet in het kasteel maar in het Jachthuis bij de rivier, met onze vader Bertie en onze moeder Maud. Hubert en Adeline woonden in het kasteel, en omdat ik meer van mijn grootmoeder hield dan van mijn moeder, zat ik meer daar dan thuis. Mrs. Carbery had altijd koekjes bij zich, en die gaf ze aan mij en mijn vriendinnetje Bridie Doyle, de dochter van de kok. Wanneer mijn gouvernante me zocht, verstopten we ons bij Mrs. Carberry. De naaister had een levendige verbeelding, en terwijl wij met restjes lint en kant speelden, vertelde zij ons de mooiste verhalen over dwergen en elfen.

Ze overleed vlak na het einde van de burgeroorlog. Dat weet ik nog precies. Want haar zoon sneuvelde in de laatste dagen van die verschrikkelijke oorlog waarin broers tegen broers streden. Moeder en zoon werden naast elkaar begraven op het kerkhof van de All Saints Church, en ik maakte een krans van klaprozen en meizoentjes om op het graf te leggen. Dankzij mijn gave zag ik van jongs af aan dode zielen die het aardse achter zich hadden gelaten. Mrs. Carbery heb ik nooit gezien. En nu ik hier ben, weet ik hoe dat komt. Ze is nooit verder gekomen dan het Tussenrijk, waar ze als een eenzame, verloren ziel haar werk doet alsof ze nog leeft. Ze heeft de weg naar het licht nooit gevonden. Waarom, dat weet ik niet. Misschien vertrouwde ze het niet en dacht ze dat de duivel erachter zat. Vanuit het Tussenrijk kijkt ze verward en verbitterd naar al die onbekenden in het kasteel.

Ik zou haar willen aanmoedigen haar weg te vervolgen, want ze is hier niet uit vrije keuze. Ik gun het haar dat ze wordt herenigd met haar zoon. Maar hoe vertel je iemand dat ze dood is, wanneer ze zelf denkt dat ze nog leeft?

In de vijf jaar dat ik hier nu ben, heb ik haar door het kasteel zien zwerven, waarbij ze de gasten onbedoeld de stuipen op het lijf jaagt. Mij vertrouwt ze niet, dus ze ontloopt me zo veel mogelijk. Anders dan Mrs. Carbery ben ik me bewust van mijn invloed op de wereld van de levenden. Het is verbazingwekkend hoe die telkens weer aardse verklaringen weten te bedenken voor wat ik teweegbreng. Ze schrijven het toe aan de wind of aan de ouderdom van het kasteel, terwijl mensen die *willen* dat het hier spookt, daarvan het bewijs menen te zien in verschijnselen die niets met de doden te maken hebben. Ik vind het vermakelijk, en een beetje vermaak kan ik wel gebruiken. Want er is hier verder weinig te beleven. Ik begin zelfs genoeg te krijgen van mijn eigen plagerijen. Het is te gemakkelijk om een vaas om te gooien, een deurknop te bewegen, het licht te dempen, en bovendien, wat schiet ik ermee op als het hotel zou moeten sluiten zolang er geen Deverill is met genoeg geld om het terug te kopen?

Maar dan verschijnt er een jonge vrouw op het toneel. Mijn nieuwsgierigheid is op slag gewekt. Ze heeft haar intrek genomen in het hotel, en het is de bedoeling dat ze hier een boek gaat schrijven over mijn familie. Ze gelooft niet in spoken, zegt ze, maar ik voelde haar angst toen ik haar glas omstootte. Ik ga haar goed in de gaten houden. De wegen van het universum zijn mysterieus en wonderbaarlijk, en mijn intuïtie zegt me dat haar komst geen toeval is.

3

De volgende morgen stond Margot op de stoep bij het Jachthuis. Het oogde niet echt aantrekkelijk: streng, zonder charme, met puntige gevelspitsen en donkere ramen die glinsterden als boosaardige kleine ogen in een hard en grauw gezicht. Er klopte iets niet met de energie van het huis. Dat voelde ze. En ze moest meteen aan haar vriend Dan Chambers denken, het medium. Het was iets wat hij had kunnen zeggen.

Na een tijdje hoorde ze dat er een grendel werd weggeschoven. De deur ging aarzelend open, en in de kier verscheen een vrouwengezicht waarin porseleinblauwe ogen Margot wantrouwend opnamen.

'Goedemorgen! Ik kom voor Lord Deverill,' zei Margot met haar innemendste glimlach. Ze wist uit ervaring dat ze door zelfvertrouwen uit te stralen ook het vertrouwen van anderen kon veroveren. 'Hij verwacht me niet. Ik verblijf als gastschrijver in het hotel, en mijn opa is in zijn jonge jaren bevriend geweest met de familie.'

De huishoudster – althans, Margot vermoedde dat ze dat was – nam haar onderzoekend op; het was duidelijk dat ze twijfelde of ze haar binnen moest vragen. Uiteindelijk besloot ze dat behoedzaamheid de moeder was van de porseleinkast en vroeg ze Margot even te wachten terwijl zij overlegde met Lord Deverill. De deur ging weer dicht, en Margot had geen andere keus dan geduld te oefenen. Huiverend trok ze haar jas dichter om zich heen en zette ze haar kraag op. Het was weliswaar zonnig en droog, maar vanuit zee blies een gure, koude wind landinwaarts.

Na wat een eeuwigheid leek ging de deur weer open. 'Komt u binnen,' zei de huishoudster. Haar Ierse accent klonk zacht en vriendelijk. Ze was gekleed in een lange zwarte rok met een witte bloes, haar duifgrijze haar had ze opgestoken in een knot, op een paar lokken na die langs haar brede, ernstige gezicht vielen. 'Lord Deverill is bereid u te ontvangen.'

Margot was blij verrast. Met een gevoel van triomf stelde ze zich voor hoe ze Mr. Dukelow zou vertellen dat Lord Deverill zich jegens háár helemaal niet gereserveerd had opgesteld. Sterker nog, dat hij haar zonder aarzelen had binnengevraagd. De huishoudster nam haar jas en hoed aan. Met een blik in de verweerde spiegel boven een stoffige oude wandtafel streek Margot haar haar glad. Er lag een blos op haar wangen van de kou, haar groene ogen flonkerden. Bij gebrek aan lipgloss ging ze met haar tong langs haar lippen. Ondertussen viel haar de bedompte geur op in het huis, alsof de ramen al lang niet meer open waren geweest. Bovendien hing er een sfeer van leegte, van eenzaamheid.

'Deze kant uit.' De huishoudster ging Margot voor door een gedempt verlichte gang. Het sloffen van haar pantoffels was, naast het tikken van de staande klok, het enige geluid.

Lord Deverill was in de bibliotheek. Hij stond bij het raam naar buiten te kijken. Zijn tweedjasje oogde wat sjofel, en hij draaide zich niet direct om toen de huishoudster Margot aankondigde. Tegen de tijd dat hij dat alsnog deed, viel het Margot op hoezeer zijn rode wangen vloekten met zijn dunnende rossige haar. Hij moest ergens in de zestig zijn, maar hij leek ouder. Zijn onverzorgde verschijning verried dat hij al lang geen aandacht meer aan zijn uiterlijk besteedde, maar ook dat hij niet besefte hoe eenzaam en hulpeloos hij eruitzag. Ze kreeg op slag medelijden met hem, zoals ze dat met een verwaarloosde hond zou hebben gehad, en ze verdrong een nare herinnering die onverwacht de kop opstak. Ze had deze vorm van verwaarlozing eerder gezien.

'Ik heb uw grootvader niet gekend.' Hij kwam enigszins onvast naar haar toe om haar de hand te schudden. 'Maar ik heb begrepen dat hij bevriend was met mijn familie, dus ik vind het leuk om zijn kleindochter te ontmoeten.'

'Het genoegen is geheel wederzijds,' zei Margot beleefd. Ze legde haar hand in de zijne, die warm en een beetje klam aanvoelde. 'Opa heeft me zo veel over uw familie verteld.'

'Ik hoop niet alleen slechte dingen?' vroeg hij, alsof hij het gewend was dat de buitenwereld negatief over hem dacht.

Margot glimlachte. 'Integendeel. Hij bewonderde uw familie.'

Daarop leek hij te ontspannen. 'Gaat u zitten. Mrs. B., zou u ons een pot thee kunnen brengen? En een stuk portercake? Of is die al op?'

'Tot uw dienst, milord.' Mrs. B. draaide zich om en liep langzaam, bijna statig de gang in.

Margot dacht onwillekeurig dat alles in dit huis langzaam ging, zelfs de tijd. Ze ging op een versleten leren bank zitten, terwijl de heer des huizes zich kreunend in de fauteuil bij het vuur liet zakken. Het duurde even voordat hij zich comfortabel had geïnstalleerd. Op het tafeltje naast zijn stoel lag een boek, samen met een leesbril, een pakje Marlboro en een doosje kaaskoekjes.

'Dus ze hebben tegenwoordig een gastschrijver in het kasteel?'

'Ja, en dat ben ik,' zei Margot opgewekt, ook al ontging het haar niet hoe verbitterd hij klonk.

Hij reikte naar zijn sigaretten. 'Rookt u?' Hij tikte met zijn knokkel tegen de onderkant van het pakje.

'Nee, dank u.'

'Het is ook een afschuwelijke gewoonte,' verzuchtte hij. 'Een van de vele dingen waarmee ik zou moeten stoppen.'

'Ik werk aan een boek over de geschiedenis van de familie Deverill.' Het was eerlijker het hem meteen te vertellen. En niet pas nadat hij haar nietsvermoedend had onthaald op thee met cake.

Hij stak een sigaret tussen zijn droge lippen. Zijn hand trilde toen hij er een vuurtje bij hield. Het uiteinde gloeide vurig terwijl hij gretig een paar korte trekjes nam. Ondertussen wachtte Margot gespannen op zijn reactie. Met zijn ogen tot spleetjes geknepen blies hij een wolk sigarettenrook uit. 'Dan bent u hier aan het goede adres,' zei hij ten slotte.

'Dankzij de verhalen van mijn opa ben ik al heel lang geïnteresseerd in de Deverills met al hun belevenissen en capriolen.'

'Die verhalen waren vast en zeker overdreven.'

'Misschien. Mijn opa koesterde een diep ontzag voor de Deverills, dus het is mogelijk dat hij zijn verhalen hier en daar wat heeft aangedikt om uw voorouders nog legendarischer te doen lijken. Maar ik geloof ze.' Ze schonk hem haar charmantste glimlach.

'Is dat de reden dat u me wilde spreken? Omdat u mijn hulp nodig hebt?' Hij haalde zijn schouders op. 'Er zijn nog maar weinig Deverills over. Ooit waren we een grote, indrukwekkende familie met een indrukwekkend huis en een indrukwekkende geschiedenis. Dat indrukwekkende is er inmiddels wel af.' In de zucht die hij slaakte klonk berusting door. 'Onze hoogtijdagen zijn voorbij.'

'Het liefst heb ik rechtstreeks betrokkenen als informatiebron, in plaats van talloze gesprekken te voeren met mensen die ooit zijdelings met de familie te maken hebben gehad en die niet verder komen dan roddels uit de derde hand. Ik wil het authentieke verhaal schrijven van een van de meest prominente families van Ierland.'

'De opkomst én de ondergang,' zei hij somber.

'Als u doelt op het kasteel, zou ik zeggen opkomst, ondergang en wedergeboorte.'

'Ik doel op beide. Het kasteel en de familie zijn onlosmakelijk met elkaar verbonden. Het is slechts een kwestie van tijd voordat het kasteel opnieuw tot een ruïne vervalt. Net als ik.' Hij grinnikte vreugdeloos.

'Laat Mrs. De Lisle het maar niet horen.'

'Castellum Deverilli est suum regnum,' zei hij traag en zorgvuldig articulerend, alsof hij een bezwering uitsprak.

'Het kasteel van een Deverill is zijn koninkrijk,' vertaalde Margot.

'U kent ons motto.'

'Het zou u verbazen hoeveel ik al weet. Ik heb grondig research gedaan.'

'Er schuilt een duistere magie in dat motto. Zoals ik al zei, het lot van de Deverills en van het kasteel zijn onontwarbaar verstrengeld. Mrs. De Lisle weet dat niet. Anders zou ze er niet zo veel geld in hebben geïnvesteerd.'

'Die verstrengeling is begonnen bij Barton Deverill, als ik het goed heb.'

'Voor Barton was het niet zomaar een kasteel. Het was het zaad waaruit een bonenstaak ontsproot.'

'Dus dan zijn de Deverills de reuzen aan het eind van de bonenstaak.'

'En wie ben ik dan? Ben ik Jack, die de bonenstaak omhakt en de reuzen om zeep helpt?' Hij glimlachte spijtig.

Margot schudde haar hoofd. Ze had met hem te doen. 'Nee, Lord Deverill,' zei ze lachend. 'U bent een van de reuzen!'

Toen lachte hij ook, zowel ongelovig als gevleid. En Margot wist dat ze het pleit had gewonnen.

'Kom, dan zal ik u iets laten zien.'

Net op dat moment verscheen Mrs. B. met een dienblad.

'Zet u het maar op de tafel, Mrs. B. We zijn zo terug.'

Mrs. B. knikte en deed een stap opzij om hen te laten passeren.

Het ontging Margot niet hoe verschrikt ze keek, maar ook dat er een peilloos diep verdriet in haar ogen stond te lezen.

Lord Deverill ging Margot voor naar de andere kant van het huis, naar een deur naast de keuken die toegang gaf tot de kelder. 'Het stond hier altijd vol met wijn. Nu is het een opslagruimte. Komt u maar mee.'

Ze volgde hem de houten trap af. Het was koud in de kelder, het stonk er naar dode muizen en er hing een zurige, bedompte lucht. Margot vermoedde dat Mrs. B. hier maar zelden kwam, misschien wel nooit.

'In die dozen zit het familiearchief.' Lord Deverill wees naar minstens twintig kartonnen dozen, slordig opgestapeld tot wankele torens. 'Ik heb geen idee wat er allemaal in zit. Dagboeken, neem ik aan, en brieven, krantenknipsels, fotoalbums. Na de verkoop heb ik ze mee hierheen genomen. Doordat ze in het kasteel ook in de kelder stonden, zijn ze bij de brand gespaard gebleven. Misschien zit er iets bij waar u wat aan hebt. En ongetwijfeld ook een heleboel waar u niets mee kunt. Maar ik verwacht dat u wel zult vinden wat u zoekt. En dan kan ik dat van toelichting voorzien.'

Margot wist niet hoe ze het had. Hij gaf haar het familiearchief ter inzage! 'Dank u wel. Maar... u kent me helemaal niet. U weet niets van me. Mag ik u vragen waarom u me wilt helpen?'

'Dat zal ik u zeggen. Omdat ik daardoor de kans krijg een aantal misvattingen recht te zetten.' Hij keerde zich naar haar toe. Zijn grijze ogen stonden plotseling helder en vastberaden. 'Dus wat doen we, miss Hart? Neemt u mijn aanbod aan?'

'Heel graag.'

'Mooi zo. Wanneer denkt u te beginnen?'

Het liep al tegen het eind van de middag toen Margot bij het Jachthuis vertrok. De zon hing als een vurige bol laag aan de hemel en kleurde de horizon roze en goud. JP keek de blauwe Volkswagen Kever na. Toen deed hij de deur dicht en keerde zich naar Mrs. B., die in de hal stond. Ze huiverde van het vocht dat optrok uit de rivier die langs het huis stroomde en dat haar pijnlijke gewrichten bezorgde. Er was niets tegen te doen. Zoals zo veel in haar leven verdroeg ze ook dat stoïcijns.

'Miss Hart zal in de toekomst regelmatig langskomen,' zei JP. 'Ik zou graag zien dat die dozen uit de kelder naar de jachtkamer worden gebracht. En dat u daar het vuur aansteekt, zodat het er warm is wanneer miss Hart aan het werk gaat.'

'Ik zal de jongens vragen om het morgen meteen te doen, milord.' De jongens, dat waren Tomas en Aidan O'Rourke. Ze werkten in de tuin, hakten hout en zorgden voor het onderhoud van het huis.

'Miss Hart doet research voor een boek over de Deverills,' vervolgde JP. 'Dus ik verwacht dat alle familiegeheimen aan het licht worden gebracht.' Hij wreef grijnzend in zijn handen. Zo opgewekt had Mrs. B. hem in geen tijden meegemaakt. 'Sommige mensen zullen daar niet blij mee zijn, Mrs. B. En de verhoudingen zullen hier en daar anders komen te liggen.'

Mrs. B. fronste haar wenkbrauwen. Ze wist niet of ze misprijzend moest kijken of zijn opgewektheid beantwoorden met een glimlach. Er viel de laatste tijd niet veel meer te lachen. De sfeer in huis was drukkend, de somberheid van haar werkgever besmettelijk. De dagen regen zich eentonig aaneen. Het was deprimerend, maar ze werkte al meer dan zestig jaar voor de familie en ze wilde JP niet in de steek laten. Bovendien weigerde ze de hoop op te geven dat er ooit weer betere tijden zouden komen; dat alles weer net zo zou worden als vroeger, toen JP met zijn gezin zijn intrek in het kasteel had genomen, nadat Bridie Doyle, de gravin Di Marcantonio, het aan hem had nagelaten. Mrs. B. had destijds te doen gehad met Leopoldo, de andere zoon van de gravin, die erop had gerekend dat híj het kasteel zou erven. Leopoldo was tenslotte het enige kind van de graaf en de gravin. Maar JP was een Deverill, de buitenechtelijke zoon van Bertie Deverill en Bridie, en dus de rechtmatige erfgenaam. Kitty Deverill, zijn halfzus, had hem grootgebracht en hem verteld dat zijn moeder was gestorven toen hij nog heel klein was. Wat moest het schok voor hem zijn geweest om, pas nadat ze was overleden aan kanker, te ontdekken dat zijn moeder in het kasteel had gewoond, vlak bij het White House, waar hij was opgegroeid. JP had nooit de kans gekregen om haar te leren kennen, en zij had haar verloren gewaande kind nooit kunnen omhelzen.

Mrs. B. had diep medelijden gehad met hen allemaal. Leopoldo had alle reden om verbitterd te zijn, maar dat gold ook voor JP. En dat laatste was iets waar niemand oog voor had. Bij iedereen overheerste de euforie omdat het kasteel weer in handen van de familie kwam, mét al het geld dat Bridie had nagelaten. Want de gravin was erg rijk geweest. Maar Mrs. B. wist dat geld en bezit niet gelukkig maken. In de tweeëntwintig jaar dat hij in het kasteel had gewoond, was ze er getuige van geweest hoe JP's wereld uit elkaar was gevallen, en ze moest zich wel heel sterk vergissen als ze niet wist wat daarvan de oorzaak was geweest. Voor de Deverills waren hun familienaam en hun illustere geschiedenis altijd op de eerste plaats gekomen. Maar het ging in het leven niet om een naam, een kasteel. Dat wist Mrs. B. maar al te goed door de verliezen die ze had geleden. Die hadden haar geleerd wat er werkelijk toe deed. Maar sommige mensen hadden een heel leven nodig om die simpele waarheid te ontdekken.

'Gisteren ligt achter ons, de dag van morgen is nog in raadselen gehuld. Is het wel verstandig om het verleden op te rakelen, milord?' vroeg ze voorzichtig. Hij dronk te veel, en daardoor was hij zichzelf niet. Dus ze beschouwde het als haar plicht om hem zo onopvallend mogelijk een beetje bij te sturen.

'Nee, dat is helemaal niet verstandig, Mrs. B. Maar u kent me. Ik ben nooit erg verstandig geweest. En veel geluk heb ik ook nooit gehad.'

'We zijn zelf verantwoordelijk voor ons geluk, milord. En dankzij onze fouten, onze ervaringen worden we steeds een beetje wijzer, milord. Dus u zou in wijsheid niet moeten onderdoen voor koning Salomo, als ik zo vrij mag zijn.'

'U maakt zich zorgen over de reactie van de rest van de familie, maar daar trek ik me niks van aan, Mrs. B. Net zoals zij zich niks van mij aantrekken.'

'Dat is niet waar, milord, en dat weet u best.' Haar ogen verrieden hoezeer ze met hem te doen had, want hij had het merendeel van zijn problemen over zichzelf afgeroepen.

'Het is verdomme maar een kasteel!' zei hij nijdig. Toen beende hij driftig de gang in naar de woonkamer.

'Een berg stenen en een hoop spullen,' viel ze hem bij, maar ze wist hoeveel pijn de verkoop hem had gedaan.

JP schonk zichzelf een dubbele whiskey in en keek uit naar een rustige avond voor de televisie, toen Colm de bibliotheek binnenkwam. JP was verrast. Het gebeurde niet vaak dat hij bezoek kreeg. 'Colm! Nee maar.' Hij keek op van de tafel met de drankjes, met zijn glas in de ene hand, de karaf met whiskey in de andere.

'Dag, pa.'

Zijn zoon deed JP altijd aan zijn ex-vrouw denken, maar met zijn donkere golvende haar, zijn kobaltblauwe ogen, rechte neus en gevoelige mond had Colm de charmes van zijn beide ouders geërfd.

'Wil je iets drinken?' JP hield de karaf uitnodigend omhoog.

'Nee, dank je. Ik blijf niet lang.'

'Mrs. B. heeft alleen soep en koud vlees voor me klaargezet. Anders zou ik je vragen om mee te eten.'

'Nogmaals, ik blijf niet lang.'

Het gesprek verliep ongemakkelijk. Ze stonden allebei aan een andere kant van de kamer, beschuldigingen en verwijten hingen tussen hen in. Het was bijna niet voor te stellen dat Colm zijn vader ooit had aanbeden. Ooit. Lang geleden. 'Dus je komt niet voor de gezelligheid,' grapte JP cynisch. Er kwam bijna nooit iemand langs, en al helemaal niet voor de gezelligheid.

'Ik kom je waarschuwen. Voor een zekere Margot Hart. Ze verblijft op het kasteel en ze schrijft een boek over de familie.'

JP knikte. 'Ik heb haar ontmoet.'

Er gleed een schaduw van ongerustheid over Colms gezicht. 'Is ze hier geweest?'

'Ja. Je bent haar net misgelopen.'

'Wat heb je gezegd?'

‘Ik heb haar binnengevraagd en onthaald op thee met cake. Zoals het een goed gastheer betaamt.’

‘En daar is het bij gebleven, hoop ik?’

JP nam een grote slok whiskey en huiverde terwijl de drank door zijn keel brandde. ‘Haar opa was in zijn jonge jaren met onze familie bevriend.’

Colm zuchtte. ‘Dat wil nog niet zeggen dat ze lovend over ons zal schrijven.’

‘Ik denk niet dat ze erg geïnteresseerd is in jóú.’

Colm ging er niet op in. Zijn vader had een kwade dronk. Daar was hij aan gewend. ‘En zelfs al zou ze de beste bedoelingen hebben, het kan niet anders of ook de nare dingen komen aan bod.’

JP trok zijn wenkbrauwen op. ‘Tja, we hebben een kleurrijke geschiedenis.’

‘Precies, en die wordt alleen maar kleurrijker. Dus wees verstandig, vraag dat mens niet nog eens binnen. Ze kan in het hotel ook thee met cake krijgen.’

JP nam nog een slok whiskey. ‘Daar is het nu te laat voor. Ik heb gezegd dat ik haar zal helpen met haar research, om te voorkomen dat er onjuistheden in dat boek belanden.’

Colm zette zijn handen in zijn zij. ‘Daar heb je niet het recht toe! Dit gaat niet alleen om jou.’

‘Als Deverill heb ik het volste recht om dat te doen.’

‘Wat zou grootvader daarvan zeggen?’

‘Als je probeert op mijn schaamtegevoel te werken, dan kom je daar ook te laat mee. Ik twijfel er niet aan of onze voorouders draaien zich om in hun graf nu het kasteel is verbouwd tot hotel. En daar geven ze mij de schuld van. Maar ik mag haar wel, die Margot Hart. Een vrouw met pit, dat is het. Ik denk dat ze goed werk zal afleveren. Onze geschiedenis verdient een boek.’

‘Ik weet gewoon niet wat ik hoor!’ Colm schudde verbijsterd zijn hoofd. ‘Als je nuchter was geweest, had je haar nooit te woord gestaan.’

'Heb je haar ontmoet?'

'Nee.'

'Ik weet zeker dat jij haar ook aardig vindt. Ze is ongeveer van jouw leeftijd. En beeldschoon.'

'Ik heb geen enkele behoefte om haar te leren kennen.'

'Jammer.'

'En ik kan met de beste wil van de wereld niet bedenken waarom je een boek zou willen waarin al onze vuile was wordt buiten gehangen. Nog los van het verdriet, de pijn die je ons daarmee doet.' Colm keek zijn vader geschokt aan. 'Doe je het daarom? Om ons te kwetsen?' Hij zweeg even. 'Vind je ook niet dat je ons al genoeg pijn hebt gedaan?' vroeg hij toen nijdig. Zijn gezicht was vertrokken van woede.

Terwijl Colm zich afwendde en naar de deur liep, staarde JP in zijn glas. 'Er zijn ook dingen gebeurd die mij pijn hebben gedaan,' zei hij zacht. 'Maar dat zien jullie niet.'

Margot zat aan het bureau in haar torenkamer, nog altijd verbijsterd dat Lord Deverill haar zonder slag of stoot inzage had gegeven in zijn familiearchief. Hij wilde niet dat ze documenten meenam naar het hotel, en dat begreep ze volledig. Dus ze had de hele dag de kou in de kelder van het Jachthuis getrotseerd. Dankbaar voor de lunch die Mrs. B. voor haar had klaargemaakt. Bij het openen van de eerste doos had ze tot haar opwinding albums gevonden met foto's van rond de eeuwwisseling. Ze had zich moeten inhouden om niet alle dozen tegelijk open te maken, en zich in plaats daarvan geconcentreerd op de fotoalbums. Daarna zou ze nog alle tijd hebben voor de rest van het archief. Ze wilde niets overhaasten en genieten van elk stukje informatie dat ze uit de dozen opdiepte.

De foto's stelden niet teleur. Het waren inkijkjes in het verleden die haar vertelden hoe de mensen er in die tijd uitzagen, wat ze droegen, hoe ze leefden. Namen die haar vertrouwd waren dankzij de verhalen van haar opa, kregen dankzij de foto's een gezicht; ze werden mensen van vlees en bloed, stuk voor stuk met hun eigen verhaal vol vreugde en verdriet, liefde en verlies. Inmiddels waren ze allemaal overleden. Het zette haar aan het denken over de sterfelijkheid van de mens. Over de zin van het bestaan. En onvermijdelijk ook over haar eigen sterfelijkheid. Zelfs als ik net zo'n lang en gevuld leven zal leiden als Elizabeth Deverill, dan nog ben ik op een dag niets meer dan een gezicht op een foto, dacht ze, gebogen over het portret van JP's overgrootmoeder. *Waar is dan mijn ziel, mijn bewustzijn?* De vraag bezorgde haar een ongemakkelijk gevoel. Dus ze richtte haar aandacht op het kasteel. Celia Deverill had het prachtig laten herbouwen, maar hoe had het eruitgezien vóór de brand? Was het toen misschien nog mooier, nog indrukwekkender geweest?

Opgewonden als ze was over haar ontmoeting met Lord Deverill, belde ze Dorothy. Er was verder niemand aan wie ze het kon vertellen. Althans, niemand die het zou interesseren. 'Dorothy! Je spreekt met Margot uit Ballinakelly!'

'Margot!' Dorothy klonk opgetogen. 'Wat leuk dat je belt. Hoe gaat het?'

'Heel goed. Ik ben vandaag bij Lord Deverill op bezoek geweest!'

'Echt waar?'

'Ja, hij vroeg me op de thee. En zal ik je nog eens wat vertellen?'

'Ik vind die thee al heel bijzonder. Volgens mij houdt hij niet van bezoek.'

'Hij heeft me meegenomen naar de kelder. Daar staat het familiearchief. Opgeslagen in wel twintig dozen.'

'Echt waar?' zei Dorothy opnieuw. 'Ik sta werkelijk met mijn oren te klapperen. Dus ik kan er maar beter bij gaan zitten.'

Er klonk geschuifel aan de andere kant van de lijn.

'Ik mag alles bestuderen, het hele archief. Is het niet geweldig?'

Dorothy werd heen en weer geslingerd tussen blijdschap voor de ene vriendin en ongerustheid om de andere. 'Je gaat toch wel zorgvuldig te werk, hè, kindje?' vroeg ze ten slotte. 'Eva Perón is dood. JP en zijn familie leven nog. Ik zou het afschuwelijk vinden als ze bezeerd raakten.'

'Maak je geen zorgen. Ik zal heel tactvol en zorgvuldig te werk gaan. Ik ben er niet opuit om mensen te kwetsen.'

Dorothy slaakte een zucht. 'Nee, natuurlijk niet. Maar de Deverills hebben nogal een verleden. Wanneer hun hele kleurrijke geschiedenis in boekvorm verschijnt, zal dat de nog levende leden van de familie in verlegenheid brengen.'

'Ik zal hun geschiedenis evenwíchtig weergeven,' verklaarde Margot nadrukkelijk. 'En ik heb de zegen van Lord Deverill.'

Dorothy slaakte opnieuw een zucht. 'En dat is ook precies de reden waarom ik me zorgen maak.'

4

Toen Margot de volgende ochtend weer naar het Jachthuis ging, waren de dozen uit de koude kelder gehaald en overgebracht naar wat Mrs. B. de jachtkamer noemde. In de haard brandde een vuur van turfblokken die sterk rookten en weinig warmte verspreidden. Voor die warmte zorgde de felle winterzon, die stralend door de ramen naar binnen scheen. De dozen waren opgestapeld op een biljart dat was afgedekt met een stoflaken. 'Wat fijn dat alles nu hier staat. Dank u wel,' zei Margot toen Mrs. B. binnenkwam met thee en portercake.

De huishoudster knikte ernstig en zette het blad op een tafel tegen de muur. Daarboven hing een houten scorebord waarop met krijt de laatste stand was geschreven. Margot vroeg zich af wanneer het biljart voor het laatst was gebruikt. Ze kon het gevoel niet van zich afzetten dat het huis jaren had geslapen.

'Lord Deverill was bang dat u ziek zou worden in de kelder. Het is er zo stoffig.' Met haar Ierse accent klonk Mrs. B. aangenaam zangerig. 'Om van de kou nog maar te zwijgen.'

'Dat is erg attent van hem. Het was er inderdaad erg koud. Toen ik gisteren terugkwam in het hotel heb ik een heet bad genomen.'

Bij het woord 'hotel' verscheen er een aarzelende uitdrukking op het gezicht van de huishoudster. Ze was razend nieuwsgierig hoe het was geworden, maar ze worstelde met haar loyaliteit jegens haar werkgever. Sinds hij het kasteel had verkocht, was ze wel zo verstandig geweest er niet over te beginnen, want ze wist hoeveel pijn de verkoop hem deed. Maar ook al kwam ze zelden in het stadje, alleen om boodschappen te doen en om naar de mis te gaan, ze wist dat het hotel nog altijd het gesprek van de dag was. Dat op straat, in de winkels en de pub verhalen de ronde deden over de hotelgasten en over de indrukwekkende Mrs. De Lisle. Uiteindelijk won haar nieuwsgierigheid het van haar loyaliteit. 'Het is vast en zeker erg mooi geworden,' zei ze zacht. 'Het hotel.'

Margot liep naar het blad om zichzelf thee in te schenken, bang dat die anders snel koud zou worden. 'Het is schitterend.' Ze pakte de porseleinen pot. 'Nog veel mooier en luxueuzer dan toen de familie er woonde. Tenminste, dat denk ik.' Zoals ze had gehoopt kon Mrs. B. dat niet over haar kant laten gaan.

Haar blauwe ogen begonnen te stralen, en ze liet alle terughoudendheid varen terwijl ze haar herinneringen ruim baan gaf. 'Toen de familie er woonde, leek het wel een kasteel uit een sprookje. Het was betoverend!' De uitdrukking op haar gezicht verzachtte. 'Ik was elf toen het door brand werd verwoest, dus mijn herinneringen aan hoe het er daarvoor uitzag, zijn vaag. Maar ik weet nog heel goed hoe groot ik het vond. In mijn ogen was het een paleis. En ik weet nog dat het er altijd zo heerlijk warm was, dat die enorme haarden in de winter permanent werden gestookt. Mijn moeder werkte als dienstmeisje op het kasteel, en soms mocht ik met haar mee. Dan zat ik stilletjes in een hoekje wol op te winden, of ik hielp met zilver poetsen. Er was altijd wel iets te doen, en dat vond ik heerlijk. Ik was graag in het grote huis.'

'Kunt u zich nog iets van de brand herinneren?'

'Nou en of! God bewaar ons! Mijn ouders waren diep geschokt. Dat herinner ik me vooral nog heel goed. De brand was het gesprek van de dag, niet alleen in Ballinakelly, maar in het hele graafschap. Iedereen werd erdoor geraakt, niet alleen de bedienden op het kasteel, maar ook de smid, de slagers, de vissers, de kuipers. Het kasteel was het kloppende hart van Ballinakelly en omgeving, het zorgde in de wijde omtrek voor brood op de plank. Lord Deverill, de grootvader van de huidige, is omgekomen in de vlammen, en de arme oude Lady Deverill verloor van verdriet haar verstand. God hebbe haar ziel. Het kasteel werd, op een klein stukje na, volledig in de as gelegd.'

'Alleen de westelijke toren bleef overeind, heb ik begrepen.'

'Dat klopt. Die is nu het oudste deel van het kasteel.'

'Daar is mijn kamer,' vertelde Margot. Ze nam een slok thee. 'De toren heeft een unieke sfeer. Echt geweldig.'

'De toren was altijd het domein van geesten,' zei Mrs. B. nonchalant, alsof ze het over het meubilair had.

'Ik geloof niet in geesten.'

'Het maakt niet uit of u erin gelooft. Ze zijn er. Overal om ons heen. Mijn moeder vertelde over vreemde verschijnselen en rare geluiden in de toren. Het is een vrijpostig gezelschap, zei ze altijd. Voor niets en niemand bang. Brutale vlegels. Zonder een flesje wijwater en haar rozenkrans zette ze geen voet in de toren.'

'Hoe zag het kasteel eruit nadat Celia Deverill het had laten herbouwen?' vroeg Margot in een poging terug te keren naar de nuchtere feiten.

'Ik was destijds een tiener, en we waren allemaal razend nieuwsgierig naar de bouwwerkzaamheden. Dus we klommen stiekem over de muur en zagen het kasteel steeds mooier worden. Het heeft jaren geduurd voordat het af was. Wat dat niet moet hebben gekost! Het praatje ging dat ze de beurs van Séanadh hadden gevonden. Volgens de legende was Séanadh een oude man met een beurs die zich telkens opnieuw vulde.'

Ze schudde haar hoofd, verbaasd dat mensen zo rijk konden zijn. 'Mijn moeder, God hebbe haar ziel, zou het maar niks hebben gevonden. Al die rijkdom, al dat smijten met geld. Een kameel gaat eerder door het oog van een naald dan dat een rijkaard het Koninkrijk Gods zal betreden, zei ze altijd. Maar ik moest en ik zou daar werken! In dat prachtige kasteel. Dus ik greep mijn kans toen Mrs. Mayberry – zo heette miss Celia sinds haar huwelijk – personeel begon in te huren. Ik ging er meteen op af. Die eerste aanblik van het herbouwde kasteel is iets wat ik nooit zal vergeten! Als het paradijs op aarde, zo zag het eruit. Ik had nog nooit zoiets gezien. Nog veel en veel mooier dan voor de brand.'

Haar ernstige ogen lichtten op, er verscheen een glimlach om haar mond, en Margot besefte dat ze als jonge vrouw beeldschoon moest zijn geweest.

'De marmeren vloeren glommen als spiegels. Je kon jezelf erin zien. En dan de meubels, het linnengoed! Allemaal even prachtig. En de bontjassen van Mrs. Mayberry. Zo zacht! Dat had u moeten voelen! En er kwamen zo veel voorname gasten naar het kasteel, deftige mensen met een titel, dat ik er uiteindelijk nauwelijks meer van onder de indruk was.' Ze zuchtte weemoedig. 'Maar ineens was het sprookje uit. Toen Mr. Mayberry zich verhing. In zijn eigen tuin, God betere het.'

'Wat verschrikkelijk!'

'En wat zonde van zo'n jong leven! Niets kan zo erg zijn dat je jezelf erom van kant maakt. Problemen kunnen worden opgelost, maar de dood is onomkeerbaar.' Bij de gedachte aan de dierbaren die ze zelf had verloren, kwam er een verdrietige blik in haar blauwe ogen, die even tevoren nog zo hadden gestraald. 'Rijk of arm, we krijgen allemaal ons kruis te dragen, miss Hart. Maar God laat ons nooit in de steek. Hij staat ons bij en geeft ons nooit meer te dragen dan we aankunnen.' Ze slaakte een diepe zucht, als om haar verdrietige herinneringen te verjagen. 'Ik heb Mrs. Mayberry naar Zuid-Afrika zien vertrekken, en ik heb gezien hoe de gravin Di Marcantonio in het kasteel trok, samen met de graaf en met Leopoldo, hun zoontje. Ach, de graaf Di Marcantonio! Wat een knappe man, wat een stralend witte tanden. En zo charmant. Hij is vermoord, God hebbe zijn ziel. Op het strand. Ze hebben hem tot zijn nek in het zand begraven, en toen het vloed werd is hij verdronken. Weer een leven dat veel te jong tot een einde kwam. Ja, we hebben hier in Ballinakelly heel wat meegemaakt, miss Hart. Sommige mensen zeggen dat er een *scamall* boven ons hangt. Een wolk. Dat we gedoemd en vervloekt zijn. En toch ploeteren we door. Wat moeten we anders?'

'Waarom is hij vermoord? Weet u dat?' Margot zette haar kopje neer.

Mrs. B. tuitte haar lippen. 'O, er deden allerlei verhalen de ronde. Aan *piseógs* geen gebrek. Allemaal roddels en bijgeloof. De kleine Leopoldo heeft hem gevonden. Hij dacht dat er een bal op het strand lag. Dat arme joch! Het heeft hem voor het leven getekend. Hij was nog maar zo klein. Nog zo'n *garsún*.' Ze sloeg hoofdschuddend haar ogen neer. 'Ik ben weggegaan toen Celia Deverill het kasteel aan de gravin had verkocht. Toen ben ik hier komen te werken, in het Jachthuis, voor de vader van de huidige Lord Deverill. Inmiddels werk ik al meer dan zestig jaar voor de familie.'

'Dat is heel lang.'

'Zegt u dat wel. Mijn hele werkzame leven.' Ze sloot haar ogen, vechtend tegen het verdriet dat haar dreigde te overweldigen. Dat gebeurde soms, juist op momenten dat ze het niet verwachtte. 'De familie heeft me door de slechte tijden heen geholpen, miss Hart. Toen ik dreigde te verdrinken in mijn verdriet, heeft mijn werk, dit huis, de familie me weer op het droge getrokken. Ik heb veel om dankbaar voor te zijn. God is goed, en de duivel is ook niet zo slecht, zeggen ze hier. Je schiet er niks mee op om in je narigheid te blijven hangen.'

Margot vroeg zich af op welke narigheid ze doelde, maar het zou opdringerig zijn om door te vragen. 'U hebt gelijk. We moeten altijd weer op zoek naar het positieve.' Dat wist ze uit ervaring, want ook haar leven was bepaald niet altijd over rozen gegaan.

'De herinneringen in die dozen zijn misschien gelukkiger, want de familie heeft ook goede tijden gekend. Ik weet nog dat de huidige Lord Deverill met zijn jonge vrouw in het kasteel trok. Ik ben met hem meeverhuisd en ik zorgde vanaf hun geboorte voor de kinderen.

Aisling, Colm en Cara. Dat was een gelukkige tijd. God had hen rijk gezegend, de jonge Lord Deverill en Mrs. Alana, zijn vrouw. Totdat de druk van de titel, van de verantwoordelijkheid voor het kasteel te zwaar werd...'

'Maar wat is er dan gebeurd? Wat is er misgegaan?' vroeg Margot, gretig om te begrijpen hoe JP op het punt was gekomen waarop hij geen andere keus had gehad dan het kasteel te verkopen.

Maar Mrs. B. vond dat ze al te veel had gezegd. Ze riep zichzelf tot de orde, geschrokken van haar eigen loslippigheid. 'Ik zal u een verse pot thee brengen, en dan houd ik u niet langer van uw werk. Mocht u iets nodig hebben, dan zegt u het maar. Zal ik nog een brok turf of een blok hout op het vuur leggen?'

'Dank u wel. En ik hou zelf het vuur wel in de gaten.'

'Zoals u wilt.' Mrs. B. liep met de theepot de kamer uit. Ze liet de deur op een kier staan.

Margot zag haar wegsloffen door de gang. Ze hoopte dat ze er, met enige aanmoediging, uiteindelijk in zou slagen om haar het verhaal te ontfutselen dat niet in de dozen te vinden zou zijn.

Toen begon ze met het sorteren van de inhoud; kranten, foto's, documenten, een rijke bron van informatie, allemaal zorgvuldig opgeslagen. Stuk voor stuk fascinerende inkijkjes in het verleden. Margot nam er nieuwsgierig kennis van, ook al besefte ze dat een groot deel niet relevant was voor haar boek. Een schat aan geboorte-, huwelijks- en overlijdensaktes, entreebewijzen voor het theater, kerstkaarten, menu's, schietkaarten en jachtverslagen. Maar ook grootboeken met de administratie van de boerderijen die bij het kasteel hoorden, van de pachters en de pacht die ze betaalden. De documenten gingen terug tot halverwege de achttiende eeuw. En natuurlijk waren er ook een heleboel brieven. Het zou weken in beslag nemen om ze allemaal te lezen.

Het duurde niet lang of Mrs. B. kwam terug met verse thee. Ze slofte heel zachtjes de kamer binnen en zette de pot op het blad. Deze keer bleef ze niet bij de deur staan, verlegen om een praatje, maar ze verdween weer snel, net zo zachtjes als ze was gekomen.

Margot gooide nog een brok turf op het vuur en luisterde naar het geknetter van de vlammen terwijl ze probeerden greep te krijgen op het gedroogde veen. Ze stond nog voor de haard om haar handen warm te wrijven toen JP binnenkwam.

'Ik zie dat u een begin hebt gemaakt met de dozen.' Hij droeg nog hetzelfde sjofele jasje als de vorige dag.

'Ja. Dank u wel dat u ze naar boven hebt laten brengen. En wat een gezellige kamer is dit.'

JP liet zijn blik in het rond gaan. Hij had de jachtkamer nooit als gezellig beschouwd. Trouwens, het hele huis was één grote aanklacht, een voortdurende herinnering hoezeer hij was tekortgeschoten. 'Vroeger woonde mijn vader hier. Hij mocht graag een biljartje leggen. Ik heb het zelf ook wel gedaan, maar dat is al een tijd geleden. Dat stoflaken ligt er al jaren overheen.'

'Ik mag ook graag een biljartje leggen.' Margot trok grijnzend een wenkbrauw op. 'En ik ben er best goed in, al zeg ik het zelf. Dus als u zin hebt...'

JP grinnikte. Haar enthousiasme was aanstekelijk. En wat een plaatje, dacht hij, terwijl hij zijn blik over haar lange blonde haar liet gaan, over haar stralende groene ogen en blozende wangen. Ze was nog zo ongerept, nog niet besmeurd door het leven met al zijn grilligheid. Hij wilde bij haar blijven, zich koesteren in haar onschuld, zodat hij althans even de schuld kon vergeten die loodzwaar op zijn schouders drukte. 'Het is nooit bij me opgekomen om in de dozen te kijken. Ze staan hier al jaren, maar ik ben nooit nieuwsgierig geweest naar wat erin zat.'

Hoewel ze een heel eind uit elkaar stonden, rook Margot een geur van alcohol, en opnieuw kwam er een akelige herinnering naar boven, nog hardnekkiger dan de vorige keer. Ze wilde niet aan het verleden denken. Ze was hier om dat van JP uit te pluizen. Toch herinnerde zijn aanwezigheid haar aan dingen van vroeger die ze liever zou vergeten. Het leek bijna onvoorstelbaar dat JP ooit de zorgeloze jongeman was geweest over wie ze had horen praten. Het viel niet mee om nog licht te ontdekken in de duisternis van de verslaving die hem omhulde. Ze had het eerder gezien, de onverdraaglijke verandering die mensen ondergingen wanneer ze zichzelf niet meer in de hand hadden. Even ervoer ze weer dat gevoel van hulpeloosheid, van totale onmacht. Even herinnerde ze zich weer hoe het voelde om alles op alles te zetten om iemand te helpen die niet geholpen wilde worden. Inmiddels wist ze uit ervaring dat het zinloos was. Dat je alleen iemand kon helpen die zichzelf wilde helpen. Waarom zou je iemands hoofd boven water houden als die iemand zijn uiterste best deed om te verdrinken? Misschien wilde JP zichzelf ook wel niet helpen. Misschien zag hij daar geen reden toe. Voor wie zou hij het doen als zijn hele familie en al zijn vrienden zich van hem hadden afgekeerd?

'Ik zal u wat laten zien. Een paar interessante dingen die ik heb gevonden.' Ze pakte een dagboek met een rood leren omslag van het biljart.

'Wat is dat?' Hij boog zich nieuwsgierig naar voren.

'Dit is het dagboek van Adeline Deverill. Daarin hield ze alle etentjes bij die ze gaf. Van alle diners heeft ze de tafelschikking genoteerd. Leuk, hè? Je kunt precies zien wie ze allemaal ontvingen en waar ze zaten. Ze heeft zelfs een paar grapjes genoteerd die tijdens het eten zijn verteld.'

'Lieve hemel. Dat ze daar tijd voor had! Blijkbaar had ze verder weinig te doen.'

Margot schoot in de lach. 'Tja, daar lijkt het wel op.' Ze bladerde naar de pagina die ze hem wilde laten zien. 'Kijk! "12 juli 1903,"' las ze. '"Diner met Zijne Majesteit Koning Edward VII en Koningin Alexandra."' Ze keek grijnzend naar hem op. 'Ze hadden de koning te gast!'

'Toe maar. Ik ben onder de indruk.' Hij nam het boek van haar over en liet zijn blik over de lijst met namen gaan.

'In een van de albums vond ik ook een foto van de logés die ter ere van het hoge bezoek in het kasteel logeerden. Hij is echt prachtig. De dames in het lang, met een wespentaille, enorme hoeden en bontstola's, de mannen in uniform, met hun borst vooruit als jonge hanen.'

Nu schoot ook JP in de lach. 'Die foto wil ik graag zien.'

'Momentje. Even zoeken.' Ze diepte het bewuste album op en had de foto meteen gevonden. 'Kijk. Kent u de mensen die erop staan?'

JP bestudeerde de zwart-witfoto aandachtig. 'Nee, behalve de familie zou ik niet weten wie het zijn. Deze foto dateert van een jaar of twintig voor mijn geboorte.'

'De koningin ziet er schitterend uit.'

'Zeker. Maar eerlijk gezegd vind ik dat mijn overgrootmoeder Elizabeth er nog koninklijker uitziet. Alleen al door de manier waarop ze haar kin naar voren steekt. Voor zover ik heb begrepen leefde ze in haar eigen droomwereld, dus waarschijnlijk dacht ze dat zíj de koningin was.'

'Excentriciteit is blijkbaar een familietrek. En volgens mij geldt dat voor de meeste Anglo-Ierse families.'

Hij keek haar aan, zijn gezicht stond plotseling somber, bijna verontschuldigend. 'Vergeleken met de meeste van mijn voorouders ben ik nogal saai, vrees ik. Mijn moeder was dienstbode, dus ik ben maar half van adel.'

'Dat maakt u juist boeiender. En vers bloed lijkt me alleen maar gezond.'

Met een zucht sloot hij het album en legde het op het biljart. 'Ik wou dat ik u kon vertellen dat Bridie een kleurrijke figuur was, dat ze kippen door de hal liet lopen, net zoals mijn overgrootmoeder Elizabeth dat deed. Maar ik heb haar nooit gekend.'

Was daar de kiem gelegd voor zijn latere narigheid, vroeg Margot zich af. Doordat hij zijn moeder nooit had gekend, kon het niet anders of hij worstelde met zijn identiteit, met een gevoel alsof hij er niet echt bij hoorde. 'Wat zult u het daar moeilijk mee hebben gehad,' zei ze begripvol. Ze hoopte dat hij er verder op door zou gaan, niet voor het boek, maar omdat ze oprecht in hem geïnteresseerd was. Ze kon het niet aanzien wanneer iemand het moeilijk had.

'Ach, er zijn genoeg anderen die het veel slechter hebben gehad.' JP haalde zijn schouders op. 'Het zou ondankbaar zijn om me te beklagen. Ik had het geluk dat Kitty, mijn halfzus, zich over me heeft ontfermd, en haar man was als een vader voor me. Ik had twee vaders. Bertie Deverill en Robert Trench. Hoeveel kinderen kunnen dat zeggen? Twee vaders, terwijl de meeste kinderen er maar een hebben. Of helemaal geen.'

'Ja, dan hebt u het inderdaad getroffen,' viel Margot hem bij, maar de bittere klank in zijn stem ontging haar niet. Die suggereerde dat hij toch iets had gemist, dat hij toch wrok koesterde.

'Hebt u alles wat u nodig hebt, miss Hart?' Hij richtte zich op.

'Zelfs meer dan dat. Nogmaals, heel erg bedankt.'

'Mooi zo. Mocht er toch nog iets zijn, dan hoeft u het maar te zeggen. Dit is een erg koud huis, dus laat het vuur niet uitgaan.'

'Ach, wij Engelsen zijn kou gewend.'

'Waar komt u vandaan?'

'Ik woon in Londen, maar ik ben opgegroeid in Dorset.'

Hij knikte. 'Aan zee?'

'Nee, helaas niet. Vlak bij Sherborne. Daar is het ook erg mooi.'

'Dat is het zeker.'

'Maar het is niet te vergelijken met hier. Volgens mij is Ierland het mooiste land waar ik ooit ben geweest. En dat wil wat zeggen, want ik heb heel veel gezien van de wereld. Het licht op de heuvels is hier telkens weer adembenemend.'

JP keek haar aan, in zijn ogen laaide een vonk van enthousiasme op. 'Rijdt u paard, miss Hart?'

'Ja.' Ze knikte. Haar vader was een bevlogen paardenman geweest.

'Dan zal ik u het echte Ierland laten zien. Zodra de dagen weer wat zonniger worden, neem ik u mee voor een rit door de heuvels. Dan kunt u het spel van het licht op een groter doek zien. Deze streek is beroemd om zijn vergezichten.'

'Dat lijkt me geweldig.'

'Goed. Dat is dan afgesproken. En nu zal ik u verder niet storen. Nogmaals, mocht u iets nodig hebben, dan kunt u het aan Mrs. B. vragen.'

Hij liep langzaam de kamer uit, als om te verbergen dat hij niet helemaal stevig op zijn benen stond. Wat zou hij nu gaan doen, vroeg Margot zich af. Hij zag eruit als een tobber, een piekeraar. Het hele huis leek gevuld met zijn sombere gedachten. Maar hij had gezegd dat hij haar zou meenemen de heuvels in. Daar keek ze naar uit. De laatste keer dat ze op een paard had gezeten, was inmiddels een paar jaar geleden. Ze had een tocht door de Andes gemaakt, met een aantrekkelijke gaucho als gids. Ze glimlachte bij de herinnering hoe ze samen onder de sterrenhemel de liefde hadden bedreven. Toen zette ze het beeld van zich af en ze concentreerde zich weer op haar werk.

Die avond besloot ze de sfeer van het stadje op te snuiven. En waar kon ze dat beter doen dan in de pub? Ze was er al eerder geweest, samen met Dorothy, maar ze schrok er niet voor terug om alleen naar binnen te gaan. Er was hoe dan ook maar weinig waar ze voor terugschrok. Ze had op zo veel verschillende plekken gewoond dat ze had geleerd zich in haar eentje te redden en zich overal op haar gemak te voelen.

O'Donovan's was precies zoals een echte Ierse pub eruit hoorde te zien. Het lage plafond bestond uit eeuwenoude balken, aan de muur hingen oude foto's, aan de bar stonden krukken bekleed met leer, de tafels waren van donker hout, de kleine ramen opgedeeld in ruitvormige panelen, en dat alles was gehuld in een blauwe sigarettenwalm. Ondanks de rook ontging het Margot niet dat ze wantrouwend, nieuwsgierig en verrast werd aangekeken. Ze twijfelde er niet aan of het gebeurde zelden dat er een vrouw alleen binnenkwam. Het was nog niet eens zo lang geleden dat de pubs in Ierland voor vrouwen verboden terrein waren.

Margot liet zich niet ontmoedigen. Na tien jaar reizen in haar eentje was ze gehard tegen argwanende blikken. Zonder zich er ook maar iets van aan te trekken ging ze aan de bar zitten. De barkeeper was van middelbare leeftijd, een man met een dikke bos zwart haar en een baard van een paar dagen. 'U durft.' Hij nam haar taxerend op, en zijn scheve grijns verried dat ze bij hem in de smaak viel. 'Als vrouw alleen. Wat mag ik voor u inschenken?'

Margot glimlachte. Hij moest eens weten hoe vaak ze in haar eentje in de kroeg had gezeten. 'Een wodka lime met sodawater graag. En trouwens, zo vlak bij het hotel krijgt u toch wel vaker vreemd volk aan de bar?'

'Nee, de hotelgasten komen hier niet.' Hij pakte de wodka van de plank achter zich. 'Die voelen zich veel te deftig voor een simpele pub.'

'Wat vindt u ervan?' vroeg ze. 'Van het hotel, bedoel ik.'

Hij haalde zijn schouders op. 'Het is vast goed voor het toerisme. Maar wij worden er financieel niet wijzer van.'

'Kende u het kasteel toen de Deverills er nog woonden?'

'Aye. Net als iedereen hier. Het is nog maar negen jaar geleden dat het werd verkocht.' Hij deed een scheut wodka in een glas. 'U komt uit Engeland?'

'Ja. Ik ben gastschrijver in het hotel.'

Hij trok een wenkbrauw op. 'Dat klinkt deftig.'

'Ik schrijf een boek over de Deverills en het kasteel.'

'Nou...' Hij grinnikte. 'Daar valt genoeg over te schrijven. Het is me de familie wel. Wild, ongebreideld, vervloekt.'

Margot fronste haar wenkbrauwen. 'Hoezo, vervloekt?'

'Vanwege alles wat hun is overkomen. Ik ken niet één andere familie die zo vaak door het noodlot is getroffen als de Deverills.'

'Dat is volgens mij gewoon een kwestie van pech hebben.'

'Volgens ú, ja. Maar wij Ieren zijn bijgelovig.' Hij mixte haar drankje en schoof het glas naar haar toe.

Ze nam een slok. 'Tijdens de Troebelen zijn hier toch een heleboel kastelen in de as gelegd? Zijn die families ook allemaal vervloekt?'

'Misschien wel. Trouwens, dat geldt voor alle Anglo-Ieren. De meeste hebben hun grond van Cromwell gekregen, of van koning Karel II. Grond die tot op dat moment in Ierse handen was.' Hij haalde opnieuw zijn schouders op. 'Uiteindelijk komt boontje om zijn loontje. Wie zijn huis bouwt op gestolen grond, wordt niet gelukkig.'

Margot liet het even bezinken. 'Interessant,' zei ze toen.

Weer een scheve grijns, in zijn ogen dansten flirterige pretlichtjes. 'Gaat u dat in uw boek zetten?'

Ze schoot in de lach. 'Misschien.'

'Zorg dan wel dat u mijn naam goed spelt. Seamus O'Donovan.'

'Dus u bent de eigenaar.'

'De pub is al sinds 1764 in de familie.'

'Ik had u jonger geschat.'

Hij schonk haar een geamuseerde blik. 'En u bent?'

'Margot Hart.'

'Margot klinkt niet erg Engels.'

'Mijn moeder is Française.'

'En uw vader is Engelsman?'

'Dat was hij.'

'Ach. Dat spijt me. Neem me niet kwalijk.'

'Het geeft niet. Hij is al heel lang dood.'

De deur ging open, en samen met een vlaag koude lucht kwam Colm Deverill de pub binnen. Margot herkende hem van haar bijnabotsing een paar dagen eerder. Hij droeg dezelfde platte pet als toen, met een jack en een wollen sjaal. Zijn voeten staken in zware rijglaarzen. Op zijn beurt herkende hij haar ook, maar ze zag tot haar verwarring dat zijn gezicht betrok. Destijds, op de weg naar het huis van Emer en Jack, had hij nog naar haar geglimlacht, maar blijkbaar wist hij inmiddels wat ze hier kwam doen.

Hij knikte naar Seamus en liep langs de bar naar het vuur, helemaal aan de andere kant van de gelagkamer, waar hij aanschoof bij een groep vrienden. Margot keek hem na. Moest ze naar hem toe gaan en zich voorstellen? Ze was ervan overtuigd dat hij zou bijdraaien als ze maar eenmaal de kans kreeg om met hem te praten.

'De Deverills zijn vast niet gelukkig met het vooruitzicht van een boek over de familie.' Seamus hield een glas onder de tap met Guinness. Zoals van al zijn vaste gasten wist hij ook van Colm wat die wilde drinken.

'Niet allemaal. Lord Deverill heeft me inzage gegeven in het familiearchief.'

'Lord Deverill is zichzelf niet de laatste tijd,' zei Seamus niet onvriendelijk. 'JP kon in zijn jonge jaren geen kwaad doen. Het leven lachte hem toe. Maar de glans is eraf, zijn reputatie heeft een paar forse deuken opgelopen. Tenminste, dat zeggen ze.'

'Triest. Tenminste, als het waar is.'

'Aye, dat kunt u van me aannemen. Ik heb begrepen dat zijn familie het contact heeft verbroken.'

'Echt waar? Alleen omdat hij het kasteel heeft moeten verkopen?'

'Niet alleen daarom.' Seamus zette het glas Guinness op een blad en kwam achter de bar vandaan. 'Er is een hoop gebeurd.'

Margot keek hem na terwijl hij Colm Deverill zijn bier bracht en een paar woorden met hem wisselde. Colm draaide zich naar haar om, zijn gezicht stond boos. Ze bleef hem strak aankijken, waardoor hij uiteindelijk wat ongemakkelijk zijn blik afwendde.

'En vertel eens, jongedame, kan Ballinakelly u bekoren?' vroeg een knarsende stem achter haar. Ze draaide zich om. Het was Mr. Flannigan uit het hotel, de bejaarde piccolo die haar koffer naar boven had gebracht. Zijn gezicht was rood aangelopen, in zijn eeltige hand hield hij een glas donker bier.

Margot slaakte heimelijk een zucht. Ze moest niets hebben van dronken mannen. 'Ja, ik heb het hier best naar mijn zin,' antwoordde ze beleefd. Toen keek ze of Seamus nog niet terugkwam, in de hoop dat die haar te hulp zou schieten.

'En hebt u 's nachts al dooien op bezoek gehad?' vroeg Mr. Flannigan loensend.

'Nee, daar heb ik geen last van. Alles is rustig.'

Hij stond te zwaaien op zijn benen, zijn glimlach suggereerde dat hij meer wist dan zij. 'Het wemelt in het kasteel van de geesten en de dooien die overal rondspoken. Laat u door Mr. Dukelow maar niks wijsmaken.'

'Ik geloof niet in geesten,' zei Margot een beetje ongeduldig. Ze begon er genoeg van te krijgen, al dat gepraat over geesten en onverklaarbare verschijnselen.

'In september praat je wel anders, meisje.' Mr. Flannigan schoot in een bulderende lach. Zijn adem rook zuur, ranzig. Hij wankelde opnieuw, en Margot vroeg zich af waarom hij geen houvast zocht aan de bar. Misschien had hij zelf niet in de gaten hoe dronken hij was.

'Ik laat het u weten als ik iets hoor.' Ze keerde hem de rug toe.

'U kunt erop wachten. En reken maar dat ze u de stuipen op het lijf jagen. Mr. Dukelow laat de westelijke toren als het even kan ongebruikt. Maar Mrs. De Lisle wilde per se dat u die kamers kreeg.'

'Hoezo? Waarom zou haar dat iets kunnen schelen?' vroeg Margot geërgerd.

'Omdat de westelijke toren een verzamelplaats is van dooien. Daarom, God betere het!'

'Zoals ik al zei –'

Hij kapte haar af. 'U gelooft niet in geesten. Nóg niet. Maar dat komt nog wel. Daar steek ik mijn hand voor in het vuur,' verklaarde hij stellig, met een vergeefse poging om te knipogen.

Margot had er genoeg van. Ze wilde terug naar het hotel. Net toen ze wilde vertrekken, klonk er muziek die het geroezemoes overstemde. De gesprekken vielen stil. Een groepje van vijf muzikanten begon een

Iers volksliedje te spelen. Margot zou graag zijn gebleven. Er ging een grote charme van het optreden uit, hoe afgezaagd het misschien ook mocht zijn. Maar haar kamer in het kasteel 'vol dooien' was te verkiezen boven de pub, waar Mr. Flannigan probeerde haar bang te maken. Ze liep naar de deur. Geesten! Wat een onzin!

Kitty

Margot Hart, de gastschrijver die niet in geesten gelooft, verblijft in de westelijke toren; in de kamer waar Barton Deverill eeuwenlang gevangenzat tussen de wereld van de levenden en de doden. Hij was vervloekt door Maggie O'Leary, op wier land hij zijn kasteel had gebouwd en die hij wegens hekserij tot de brandstapel had veroordeeld. Als kind was ik vaak in de toren te vinden, in de hoop een praatje met hem te kunnen maken. Maar hij was een zuurpruim, voor een kind van tien was er niet veel aan hem te beleven. Hij zat er al meer dan tweehonderd jaar, dus dat hij verbitterd was, kon ik hem niet kwalijk nemen. Voor hem kwam de verlossing pas toen Maggie hem vergaf. En dat was het moment waarop ik besefte dat het bij de vloek nooit om een stuk land was gegaan, maar om de liefde. Door haar vergiffenis werd de vloek opgeheven en konden ze samen verder reizen, het licht tegemoet.

Ik denk aan liefde en vergeving terwijl ik zie hoe mijn halfbroer JP samenspant met Margot Hart door haar te helpen bij de research voor haar boek. Ik ben me bewust van de wrok die hij koestert jegens zijn familie. Een wrok die als mist om hem heen hangt; een sluier van verwijten en zelfmedelijden. Onze vader, Bertie, raakte aan de drank toen mama bij hem wegging. Het lijkt erop dat zijn zoon diezelfde fout maakt. Alana heeft hem verlaten, en JP verdooft de eenzaamheid, de pijn van de afwijzing met whiskey. De drank is zijn beste vriend geworden. Dat vermoedde ik al toen ik nog leefde, maar nu ik hier ben, in het Tussenrijk, weet ik het zeker. Ik kan hem zien, maar ik kan hem niet helpen. En toen ik dat nog wel kon, heb ik ervoor gekozen dat niet te doen. De wrok die ik jegens hem koester, beheerst me nog steeds. Zelfs na mijn dood.

JP heeft het kasteel in 1976 verkocht, en tot mijn overlijden, vier jaar daarna, heb ik geen woord meer met hem gewisseld. Ik heb hem als een rotte plek uit mijn leven gesneden. Zonder hem te vragen hoe het zover had kunnen komen, zonder te proberen begrip voor hem op te brengen, me in hem te verplaatsen, met hem mee te voelen, heb ik alle schuld bij hem gelegd. Ik was verblind door woede, gefrustreerd door mijn onvermogen om zelf het kasteel te kopen. Robert, mijn man, was dood, net als mijn vader. Ooit was onze familie schatrijk, maar dat is lang geleden, ik was nog een kind. Sindsdien hebben we nooit meer zo veel geld gehad dat we het kasteel hadden kunnen redden. Zoals Celia dat heeft gedaan. En inmiddels is al het geld op. De eens zo machtige Deverills van Ballinakelly zijn diep gezonken.

Toen Bridie stierf liet ze JP het kasteel na, samen met een aanzienlijk vermogen. Waar is al dat geld gebleven? JP is alles kwijt. Zowel het kasteel als het vermogen dat hij had geërfd. Hij woont in het Jachthuis. Ik ben daar opgegroeid. Het is een somber, deprimerend huis; doordat de rivier er dicht langs stroomt, is het er altijd vochtig. Het is er bovendien altijd donker, doordat de kleine ramen weinig licht doorlaten. En ten slotte heeft JP het huis doordesemd met zijn negatieve energie, waardoor het er nog somberder is geworden. Toch lijkt Margot zich niet bewust van de drukkende sfeer, of misschien trekt ze zich er gewoon niets van aan. Ze wordt volledig in beslag genomen door het boek dat ze wil schrijven over de geschiedenis van het kasteel en van de familie wier lot in belangrijke mate door het kasteel is bepaald. Als ze me kon horen zou ik haar het een en ander kunnen vertellen. Maar niet hoe JP het kasteel heeft kunnen verspelen. Want dat weet ik niet.

Net zomin als ik weet hoe hij zijn vrouw en zijn gezin is kwijtgeraakt. Dat kan ik Margot niet vertellen. Ik hoop vurig dat zij daarachter weet te komen. Dan krijg ik ook eindelijk antwoord op mijn vragen.

Margot zit op de grond voor de haard in de jachtkamer, omringd door papieren. Ze ziet me niet wanneer ik binnenkom. Ik ben doorschijnend, vluchtig als damp. Ze gaat volledig op in onze geschiedenis, verrukt bij elk nieuw stukje informatie dat ze uit de dozen opdiept, als een kind dat vol verwondering naar de wereld kijkt. De papieren liggen keurig gesorteerd op stapeltjes, in chronologische volgorde. Margot is prachtig, ze heeft haar lange blonde haar – het kroest een beetje door de regen – met een potlood in een slordige knot vastgezet. Haar heldere ogen verraden haar intelligentie en zijn groen als beukenbladeren. Zelfs met een leesbril op is ze nog aantrekkelijk. Ik heb bewondering voor haar – de energie die ze uitstraalt, verraadt hoe sterk ze is, hoe ambitieus. Een onafhankelijke jonge vrouw met pit en doorzettingsvermogen. Toch voel ik achter haar façade van zorgeloosheid ook eenzaamheid. Door die te ontkennen denkt ze dat ze ervoor kan vluchten. Maar er is geen ontsnappen aan. Daarvoor zit de eenzaamheid te diep, volgens mij al sinds haar prilste jeugd. Een ongelukkige jeugd. Voor mij kan ze niets verbergen, want ik voel zelfs haar meest subtiele vibraties. Tijdens mijn leven bezat ik al een grote mate van empathie, maar hier in het Tussenrijk registreren mijn zintuigen nog scherper, nog zuiverder.

Ik ben nu vlak bij haar. Ik zweef zo dicht boven haar dat ik haar zou kunnen aanraken als ik stoffelijk was. Maar in mijn huidige ijle staat kan ik alleen een rimpeling van energie veroorzaken, waardoor de papieren als door een plotselinge windvlaag over het kleed worden geblazen. Verschrikt grijpt ze ernaar, en ze weet nog net te voorkomen dat ze in het vuur belanden. Terwijl ze de stapeltjes opnieuw ordent, kijkt ze naar de deur, de ramen, allemaal gesloten. En ze vraagt zich af waar de tocht dán vandaan komt. Dat die het werk zou kunnen zijn van een geest, komt niet bij haar op. Want ze gelooft niet in geesten. Tegen de tijd dat ik met haar klaar ben, piept ze wel anders.

Ik sta op het punt om nog een paar plagerijtjes uit te halen als de deur opengaat en Colm binnenkomt. Hij heeft zijn pet nog op, zijn jas nog aan. Zijn kleren zijn nat van de regen. Mrs. B. loopt handenwringend achter hem aan. Zijn vader doet een dutje, zegt ze. Misschien kan hij beter op een later tijdstip terugkomen. Maar hij komt niet voor JP. Hij komt voor Margot.

Die draait zich naar hem om. Ze weet wie hij is, net zoals ze weet dat hij haar vijandig gezind is. Langzaam komt ze overeind. Ze maakt geen aanstalten om hem de hand te schudden, zoals ze dat onder andere omstandigheden zou hebben gedaan. Colms gezicht staat grimmig. Hij is woedend sinds zijn oma hem heeft verteld over Margot en haar boek. 'Dank u wel, Mrs. B.,' zegt hij beleefd. 'Ik ben zo weer weg. Misschien zou u ons even alleen willen laten.'

Colm lijkt sprekend op zijn opa. Hij heeft diens dikke donkere haar geërfd, het kuiltje in zijn kin, de wilskrachtige gelaatstrekken. Maar anders dan bij Jack is zijn gezicht een open boek. Colm kan niet liegen. Jack kon het als geen ander. Behalve wanneer hij zich kwaad maakt, is Colm altijd charmant en geestig, aardig, beminnelijk, maar ook ondeugend. Het zijn eigenschappen die in zijn vader ook sterk aanwezig waren, voordat hij ze kwijtraakte door de drank. Wat zou er moeten gebeuren om te zorgen dat hij weer de oude wordt? Bij mijn vader was het zijn neef Digby die het tij nog net op tijd wist te keren. Wie gaat JP helpen om zichzelf terug te vinden?

'Het spijt me dat we elkaar onder deze onplezierige omstandigheden leren kennen,' zegt Colm. Het ligt niet in zijn aard om onbeleefd te zijn.

'Dat spijt mij ook.' Margot kijkt hem nog altijd strak aan. Ik weet zeker dat ze zich ondertussen afvraagt hoe ze ervoor kan zorgen dat hij bijdraait.

'Ik ben hier vanwege uw boek. Om u te vragen daarvan af te zien.'

Margot reageert verrast. 'Hoezo? Waarom zou ik daarvan afzien?'

vraagt ze kalm, met haar hoofd een beetje schuin, haar ogen vernauwd tot spleetjes. 'Waarom zou ik dat doen, alleen omdat u me dat vraagt?'

'Omdat u een fatsoenlijk mens bent. Althans, dat hoop ik.'

'Ik ben schrijver. Boeken schrijven is mijn werk.'

'Eva Perón is dood.'

Margot is opnieuw verrast. Hij heeft blijkbaar ook enige research gedaan. 'Maar in Argentinië wordt ze door veel mensen als een heilige beschouwd. Mensen die zeggen dat ze hun leven heeft veranderd. En van al die mensen heeft niemand geprobeerd om mij ervan te weerhouden over haar te schrijven.'

Colm stopt zijn handen in zijn broekzakken. Zijn blik gaat naar het plafond, alsof hij hoopt daar een argument te vinden waarmee hij haar kan overtuigen. 'Ik besef dat u geen enkele reden hebt om zich verantwoordelijk te voelen jegens mijn familie. Tenslotte kennen we elkaar amper. Maar mijn vader is zichzelf niet.'

'Hij drinkt te veel, maar hij is geen redeloze alcoholist. Ik weet uit ervaring wat drank met mensen kan doen. Uw vader is geen hopeloos geval. Hij weet wat hij doet.'

'Dat ben ik niet met u eens. Hij is kwetsbaar. En daar maakt u misbruik van.'

Margot is beledigd. 'Ik maak geen misbruik. Van niemand.'

De toon waarop ze het zegt is zo ijzig dat zelfs ik ervan schrik.

'Ik schrijf een boek over de geschiedenis van uw familie. Daarbij ga ik helemaal terug tot Barton Deverill. En inderdaad, ik ga ook over uw vader schrijven, over het verlies van het voorouderlijk huis. Het boek eindigt met de verkoop van het kasteel. Het moment waarop de Deverills afscheid nemen van wat eeuwenlang de zetel van de familie is geweest. Zonder dat zou het boek niet compleet zijn.'

'U wroet in het verleden, en daarmee rakelt u oud zeer op.' Zijn gezicht verraadt hoe gekwetst hij is. Zijn ouders zijn gescheiden. Maar waarom? Welk duister geheim probeert hij te beschermen?

'Ik ben geen onmens, Mr. Deverill. Ik ben schrijver, en ik beloof u dat mijn geschiedschrijving evenwichtig zal zijn. Ik heb bewondering voor uw familie. Mijn opa was bevriend met uw oom Harry. Uw familie heeft veel geleden, maar ook grote veerkracht getoond. Uw voorouders waren flamboyant, kleurrijk, durfallen met een groot hart. Het kasteel is, met slechts een korte onderbreking, meer dan driehonderd jaar in het bezit van de Deverills geweest. Er zijn maar weinig families die op zo'n geschiedenis kunnen bogen.'

De uitdrukking op Colms gezicht wordt nog gekwelder. Hij denkt aan zijn grootmoeder, Bridie Doyle, die als gravin Di Marcantonio het kasteel heeft gekocht. Dat ze ooit dienstmeisje was, kan hem niet schelen. Colm is wars van pretenties. Wat hem dwarszit, is dat ze is gestorven zonder haar zoon, zijn vader, te hebben gekend. Hij weet dat JP daar veel verdriet van heeft gehad. Ik weet het ook, maar toen ik nog leefde, wilde ik dat niet erkennen. Want ík heb JP als klein jongetje verteld dat zijn echte moeder dood was. En toen Bridie terugkwam uit Amerika, heb ik haar het contact met haar zoon ontzegd. Ze woonde vlakbij, maar ik heb haar zoon nooit verteld dat ze zijn moeder was. Ik heb met de gevolgen van die keuzes moeten leven toen na haar dood bleek dat ze hem een brief had geschreven waarin ze alles uitlegde. Ik dacht dat hij genoeg had aan ons, aan Robert en mij, en aan Bertie, onze vader. Ik dacht dat hij zich veilig en gekoesterd voelde, omringd door liefde; dat hij er geen behoefte aan had om zijn biologische moeder te leren kennen. Maar ik had het mis. En tegen de tijd dat JP de waarheid te horen kreeg, was het te laat. Toen was Bridie al overleden.

'Door dat boek van u zal de familie nog verder verdeeld raken.' Colm loopt naar de deur. 'Ik hoop dat u dat beseft. Door dat boek slaat u elke hoop op een verzoening tussen mijn ouders, mijn zussen en mijn grootouders de bodem in. Door het verleden weer op te rakelen, maakt u het ons onmogelijk het achter ons te laten. Uit dat boek kan niets goeds voortkomen. Integendeel. En uiteindelijk zal het zich tegen u keren. Een kwestie van karma.'

Margot haalt haar schouders op. 'Ik geloof niet in karma. En ook niet in vervloekingen, in dwergen en geesten.'

'Waar gelooft u wel in?'

'In mijn vermogen om zelf voor mijn eigen geluk te zorgen.'

'En lukt dat een beetje?'

'Dat lukt prima.'

'Kijk eens aan.' Colm legt zijn hand op de koperen deurknop. 'Dan moet u het zelf maar weten.'

Hij loopt de kamer uit. Margot blijft achter bij het vuur. Ze staart naar de plek waar hij even eerder nog stond, een frons doet haar voorhoofd rimpelen. Ze probeert zich weer op haar werk te concentreren, maar Colm heeft haar uit haar evenwicht gebracht. Ze is boos. Twijfel steekt de kop op. De biografie van Eva Perón had niet voor problemen gezorgd omdat haar hoofdpersoon dood was. Misschien zou ze inderdaad niet over nog levende hoofdpersonen moeten schrijven.

5

Een paar dagen na haar bezoek aan de pub reed Margot opnieuw naar Ballinakelly, op zoek naar een beetje afleiding. Het was erg wennen, het leven in zo'n rustig provincieplaatsje. Ze had in Buenos Aires gewoond, in Milaan, Parijs, Amsterdam, Oslo, stuk voor stuk bruisende steden waar altijd wel iets te beleven was. In Ballinakelly daarentegen was het griezelig stil. Met als gevolg dat ze te veel tijd had om te piekeren.

Sinds die ongemakkelijke ontmoeting in het Jachthuis had ze Colm niet meer gezien. Diep beledigd door zijn suggestie dat ze misbruik maakte van Lord Deverills kwetsbaarheid, had ze daarna de halve nacht wakker gelegen. In haar boosheid, haar verbouwereerdheid had ze niet geweten wat ze moest zeggen. Maar inmiddels wist ze dat wel. Dus mocht ze hem ooit nog tegenkomen, dan zou ze hem alsnog van repliek dienen. Die kans leek haar overigens niet groot. Om hem te ontlopen was ze niet meer in O'Donovan's geweest, hoe leuk ze het ook zou vinden om Seamus weer te zien. Ze voelde zich aangetrokken tot zijn ruige charme. Ondertussen hoopte ze vurig dat ze Colm niet op straat zou tegenkomen. Gelukkig was er in het hotel geen levende have waarvoor een dierenarts nodig zou kunnen zijn.

Na Dorothy hadden nog twee gasten geklaagd over vreemde geluiden in het holst van de nacht. Waarom kwamen die zogenaamde geesten toch altijd midden in de nacht tevoorschijn, vroeg Margot zich af. Waarom niet gewoon overdag? Waren geesten net als zee-egels, die zich verstopten onder een steen en zich pas lieten zien wanneer het donker werd? Het hele idee van geesten was belachelijk. Maar Mr. Dukelow had de klachten zonder blikken of blozen aangehoord en het jonge stel bezworen dat er niets aan de hand was. Dat het echt niet spookte in het hotel. Dat Mrs. De Lisle zelfs een priester had laten komen om het van mogelijke negatieve energieën te ontdoen. Margot had geen idee of dat waar was. Mrs. De Lisle leek haar niet iemand die in dat soort onzin geloofde. Ze was een nuchtere, praktisch ingestelde zakenvrouw die geen blad voor de mond nam.

Mr. Dukelow had het stel weliswaar niet kunnen overtuigen, maar het had hem het voordeel van de twijfel gegund, tevreden dat hij de klacht serieus had genomen. Margot vroeg zich af of Mr. Dukelow zich onderhand zorgen begon te maken dat al die verhalen over geesten toekomstige gasten zouden kunnen afschrikken. 'Het kasteel is oud, het kraakt in zijn voegen,' had hij gezegd toen ze erover begon. 'Overdag heeft niemand het over geesten. Maar zodra ze in bed liggen, horen ze van alles. Gepiep en gekraak dat ze overdag ook zouden horen als ze dan net zo aandachtig luisterden.'

En daar had hij waarschijnlijk gelijk in, dacht Margot, terwijl ze haar Kever langs de stoeprand parkeerde. De zon stond stralend aan een flonkerend blauwe hemel, zeemeeuwen zwenkten langs het zwerk, de punten van hun vleugels lichtten op wanneer de zon erop viel. Aan weerskanten van de hoofdstraat stonden eenvoudige huizen, in alle kleuren van de regenboog; daarachter vormden de groene heuvels met hun lappendeken van akkers en velden een indrukwekkend decor. De leien daken glansden nog van de regen, luid krassende roeken zaten op de schoorstenen. De inwoners van het stadje slenterden over de vochtige stoep en bekeken de etalages, of ze kwamen met tassen vol boodschappen de winkels uit. Drie oudere dames met een hoofddoek om zaten op een bankje te roddelen; een welgedane vos draafde onbekommerd door de straat, alsof hij wist dat de jachtpartijen van de Deverills voorgoed tot het verleden behoorden.

Margot liep een boetiek binnen. Ze was niet bijster geïnteresseerd in kleding, maar iets trok haar de winkel in. Eenmaal binnen ontdekte ze Emer O'Leary, die geanimeerd met de verkoopster stond te praten. Toen ze Margot zag haperde haar glimlach, en er viel een ongemakkelijke stilte.

'Goedemorgen, Mrs. O'Leary,' zei Margot opgewekt, in de hoop het ijs te breken.

Emer werd heen en weer geslingerd tussen haar aangeboren beleefdheid en haar loyaliteit jegens haar dochter en haar kleinkinderen. 'Goedemorgen,' zei ze ten slotte weinig toeschietelijk. Vervolgens keerde ze zich met een warme glimlach naar de verkoopster. 'Ik moet er maar weer eens vandoor, Sheila. Tot ziens.'

Margot vond dat ze iets moest zeggen. Het voelde onbeleefd om dat niet te doen. Mrs. O'Leary had haar tenslotte gastvrij ontvangen. Dus ze haastte zich achter haar aan naar buiten. 'Nog even over mijn boek, Mrs. O'Leary. Ik beloof u dat ik tactvol te werk zal gaan.' Ze hoorde zelf hoe weinig overtuigend het klonk. Want hoe zou ze tactvol kunnen schrijven over een familie die zo zwaar door het leven op de proef was gesteld?

Emer deed een stap naar haar toe. 'Ik twijfel er niet aan of je bedoelingen zijn zuiver, kindje,' zei ze zacht en met een vriendelijke blik in haar lichte ogen. 'Maar alles wat we doen, heeft gevolgen. Alles wat we doen, veroorzaakt een rimpeling, en die rimpeling zet zich voort. Dat kan zowel helende als kwetsende gevolgen hebben. Ondanks alle research die je hebt gedaan, weet je niets van de Deverills. Als je met JP praat, krijg je alleen zijn kant van het verhaal te horen. Daar moet je je van bewust zijn bij het schrijven van de laatste hoofdstukken. Ik hoop dat je dan aan Alana denkt, mijn dochter, en aan haar kinderen. Die hebben het ook niet makkelijk gehad. Ze raakten niet alleen hun thuis kwijt, maar ook hun vader.'

'Waarom vertelt ú me hun kant van het verhaal dan niet? Ik wil niets liever dan een evenwichtig boek schrijven.'

Emer glimlachte wrang. 'Dat zou verraad zijn. Prettige dag verder.'

Het was duidelijk. Van Emer zou Margot niets wijzer worden.

Ze vervolgde haar weg, zo aangeslagen dat ze nauwelijks iets zag, ook al keek ze naar alle kanten om zich heen. Toen ze haar idee aan de uitgever voorlegde, had ze er niet bij stilgestaan dat ze ook over de nog levende Deverills zou moeten schrijven. Haar uitgever was meteen enthousiast geweest, en na het succes van haar biografie van Eva Perón had haar agent een hoog voorschot kunnen bedingen. Stel dat ze alsnog voor een ander project zou kiezen, dan zou het niet meevallen om al dat geld terug te betalen. Bovendien had ze op dat moment geen andere ideeën. Ze had zich vastgelegd om negen maanden als gastschrijver in het hotel te verblijven. Dus ook in dat opzicht kon ze niet meer terug. Ze had geen andere keus dan door te zetten.

Terwijl ze langs de All Saints Church liep, stak een gevoel van verzet de kop op. Ze liet zich door niemand vertellen waarover ze wel of niet mocht schrijven, dacht ze nijdig. De Deverills waren niet de eerste dynastie waaraan een biografie werd gewijd, en ook zeker niet de laatste. Over de koninklijke familie werd voortdurend geschreven, en die protesteerde nooit. Als JP Deverill haar wilde helpen met haar research, dan weigerde ze dat aanbod af te wijzen om zijn schoonmoeder en zijn zoon een plezier te doen. Ze kende hen amper. Waarom zou ze zich loyaal moeten voelen jegens hen? Als ze al enige vorm van loyaliteit voelde, dan was het jegens JP, die haar had binnengevraagd en haar inzage had gegeven in het familiearchief. En trouwens, wat deed het ertoe? Over negen maanden vertrok ze uit Ballinakelly en zag ze de O'Leary's en de Deverills nooit meer.

Haar verontwaardiging steeg, net als haar opstandigheid. Ze versnelde haar tred en zette koers naar O'Donovan's. Voor de pub stond een groepje mannen. Boeren, vermoedde ze. Mannen met een pet, een dikke jas en zware laarzen. Ze liep langs hen heen en duwde de deur open. Binnen was het rustig. Er zaten wat gasten aan een vroege lunch. Seamus O'Donovan stond achter de bar, in gesprek met een jonge vrouw die haar bril schoonmaakte met een theedoek. Toen hij Margot zag, trok hij glimlachend zijn wenkbrauwen op.

'Ik vroeg me al af wanneer u weer kwam.'

Het gevoel van verontwaardiging verdween als sneeuw voor de zon. 'Het is nog te vroeg voor een borrel. Helaas. Ik zou hem goed kunnen gebruiken. Doe maar een sodawater met lime.'

Hij schoot in de lach. 'We zijn hier in Ierland. En ergens op de wereld is het happy hour.'

'Nee, sodawater met lime. Ik ben aan het werk.'

'Dat heeft nog nooit iemand ervan weerhouden een borrel te nemen. Zelfs pastoor Leader niet. Die is al half aangeschoten wanneer hij de vroegmis opdraagt.'

'Ja, ja, u weet het leuk te brengen.' Het was heerlijk om te lachen. Dat voelde goed.

'Een sodawater met lime dan maar.' Hij pakte een glas. 'U was laatst ineens vertrokken. Had ik iets verkeerds gezegd?'

Ze zag aan de pretlichtjes in zijn ogen dat hij het niet meende. 'Nee. Ik had genoeg van Mr. Flannigan en zijn hitsige blikken.'

Seamus haalde zijn schouders op. 'Ach, hij heeft een grote mond, maar eigenlijk doet hij geen vlieg kwaad.'

'Dat "eigenlijk" klinkt niet echt geruststellend, Mr. O'Donovan. Bovendien had ik ook genoeg van Colm Deverill. Die zat me zo woedend aan te kijken...'

'Dat is een andere zaak.' Hij schonk limoensap in een glas, gevolgd door sodawater.

Terwijl ze naar zijn grote, mannelijke handen en zijn gespierde armen keek, huiverde ze van begeerte.

'U had toch niet verwacht dat de familie zou staan te juichen nu u hebt besloten hun vuile was buiten te hangen?'

'Nee, natuurlijk niet. Maar ik had wel verwacht dat ze althans beleefd zouden blijven.'

'Hij is kwaad.'

'Ik ook.'

'Weet u, het gaat me natuurlijk niks aan, maar ik ken Colm al mijn hele leven. Hij is een goed mens. Maar hij is ook trots en hij wil zijn familie beschermen.' Seamus schoof het glas over de bar naar haar toe. 'Hij vindt het maar niks dat zijn vader u helpt.'

Margot nam een slok. 'Dat weet ik. Want dat is hij me hoogstpersoonlijk komen vertellen. Maar ik laat me door niemand de wet voorschrijven. JP Deverill is oud en wijs genoeg om op zichzelf te passen. In mijn tijd als journalist heb ik geleerd om me niks aan te trekken van boze reacties op wat ik schrijf.' Margot haalde haar schouders op. 'Dat is allemaal onderdeel van het vak.'

'Volgens mij kun je prima voor jezelf zorgen,' zei hij plotseling vertrouwelijk terwijl hij zich over de bar boog. 'Zullen we samen iets gaan drinken? Wat vind je? Ergens waar het rustig is?'

Ze beantwoordde zijn blik. 'Prima. Goed plan. Waar had je gedacht?'

'Ik ben hier over een uur klaar. Dan zou ik je mee naar boven kunnen smokkelen.'

Ze grijnsde om zijn ondeugende woordkeuze. 'We zijn volwassen mensen.'

'Dat wel, maar iedereen houdt elkaar in de gaten, en dan wordt er gepraat. Je bent nieuw hier, maar hou daar rekening mee. Je moet een beetje op je tellen passen.'

'Je bent toch niet getrouwd, hè?'

Hij schudde zijn hoofd. 'Nee. Het is er nooit van gekomen. Ook al heeft mijn moeder nog zo haar best gedaan. Trouwens, wie zou me willen hebben?'

'Ik ben ook een vrije vrouw.' Ze schoot in de lach. 'Maak je je zorgen over mijn reputatie? Je bent een gentleman, Seamus.'

Hij keek haar lachend aan. Een vrouw zoals zij, vrij en zorgeloos als een man, was nieuw voor hem. 'Bestel maar iets te eten. Dan ben ik het toetje.'

'Hm, je aanbod is erg verleidelijk.' Haar blik ging naar het menu, dat met krijt op een schoolbord was geschreven. 'Misschien moet ik het zien als onderdeel van mijn research.'

Later die middag, in Seamus' slaapkamer onder de dakbalken, liet Margot zich volledig gaan in de armen van een man die ze amper kende. Het was iets wat ze in het verleden al zo vaak had gedaan. Genieten van een man zonder zich te binden, zonder wederzijdse verwachtingen. Alleen maar genieten. Seamus was een ervaren minnaar met een goed lijf. En hij rook lekker, behalve naar houtvuur ook naar zijn eigen, unieke combinatie van geuren. Hij was ook grappig, er werd tussen de lakens veel gelachen, en met zijn grote, verrassend tedere handen zorgde hij ervoor dat ze even alles kon vergeten.

'Dat was zalig.' Met een zucht duwde ze hem speels van zich af. 'Volgens mij heb je het vaker gedaan.'

'Ja, ik heb het wel eens eerder gedaan.' Hij rolde op zijn rug.

'Het was precies wat ik nodig had.'

'Dus je bent niet kwaad meer?'

'Nee.' Ze rekte zich uit en slaakte opnieuw een zucht. 'Integendeel, ik ben helemaal tevreden.'

Hij keerde zich naar haar toe. In zijn ogen stond bewondering te lezen, maar ook verwarring, alsof hij een exotisch schepsel bestudeerde, afkomstig van een andere planeet. 'Vrouwen zoals jij, die kennen we hier niet.'

'Gelukkig maar. Ik moet er niet aan denken dat we allemaal hetzelfde waren.' Ze glimlachte naar hem, zich koesterend in zijn bewondering.

'Dus het is voor herhaling vatbaar?'

'Absoluut.' Ze werkte zich op een elleboog overeind en keek hem strak aan. 'Volgens mij ben ik de vijand. Moest het daarom allemaal zo in het geniep?'

'Nee hoor. Ik ben strikt onpartijdig. Echt waar. Ik ben de Deverills niets verplicht. Als JP je wil helpen, dan moet hij dat zelf weten. En als Colm niet wil dat zijn vader dat doet, dan is dat zijn zaak. Trouwens, als ik toch partij zou moeten kiezen, dan zou ik zeggen dat ik aan jouw kant sta.'

'Je bent wel erg gemakkelijk om te kopen.' Lachend streek ze met haar wijsvinger over zijn borst. 'Maar maak je geen zorgen. Ik zal je niet in verlegenheid brengen. Dit doe ik louter en alleen voor mijn plezier. Het heeft niets met het boek te maken.'

'Precies.'

'Vertel me eens wat over Ballinakelly. Je familie woont hier al honderden jaren, jij bent hier opgegroeid. Heb je nooit ergens anders naartoe gewild?'

'Nee, ik ben hier altijd gelukkig geweest. Ik zou me niet kunnen voorstellen om ergens anders naartoe te gaan. Bovendien sta ik inmiddels aan het hoofd van het familiebedrijf. Pa is met pensioen. Ma bemoeit zich nog altijd graag overal mee. Die gaat hier pas weg tussen zes planken.'

'Heb je nog broers en zussen?'

'Ja, vijf. Maar ik ben als enige in Ballinakelly gebleven.'

'Wat vind je van het hotel? Vond je het jammer dat het kasteel werd verkocht? Meer dan driehonderd jaar geschiedenis. Ineens weg. Het einde van een tijdperk, geen leenheren meer, geen pachters...'

'Het hotel zorgt voor meer banen dan het kasteel, zeker in de laatste jaren. JP heeft veel geld verloren bij de scheiding, en het schijnt dat hij onverstandige investeringen heeft gedaan. Ik heb begrepen dat hij nooit goed met geld om kon gaan. Hij is er ook niet mee opgegroeid. De Deverills zijn door de brand in 1921 alles kwijtgeraakt. Rijk zijn ze daarna nooit meer geworden. Totdat JP het kasteel erfde. En een heleboel geld. Dat heeft hem geruïneerd.'

'Maar waarom dan?'

Seamus begon ongemakkelijk te draaien, maar Margot liet haar vingers afdwalen naar het zachte deel van zijn buik, net onder zijn navel. 'Het schijnt dat hij een verhouding had. Dat is meestal de reden voor een scheiding, toch? Ik neem aan dat de kinderen partij voor hun moeder hebben gekozen. Ze geven JP er de schuld van dat het huwelijk is stukgelopen.'

'In een kleine gemeenschap als deze is een verhouding moeilijk geheim te houden, neem ik aan. Iedereen weet alles van elkaar. Er is altijd wel iemand die iets heeft gezien of gehoord. En in het kasteel was natuurlijk overal personeel dat aan de deuren luisterde.'

'Precies. Als ik op het kasteel had gewerkt, zou ik ook nieuwsgierig zijn geweest.'

'Maar elk verhaal heeft twee kanten. JP had een verhouding, maar misschien werd hij wel in de armen van een andere vrouw gedreven. Misschien was hij ook ongelukkig.'

'Als je het mij vraagt, heeft dat kasteel nooit iemand geluk gebracht. In elk geval niet de eigenaren.'

'Dat kan ik me niet voorstellen. Sommige waren vast heel gelukkig.'

'Dat hoop ik dan in je boek te lezen.'

'Waren Bridie en haar graaf gelukkig?'

'Ach, dat is een verhaal! Je zou eens met Bridies broer moeten gaan praten. Michael. Hij woont hier een eindje verderop, in de boerderij van zijn ouders. Volgens mij moet hij ergens in de negentig zijn. Hij komt hier af en toe, en na een paar biertjes wordt hij spraakzaam. Ik weet zeker dat hij met je wil praten. Hij heeft nog altijd een zwak voor mooie vrouwen.'

Ze glimlachte. 'Dank je wel.'

'Graag gedaan. Volgens de verhalen heeft Michael de graaf om zeep geholpen. Hij heeft hem op het strand tot zijn nek in het zand begraven, en toen het vloed werd is de graaf verdronken. Een afschuwelijke dood. Het kasteel is vervloekt. Daar ben ik van overtuigd.'

Margot had het verhaal al eerder gehoord, van Mrs. B. 'Je hebt gelijk. Ik moet zeker met Michael Doyle gaan praten. Maar ik geloof niet in vervloekingen. Alleen in slechte mensen.'

Toch moest ze heimelijk toegeven dat Seamus misschien niet helemaal ongelijk had. Onder de erfgenamen van het kasteel was er niet een die een vredig, harmonieus bestaan had geleid. Ze hadden allemaal zware offers gebracht voor hun huis. Misschien wel té zwaar. 'Het kasteel van een Deverill is zijn koninkrijk,' zei ze peinzend. 'Denk je dat ze het behoud van het kasteel altijd zwaarder hebben laten wegen dan het welzijn van de bewoners?' Terwijl ze het vroeg wist ze zelf het antwoord al. Opwinding maakte zich van haar meester en verdreef de aangename loomheid na het vrijen. Ze schoot overeind. 'Dat wordt het thema van het boek. Zolang de Deverills meer belang hechten aan een berg stenen dan aan de liefde, zullen ze nooit gelukkig zijn. Het kasteel zelf is niet vervloekt. Het is de manier waarop de Deverills zich eraan vastklampen die ongeluk brengt.' Ze schudde haar hoofd. 'God, het klinkt als iets wat Dan zou kunnen zeggen.'

'Wie is Dan?'

'Een vriend van me. Hij beweert dat hij helderziend is. Een medium. Hij houdt zich bezig met dingen als karma, universeel bewustzijn, feng shui, universele wetten, tarotkaarten, de wet van aantrekking... Echt waanzinnig.' Ze schoot in de lach. Seamus keek haar verbijsterd aan. Na karma had hij haar al niet meer kunnen volgen. 'Maar dat doet er niet toe,' vervolgde ze. 'Volgens mij zit ik op het goede spoor.' Ze boog zich over hem heen en drukte haar lippen op de zijne. 'Zo. Genoeg gepraat. We zijn hier voor ons plezier. Zullen we nog een keer?'

Toen Mrs. B. de jachtkamer binnenkwam, trof ze daar Lord Deverill. Hij stond bij de haard. Met een sigaret tussen zijn vingers bladerde hij door een in leer gebonden boek. Ze was verrast hem daar te zien. De jachtkamer was een van de vele vertrekken waar hij nooit kwam.

'Mrs. B!' begroette hij haar. 'Is miss Hart vandaag niet geweest?'

'Nee, milord, ik heb haar niet gezien.'

Hij keek op van het dagboek. 'Denkt u dat het hier warm genoeg is? Ik wil niet dat ze het koud heeft.'

'Wanneer de haard brandt is het hier heel aangenaam.'

'En heeft ze ook genoeg licht?' Hij keek naar de grote ramen, omlijst door zware gordijnen van groen fluweel. 'Het wordt al zo vroeg donker.' Hij zuchtte. 'Het is hier 's winters altijd zo somber. Dat is nooit anders geweest.'

'Volgens mij heeft ze licht genoeg. Ze heeft er tenminste nooit over geklaagd.'

Hij nam een trek van zijn sigaret en blies een dunne, grijze kolom rook uit. 'Miss Hart is niet het type om te klagen. Ze maakt zich niet zo gauw ergens druk over. En ze is altijd opgewekt. Daar hou ik van. Het is leuk om zo iemand in huis te hebben. Vindt u ook niet, Mrs. B.?'

'Inderdaad, milord. En u hebt gelijk. Ze is altijd opgewekt.'

Hij keek weer in het boek. 'Weet u wat dit is, Mrs. B?'

'Ik heb geen idee, milord.'

'Dit is het dagboek van mijn over-overgrootmoeder. Erg boeiend. Ik begrijp waarom miss Hart zich zo aangetrokken voelt tot de geschiedenis. Het is intrigerend om te lezen over mensen die vroeger hebben geleefd. Mijn over-overgrootmoeder Hermione bekommerde zich om zielige ezels. Ze had er tientallen, stuk voor stuk met een andere kleur lint om hun oren gebonden, zodat ze de beesten niet door elkaar haalde. En ze hadden allemaal een naam. Ze had ook een pony, een shetlander. Billy heette hij. Hij kwam soms tijdens het ontbijt de eetkamer binnenwandelen en dronk thee uit een porseleinen kom.'

Mrs. B. glimlachte, haar ernstige gezicht werd zachter; het kreeg iets liefs, iets aantrekkelijks. 'Nee maar. Wat een verhaal.'

'Maar haar man stierf al op jonge leeftijd. Hij is verdronken. En hij liet haar achter met vijf kleine kinderen, die ze helemaal alleen moest grootbrengen.'

'O, wat vreselijk.'

'Dat is het zeker. Maar ze was een taaie Engelse. Ze dwong respect af bij haar pachters en haar personeel, en ze bestierde het kasteel met militaire discipline. Dat soort vrouwen heeft het imperium groot gemaakt. Taai en niet van hun stuk te brengen in tijden van crisis en tegenspoed. Toen ze stierf kwam heel Ballinakelly zijn respect betuigen. Haar kist werd, bedekt met bloemen, op een kar gezet en door ezels naar de kerk getrokken. Het lijkt erop dat de mannelijke Deverills door de eeuwen heen altijd met sterke vrouwen zijn getrouwd.'

'Uw grootmoeder Adeline was ook een sterke vrouw.'

'Inderdaad.'

JP dacht aan Alana, zijn ex-vrouw. Maar hij verdreef de gedachte voordat die te pijnlijk werd. 'Denkt u dat miss Hart morgen wel komt?' Hij legde het boek neer. Zijn hele lichaam snakte ineens naar whiskey. Hij liep naar de deur.

Mrs. B. deed een stap opzij om hem te laten passeren. 'Vast en zeker, milord.'

'Mooi zo. Misschien zou u de boel een beetje kunnen afstoffen en aan de jongens willen vragen om nog meer hout naar binnen te brengen. Hout. Geen turf. Daarmee krijg je het hier niet echt warm gestookt. En ik wil niet dat miss Hart het koud heeft.'

Mrs. B. keek hem na terwijl hij naar de bibliotheek liep. Ze wist dat hij zichzelf een glas whiskey ging inschenken. En dat het niet bij één glas zou blijven. Het gebeurde regelmatig dat ze hem slapend in zijn stoel aantrof. Met smeulende sintels in de haard, waardoor het onaangenaam kil was geworden in de bibliotheek. Ze zuchtte en hoopte vurig dat miss Hart morgen weer kwam. Lord Deverill vrolijkte ervan op als ze er was.

Margot lag in bed naar het plafond te staren. De volle maan stond als een glanzende schijf aan een hemel vol twinkelende sterren. Ze had de gordijnen niet helemaal dichtgetrokken, waardoor er een streep van het waterige licht naar binnen viel, dat de meubels en de balken van een griezelig reliëf voorzag. Het was doodstil, af en toe klonk de roep van een uil of de kreet van een opgeschrikt dier. Zelfs de wind liet zich niet horen. Margot had het merkwaardige gevoel dat er naar haar werd gekeken. Ze besefte dat het absurd was. Er was verder niemand in de kamer. Ze was alleen. Toch had ze het gevoel dat er iemand naast haar bed stond. Ze ging op haar zij liggen en probeerde in slaap te komen. Het was allemaal de schuld van Dorothy, met haar verhalen over geesten.

Terwijl ze indommelde zag ze JP Deverill voor zich. Een verloren man. Ze had met hem te doen. Overspoeld door een golf van medelijden deed ze haar ogen weer open. Ze wilde geen medelijden met hem hebben. Ze wilde niet worden meegezogen in zijn verslaving. Ze kon hem niet helpen. En dat wilde ze ook niet. Ze deed haar ogen weer dicht en dacht aan Seamus. Maar JP kwam telkens weer bovendrijven, als een hardnekkige kurk. Hij liet haar niet los. En ze kon het gevoel niet van zich afzetten dat hij een beroep op haar deed.

6

De volgende ochtend werkte ze in de salon, die was omgedoopt tot de Lady Adeline Suite. Margot wist dat Adeline de titel 'lady' pas bij haar huwelijk had verworven. Ze zat aan het bureau dat Mr. Dukelow voor haar had laten neerzetten bij een van de grote ramen die uitkeken op de tuin. Het gazon zag wit van de rijp; een deken van glinsterende parels onder een onbewolkte hemel met daaraan een lage winterzon. De kale bomen leken te huiveren, scherp afgetekend tegen de blauwe lucht als een latwerk van spichtige takken. Hun ranke lijnen werden slechts verstoord door een zwerm inktzwarte, luidruchtige roeken die erop was neergestreken.

De salon vormde zowel qua afmetingen als qua inrichting en stoffering een harmonieus geheel. De muren waren bleek zachtgroen geschilderd, de groendamasten gordijnen, afgebiesd met franje, werden opzijgehouden door grote schelpvormige haken. Het vuur in de haard brandde, de kussens op de banken waren opgeschud, de lampen verspreidden een warme gloed. Alles ademde luxe en extravagantie, maar werd gedomineerd door de indringende blik van Tarquin Deverill, wiens portret aan twee zware kettingen boven de haard hing. Margot liep erheen en bekeek het aandachtig. Het was schitterend, net als alle portretten van Deverills die ze had gezien. Maar in tegenstelling tot het brede, knappe gezicht van Barton was dat van Tarquin lang en smal, met een onaangename uitdrukking. Tegen de wazige achtergrond van een landschap poseerde hij in een indigoblauw fluwelen jasje, met daaroverheen een soort brede sjaal van dieprode zijde. Zijn haar viel in een waterval van bruine krullen op zijn schouders, en op zijn borst prijkte een enorme diamanten stermedaille. De witte cravate om zijn keel benadrukte de hooghartige kin. Een kasteelheer in optima forma, maar ook een man met een wreed karakter. Margot kon zich maar al te goed voorstellen dat hij zijn gehandicapte zoon had laten verdrinken, dat hij de dood van het kind als een opluchting had ervaren, want daarmee was zijn blazoen voorgoed van die smet gezuiverd geweest. Het portret straalde een duistere energie uit, en terwijl ze weer naar haar bureau liep had ze het gevoel dat zijn blikken haar volgden.

Aan het begin van de middag ging ze weer naar het Jachthuis. Het was guur en vochtig, de zon was al achter de bomen gezakt en gloeide als een brandende kool. Margot huiverde. Ze verheugde zich op de gastvrij brandende haard in de jachtkamer en op de dozen vol schatten.

Al snel nadat ze had aangeklopt ging de deur op een kiertje open, maar zodra de huishoudster haar herkende verscheen er een bedeesde glimlach op haar gezicht. 'Kom gauw binnen, miss Hart.' Ze zwaaide de deur wijd open. 'Wat een afschuwelijke, snijdende wind!'

'Dank u wel, Mrs. B.' Margot keek toe terwijl ze de winter haastig buitensloot. Ze zette haar muts af, trok haar jas uit en stopte haar wanten in een van de zakken.

'U wilt vast wel thee. Ik zal tegen Lord Deverill zeggen dat u er bent.'

'Dat hoeft niet, hoor. Misschien wil hij liever niet gestoord worden.' Margot volgde de huishoudster de gang in.

'Juist wel! Hij zal blij zijn dat u er bent. Het is hier de hele ochtend zo stil geweest.'

Toen ze langs de bibliotheek kwamen, verscheen JP in de deuropening. 'Kijk eens aan!' Zijn ogen lichtten op. 'U bent er weer. Mooi zo.'

Ze knikte, verrast dat hij haar komst niet als een inbreuk op zijn rust beschouwde. Ze was expres een dag weggebleven om hem niet te veel tot last te zijn.

'Mrs. B. had de haard in de jachtkamer voor de zekerheid al om negen uur aangestoken. Het zou er inmiddels lekker warm moeten zijn. Trouwens, ik heb in het dagboek van mijn over-overgrootmoeder zitten lezen.'

'Hermione Deverill?'

'Precies. Buitengewoon interessant, het leven dat mijn voorouders leidden.' Ze liepen de jachtkamer binnen. 'U hebt me geïnspireerd om me in mijn geschiedenis te verdiepen. Ik heb hier gisteren de hele dag gezeten.'

Hij maakte een energieke indruk. De trieste berusting die hij bij haar eerdere bezoeken had uitgestraald, had plaatsgemaakt voor enthousiasme. Ze was blij dat een duik in de geschiedenis van zijn familie hem een beetje had opgevrolijkt. 'Zegt u alstublieft gewoon Margot.' Ze zette haar tas op het biljart. 'Miss Hart klinkt zo formeel. Als een personage uit de boeken van Jane Austen.'

'Prima. Maar dan wil ik dat jij gewoon JP zegt.'

'Afgesproken.' Terwijl ze het zei, zag ze dat er nog een fauteuil bij het vuur was gezet. Daar stonden er nu twee. Een voor haar en een voor JP. Het had iets ontroerends; het raakte haar en maakte haar een beetje verdrietig. In dit grote, lege huis vormden die twee stoelen een kleine oase van kameraadschap.

JP sloeg het dagboek open en las een paar stukjes voor. 'Charmant, vind je ook niet?'

'Hermione wist zich zo lyrisch uit te drukken.'

'Precies. Ze hield van poëzie. En ze citeert veel van haar lievelingsschrijvers. Charmant,' zei hij nogmaals.

Op dat moment kwam Mrs. B. binnen met de thee. Ze zette het blad op het biljart, tussen de dozen. Toen ze had ingeschonken liep JP met zijn kopje naar een van de fauteuils en liet zich er met een tevreden zucht in zakken. Het stuk cake dat Mrs. B. voor hem afsneed, pakte hij met een dankbare glimlach van haar aan. Op haar beurt keek ze vol genegenheid op hem neer. Margot sloeg hen met belangstelling gade. Het leek erop dat Mrs. B. nog de enige was die om JP gaf.

Buiten werd de hemel verduisterd door paarse wolken, binnen verspreidden de lampen een gouden schijnsel. Het vuur knapperde in de haard, de vlammen likten met vuurrode tongen aan de houtblokken en knetterden lustig wanneer ze een stuk mos verteerden. Margot liep naar de andere stoel. Als een stel oude vrienden die zich verheugden op een gezellige avond zaten JP en zij tegenover elkaar.

'Waar woonde je toen je klein was?' vroeg ze.

'In een groot huis, ook hier op het terrein. Bij Kitty, mijn halfzus, en haar man Robert. Het White House. Het staat er nog steeds, maar het is niet meer van mij. Ik heb het samen met het kasteel verkocht en alleen dit huis gehouden, met een klein stukje grond.'

'Leefde Kitty nog toen je het kasteel verkocht?'

'Ja, ze was toen zesenzeventig. En ze is tachtig geworden. Ik heb haar met de verkoop veel verdriet gedaan. Haar hart was gebroken. Het kasteel betekende alles voor haar. Van Mrs. De Lisle mocht ze tot haar dood voor een symbolische huur in het White House blijven wonen. Maar Kitty en ik hebben elkaar daarna nooit meer gesproken. Ze vond het onvergeeflijk wat ik had gedaan.'

'Wat verdrietig.'

Hij haalde zijn schouders op. 'Ach, we hadden allebei onze redenen om verbitterd te zijn.'

Margot zei niets. Het zou opdringerig zijn om door te vragen.

Maar JP zat op zijn praatstoel. 'Kitty was als een moeder voor me. Mijn echte moeder was een dienstmeisje, dat heb ik je verteld. Mijn tweelingzus en ik...' Hij keerde zich naar haar toe. 'Heb ik je al over Martha verteld?'

Nu was Margots belangstelling pas echt gewekt. Ze schudde haar hoofd. 'Nee, nog niet.'

'Martha en ik zijn geboren in Dublin, in een klooster. Martha is geadopteerd door een Amerikaans echtpaar uit Connecticut. Voordat ik ook geadopteerd zou worden, heeft de broer van mijn moeder me uit het klooster gestolen en me hier bij het Jachthuis in een mand voor de deur gelegd.'

'Net als Mozes.' Margot glimlachte.

'Ja, maar daar houdt de overeenkomst op. Mijn moeder, Bridie Doyle, vertrok naar Amerika, om daar een nieuw leven op te bouwen. Ze ging in betrekking bij een schatrijke vrouw die haar bij haar dood een fortuin naliet. Een aantal jaren later trouwde ze met de graaf Di Marcantonio, ze kocht het kasteel en ging er wonen, bijna twintig jaar nadat ze er als dienstmeisje had gewerkt. Ik wist niet beter of mijn echte moeder was dood. Dat had Kitty me verteld, en ik had geen reden om haar niet te geloven. Pas nadat Bridie was overleden – aan kanker – kwam ik achter de waarheid. Ze liet twee brieven na, voor Martha en voor mij. Martha was kort daarvoor naar Ballinakelly gekomen, op zoek naar haar biologische moeder.'

'Heb je Martha ontmoet?'

'Ja, stomtoevallig. We logeerden in Dublin in hetzelfde hotel, en het was liefde op het eerste gezicht. We waren nog kinderen. Pas zeventien.'

'Dus je werd verliefd op je zus?'

'Ja, maar dat wisten we niet. We zijn natuurlijk geen eeneiige tweeling. Het was een wrede speling van het lot.' Hij keek haar aan, zijn ogen glinsterden vochtig. 'Het was zo'n klap toen we dat te horen kregen. We konden geen enkele reden bedenken waarom we niet voorgoed samen konden blijven. Maar die reden was er dus wel degelijk.' Hij haalde zijn schouders op. 'Dat was mijn eerste echte teleurstelling. Tot op dat moment had ik een volmaakt zorgeloos leven geleid.'

'Hoe ben je daaroverheen gekomen?'

'Ik ben bij de luchtmacht gegaan. Het was oorlog, en ik werd gevechtspiloot. Het kon me niets schelen of ik werd neergeschoten. Dus ik was geen held, maar gewoon onverschillig. Toch heb ik een onderscheiding gekregen voor betoonde moed.' Hij grinnikte, toen staarde hij in de vlammen. 'Een van mijn eerste herinneringen dateert van toen ik nog heel klein was. Ik ben in de speelkamer en er staat ineens een vrouw voor het open raam. Een vrouw die ik niet ken. Ze geeft me een teddybeer. Ik pak de beer aan, maar blijf op een afstand. Wanneer ze probeert me te pakken, begin ik heel hard te gillen. Ze schrikt, kijkt me geschokt aan en verdwijnt weer net zo stilletjes als ze is gekomen.'

'Denk je dat het Bridie was?'

'Ja, dat weet ik wel bijna zeker. Het was mijn echte moeder die haar kind kwam halen.'

'Heb je het aan Kitty verteld?'

'Ik weet niet meer of ik dat destijds meteen heb gedaan, maar ik heb het me veel later pas herinnerd, toen ik haar brief las. En toen heb ik er tegen Kitty niets over gezegd. Ik had tijd nodig om het te begrijpen. Daarom hield ik het voor me.' Hij slaakte een zucht en nam een slok thee.

'Wat voelde je toen je de brief van je moeder las?'

'Eerlijk gezegd deed het me in eerste instantie niet zo veel. Ik was opgegroeid met twee vaders en met Kitty als moeder. Dus ik was aan liefde niets tekortgekomen. Integendeel. Ik had alles wat een mens zich maar kan wensen. Na de teleurstelling doordat Martha mijn zusje bleek te zijn, was ik inmiddels zielsgelukkig met Alana. Dus de ontdekking dat Bridie mijn moeder was, maakte aanvankelijk niet eens zo veel indruk.' Hij glimlachte grimmig. 'Maar dat soort dingen blijft doormalen in je hoofd. Je blijft erover piekeren, je probeert ermee in het reine te komen. Zo ging het bij mij ook, en uiteindelijk stak een gevoel van verraad de kop op. Een gevoel van onrecht, van verlies. Ik heb mijn moeder nooit gekend. Als Kitty eerlijk tegen me was geweest... Als mijn vader eerlijk was geweest...'

'Dan had je haar voor haar dood nog kunnen leren kennen.'

'Precies. En dat vind ik heel erg. Dat ik die kans niet heb gekregen. Dat vind ik echt heel erg.'

'Je hebt alle reden om verbitterd te zijn,' zei Margot begripvol. 'Maar de keuzes die zijn gemaakt, kwamen voort uit de beste bedoelingen.'

'De weg naar de hel is geplaveid met goede bedoelingen,' zei JP wrang.

'Maar toch. Al die geheimzinnigheid is nooit bedoeld geweest om je pijn te doen.'

'Nee, dat weet ik ook wel. Maar alle geheimen komen ooit uit, en dan doen ze alsnog pijn.'

Margot glimlachte begrijpend. 'Bij jouw verhaal verbleekt zelfs Hermiones dagboek.'

'En dan ken je alleen nog maar het begin.' Hij kwam enigszins moeizaam overeind. 'Wil je nog een stuk cake?'

'Ja, lekker. Hij is heerlijk.'

'Mrs. B. is een geweldige kok. En niet zuinig met de Guinness.' Hij sneed een plak af en legde die op haar bordje. 'In mijn jeugd stond er altijd een portercake in de keuken.' Hij sneed voor zichzelf ook een plak af en ging weer zitten. Het was jaren geleden dat hij het zo naar zijn zin had gehad. Margot was goed gezelschap, en de warme blik in haar ogen verjoeg de duisternis die hem omringde. Het was een blik vol begrip en compassie. En hij wilde zo graag dat iemand hem begreep.

'Vertel eens wat over Bertie,' zei ze.

JP leunde achterover, sloeg zijn benen over elkaar en nam een slok thee. Het vuur knetterde, Margot luisterde. Het was heerlijk om met iemand te kunnen praten. Hij dacht aan zijn vader. 'Diep in zijn hart was mijn vader vooral een man van het platteland,' stak hij van wal. 'Maar net als alle Deverills was hij een durfal en had hij net iets te veel belangstelling voor het andere geslacht...'

Colm en Jack liepen over het strand. De avond viel, het werd al vroeg donker. Blauwzwarte wolken pakten zich samen aan de hemel, waardoor de aanrollende golven nog donkerder kleurden. Er was storm op komst. Bij de eerste regendruppeltjes zette Colm de kraag van zijn jas op. Zijn opa liep gebogen tegen de wind in, met zijn handen in zijn zakken. De hond draafde naast hen, drijfnat en onder het zand; het dier rook de stal, of liever gezegd de warme haard.

'Neem een voorbeeld aan je oma. Dan ben je altijd tevreden en nooit ongelukkig.' Jack wilde zichzelf, met al zijn ongeremde hartstochten, niet als voorbeeld stellen. Emer was de stabiliserende factor in zijn leven. Hij voelde zich soms beschaamd door haar onvoorwaardelijke liefde. 'Ze geeft wrok en verbittering simpelweg geen kans. Laat het los.'

'Dat kan ik niet. Ze heeft het vertrouwen van mijn vader weten te winnen, en wanneer dat boek eenmaal op de markt komt, liggen onze familiegeheimen voor iedereen te grabbel,' zei Colm woedend.

'Je hebt me om advies gevraagd, en volgens mij heb je twee opties. Of je doet niets en je houdt op met kwaad zijn. Of je doet er iets aan. Wat je vooral níét moet doen, is je gek laten maken door je eigen boosheid. Daar bereik je niets mee.'

'En wat zou ik er volgens u dan aan moeten doen?'

'Gooi het over een andere boeg. Kies voor een andere strategie. Je hebt een beroep gedaan op haar geweten, en dat werkte niet. Logisch. Want ze is je niets verplicht. Ze kent je niet eens. Misschien zou het beter zijn om haar te leren kennen. Op die manier kun je op een subtiele manier proberen om haar tot andere gedachten te brengen. Dan maak je meer kans dan wanneer je haar woedend ter verantwoording blijft roepen.'

Colm schoot in de lach. 'Hier is de oude spion aan het woord.'

'Je moet slim te werk gaan, Colm. Als jullie vrienden worden, kun je haar misschien vragen bepaalde dingen uit het boek weg te laten. Dan heb je bovendien een beter idee van wat ze weet. En dan is de kans groter dat je iets bereikt.'

Colm liep door. De wind werd krachtiger. Ze moesten schreeuwen om zich verstaanbaar te maken boven het gebulder van de golven. 'Bedankt. Daar kan ik wel iets mee. Ook al zal het niet meevallen om te doen alsof ik haar aardig vind.'

'Dat lukt vast wel. Je weet wat ze zeggen, het doel heiligt de middelen.'

Colm kende de verhalen van zijn opa, die had gevochten in de Onafhankelijkheidsoorlog. Hij wist wat Jack O'Leary allemaal had gedaan om zijn doel te bereiken. Natuurlijk was de inzet toen veel hoger geweest. Colm schaamde zich bijna dat hij zo veel drukte maakte over een boek. Maar zijn opa wist niet wat hij wist. Dat wist niemand. Alleen zijn vader en hij. En hij durfde er niet op te vertrouwen dat JP zijn mond zou houden. Zolang hij troost zocht bij de whiskey was de kans groot dat hij het hele verhaal eruit zou gooien.

'Je hebt gelijk,' zei hij, met zijn blik op de cottage. Het was al bijna donker, de verlichte ramen wenkten hen als een baken. 'Ik zal vriendschap sluiten met de vijand.'

'Met stroop vang je meer vliegen dan met azijn,' zei Jack. 'Strooi de vijand zand in de ogen. Laat hem denken dat je zijn vriend bent.' Dat had hij zelf vaak genoeg gedaan om te weten dat het werkte.

Het was al laat toen Margot in de stromende regen terugreed naar het hotel. Ze parkeerde haar auto zo dicht mogelijk bij de voordeur en rende naar binnen. Mr. Dukelow liep net door de lobby. 'Miss Hart! Ik heb nieuws!' zei hij opgewonden.

Margot keek hem verrast aan. Had hij het hotel soms ontdaan van geesten vermomd als kamermeisje?

Hij kwam naar haar toe met een eerbiedige uitdrukking op zijn gezicht, alsof hij iets ging zeggen over de koninklijke familie. Of over de paus. 'De gravin Di Marcantonio is vanmiddag langs geweest. Ze wilde u spreken.'

Margot fronste haar wenkbrauwen. Dat moest Bridies schoondochter zijn, de vrouw van Leopoldo. 'Heeft ze misschien een bericht achtergelaten?'

'Ja, er ligt een brief voor u bij de receptie.' Hij knikte naar Róisín, die achter de balie haar nagels zat te vijlen. 'Róisín!' riep hij toen ze niet reageerde. 'Of je de brief voor miss Hart even wilt pakken.'

Róisín keek geschrokken op. Ze liet de vijl uit haar hand vallen, draaide haar stoel in het rond en pakte de witte envelop uit Margots postvakje. 'Ze ziet er zo voornaam uit! Precies zoals je je een gravin zou voorstellen. Wist u dat haar man hier ooit heeft gewoond?'

Margot pakte de brief aan. 'Ja, dat wist ik,' antwoordde ze verstrooid terwijl ze de envelop openmaakte.

Mr. Dukelow verdween achter de balie en deed alsof hij het druk had, maar hij kon zijn nieuwsgierigheid niet verbergen.

De brief was met de hand geschreven en voorzien van een indrukwekkend gouden wapen met drie bijen.

Geachte miss Hart,
Er is mij ter ore gekomen dat u werkt aan een boek over kasteel Deverill en de Deverills. Zoals u ongetwijfeld weet, is mijn man, de graaf, op het kasteel opgegroeid totdat bij de dood van zijn moeder bleek dat ze het had nagelaten aan haar buitenechtelijke zoon, JP Deverill. Ik stel me voor dat ik u behulpzaam zou kunnen zijn bij uw research. Vandaar dat ik u graag zou ontmoeten. Onder aan deze brief vindt u mijn telefoonnummer. Dan kunt u contact met me opnemen. We verdelen onze tijd tussen onze verschillende huizen, maar momenteel verblijven we in Dublin. Ik kom met alle plezier naar u toe. Het gebeurt niet vaak dat ik een excuus heb om de familiezetel van mijn echtgenoot te bezoeken.
Met oprechte groet,
Gravin Di Marcantonio

Margot stopte de brief weer in de envelop en glimlachte naar Mr. Dukelow. 'De gravin wil me helpen met mijn research.' Ze zag dat hij begon te stralen. 'Ze wil hierheen komen. Is er misschien een plekje waar we rustig kunnen praten?'

Mr. Dukelow wreef in zijn gemanicuurde handen bij de gedachte aan het hoge bezoek. 'Natuurlijk. In de zitkamer van Mrs. De Lisle wordt u door niemand gestoord. Voor de gravin is alleen het beste goed genoeg. Ik weet zeker dat Mrs. De Lisle dat met me eens is. Ik zal het haar onmiddellijk laten weten.'

'Dank u wel.'

'Graag gedaan, miss Hart.' Hij pakte de telefoon, zette een hoge borst op en wachtte op verbinding met het kantoor van Mrs. De Lisle.

Ondertussen ging Margot naar haar kamer. Ze was nieuwsgierig naar de gravin. Dankzij haar korte briefje had ze al een eerste indruk van haar gekregen. Het was maar al te duidelijk dat de gravin het verschrikkelijk vond dat haar man het kasteel niet had geërfd. Misschien kon ze wat licht op Bridies nalatenschap werpen.

Kitty

Met al haar gewroet doet Margot me denken aan een truffelvarken. Wanneer ze eenmaal een geur te pakken heeft, is ze niet meer te stuiten. Ze heeft van Seamus gehoord waar Michael Doyle woont en nu rijdt ze er in haar blauwe autootje naartoe. Zonder dat ze haar komst heeft aangekondigd, maar met een krat van zijn favoriete bier op de bijrijdersstoel. Ik vind het vermakelijk. Michael is inmiddels stokoud, hij leeft van de schamele resten van een losbandig leven. Er is niet veel nodig om hem aan de praat te krijgen.

Hij woont alleen en is nooit getrouwd geweest, maar hij heeft wel een tijdje samengewoond. Grace Rowan-Hampton trok bij hem in toen haar man, Sir Ronald, achter hun verhouding kwam en haar op straat zette. Vernederd en diep gezonken – Grace behoorde tot de meest gerespecteerde lady's van het land – greep ze naar de fles. Net als Michael, die de drank jaren eerder had afgezworen. Ze waren een beklagenswaardig stel, maar roerend toegewijd aan elkaar. Grace en ik zijn ooit bevriend geweest. We waren door de omstandigheden tot elkaar veroordeeld, maar dat is een ander verhaal.

Wanneer er wordt geklopt, loopt Michael naar de deur van de boerderij waar hij met zijn zus Bridie en zijn broer Seán is opgegroeid. Ze sliepen op strozakken, de koeien in de aangrenzende stal zorgden voor warmte. Het is ook de boerderij waar Jack en hij en de andere rebellen aan de keukentafel, gehuld in wolken sigarettenrook en met grote glazen donker bier, hun plannen smeedden voor overvallen en hinderlagen. Jaren later, toen Bridie een vermogen had geërfd, heeft ze de boerderij laten moderniseren; ze heeft stromend water en elektriciteit laten aanleggen en gezorgd voor de gemakken die de meeste mensen tegenwoordig als vanzelfsprekend beschouwen. Maar de boerderij is er niet wezenlijk door veranderd. Michael verkeert op zijn vierennegentigste in een verrassend goede conditie. Na alles wat hij tijdens de Onafhankelijkheidsoorlog – en vermoedelijk ook nog daarna – heeft gedaan wat het daglicht niet kon verdragen, had ik verwacht dat hij al veel eerder het vaantje zou hebben gestreken. Maar karma is niet beperkt tot ons aardse leven. De afrekening volgt onverbiddelijk, is het niet op aarde, dan in het leven dat daarna komt.

Zijn gezicht staat geërgerd wanneer hij Margot op de stoep ziet staan. Hij denkt dat ze hem iets wil verkopen, ook al durft bijna niemand uit Ballinakelly bij hem aan te kloppen. In zijn taxerende blik zie ik nog steeds de glinstering van de verleider, die zijn waterige ogen doet oplichten. Michael is altijd dol op mooie vrouwen geweest. Verbitterd als hij is, kan hij het dan ook niet laten om te grijnzen. Een scheve, verwrongen, wellustige grijns.

'Mr. Doyle, ik ben Margot Hart en ik werk aan een boek over de geschiedenis van de Deverills. Dus misschien mag ik even beslag leggen op uw tijd? Ik zou dolgraag met u willen praten.'

Tijd heeft Michael in overvloed. Hij heeft de hele dag niets anders te doen dan piekeren. Ooit was hij een rijzige, machtige verschijning, zo sterk als een os, met een dreigende blik in zijn ogen. Een man die geen angst kende en voor niets terugschrok. Wie in Ballinakelly problemen had, wist hem te vinden. En dan wist hij daar vervolgens wel raad mee. Iedereen kende zijn reputatie, ook de *garda*. Maar niemand durfde hem te na te komen. Inmiddels is hij kromgegroeid en broodmager. Van zijn spierkracht is niets meer over, en zijn handen trillen. Nu het einde nadert, is hij zo zwak en kwetsbaar als een jong katje. Heeft hij spijt van de dingen die hij heeft gedaan? Bijten de zwarte honden die hem altijd hebben achtervolgd, hem inmiddels in zijn hielen? Niemand ontsnapt aan wat hij heeft gedaan. Uiteindelijk haalt het ons in. Dus de honden moeten hem nu wel dicht op de hielen zitten.

Hij gaat Margot voor naar de keuken. Het ruikt er bedompt, naar sigaretten en tot pap gekookte kool. De ramen zijn dicht. Ik denk niet dat Michael ooit frisse lucht binnenlaat. Margot zet het bier op tafel, pakt een stoel en gaat zitten. Michael sloft naar het fornuis om water op te zetten. 'Ik neem aan dat u thee wilt?'

'Heel graag. Maar u wilt misschien liever een biertje?' Margot haalt een flesje uit het krat. 'Is dit het goede merk? Ik wist het niet zeker, maar in de winkel zeiden ze dat ik dit moest hebben.'

Ik zie hem likkebaarden. Michael heeft altijd liever bier dan thee.

'Dus u schrijft een boek over de Deverills?' Hij doet een stap in haar richting en pakt het flesje van haar aan.

'Ja, een geschiedenis van de familie. Van Barton Deverill tot heden.'

Michael gromt. Hij moet niets van de Deverills hebben. 'Van mij zult u niks goeds over ze horen.'

'U bent de oom van JP Deverill, en van Leopoldo.'

'Leopoldo zie ik nooit meer. En met JP had ik vroeger al geen contact, dus nu ook niet. Ik ben bang dat u voor niets bent gekomen.'

'Kent u de vrouw van Leopoldo?'

Michael schenkt het bier in een glas. Het water kookt, en hij giet het in een schone beker. 'Dat mens is een en al kouwe drukte. Maar dat verbaast me niks. Leopoldo is een idioot. Altijd al geweest.'

Margot schiet in de lach. 'U neemt geen blad voor de mond.'

'Nee, ik ben recht voor zijn raap. Ik zeg eerlijk wat ik vind.' Hij drinkt het glas in één teug halfleeg. Dan veegt hij met zijn mouw over zijn mond. 'Mijn zus en die man van haar, dat stuk schorem, hebben dat joch verwend. En toen Bridie hem zijn erfenis door de neus boorde, toen ze het kasteel naliet aan haar bastaard, was voor Leopoldo alle hoop voorgoed verkeken.'

Hij komt met de mok thee naar de tafel, zet er een halflege fles melk naast en gaat tegenover haar zitten.

'Het is een treurig verhaal,' zegt Margot.

'Ze brengen je niks als narigheid, de Deverills. Je kunt ze maar beter uit de weg gaan.' Hij grijnst. 'Maar dat weet u vast en zeker al. Wil het een beetje vlotten? De research?'

'JP heeft aangeboden me te helpen.'

'Laat u maar niks wijsmaken. Ze zullen u geen van allen dankbaar zijn als het boek uitkomt.'

Ze glimlacht poeslief. 'Jammer dan. Tegen die tijd ben ik hier allang weer weg.'

Hij knikt, zichtbaar onder de indruk. Ik bewonder hoe Margot mensen weet te manipuleren om ze voor haar karretje te spannen. Door te suggereren dat ze de Deverills niet zal sparen, maakt ze meer kans om Michael aan de praat te krijgen. Ik ken hem. Hij is verbitterd, wraakzuchtig, hij heeft op iedereen kritiek. Maar inmiddels weet ik dat hij vooral een hekel heeft aan zichzelf.

Margot drinkt haar thee, Michael zijn bier, en al pratend geniet hij van haar gezelschap. Doordat hij bijna altijd alleen is, weet hij amper meer hoe het is om iemand op bezoek te hebben. Het geeft hem een goed gevoel, en dat maakt hem loslippig.

'Wat is er met Leopoldo's vader gebeurd?' Margot kijkt hem recht aan.

Michael heeft een sigaret opgestoken. Hij neemt een lange haal en blaast de rook uit zijn mondhoek. 'De graaf was een opportunist. Hij is met mijn zus getrouwd om haar geld, en vervolgens behandelde hij haar als oud vuil. Ondertussen liep hij hier rond alsof heel Ballinakelly van hem was. Maar de mensen trapten erin, ze vielen voor zijn charmes, voor zijn knappe tronie. Allemaal idioten! Maar ja, daar stikt het hier van.' Hij grinnikt vreugdeloos en neemt nog een trek. Zijn knoestige vingers zijn geel van de tabak.

'Er gaan geruchten dat ú hem uit de weg zou hebben geruimd.'

'Zoals ik al zei, het zijn hier allemaal idioten! Maar wie het ook heeft gedaan, ik neem het hem niet kwalijk. Cesare was een oplichter. Die verdomde Barberini-bijen waar hij het altijd over had... Laat me niet lachen!'

'Bijen?' vraagt Margot fronsend.

'In het wapen van de Barberini's zitten drie bijen. Cesare beweerde dat hij van kardinaal Maffeo Barberini afstamde, de latere paus Urbanus de zoveelste. Nou, als híj familie was van de paus, dan ben ik het ook. Hij liet die vervloekte bijen zelfs boven de deur van het kasteel beitelen. Over het motto van de Deverills heen. Dat laatste kon ik wel waarderen, moet ik zeggen. Afijn, hij stond op het punt om ervandoor te gaan met Bridies geld en met een jong grietje dat hij had weten te verleiden toen ze hem te grazen hebben genomen. Net op tijd. Anders had ik het gedaan.' Hij tikt zijn sigaret af boven de asbak. 'Eind goed, al goed.'

'Ik heb gehoord dat ze hem tot zijn nek in het zand hebben begraven.'

'Dat klopt. En toen het vloed werd is hij verdronken. Geen snelle dood. Integendeel.'

'Een gruwelijke dood.' Margot vertrekt haar gezicht.

'Die schoft verdiende niet beter.'

'Arme Leopoldo.'

'Die was beter af zonder hem. Trouwens, dat gold ook voor zijn moeder.'

'Misschien, maar hoe moet het zijn om je vader zo te vinden? Op zo'n gruwelijke manier vermoord? Kom je daar ooit nog overheen?'

'Leopoldo in elk geval niet. En toen werd hij ook nog min of meer onterfd. Dat heeft hem beschadigd. Anders was hij nooit met dat wijf getrouwd. Ze had maar wat graag in het kasteel willen wonen, en ze vertelt aan iedereen dat haar man het had moeten erven.' Dwars door de rook die uit zijn neusgaten kringelt kijkt hij Margot grijnzend aan. 'Bent u getrouwd, miss Hart?'

'Nee. Ik geloof niet in het huwelijk.'

Hij schudt zijn hoofd. 'Dan zult u wel vaak eenzaam zijn, zo helemaal alleen.' En alsof hij haar gedachten kan lezen, voegt hij eraan toe: 'Geliefden komen en gaan, miss Hart. Ik beweer niet dat ik de wijsheid in pacht heb, en al helemaal niet als het om de liefde gaat. Maar ik kan u wel vertellen: onafhankelijkheid, een avontuurlijk leven waarin je kunt doen en laten wat je wilt, dat is allemaal heel mooi, maar uiteindelijk wil je gewoon iemand die om je geeft.'

De boodschap is duidelijk. In het zicht van de dood beseft Michael Doyle dat er niemand meer is die ook maar iets om hem geeft.

JP verheugt zich op Margots bezoeken. Hij bekommert zich om het vuur, gooit er verse blokken hout op, zorgt dat het niet rookt en kijkt tevreden naar de vonken die als vuurvliegjes rond de vlammen dansen. Hij wil dat het aangenaam warm is in de kamer, dat de dozen nooit leeg raken, dat haar research eindeloos doorgaat. En hij wacht op haar komst. De holle echo van het tikken van de staande klok in de hal benadrukt de leegte. Het is het enige geluid. Verder is het stil. Zo stil als in een graftombe.

JP bekijkt de inhoud van de dozen, hij haalt er papieren uit, bestudeert ze in een poging de tijd te doden. Soms gaat hij ermee bij de haard zitten, maar dat is niet hetzelfde als erover praten met Margot. Wanneer ze dan eindelijk komt, wanneer ze haar blauwe autootje voor het huis parkeert, springt hij op uit zijn stoel en loopt haar tegemoet. Ik zie hoe alles in hem oplicht. Misschien is hij wel een beetje verliefd op haar. Ze is beeldschoon, en het maakt niet uit dat hij oud genoeg is om haar vader te kunnen zijn. JP is een man die altijd oog heeft gehad voor mooie vrouwen.

Ik zie dat Margot op haar beurt ook steeds meer gesteld begint te raken op hem. Maar dat komt misschien doordat ze medelijden met hem heeft. Hij ziet er inderdaad sneu uit, ook al is het me opgevallen dat hij tegenwoordig meer zorg besteedt aan zijn uiterlijk. Hij staat lang voor de spiegel, op zoek naar de aantrekkelijke man die hij ooit was, en vraagt zich af waar die is gebleven. Dat zou ik hem wel kunnen vertellen, maar zelfs als hij me kon horen, dan nog zou hij niet naar me willen luisteren.

In de loop van de tweede week ontwikkelen ze een vaste routine. Mrs. B. brengt thee met cake, Margot inspecteert de dozen en haalt er dingen uit. JP bekijkt wat ze interessant genoeg vindt om aan hem door te geven en vertelt daar zijn eigen verhaal bij. Ze schrijft alles op, en ik luister gefascineerd. Veel van wat hij vertelt, is voor mij ook nieuw. Of ik hoor de dingen zoals híj ze heeft ervaren. Daardoor begin ik te beseffen hoe anders hij tegen sommige dingen aan kijkt dan ik. Onze verhalen zijn als het ware twee kanten van dezelfde munt. Alle keuzes die ik heb gemaakt, waren oprecht en kwamen voort uit liefde. Maar ik maakte ze vanuit míjn standpunt, niet vanuit het zijne. Ik heb hem verteld dat zijn moeder dood was, en dat deed ik om hem niet te hoeven vertellen waarom ze hem niet had willen houden. Ik had nooit kunnen denken dat Bridie naar Ballinakelly zou terugkomen. Laat staan dat ze het kasteel zou kopen. En ik heb zelfs in mijn wildste fantasieën geen rekening gehouden met de mogelijkheid dat ze een tweeling had gekregen. Ik hoopte dat JP tevreden zou zijn met Bertie, zijn vader, en met mijn man en mij. En dat was hij ook, totdat Bridie in haar brief onthulde wat er aan zijn leven ontbrak; iets waarvan hij zich tot op dat moment nooit bewust was geweest.

Na een paar dagen verandert hun routine en vraagt JP aan Mrs. B. om een lunch voor hen te maken. Ze zitten samen in de eetkamer, aan de lange tafel waar ik vroeger met mijn broer en mijn zussen zat, en ze praten als oude vrienden. Margot wil alles weten over zijn leven, en hij is maar al te graag bereid daarover te vertellen. Het is jaren geleden dat iemand interesse in hem heeft getoond. Ze vraagt naar mijn dochter, Florence, die met haar man en haar kinderen in Edinburgh woont. Ze vraagt naar mij, en hij vertelt over mijn – zwaar overdreven – heldendaden tijdens de Onafhankelijkheidsoorlog; over mijn liefde voor paarden, voor de heuvels; over ons gezinsleven met Robert. Maar gaat hij haar ook over Jack vertellen? Dat is een van de vele pijnlijke onderwerpen waarvan Colm hoopt dat zijn vader er niet over zal praten. Toen JP verliefd werd op Alana, Jacks dochter, ontdekte ze dat ik, zijn halfzus, een verhouding had gehad met haar vader. Ze blies de verloving af. JP was er kapot van, en hij gaf mij de schuld. Maar Jack en ik hebben altijd van elkaar gehouden, al van jongs af aan. Toen ik terugkwam op mijn besluit om met hem naar Amerika te gaan, ging hij alleen. Daar ontmoette hij Emer, en ze trouwden. Toen ze jaren later terugkwamen naar Ballinakelly, moest ik ermee leven dat ik hem, door niet met hem mee te gaan, in de armen van een ander had gedreven. Hij hield oprecht van Emer. Maar ook van mij. Hij hield van ons allebei.

Maar daar had ik niet genoeg aan. Ik wilde zijn liefde helemaal alleen voor mezelf. Dat het zo was gelopen, had ik aan mezelf te wijten. Ik werd verteerd door spijt. En dat word ik nog steeds.

Emer is een beter mens dan ik. Ze heeft haar man vergeven, Alana is uiteindelijk toch met JP getrouwd, en ze gingen samen in het kasteel wonen. Daarna hebben JP en ik het nooit meer over Jack gehad. Ik volgde hem van een afstand, de man van wie ik altijd had gehouden, en ik deed alsof de gevoelens die ik ooit voor hem had gehad, waren uitgedoofd als sintels in de haard. Ik zag hoe hij zich met zijn hele hart aan zijn vrouw wijdde, ik zag dat hij het verleden voorgoed had losgelaten. Maar zulke intense ervaringen als Jack en ik delen, die zijn niet te negeren. Die zijn onuitwisbaar en maken ons tot wie we zijn. Jack en ik waren één, ook al keek hij me nooit meer aan met een blik van liefde en begrip in zijn ogen. Ook al keerde hij me de rug toe en koos hij voor zijn vrouw, zijn gezin, zijn toekomst. Het was een offer dat hij moest brengen. Dat we allebei moesten brengen. De liefde tussen JP en Alana bloeide, en een tijdlang waren ze volmaakt gelukkig. Uit de scherven van het verleden groeide iets wat gaaf en compleet was.

Ik zie dat JP worstelt met de vraag in hoeverre hij Margot mijn hele verhaal zal vertellen. Dan legt hij zijn bestek neer, hij veegt zijn mond af met zijn servet, en hij leunt achterover. Zijn lichaamstaal verraadt dat hij een besluit heeft genomen. Ik denk aan Colm, die zijn familie wil beschermen tegen het verdriet en de pijn die onvermijdelijk zullen volgen als het verleden wordt opgerakeld.

'Kitty was een hartstochtelijke vrouw,' begint JP. 'Een vrouw met temperament. Ze hield van een man van de verkeerde kant van het spoor, een man met wie ze nooit zou kunnen trouwen, en dus trouwde ze met Robert Trench. Robert was haar privéleraar geweest. Een aardige man, een goed mens, maar hij miste het dynamische, het flamboyante van die ander.' Ik weet dat hij mijn verhaal gaat vertellen. En ook al kent hij het niet helemaal, het is genoeg om mensen pijn te doen. Dat mag ik niet laten gebeuren. En ter wille van Colm zál ik het ook niet laten gebeuren. Ik veroorzaak een rimpeling van energie, waardoor hun wijnglazen omvallen. Dat van Margot breekt. Uit dat van JP stroomt rode wijn op het witte kleed. Ze kijken er verbijsterd naar. De rest van wat JP had willen vertellen, blijft onuitgesproken. Margot fronst haar wenkbrauwen. Ze gelooft niet in geesten, dus ze probeert een logische verklaring te bedenken. Ik voel dat ze koortsachtig nadenkt, op zoek naar een oplossing, als een muisje dat op zoek is naar een gat in de plint. Maar er is geen gat.

Ze gaan terug naar de jachtkamer, geschrokken, ook al laten ze dat niet merken. JP steekt een sigaret op. 'Misschien kunnen we binnenkort eens met de paarden op stap gaan,' zegt hij om het over iets anders te hebben.

'Ja, fijn!'

'Rijden was vroeger mijn grootste passie. Het zit in mijn bloed. Er was een tijd dat ik elk vrij uurtje de heuvels in trok.' Hij zwijgt, en er komt een dromerige blik in zijn ogen. 'Zo heb ik Alana leren kennen,' zegt hij dan zacht. 'Ik reed door de heuvels, en toen zag ik in de verte een kind rondzwerven tussen de rotsen. Ik ging ernaartoe, maar ze was te trots om toe te geven dat ze verdwaald was. De blik in haar ogen verried haar. Er stond angst in te lezen. Dus ik zette haar voor me in het zadel, en we zijn samen teruggereden naar Ballinakelly. Ze was nog maar een klein meisje. Ik ging bij de luchtmacht, en toen ik na de oorlog naar huis kwam, was ze gerijpt tot een jonge vrouw. Een prachtige, indrukwekkende jonge vrouw.' Hij grinnikt. Het klinkt niet blij, maar spijtig, verbitterd. Het verraadt zijn verlangen naar iets dierbaars wat hij is kwijtgeraakt.

Ze staan voor het vuur, de houtblokken zijn tot gloeiende sintels verteerd. JP legt er een nieuw blok op. Het hout sist en spettert voordat het vlam vat. 'Wat is er gebeurd? Tussen jou en Alana?' vraagt Margot zacht.

Ik ben verbaasd dat ze het durft te vragen, maar tot mijn verrassing maakt hij geen bezwaar. Hij neemt een lange trek van zijn sigaret, krabt aan zijn hoofd en ademt diep in. Vol spanning, dankbaar voor Margots vrijmoedigheid, wacht ik af. Want ik weet ook niet hoe de breuk in hun huwelijk is ontstaan. Dus ik doe niets, ik stuur geen rimpelingen van energie die hem aan het schrikken zouden maken.

Maar net op dat moment gaat de deur open. Het is Mrs. B. 'Milord, master Colm wil u spreken.' *Master Colm.* Zo noemt ze hem al sinds hij nog maar heel klein was.

JP kijkt naar Margot en zucht. Margot glimlacht, maar ik voel haar teleurstelling. De kans om erachter te komen waarom hij het kasteel heeft moeten verkopen, is verkeken. Maar ze doet alsof het haar niet kan schelen. En alsof de komst van Colm haar geen ongemakkelijk gevoel bezorgt. 'Sorry, Margot,' zegt JP. 'Ik kan beter even gaan vragen wat hij wil.'

'Daar hoef je toch geen sorry voor te zeggen. Ik heb meer dan genoeg te doen.' Ze trekt een van de dozen naar zich toe, als om duidelijk te maken dat ze hun gesprek alweer is vergeten.

'Als het weer morgen een beetje meezit, gaan we er met de paarden opuit.'

'Heerlijk. Ik zal me erop kleden.'

Ik vraag me af wat voor kleren ze bij zich heeft die geschikt zijn.

Mrs. B. heeft Colm gevraagd in de bibliotheek te wachten. In de grote salon is het te koud. De haard heeft er al in geen jaren meer gebrand. Mijn vader ontving er regelmatig gasten, maar JP is altijd alleen. Alleen Mrs. B. trotseert met haar stofdoek af en toe de kou en de stilte. In de bibliotheek daarentegen is het warm en gezellig. Colm staat voor het raam. Wanneer zijn vader binnenkomt, draait hij zich om en glimlacht. Ik kan me de laatste keer niet heugen dat hij naar zijn vader heeft gelachen. Op slag is mijn wantrouwen gewekt.

'Dag, pa.'

'Wil je iets drinken?' JP loopt naar het tafeltje met de drank om zichzelf een whiskey in te schenken.

'Nee, dank je.' Colm kijkt toe terwijl zijn vader zijn glas vult. Hij schrikt er allang niet meer van dat JP zijn toevlucht zoekt in de drank. Maar het stelt hem wel teleur, en hij is ten prooi gevallen aan een vermoeid soort berusting omdat hij er niets tegen kan doen.

'Je komt niet voor de gezelligheid, neem ik aan,' zegt JP. De lunch met Margot heeft hem opgebeurd. Hij weigert zijn stemming door Colm te laten bederven.

'Ik kom mijn verontschuldigingen aanbieden.'

'Je verontschuldigingen?' JP kijkt hem verrast aan.

'Ja, ik heb nog eens nagedacht over dat boek over onze familie. Misschien heb ik te fel gereageerd.' Colm stopt schouderophalend zijn handen in zijn zakken.

Ik voel dat het hem moeite kost om dat te zeggen.

'Ja, misschien wel.' JP neemt een grote slok whiskey. 'Maar we maken allemaal fouten.'

Colms gezicht verstrakt. 'Ik ben eigenlijk wel benieuwd wat er in die dozen zit. Misschien krijg ik dan ook de smaak te pakken.'

'Prima. Goed idee.'

Colm knikt. 'Ik hoopte al dat je dat zou zeggen.'

'Ik zal je aan Margot voorstellen. Ze is in de jachtkamer.' JP maakt zijn sigaret uit.

‘Ik heb haar al ontmoet.’

JP trekt zijn wenkbrauwen op. ‘O ja?’

‘Ja, en toen ben ik nogal bot geweest. Dus misschien moet ik haar ook mijn verontschuldigingen aanbieden.’

‘Dat lijkt me wel, ja. Ze is mijn gast, dus ik verwacht dat je haar fatsoenlijk behandelt.’

‘Natuurlijk.’

Colm is wel erg inschikkelijk vandaag. Ik vraag me af wat hij in zijn schild voert.

Met zijn glas in de hand gaat JP hem voor, de gang door naar de jachtkamer. Hij klopt. ‘Binnen,’ roept Margot, waarop hij de koperen knop omdraait. Margot zit op de grond bij de haard en kijkt glimlachend op van haar papieren, maar haar gezicht verstart wanneer ze Colm ziet.

‘Ik heb begrepen dat jullie al kennis hebben gemaakt,’ zegt JP.

‘Miss Hart heeft me helaas niet op mijn best leren kennen. Dat spijt me,’ zegt Colm. Zijn glimlach mist warmte, net als die van Margot.

Ze werkt zich overeind, en ik zie aan haar gezicht dat ze zich afvraagt wat hij komt doen.

‘Ik wil hem wat van de schatten laten zien die je uit de dozen hebt opgediept,’ zegt JP.

Margot is zichtbaar opgelucht. Waarschijnlijk dacht ze dat hij voor haar kwam, om haar opnieuw ter verantwoording te roepen. ‘Dan kan ik jullie maar beter alleen laten en morgen terugkomen.’

‘Nee, ga voor mij niet weg, alsjeblieft,’ zegt Colm haastig. ‘Waarschijnlijk weet jij beter dan mijn vader wat interessant is en wat niet.’

Margot is begonnen met het maken van stapeltjes op het biljart. Ze loopt eromheen om hem haar werkwijze uit te leggen. ‘Het ligt op chronologische volgorde. En het begint hier, met de eigendomsakte van de grond, uit 1662.’ Ze legt vluchtig haar hand op elk stapeltje terwijl ze erlangs loopt. ‘Zeventiende eeuw, achttiende eeuw, begin negentiende eeuw, eind negentiende eeuw, 1900-1910, 1910-1920, enzovoort.'

Colm is verrast door de enorme hoeveelheid informatie over zijn familie. Het recente verleden en zijn eigen geschiedenis hebben hem tot dusverre zo in beslag genomen dat hij nooit verder terug heeft gekeken. Maar nu is zijn interesse gewekt. Hij loopt naar de eerste stapel en slaat een oud grootboek open; in het leren omslag is in goud het wapen van de Deverills gebosseleerd. Bij het zien van de nauwgezet ingevulde kolommen houdt hij verbijsterd zijn adem in. Alle kosten van het huishouden zijn in een keurig handschrift genoteerd, van het eten tot en met de bedienden.

Margot knikt. 'Fascinerend, hè?'

Colm knikt. Zijn wantrouwen is op slag verdwenen terwijl hij het verleden in wordt gezogen. 'Het is echt verbazend,' valt hij haar al bladerend bij. 'Ongelooflijk dat dit meer dan driehonderd jaar oud is.' Hij gaat met zijn vingers over de letters. 'Het voelt zo echt. Alsof het nog maar kortgeleden is opgeschreven.' Hij leest een aantal kostenposten voor die hij vermakelijk vindt. 'Barton leefde op grote voet,' zegt hij grijnzend. 'Wanneer hij gasten ontving, keek hij niet op geld. Moet je voorstellen! Vijftig pond voor kaarsen. Dat moet destijds een vermogen zijn geweest.'

'Terwijl ze in Ballinakelly doodgingen van de honger,' voegt Margot er wrang aan toe.

'Nee, daar geloof ik niks van,' protesteert Colm. 'Volgens mij zorgde hij in het hele stadje voor brood op de plank. Al die lakeien, bedienden, koks, dienstmeisjes, tuinlieden, livreiknechten kwamen allemaal hiervandaan. Toen het kasteel er nog niet was, werd er misschien honger geleden, en de soldaten van Cromwell hebben ongetwijfeld een ware slachting aangericht. Maar Barton en zijn kasteel waren de redding van Ballinakelly. Ik wed dat de mensen hem dankbaar waren. Volgens mij is er geen bewijs van wrijving tussen het stadje en het kasteel.'

'Je vergeet Maggie O'Leary met haar legertje opstandelingen en hun vergeefse poging om het kasteel in de as te leggen.'

'Maggie, mijn verre nicht, wegens hekserij tot de brandstapel veroordeeld.'

'Tja, je hebt O'Leary- en Deverillbloed,' zegt Margot peinzend. 'Wie had dat kunnen denken? Dat een verre nazaat van Barton zou trouwen met een O'Leary? Drie eeuwen nadat Barton de O'Leary's van hun grond had gejaagd, de moerassen in.' Ze glimlacht genietend. 'De twee families eindelijk verenigd. Wat een prachtig verhaal.'

Colm kijkt naar zijn vader. Het zou een prachtig verhaal zijn, als JP en Alana het niet hadden bedorven. Toch heeft Margot gelijk. Colm is de bloem die bloeit uit de zwartgeblakerde grond van het slagveld waarop Barton Deverill en Maggie O'Leary elkaar hebben bestreden. Hij zou symbool staan voor de ingeloste schulden uit het verleden als hij in het kasteel had gewoond. Maar daar woont hij niet. Want JP heeft de nalatenschap van zijn zoon verkocht. Ik begrijp nog steeds niet hoe hij dat heeft kunnen doen.

Woede overvalt me. Ik veroorzaak een rimpeling van energie, papieren dwarrelen als afgevallen bladeren naar de grond. Colm en Margot kijken elkaar verschrikt aan, als konijnen die het geweer horen van de boer. Haastig laten ze zich op hun knieën vallen om de papieren bij elkaar te rapen. JP loopt naar het raam. Buiten begint het al donker te worden. 'Het tocht hier.' Maar terwijl hij het zegt, weet hij dat geen tocht krachtig genoeg zou zijn om een stapel papieren op de grond te doen belanden. Ik voel wat hij denkt terwijl hij de fluwelen gordijnen dichttrekt. Ik heb hem grootgebracht, dus hij weet van mijn zesde zintuig, hij is vertrouwd met geesten en met zielen die aan de aarde gebonden zijn, en hij kent het verschil. Vermoedt hij dat ik er nog ben? Dat ik pas echt wegga wanneer het kasteel weer in handen is van een Deverill? Van Colm? Zou hij dat weten, ergens in zijn onderbewustzijn?

Het woord 'geest' wordt niet genoemd, maar het is wat ze allemaal denken. Margot kijkt op haar horloge en zegt dat ze ervandoor moet.

JP herinnert haar aan hun rit, de volgende dag. Ze neemt afscheid van Colm, die wat ongemakkelijk reageert. Niet langer afgeleid door het grootboek verstijft hij, alsof hij zichzelf waarschuwt op zijn hoede te blijven.

Margot is hier inmiddels zo thuis dat ze zichzelf uitlaat. JP en Colm blijven achter. JP heeft zijn glas leeg en snakt naar nog een whiskey. De twee mannen staan zwijgend voor het vuur, slecht op hun gemak in elkaars gezelschap. Dan komt Mrs. B. binnen. 'Is miss Hart al weg?'

'Ja, net,' antwoordt JP.

'Ach, wat jammer. Ik heb net een cake gebakken, en daar is ze zo dol op.'

'Wie niet, Mrs. B.?'

'Ík zou ook wel een plak lusten,' zegt Colm plotseling.

Zijn vader reageert verrast. 'Dus je blijft voor de thee?'

'Welja. Waarom ook niet? Het is jaren geleden dat ik portercake heb gehad.'

Mrs. B. glimlacht. Haar gezicht wordt zachter. Ze kent hem al vanaf zijn geboorte. Ik heb zo'n vermoeden dat de kilte die in de familie is geslopen, haar net zo veel verdriet heeft gedaan als de anderen. 'Ik ga meteen theezetten,' zegt ze, en ze loopt de kamer uit.

Colm keert zich weer naar het biljart. 'Wat heb je nog meer voor interessants gevonden?'

JP geeft hem het dagboek van Hermione Deverill. 'Ik ben zo terug,' zegt hij dan.

Colm gaat met het dagboek bij de haard zitten.

Even later zie ik dat JP zijn glas bijschenkt en de inhoud in één teug achteroverslaat. Ik word overweldigd door verdriet terwijl hij neerkijkt op zijn glas, ongetwijfeld in de verleiding het opnieuw bij te schenken. Behalve verdrietig voel ik me ook machteloos. Er is zo weinig wat ik voor hem kan doen. Ik kan alleen maar toekijken terwijl hij probeert zijn gevoelens van spijt, van schuld met drank te verdoven. Want een mens die zo veel drinkt, doet dat uit een gebrek aan eigenwaarde. Erger nog, uit een volslagen gebrek aan liefde voor zichzelf.

7

Margot had haar rijkleren meegenomen. Bij haar vertrek uit Londen wist ze al genoeg van Ierland, en van de Deverills, om er rekening mee te houden dat ze die nodig zou hebben. Haar opa was in zijn jonge jaren een geoefend jager geweest, en als klein meisje had Margot paardrijles gehad. Haar moeder was meer een stadsmens, maar had in het begin van haar huwelijk haar uiterste best gedaan zich aan te passen aan het leven op het platteland. Vandaar dat ze het goed had gevonden dat Margot naar ponykamp ging en af en toe meedeed met een steeplechase. Toen Margot acht werd, kreeg ze voor haar verjaardag een pony van haar vader. Sergeant Percy kwam samen met zijn beste vriend, een ezel die Charlie heette. In de daaropvolgende jaren was Margot urenlang zoet met roskammen, manen invlechten, tuig poetsen en de stal uitmesten. Charlie sloeg alles met milde interesse gade en liet zich pas horen wanneer Margot haar pony uit de wei haalde. Dan balkte de ezel zo hard als hij kon, net zo lang tot zijn vriendje terug was. Margot was echt een paardenmeisje, totdat ze belangstelling voor jongens begon te krijgen. Toen kwam Sergeant Percy de wei niet meer uit en werd moddervet. Maar Charlie kon zijn geluk niet op.

In een marineblauwe rijbroek, dito jasje en met een zwarte cap en rijlaarzen stapte Margot die ochtend in haar Kever. Het waren met name de laarzen en de cap waardoor de koffer die Mr. Flannigan de trap op had gesjouwd, zo zwaar was geweest. De laatste keer dat ze had gereden was in Zuid-Amerika geweest, toen ze vanuit Argentinië de Andes was overgestoken naar Chili en onder de blote hemel had geslapen. Vandaag verheugde ze zich op een rit door de heuvels rond Ballinakelly. Het weer zag er goed uit, ook al kon dat aan de kust snel omslaan. De wind uit zee wakkerde soms onverwacht aan en blies regenwolken landinwaarts, waardoor de nietsvermoedende toerist werd verrast. Op dit moment had de hemel de kleur van verschoten denim. In het stralende zonlicht was het gras bijna fosforescerend groen en baadden de velden in een warme gouden gloed.

JP stond Margot al in de hal op te wachten. Met zijn platte pet en in zijn lange olijfgroene waxjas zag hij er bij lange na niet zo dynamisch uit als zij. Hij droeg geen rijbroek, maar een broek van Engels leer, zijn voeten staken in oude wandellaarzen met veters. Mrs. B. had een thermosfles gevuld met thee, en JP had zelf een heupfles met whiskey bij zich gestoken. Het vooruitzicht alleen al bezorgde hem een warm gevoel, als een hete aardappel in zijn zak.

'Je ziet eruit als een echte amazone,' zei hij toen Margot binnenkwam. Ze had haar haren uit haar knappe, hartvormige gezicht getrokken en ingevlochten. Zonder make-up leek ze jonger.

'Ik heb mijn best gedaan, want ik wilde natuurlijk netjes voor de dag komen.' Ze glimlachte.

'Daar hoef je je hier geen zorgen over te maken. In Ierland vinden we alles goed. Waar of niet, Mrs. B.?'

'Zo is het, milord. Wij Ieren nemen het niet zo nauw met de regels.'

'Je hebt stevig ontbeten, hoop ik?' vroeg JP.

'Ja, redelijk. Zo vroeg op de dag ben ik nog niet echt aan ontbijten toe.'

'Wanneer jullie terugkomen staat de lunch klaar,' zei Mrs. B. 'Ik ga een fazant braden.'

Mrs. B. was dankbaar dat JP zich zo enthousiast toonde. Hij had zijn opgewekte toon van vroeger teruggevonden, net als zijn humor. Zo kende ze hem weer. De sombere vreemde die de oude JP de afgelopen jaren had verdrongen, leek te zijn verdwenen. Ze keek hem na toen hij met Margot naar buiten liep, deed de deur achter hen dicht en haastte zich opgewekt naar de keuken om aan de fazant te beginnen, vervuld van nieuwe hoop. Terwijl ze haar schort voordeed en de benodigde pannen uit de kast pakte, besefte ze hoe leuk ze het vond om weer eens een uitgebreide lunch klaar te maken, om nieuwe ingrediënten te bedenken waardoor de fazant nog smakelijker werd. De komst van Margot had het huis uit de schaduwen opgetild naar het licht.

Er kwam een idee bij haar op. Zou ze het doen? Welja, waarom ook niet, dacht ze bijna uitgelaten. Ze liep naar de provisiekamer en haalde de oude radio tevoorschijn, die ze in geen jaren had gebruikt. Ze blies het stof eraf, stopte de stekker in het stopcontact en zette hem aan. Op slag danste er klassieke muziek door de keuken. Vol verwondering keek Mrs. B. naar het toestel. Het was magisch, hoe de muziek de stilte verdreef – de gevreesde stilte waaraan ze zo gewend was geraakt dat ze die amper meer registreerde. De stilte was een deel van haar geworden, als een trieste poel van eenzaamheid diep in haar hart, waar ze al haar verdriet, alle verliezen die ze had geleden, had weggestopt. Door de muziek verschenen er rimpelingen op het oppervlakte van die poel. Ineens vroeg ze zich af hoe ze de stilte zo lang had kunnen verdragen. Met een genietende zucht zette ze de radio nog iets harder. Er hing verandering in de lucht. Dat voelde ze, heel diep vanbinnen begon er iets te verschuiven. En ze voelde het ook in de muziek. Ze zou niet toestaan dat de stilte opnieuw bezit nam van haar keuken.

JP nam Margot mee naar de stallen aan de achterkant van het huis, voorbij de moestuin. In deze tijd van het jaar groeide er niets. De tuin bood een droefgeestige aanblik, alsof hij ooit zorgvuldig gecultiveerd was geweest, maar radicaal was teruggesnoeid; alsof het onderhoud tot een minimum beperkt bleef. De groentebedden waren leeg, de diepbruine aarde keurig aangeharkt. Het glas van de kas zat onder de aanslag. Dezelfde verloren sfeer die het huis in zijn greep hield, hing ook hier. Margot vermoedde dat JP nauwelijks buiten kwam, dat de tuin hem niet interesseerde. Ze was nieuwsgierig hoe het Jachthuis eruit had gezien toen liefde er nog een plek had gehad.

Bij de stallen gekomen stelde JP haar voor aan Tomas en Aidan O'Rourke, die de paarden al hadden gezadeld. Margot meende hen te herkennen uit de pub. De knappe broers hadden donker haar, helderblauwe ogen en een smal gezicht met stoppels op hun kaak. Doordat hun hoektanden iets langer waren dan de rest, hadden ze wel iets van een vos weg. Margot hoefde bij het opstijgen niet te worden geholpen. Ze zette haar linkervoet in de stijgbeugel en zwaaide moeiteloos haar been over de rug van het paard. JP was minder soepel. Tomas leidde het paard naar een stenen opstapblok, waar JP zich kreunend in het zadel wist te werken.

'Het is alweer even geleden dat ik voor het laatst heb gereden.' Hij nam de teugels van Tomas over.

'Wat is "even"?' vroeg Margot.

Hij haalde zijn schouders op. 'Jaren.'

Ze was verrast. 'Je hebt twee zulke schitterende paarden, en je rijdt er nooit op?'

'Ik heb zes schitterende paarden,' verbeterde hij haar. Toen liet hij zijn schouders hangen. 'Ik kon het gewoon niet opbrengen, Margot.'

'Wie rijdt erop als jij het niet doet?'

'Dit tweetal.' Hij knikte naar Tomas en Aidan. 'Zij houden de boel draaiende.'

'Als ik geen boeken schreef, zou ik die baan ook wel willen.' Bij het zien van hun trotse glimlach besefte ze dat het ook wel eens eenzaam moest zijn, om voor een baas te werken die zich nooit liet zien.

'We kunnen altijd een extra paar handen gebruiken.' Aidan grijnsde zijn vossentanden bloot, wat hem een zekere losbandige charme verleende.

'Aye. En zeker iemand zoals u, miss Hart. U hebt een goede zit,' viel

Tomas hem bij. Hij klopte op de flank van haar paard. 'Het wordt vast een mooie rit. U hoeft niet bang te zijn voor regen. Het is lekker weer.'

'Als je het mis hebt en ik haal een nat pak, ben je me een borrel schuldig in de pub.' Ze drukte haar knieën aan, en het paard kwam in beweging.

'Ga je 's avonds vaak naar de pub?' vroeg JP.

'Ik ben er een paar keer geweest. Het is de perfecte plek om mensen te observeren.'

Hij grinnikte. 'O'Donovan's is het hart van Ballinakelly. Dat is altijd al zo geweest. Toen ik jong was, mochten vrouwen er niet naar binnen. Wist je dat?'

'Nou, ze keken ook raar op toen ik in mijn eentje kwam binnenlopen.'

'Dat geloof ik graag. Hier op het platteland duurt het heel lang voordat er iets verandert.'

Ze lieten het stalerf achter zich en sloegen een pad in dat licht meanderend de contouren volgde van het land en naar open terrein voerde. Al snel waren ze in de heuvels – uitgestrekte velden als lappen groen fluweel, bestrooid met rotsblokken, schapen, stapelmuurtjes, hei en hoog gras. In de diepte lag de zee. Loodrechte kliffen, gelaagd als stukken taart, rezen op uit het water, bestookt door de golven in wolken van opspattend schuim. Meeuwen zweefden krijsend op de wind, die op zijn ijzige adem de geur van ozon en pekel meevoerde. Een gevoel van euforie maakte zich van Margot meester. Het was opwindend om te worden omringd door de elementen, door de ruige schoonheid van dit ongetemde land. Het maakte iets in haar los waardoor ze tranen in haar ogen kreeg. De gedachte aan haar vader kwam bij haar op, en in plaats van hem weg te duwen, liet ze het gebeuren. Voor haar geestesoog zag ze zijn gezicht, hartvormig net als het hare, en zijn aanstekelijke glimlach. Tot haar verrassing was het gevoel dat ze erbij kreeg positief. Ze haalde diep adem, snoof de rijke geur op van hei en natte aarde; ze proefde de smaak van Ierland; ze stelde zich open voor de eeuwenoude betovering die diep was ingebed in het land, zodat die de weg kon vinden naar haar hart.

Blijkbaar voelde JP het ook, want hij keerde zich glimlachend naar haar toe. Bij het zien van de dankbaarheid in zijn glimlach, voelde Margot diep vanbinnen ook dankbaarheid oprijzen, als de aanzwellende branding van de oceaan. 'Ik heb zin om te galopperen!' riep ze uit.

JP keerde zijn gezicht naar de wind. 'Oké. Daar gaat-ie!' En hij schoot ervandoor, het gedonder van de hoeven van zijn paard stierf weg terwijl hij haar steeds verder achter zich liet. Margot zette haar kiezen op elkaar, drukte haar knieën tegen de flanken van haar paard, en even later vloog ook zij in een wilde jacht over het gras. De koude wind deed haar wangen tintelen, adrenaline stroomde als vloeibaar vuur door haar aderen. Ze lachte hardop. Een wilde, uitgelaten lach die voortkwam uit de ontdekking van iets diep binnen in haar waarvan ze het bestaan nooit had vermoed. Het was een moment van ongebreidelde vrijheid, van totale ongeremdheid, en ze had het gevoel dat ze voor het eerst ten volle ervoer wat het betekende om te leven. Zelfs tijdens de tocht door de Andes had ze die sensatie niet gekend, want de verrukking die ze voelde, kwam voort uit het land, uit de wind, uit het bulderen van de golven. Wild als ze waren, ontketenden ze ook het wilde in háár, en ze probeerde niet het te beheersen maar gaf het alle ruimte. Tegen de tijd dat ze JP had ingehaald, die op de top van een heuvel op haar wachtte, was ze buiten adem en had ze pijn in haar kaken van het lachen.

Hij hield haar zijn heupfles voor. 'Hier. Daar krijg je weer energie van.'

Margot nam een flinke slok. De whiskey gleed brandend door haar keel, haar slokdarm, helemaal naar haar maag. 'Het was geweldig!' bracht ze hijgend uit. 'Ongelooflijk! Volgens mij heb ik nog nooit zo intens genoten.'

Zijn ogen flonkerden, er lag een blos op zijn wangen, en hij zag er ineens tien jaar jonger uit. Niet meer een schim van de onbezorgde JP die hij ooit was geweest, maar diens oudere versie. Hij stak een sigaret tussen zijn lippen, pakte zijn aansteker en schermde het vlammetje af tegen de wind. Toen leunde hij naar achteren in het zadel en keek om zich heen. Hij liet de schoonheid van het weidse land en de verre horizon op zich inwerken en voelde zich plotseling nietig. Maar dat gevoel was niet onprettig. Verwonderd schudde hij zijn hoofd. 'Dit had ik veel eerder moeten doen. Als ik had geweten dat het zo goed zou voelen, had ik er niet zo lang mee gewacht.'

Margot gaf hem de heupfles terug. Hij dronk hem in één teug leeg. Toen slaakten ze allebei een zucht van tevredenheid. 'Je zei dat je het niet kon opbrengen,' zei Margot. 'Wat bedoelde je daar precies mee?'

'Dat ik me nergens toe kon zetten. Niet om mensen te ontvangen, niet om bij anderen langs te gaan. Er kwam niets meer uit mijn handen. Ik was volslagen apathisch.'

'En kwam dat door het kasteel? Doordat je het had moeten verkopen?'

'Nee, het kwam door de scheiding.' Hij fronste zijn wenkbrauwen, zijn blik ging opnieuw naar de verre horizon. Door het gevoel van bevrijding dat hij hier in de heuvels altijd had gevonden, was hij in staat over zijn verdriet te praten. 'Ik voelde me zo verschrikkelijk schuldig. Want ik had de mensen die me het meest dierbaar waren, pijn gedaan. Door mijn schuld raakten ze alles kwijt. Hun thuis, hun familie. Als ik niet zulke stomme fouten had gemaakt, zou ons gezin niet uit elkaar zijn gevallen en zouden we ons thuis niet hebben verloren.'

'Misschien woog de verantwoordelijkheid voor het kasteel gewoon te zwaar. Je bent opgegroeid in een gewoon huis, zonder schatrijke ouders. Dus misschien kon je de last simpelweg niet langer dragen.'

Hij keek haar aan. 'Je ziet de dingen heel zuiver, Margot,' zei hij met een glimlach. 'Je bent bepaald niet op je achterhoofd gevallen.'

'Ik ben gewoon nieuwsgierig. Niet voor mijn boek, maar omdat ik je als een vriend beschouw.' Ze grijnsde plagend. 'We hebben tenslotte samen gegaloppeerd. En dus zijn we vrienden.'

Hij schoot in de lach. 'Precies. Samen galopperen schept een band.'

'Volgens mij zit het zo: je hebt een zorgeloze jeugd gehad. Je bent een Deverill, en dus bijzonder. Je wordt gekoesterd, omringd door liefde, het leven lacht je toe. Dan leer je een meisje kennen, je wordt verliefd, maar dat meisje blijkt je tweelingzus te zijn. Je hele wereld wordt op zijn kop gezet. Plotseling blijkt dat het leven dat je hebt geleid, is gebaseerd op een leugen. Je krijgt de waarheid te horen over je moeder. Een verschrikkelijke waarheid. En Kitty, je halfzus die je onvoorwaardelijk vertrouwde, blijkt tegen je te hebben gelogen. Tot overmaat van ramp scheelt het niet veel of je had Alana verloren door Kitty's verhouding met Alana's vader. Dan erf je volslagen onverwacht het kasteel. Maar de prijs is hoog: de zware druk van de enorme verantwoordelijkheid die het met zich meebrengt. Het is niet zomaar een huis. Het kasteel is het hart van de familie, al generaties lang, en het is aan jou om ervoor te zorgen dat dat hart blijft kloppen. Als je daar niet in slaagt, is dat een vernietigende klap voor de Deverills. Dan zullen alle Deverills uit het verleden zich omdraaien in hun graf, en dat is dan allemaal jouw schuld. *Het kasteel van een Deverill is zijn koninkrijk*. Maar er ontbreekt iets aan dat motto. Als het om het kasteel gaat, hebben de Deverills oogkleppen op. Ze zien alleen het kasteel. De nalatenschap van de familie, de enorme betekenis die deze voor hen heeft. En toch is het maar een kasteel. Dat mag nooit zwaarder wegen dan het welzijn van de mensen die erin wonen. Die zijn oneindig veel belangrijker. Misschien werd je dusdanig in beslag genomen door het kasteel, door het belang ervan voor de familie, dat je niet genoeg aandacht hebt besteed aan je gezin. Aan je vrouw en je kinderen.'

JP liet het op zich inwerken. Krachtig rokend kauwde hij erop als op iets onverteerbaars. 'Ik begon te drinken,' bekende hij zacht. Hij nam zijn cap af en krabde op zijn hoofd. De wind speelde ondeugend met zijn dunnende haar. De schelle kreet van een wulp klonk boven het gebulder van de golven, en Margot wachtte geduldig af. Ze voelde dat hij haar zijn verhaal wilde vertellen, maar niet goed wist hoe hij moest beginnen.

De diepe zucht die hij ten slotte slaakte, verried hoe moeilijk hij het had gevonden om toe te geven dat hij was gaan drinken, maar dat zijn bekentenis ook voelde als een bevrijding. 'We kregen drie kinderen. Drie prachtige kinderen. Maar Alana wilde er nog een. Een nakomertje. Aisling was inmiddels veertien, de jongste tien. Voor mij was ons gezin compleet. Ik worstelde met mijn verleden, het kostte me moeite om ermee in het reine te komen, maar er was niemand die daar oog voor had.' Zijn gezicht verried woede. Hij ademde diep in en schudde zijn hoofd. Er kwam een verbeten trek om zijn mond, zijn kin trilde. Alana en hij waren al veertien jaar uit elkaar, maar de pijn, het verdriet had nog niets aan rauwheid ingeboet. 'Zelfs Alana luisterde niet als ik er iets over zei,' vervolgde hij dof. 'Voor haar telden alleen de kinderen. Ik deed er niet toe. Mijn vader zocht zijn toevlucht in de drank, en ik maakte dezelfde fout. Dat zal ik niet ontkennen. Maar Alana was niet eerlijk, ze gaf me gelijk dat ons gezin compleet was, maar ondertussen dreef ze toch haar zin door. Toen ze vertelde dat ze in verwachting was, had ik blij moeten zijn. Maar ik kon het niet. Ik reageerde helemaal verkeerd. Want ik voelde me verraden, ik was boos. Daardoor was zij zo gekwetst dat ze niet meer met me wilde praten. Op mijn beurt trok ik me terug. Ik sloot haar buiten. Haar en ons ongeboren kind. En uiteindelijk kon ik haar niet meer bereiken.' Hij liet zijn kin op zijn borst zakken en keek neer op zijn handen. 'Toen heb ik troost gezocht bij een ander.'

Dus het gerucht klopte. 'En daar kwam Alana achter?'

'Ja, maar pas nadat ze met zes maanden een miskraam had gehad.'

Margot zoog lucht naar binnen tussen haar tanden. 'O, wat afschuwelijk.'

'Haar vader had een verhouding gehad met Kitty, en dat had bij haar diepe wonden geslagen.'

'En toen overkwam haar hetzelfde. Dat maakt het wel begrijpelijker dat ze je niet kon vergeven. Wie was het? Die ander?'

JP schudde zijn hoofd, niet bereid daar iets over te zeggen. 'Dat doet er niet toe. Daar ging het niet om.' Hij zette zijn cap weer op en gooide zijn peuk in het gras. 'Vanaf dat moment kwamen we in een neerwaartse spiraal terecht. Ik heb een fout gemaakt. Een ernstige fout. Daar zal ik de rest van mijn leven spijt van hebben, maar die kan ik niet meer ongedaan maken.' Het was hem aan te zien dat hij zich vermande. De wind was aangewakkerd, vanuit zee kwam een grijze wolkenmassa aanrollen die de zon verduisterde en maakte dat het plotseling vochtig werd. JP slaakte een zucht.

Margot voelde dat hij het er verder niet over wilde hebben. Wat viel er nog te zeggen?

'We moeten maar eens op huis aan. Mrs. B. zal de lunch onderhand wel klaar hebben.' Hij drukte zijn knieën in de flanken van zijn paard en begon aan de afdaling.

'Het spijt me dat het zo gelopen is, JP,' zei Margot.

Hij knikte. 'Mij ook. Maar het is allemaal mijn eigen schuld.'

'Neem je het Alana kwalijk dat ze nog een kind wilde?'

'Nee, maar wel dat ze me onder valse voorwendselen voor het blok heeft gezet. Waarschijnlijk dacht ze dat ik wel zou bijdraaien als ze eenmaal zwanger was. En na die miskraam accepteerde ze het niet wanneer ik probeerde haar te troosten. Ze deed mijn begrip af als onoprecht, omdat ik het kind nooit had gewild. Ik stond machteloos. Het was een strijd die ik niet kon winnen.'

'Nee. Die had je bij voorbaat al verloren,' zei Margot. 'Doordat je overspel had gepleegd.'

'Ja. Dat heeft ze me nooit vergeven.'

Ze reden zwijgend verder.

Mocht JP zich al schuldig voelen omdat hij een vrouw in vertrouwen had genomen die hij amper kende en die een boek ging schrijven over zijn familie, dan vond hij rechtvaardiging in het feit dat Alana altijd uitsluitend háár kant van het verhaal had willen zien. Dat ze hun kinderen en haar familie uitsluitend háár versie van de gebeurtenissen had verteld, en dat er nooit iemand naar hém had geluisterd. Ze hadden allemaal niet geaarzeld om de schuld bij hem neer te leggen, terwijl ze maar de helft van het verhaal kenden. Dus dan moesten ze het zelf maar weten. Als ze niet naar hem wilden luisteren, dan konden ze zijn kant van het verhaal lézen. En als die kant hun niet aanstond, jammer dan. Hij had niets meer te verliezen.

Margot dacht na over wat JP haar had verteld. Wat een verhaal. Vernietigend, maar ook zo menselijk. Dat moest het geheim zijn waarvan Colm niet wilde dat zij het te horen kreeg. Terwijl ze JP volgde over het pad naar beneden, vroeg ze zich af of Colm misschien gelijk had. De oorzaak van de breuk in het huwelijk was strikt privé. Ze huiverde bij de gedachte dat iedereen daarover zou kunnen lezen in haar boek. Anderzijds moest ze wel afstand bewaren en mocht ze zich niet laten beïnvloeden door persoonlijke overwegingen. Als JP haar zijn verhaal wilde vertellen, dan was het aan haar om dat op te schrijven. Ze was aan niemand verantwoording schuldig, en ze was het aan zichzelf verplicht om goed werk te leveren, het beste boek dat ze over de Deverills kon schrijven. Daarbij mocht ze zich door niets laten beperken, ook niet door emoties en een misplaatst gevoel van loyaliteit. Schrijven was haar werk. Daar verdiende ze haar brood mee. Dus ze moest zich op het verhaal concentreren en zich niet laten afleiden door empathie met de hoofdrolspelers.

Zoals beloofd had Mrs. B. een verrukkelijke lunch klaargemaakt. De tafel was met zorg gedekt, de haard brandde. JP maakte een hele fles rode wijn soldaat, Margot dronk niets. Overdag werd ze slaperig van alcohol, en siësta's vond ze tijdverspilling, of het moest zijn dat een leuke man haar gezelschap hield. JP was in een opperbeste stemming dankzij hun rit en de wijn, en hij vertelde Margot opnieuw hoeveel paardrijden in zijn jonge jaren voor hem had betekend. 'Als ik verdriet had, reed ik naar de kliffen. Maar ook als ik gelukkig was. Paardrijden vormde een wezenlijk deel van mijn leven. Trouwens, dat geldt voor alle Deverills.'

Na de lunch gingen ze naar de bibliotheek, waar JP meteen naar het tafeltje met de drank liep. Hij had bekend dat hij naar de fles had gegrepen toen hij ongelukkig was in zijn huwelijk. Maar dat hij nog steeds een drankprobleem had, was iets wat hij blijkbaar niet besefte. Hij probeerde zijn alcoholgebruik niet te verbergen. Uit niets bleek dat hij zich geneerde toen hij een glas whiskey achteroversloeg en zich meteen weer bijschonk. Margot voelde weerzin opkomen. Ze kende dit gedrag. Ze had het eerder gezien. En hoezeer ze ook probeerde afstand te nemen, hoezeer ze ook probeerde zich niet verantwoordelijk te voelen, het lukte niet. Daarvoor was ze te veel op hem gesteld geraakt. Ze was pas twee weken in Ballinakelly, maar ze had het gevoel dat ze JP altijd al had gekend. Niet alleen de mens JP was haar vertrouwd, maar ook de dynamiek tussen hen. De wisselwerking tussen alcoholist en redder.

Toen JP bij het vuur ging zitten, liep ze naar de deur.

'Wat is er? Ga je weg?' vroeg hij zonder op te staan.

Margot betwijfelde of hij nog overeind kon komen. 'Ja, het werk roept.'

'Ach ja, natuurlijk.' Hij knipperde slaperig met zijn ogen, alsof hij erg zijn best moest doen om wakker te blijven.

'Ik kom snel weer terug. Want er zit nog een heleboel in die dozen wat ik moet doornemen.'

'Prima. Je bent altijd welkom, dat weet je. Mrs. B. is er om voor je te zorgen. Misschien is het handig om haar van tevoren te bellen, dan kan ze de haard aanmaken. Want ik wil niet dat je het koud hebt. En dit is een koud huis. Altijd al geweest.'

'Dank je wel. Tot gauw.' Ze liet hem knikkebollend achter.

In de hal liep ze Mrs. B. tegen het lijf. 'U had een heerlijke ochtend, hè?' vroeg de huishoudster met een glimlach. 'Ik heb hem in geen jaren zo gelukkig gezien.'

'Ik denk dat hij erg eenzaam is.'

'Dat klopt. Die arme man.'

'Gelukkig bent ú er.'

'Ja, maar dat is niet hetzelfde als familie,' zei de huishoudster weemoedig. 'Het hemd is nader dan de rok.'

'Ja, daar hebt u gelijk in.'

Mrs. B. schudde haar hoofd. 'Hij moet het bijleggen met zijn familie. Dat is de enige manier om weer gelukkig te worden. En ik verslijt mijn knieën met bidden dat het goed komt.'

'Hebt u zelf familie, Mrs. B.?'

'Nee. Niet meer. Lord Deverill is nu mijn familie,' antwoordde ze met een lieve glimlach. 'Daarom gaat het me ook zo ter harte. Ik bid dat God over hem waakt.' Ze sloeg een kruis. 'Maar ik vrees dat zelfs God hem niet tegen zichzelf kan beschermen. En tegen de lokroep van de drank.'

Nadat ze Margot had uitgelaten, liep Mrs. B. naar de bibliotheek. Daar trof ze haar werkgever onderuitgezakt in zijn stoel, luid snurkend. Het glas rustte losjes in zijn hand, de karaf met whiskey stond op het tafeltje naast hem. Ze waren allebei leeg. Mrs. B. keek op haar horloge. Amper drie uur en hij was al buiten westen. Ze slaakte een zucht. De vertrouwde ongerustheid sloot zich als een kille vuist om haar maag. Het was niet goed om zo veel te drinken, maar in Ierland niet ongebruikelijk. Ze kende genoeg mensen die ondanks excessief drinken stokoud waren geworden. Maar daartegenover stonden de velen die er veel te jong aan waren bezweken. Ze hoopte vurig dat Lord Deverill de kracht zou vinden om van de drank af te komen. Maar erg waarschijnlijk leek haar dat niet. Hij dronk al jaren, en tot dusverre had niets hem ertoe kunnen brengen om de strijd tegen zijn verslaving aan te gaan.

Ze besloot hem niet wakker te maken en nam de radio mee naar boven, naar haar kleine, keurig opgeruimde kamer op zolder, onder de dakbalken. Daar deed ze de stekker in het stopcontact en zette ze de radio weer aan. Opnieuw klonk er klassieke muziek uit de luidspreker, en haar hart zwol dankzij de lieflijke, inspirerende klanken. Ze waren als balsem op haar ziel. De muziek schonk haar het vertrouwen dat uiteindelijk alles goed zou komen. Ze zette de radio op de ladekast, pakte een doos lucifers en streek er een af om de votiefkaarsen aan te steken voor vier zwart-witfoto's in een simpele lederen lijst. Bij elke foto mompelde ze een gebed voor de dierbare overledene. 'Ooit zien we elkaar weer. Moge God je bewaren in de palm van Zijn hand.' Een voor een lichtten de gezichten op in het zachte schijnsel van de kaarsen. Haar vader, haar moeder, haar oudere broer, die op zijn zeventiende in de burgeroorlog was gesneuveld, en haar man, die zevenentwintig jaar geleden was bezweken aan leukemie. Alfie en zij waren niet gezegend geweest met kinderen. Ze had haar best gedaan, maar haar lichaam had ze niet vast kunnen houden. Twaalf miskramen. Twaalf teleurstellingen. Twaalf zielen die tevergeefs hadden geprobeerd ter wereld te komen. Maar Gods wegen waren ondoorgrondelijk. Misschien was het moederschap voor haar niet weggelegd. Misschien was het haar opdracht om voor de kinderen van anderen te zorgen. Voor de kinderen Deverill.

En nu zorgde ze voor JP.

Ze trok haar schoenen uit en ging op bed liggen. Met haar ogen gesloten gaf ze zich over aan de muziek, die haar verdriet, haar zorgen, haar ongerustheid verjoeg en haar gekwelde ziel tot rust bracht. Ze miste haar ouders, haar man, maar het meest miste ze haar broer. De jongen met het gouden haar tegen wie ze had opgekeken, die ze had aanbeden en die ze al op haar dertiende had verloren. Ze kneep haar ogen stijf dicht, er biggelde een traan over haar slaap in haar haar. Na al die jaren deed het nog altijd pijn. Het was een wond die nooit genas. *Rafferty, als je me kunt horen... Ik hou van je. Ik zal altijd van je houden. En ooit, wanneer de dood me komt halen, zien we elkaar weer. Dat is wat de Bijbel ons belooft. Een kruis in dit leven, een kroon in het volgende.*

Wat was de muziek verrukkelijk kalmerend, wat was het heerlijk om niet langer door stilte omringd te zijn. In haar verbeelding zag ze dat Rafferty naast haar stond en haar hand pakte. Ze kon het bijna voelen. Zijn huid tegen de hare. Warm, zacht, veilig. Net als vroeger, toen ze nog een klein meisje was. En terwijl de muziek doorspeelde, dommelde Bessie Brogan in slaap.

8

Die avond was Margot merkwaardig somber. Na de rit door de heuvels, waarvan ze had genoten, was haar stemming omgeslagen tijdens de lunch met JP. Dat lag niet aan de gesprekken of aan het eten, en zelfs niet aan de sfeer van eenzaamheid die er in het huis hing. Van dat laatste ging een zekere rust uit die haar wel aansprak. Wat haar somberheid had gewekt, was de constatering hoe hij geleidelijk aan steeds minder helder was geworden. Niet dat hij zich misdroeg, hij viel gewoon weg. Na de lunch was hij er niet meer. Hij was enigszins onvast naar de bibliotheek gesloft, had zich in zijn stoel laten vallen en was weggezakt, verdoofd door de alcohol. Het had haar een overweldigend gevoel van machteloosheid bezorgd, een gevoel dat haar zo vertrouwd was dat ze niets anders had kunnen doen dan weggaan. Ze had de benen genomen, en nu snakte ze naar iemand die nuchter was, nuchter en sterk; iemand aan wie ze zich kon vasthouden.

Seamus was maar al te graag bereid om in die behoefte te voorzien. In zijn armen verdween het verleden naar de achtergrond, samen met alle verdrietige herinneringen die ermee waren verbonden, en werd ze weer de volwassen vrouw die ze was, de vrouw die ze wilde zijn.

Voor de volgende ochtend had ze afgesproken met de gravin Di Marcantonio. Een paar dagen eerder had ze haar kantoor gebeld en was ze te woord gestaan door de secretaresse van de gravin. De afspraak werd gemaakt, en de secretaresse – ze klonk erg jong, enigszins ademloos met een trillende stem – had Margot toevertrouwd hoezeer de gravin ernaar uitzag om de zetel van de familie van haar man een bezoek te brengen. Margot had haar best gedaan begripvol te klinken, tot opluchting van de secretaresse, die toezegde dat de gravin om elf uur in het hotel zou zijn.

Margot stond al om kwart voor elf in de hal. Het was een stille ochtend. Een dichte mist dempte de kleuren en gaf het kasteel iets spookachtigs. In de haard brandde een gastvrij vuur, de lampen verspreidden een warme gloed. Mr. Dukelow liep rusteloos door de hal en deed alsof hij het druk had; zijn glimmend gepoetste zwarte schoenen gleden soepel over het hoogpolige tapijt. Róisín zat waakzaam achter haar balie, haar blik ging voortdurend naar de deur, in gespannen afwachting van de bijzondere gast. Margot keek naar het portret van Barton Deverill. Wat zou hij zeggen als hij kon zien wat er van zijn kasteel was geworden? Mrs. De Lisle had een prestatie van formaat geleverd. Bartons huis mocht dan niet meer zijn zoals hij het had bedoeld, het was nog altijd schitterend.

Om elf uur stopte er een glimmende Mercedes voor het hotel. Een bediende haastte zich naar buiten. De chauffeur, die volledig in het zwart was gekleed, van zijn pet tot zijn schoenen, stapte uit, liep om de auto heen en deed het achterportier open. De gravin nam haar tijd om uit te stappen, terwijl de portier geduldig wachtte op het grind. Vanuit de hal keken Mr. Dukelow en Róisín gespannen toe, en ook Margot was benieuwd hoe de gravin eruitzag. Op basis van haar brief en de eerbiedige toon van haar secretaresse verwachtte ze een indrukwekkende verschijning.

Tot haar verrassing bleek de gravin aanzienlijk jonger dan ze zich haar had voorgesteld. Margot schatte haar ergens achter in de veertig. Een stuk jonger dan haar man, die dik in de zestig moest zijn. Ze droeg een nertsmantel die tot haar knieën reikte, met een bijpassend rond hoedje. In haar smalle, hoekige gezicht waren de jukbeenderen scherp afgetekend. Haar dunne lippen waren vuurrood gestift. Ze had haar gitzwarte haar opgestoken in een sierlijke wrong. Haar houding was voornaam, statig. Terwijl de portier de voordeur openhield, schreed ze voortvarend, vastberaden naar binnen. Mr. Dukelow stak haar de hand toe en verwelkomde haar onderdanig, zich uitputtend in superlatieven. En hij boog! Margot kon haar ogen niet geloven, maar hij deed het echt. Om de lippen van de gravin speelde een minzame glimlach, de blik in haar staalgrijze ogen was streng en taxerend. Margot moest denken aan een havik die zijn prooi fixeerde. De gravin was duidelijk niet anders gewend dan met alle egards te worden ontvangen. Dankbaarheid was haar vreemd, dit was wat haar toekwam, waar ze recht op had. Vond ze. Maar Margot was niet onder de indruk. Voordat ze met Leopoldo trouwde, had de gravin gewerkt als secretaresse bij de Oostenrijkse ambassade in Londen. Dus haar hooghartige arrogantie was op niets gebaseerd.

'Dus u bent miss Hart.' Ze kwam naar Margot toe en schudde haar de hand. Vervolgens liet ze de nertsmantel van haar schouder glijden, die Mr. Dukelow haastig aanpakte, samen met haar hoed. Op zijn beurt wenkte hij Róisín, die de receptiebalie onbemand had gelaten in haar gretigheid om zich nuttig te maken voor de hoge gast. Terwijl ze de mantel en de hoed aanpakte, keek ze vol bewondering naar de gravin, die een Hollywoodachtige glamour uitstraalde. Ze droeg een elegante zwarte jurk met witte stippen, een glimmend zwarte ceintuur en een breed chokercollier van parels, waarvan de sluiting bestond uit drie gouden bijen, bezet met diamanten. Met haar hand op haar hart slaakte ze een dramatische zucht. 'Ik ben diep geroerd,' verklaarde ze met een zwaar Oostenrijks accent. 'Dit was ooit de zetel van de familie van mijn echtgenoot. En als alles was gegaan zoals het had moeten gaan, dan was het nu ons huis geweest. Maar het leven kan zo onrechtvaardig zijn.' Ze schonk Margot een zuinige glimlach. 'Afijn, waar zullen we eens gaan zitten?'

Mr. Dukelow ging hun voor naar de privézitkamer van Mrs. De Lisle, weg van de drukte en de bedrijvigheid van het hotel. De kamer maakte een gezellige indruk, de haard brandde en daaromheen stonden banken en fauteuils.

'De mist was afschuwelijk,' klaagde de gravin. 'Die arme Roach moest stapvoets rijden.' De twee vrouwen namen plaats, de gravin op een van de banken, Margot in een fauteuil dicht bij het vuur. Ze pakte haar pen en sloeg haar notitieboek open.

'Dus u schrijft een boek over de geschiedenis van de Deverills?' De gravin nam haar onderzoekend op, zonder enige warmte in haar ogen. 'Toen ik dat van Angela de Lisle hoorde, besloot ik dat u ook met mij zou moeten praten. Het is belangrijk dat u alle betrokkenen spreekt. Niet alleen de Deverills.'

Dus ze had het gehoord van Mrs. De Lisle. Waarom zou die het haar hebben verteld, vroeg Margot zich wantrouwend af. 'Dat ben ik volledig met u eens. Ik streef naar een evenwichtige geschiedschrijving.'

Het gezicht van de gravin verhardde. 'Mijn man is door zijn moeder gepasseerd bij de erfenis, en dat heeft diepe wonden geslagen. Wonden die nooit zijn genezen. Kunt u zich dat voorstellen? Dat je eigen moeder zoiets doet? Nee, vast niet.'

Gepasseerd worden bij een erfenis was iets wat Margot zich inderdaad niet kon voorstellen. 'JP is haar oudste zoon,' zei ze. 'En een Deverill. Dus ze dacht ongetwijfeld dat het juist was wat ze deed.'

De gravin nam het onmiddellijk op voor haar echtgenoot. 'De vader van mijn man, graaf Cesare, aanbad hem. Als hij nog had geleefd, zou het kasteel nooit in handen van een Deverill zijn gekomen. Dat zou hij niet hebben laten gebeuren.'

Margot vernauwde haar ogen tot spleetjes. 'Ik heb natuurlijk geen recht van spreken, maar als ik goed ben ingelicht, is het kasteel gekocht met Bridies geld.'

De gravin verstijfde. Ze stak hooghartig haar kin naar voren. 'Ik hoor het al. U weet niets van de familie van mijn man. Graaf Leopoldo is een directe nakomeling van kardinaal Maffeo Barberini in Rome, de latere paus Urbanus VIII. Dat was in 1623. Zijn grootmoeder was een prinses. Het Palazzo Barberini in Rome is in 1633 voltooid door Bernini. Tegenwoordig is daarin La Galleria Nazionale d'Arte Antica gevestigd. De Barberini's waren een vooraanstaande familie. Schat- en schatrijk.' Ze legde haar lange vingers op de sluiting van haar collier. 'Op hun familiewapen staan drie bijen. De beroemde Barberini-bijen. Die vind je in heel Rome terug op talloze gebouwen, als illustratie van hun macht. Dit collier was een van de kostbaarheden van de prinses. Een erfstuk dat al heel lang in de familie is en dat na talloze generaties uiteindelijk bij mijn Leopoldo is terechtgekomen.'

Na slechts twee generaties, dacht Margot. Maar ze zei het niet hardop. De gravin zou haar muggenzifterij ongetwijfeld niet op prijs stellen.

'Bent u wel eens in Rome geweest, miss Hart?'

'Jazeker.'

'Dan kent u ongetwijfeld de beroemde *Baldacchino di San Pietro, L'Altare di Bernini.*'

'De Baldakijn van Bernini, boven het graf van Petrus.' De gravin mocht dan vloeiend Italiaans spreken, Margot ergerde zich aan haar pretentieuze gedoe.

'Dan weet u dat de zuilen van de baldakijn rusten op vier sokkels. Op de twee buitenzijden van elke sokkel zijn de Barberini-bijen afgebeeld. U kunt ze niet missen. Ze zijn net zo indrukwekkend en flamboyant als de hele Baldacchino. Die bijen staan symbool voor de dominantie en de invloed van de familie Barberini.'

'Dat was driehonderd jaar geleden. Ik vraag me af of ze nu nog enige invloed bezitten.'

'Waar het om gaat, miss Hart, en het verbaast me dat ik dat moet uitleggen, is dat de familie van mijn man van zichzelf al schatrijk was. Geld trouwt met geld. Dat zeggen ze niet voor niets, en dat gold ook voor de ouders van de graaf.'

Waarom noemt ze hem niet gewoon Leopoldo, dacht Margot, nog steeds geërgerd.

'U schrijft toch wel alles op?' vroeg de gravin, met een blik op het notitieboek.

'Ja, natuurlijk.' Margot maakte haastig wat aantekeningen. *Barberini, Urbanus VIII, bijen.* 'Maar terug naar de erfenis, en los van alle emoties, JP is een Deverill. Dus is het dan niet terecht dat hij het kasteel heeft geërfd? Het is gebouwd door een Deverill en bijna driehonderd jaar lang in het bezit van de familie geweest.'

'Nee, natuurlijk is dat niet terecht!' bitste de gravin. 'JP is een bastaard. Zijn vader heeft zich gruwelijk misdragen. Bridie was zeventien toen hij zich aan haar vergreep. Het is aan Bridies broer te danken dat JP niet in Amerika terecht is gekomen. Zonder Michael Doyle zouden de Deverills nooit van zijn bestaan hebben geweten. Michael heeft hem uit het klooster gestolen en hem bij Bertie Deverill op de stoep gelegd. Ik neem aan dat u het verhaal kent. Het was puur uit schuldgevoel dat Bridie het kasteel aan JP heeft nagelaten. Ze had kanker. Ze was stervende. Dus toen haar einde naderde, besloot ze te doen wat zij zag als juist en rechtvaardig. Maar ze was niet meer bij haar volle verstand. Ze is gemanipuleerd. God mag weten door wie. Volgens mij door Kitty. Waarom zou Bridie anders de zoon hebben onterfd die ze heeft gekregen met haar geliefde echtgenoot? De zoon die ze vanaf zijn geboorte heeft zien opgroeien? Waarom zou ze die zoon benadelen, ten gunste van de zoon die ze nooit heeft gekend? Van wie ze nooit heeft gehouden? Want je kunt niet houden van iemand die je niet kent. Dat is onmogelijk. Je houdt van het idee, maar dat is geen liefde. Dat is fantasie. Dus het was louter en alleen uit schuldgevoel dat ze mijn man zijn rechtmatige erfenis heeft ontzegd. Zowel het kasteel als het vermogen dat daarbij hoorde.' Haar neusgaten trilden, haar lippen vormden een rechte, smalle streep.

'Heeft uw man helemaal niets geërfd?'

'Alleen geld. In de vorm van een trustfonds,' antwoordde de gravin, alsof het om een armzalige fooi ging. 'Elke keer als hij geld nodig had, moest hij het aan zijn oom vragen. Afschuwelijk. Wat een vernedering. Als u de graaf kende, zou u dat begrijpen. Hij is trots. En om dan te worden vernederd door je eigen moeder!'

'Waarom zou Bridie dat zo hebben geregeld? Waarom zou ze aan JP's erfdeel geen voorwaarden hebben verbonden, maar aan dat van Leopoldo wel? Was ze misschien bang dat hij er niet verstandig mee om zou gaan?' Margot wist het antwoord eigenlijk al, maar ze was benieuwd wat de gravin zou zeggen.

'De graaf was flamboyant, hij bewoog zich in de rijkste aristocratische kringen en leefde groots en meeslepend.' De gravin glimlachte, haar ogen glansden koortsachtig. 'Mijn man heeft meer karakter in zijn pink dan alle Deverills bij elkaar. Ze vinden zichzelf zo geweldig, zo boeiend en onstuimig, maar ze kunnen nog niet in de schaduw staan van de graaf.'

'Nou ja, achteraf gezien was het misschien toch niet zo'n goed idee om het kasteel aan JP na te laten. Het geld is op, het kasteel verkocht.'

'Precies!' De gravin was duidelijk aangenaam verrast door Margots begrip. 'Dat zou bij de graaf niet gebeurd zijn. Hij zou niet al het geld over de bank hebben gesmeten, en hij zou ook niet aan de drank zijn geraakt. Een schande, dat is het! Een schande!'

'Uw man heeft zijn geld blijkbaar verstandig geïnvesteerd. Het is benijdenswaardig zoals u leeft, met huizen over de hele wereld. Hij mag dan geen vermogen hebben geërfd, maar inmiddels heeft hij op eigen kracht fortuin gemaakt.'

'De graaf is een echte entrepreneur, net als zijn vader en zijn grootvader. Alles wat hij aanraakt, verandert in goud.'

'Waarom heeft hij het kasteel dan niet gekocht toen JP het moest verkopen?' vroeg Margot, en ze voelde meteen dat de gravin zich in het nauw gedreven voelde.

Die ging ongemakkelijk verzitten en schudde haar hoofd, alsof ze probeerde tijd te winnen terwijl ze koortsachtig nadacht over een geloofwaardig antwoord. Maar erg geloofwaardig was ze in de ogen van Margot allang niet meer. 'Mrs. De Lisle was hem voor,' zei de gravin ten slotte. 'Tegen de tijd dat de graaf hoorde dat het kasteel te koop stond, was JP al met haar bod akkoord gegaan. *Tant pis.*' Ze haalde haar schouders op en snoof, zoals mensen snuiven wanneer ze zojuist een aperte leugen hebben verkondigd.

'Kent u JP?'

Opnieuw stak de gravin haar kin naar voren. Er verscheen een grimmige trek om haar mond. 'Ik heb hem ontmoet. Hij is tenslotte de halfbroer van mijn man. Maar ik zou niet willen beweren dat ik hem ken. De graaf en hij zijn nooit bevriend geweest. Toen bleek dat Bridie het kasteel aan JP had nagelaten, heeft mijn man Ierland de rug toegekeerd en is hij in Londen gaan wonen.'

'Maar hij heeft ook een huis in Dublin.'

'Daar heb ík op aangedrongen. Hij heeft veertien jaar in Ballinakelly gewoond. Het kasteel was zijn thuis. Het deed hem erg veel verdriet toen hij hier weg moest. We zijn het kasteel al die jaren nooit uit het oog verloren. Integendeel. Je zou kunnen zeggen dat het een obsessie voor hem is geworden. Volkomen begrijpelijk, gezien de omstandigheden. Dat zult u met me eens zijn.' Met een spijtige zucht liet ze haar blik in het rond gaan. 'En nu is het een hotel. Het is geweldig wat Angela heeft gepresteerd, maar het had natuurlijk een woonhuis moeten blijven. Óns huis. Hebt u het motto van de Deverills gezien? Het staat boven de deur gebeiteld. Graaf Cesare, de vader van de graaf, heeft de Barberini-bijen eroverheen laten aanbrengen, maar toen JP in het kasteel ging wonen heeft hij ze weggehaald, zodat het motto van zijn familie weer te zien was. Die bijen hebben meer prestige dan zo'n pretentieuze Latijnse spreuk.' Ze dronk haar theekop leeg. 'Ik zou een superbe gastvrouw zijn geweest. Ik zou de hoogste kringen uit het land hebben ontvangen en het kasteel in zijn oude glorie hebben hersteld.'

Margot glimlachte. 'Ach, het kasteel ontvangt nu ook talloze gasten, en je zou kunnen zeggen dat het in zijn oude glorie is hersteld. Het is nog niet zo lang open, maar volgens mij heeft het de potentie om een van de beste hotels van de wereld te worden.'

'Maar het tijdperk van de Deverills is definitief voorbij. Er zal nooit meer een Deverill in het kasteel wonen.'

Van het ene op het andere moment zakte de temperatuur in de kamer dramatisch. Margot kreeg kippenvel. De gravin keek geërgerd fronsend naar de ramen, om te zien waar de tocht vandaan kwam. Maar de ramen zaten potdicht. In verwarring keken de twee vrouwen elkaar aan, niet in staat iets te zeggen; hun keel werd dichtgeknepen door het gevoel dat er iets vreemds te gebeuren stond. Een rimpeling van energie deed de lucht trillen – een onzichtbare kracht, die ze allebei voelden. De vlammen in de haard sputterden even, toen laaiden ze weer hoog op.

'De graaf heeft altijd gezegd dat het hier spookt,' fluisterde de gravin.

'Welnee,' protesteerde Margot, maar daar was ze ineens niet zo zeker meer van. 'Ik geloof niet in het bovennatuurlijke.'

'Ik ook niet, maar geesten zijn niet bovennatuurlijk. Ze maken deel uit van het leven. Het zijn overledenen die de weg naar het leven na dit leven nog niet hebben kunnen vinden. Verloren zielen. Beklagenswaardig, dat zijn ze. Dode zielen die verdriet hebben.' De gravin stak haar kin naar voren en ademde krachtig in door haar neus.

'Waarschijnlijk hebt u gelijk en zal er inderdaad nooit meer een Deverill in het kasteel wonen. Ook al bezit de familie wel het talent om uit haar as te herrijzen.' Het kostte Margot moeite haar kalmte te herwinnen.

'Misschien, maar deze keer hoeven we geen feniks te verwachten. JP is verloren, verdronken in zijn eigen whiskey. Zonde. Echt zonde. Het was zo'n knappe man, dynamisch, levenslustig. Maar het is ook een zwakkeling. En dat heeft hem zijn huwelijk gekost.'

'Overspeligheid is blijkbaar een familietrek in de mannelijke lijn.'

'Zegt u dat wel,' viel de gravin haar bij. 'Zijn vader met een van de dienstmeisjes, hij met de gouvernante.'

Margot liet niet merken hoe verrast ze was. Ze hield haar gezicht zorgvuldig in de plooi en knikte alleen maar, in de hoop dat de gravin verder zou uitweiden.

'Als je dan toch zo nodig overspel moet plegen, doe dat dan ver van huis, en bij voorkeur met iemand die net zo veel te verliezen heeft als jij. De gouvernante! Zijn kinderen waren dol op haar. Wat een afschuwelijk verraad! Het zou me niet verbazen als Colm uiteindelijk ook alcoholist wordt. Ze deugen geen van allen.' Ze keerde zich hoofdschuddend naar Margot. 'U hebt toch wel aantekeningen gemaakt, miss Hart?' vroeg ze streng.

'Jazeker. Bovendien heb ik een uitstekend geheugen. Trouwens, weet iedereen hier dat JP een verhouding had met de gouvernante?'

'Nee, natuurlijk niet.' De gravin glimlachte sluw. 'Maar ik heb zo mijn bronnen, dus u kunt ervan op aan dat het klopt. Er was wel een vermoeden dat ze een verhouding hadden. Maar ik weet het zeker.'

'En wat is er van de gouvernante geworden?'

'Die woont tegenwoordig in Canada. Maar ik heb geen idee waar.'

'O. Aha.' Helaas. Margot zou graag met haar hebben gesproken.

'Ze kwam van het Engelse platteland. Een keurig meisje van goede familie. Niet zo'n type dat haar werkgever verleidt. Integendeel. Het initiatief ging van hem uit. Zoals u al zei, overspel is een familietrek in de mannelijke lijn.'

Margot dacht eraan hoe JP in zijn verdriet, zijn behoefte aan troost, zijn toevlucht had gezocht bij de gouvernante. 'Ach, elk verhaal heeft twee kanten.'

'Maar beide kanten wegen niet altijd even zwaar. Ik heb medelijden met de vrouw van JP. Het verbaast me niet dat die arme Alana van hem is gescheiden. Wat een afschuwelijke toestand.'

'Het lijkt erop dat het kasteel eigenlijk niemand veel geluk heeft gebracht.'

'Als u daarmee wilt zeggen dat het vervloekt is, dan ben ik dat niet met u eens. De Deverills zijn vervloekt, niet het kasteel. Het had nooit aan JP moeten worden nagelaten. Uiteindelijk heeft hij voor dat onrecht moeten boeten.'

'Zo werkt karma niet, volgens mij. En trouwens, als er al sprake is van onrecht, dan is zijn moeder daarvoor verantwoordelijk. Niet JP.'

De gravin schudde ongeduldig haar hoofd. 'Er was duidelijk sprake van onrecht, *punto*.' Ze keek toe terwijl Margot iets noteerde. 'Hou me op de hoogte van uw research. En mocht u verder nog hulp nodig hebben, dan weet u me te vinden.'

'Maar u zult wel veel op reis zijn. Met al die huizen.'

'Voorlopig zitten we in Dublin. En ik kom met alle plezier weer naar u toe. Ik vind het heerlijk om, al is het maar even, in het voorouderlijke huis van de graaf te zijn. Ondanks het feit dat het pijn doet.'

'Geldt dat ook voor uw man? Wat zijn de gevoelens van de graaf als het om zijn vroegere thuis gaat?'

Er verscheen opnieuw een grimmige trek om de mond van de gravin. 'Hij zal het zijn moeder en zijn halfbroer nooit vergeven. JP had de erfenis moeten delen. Maar dat heeft hij niet gedaan. Hij heeft alles voor zichzelf gehouden. Een schande, dat is het! Zet dat maar in uw boek. Ik hoop tenminste dat het niet zo'n verzameling onbeduidende weetjes wordt. Dat u de geschiedenis van de familie volledig en naar waarheid zult weergeven.'

'Maar natuurlijk. Ik ben niet anders van plan.'

'Mooi zo.' De gravin stond op. 'Het was me een genoegen u te leren kennen. Ik hoop dat ik u heb kunnen helpen.'

'Absoluut. Ik heb erg veel van ons gesprek opgestoken.'

'Daar ben ik blij om. Mijn man staat hier natuurlijk ver boven. Hij praat nooit over het onrecht dat hem is aangedaan. Dat is ver beneden zijn waardigheid. Daar zou ik misschien een voorbeeld aan moeten nemen. Ik zou er ook boven moeten staan. Maar ik hecht aan de waarheid en ik kan niet tegen onrecht. Ik moet me uitspreken. Zo ben ik nu eenmaal. Altijd eerlijk en oprecht.'

'En voor het boek is het belangrijk om zowel de kant van JP als die van Leopoldo te belichten.'

De gravin huiverde toen Margot haar man bij de voornaam noemde. 'Ik twijfel er niet aan of de Deverills hebben de graaf uit hun geschiedenis gewist,' zei ze met de nadruk op 'graaf'. 'Dus ik ben blij met de kans om dat recht te zetten. Waar kan ik de manager vinden? Hij moet Roach waarschuwen om de auto voor te rijden. Ik hoop dat de mist inmiddels is opgetrokken.'

Kitty

Ik ben woedend. Razend! Hoe durft ze zo te liegen? Die gravin met haar kouwe drukte! Hoe durft ze te zeggen dat Leopoldo het kasteel had moeten erven? Leopoldo's vader, graaf Cesare di Marcantonio, was een oplichter. Geld had hij niet, en de titel was een verzinsel van zijn vader. Die deugde ook al niet. Hij deed zich voor als rijke aristocraat en klopte iedereen geld uit de zak. Leopoldo is net zomin familie van de Barberini's als ik van de paus. En zijn vader is vermoord door Michael Doyle. Die had hem betrapt toen hij ervandoor ging met Bridies geld en met zijn minnares. Dat kon hij, als Bridies broer, niet laten gebeuren. Hij heeft met de graaf afgerekend zoals alleen hij dat kon. Cesare is een gruwelijke dood gestorven. Dat was Michaels specialiteit.

Maar in één opzicht was het gesprek met de gravin verhelderend. Daardoor weet ik nu dat JP een verhouding had met de gouvernante. Geen wonder dat Alana diep gekwetst was. Maar ik ben wel de laatste die JP mag veroordelen. Misschien hebben Margot en de gravin gelijk, misschien is overspel inderdaad een familietrek, maar dan niet alleen in de mannelijke lijn. Ik heb gezondigd door van Jack te houden, maar daar heb ik nooit spijt van gehad. Wel van het verdriet dat we daarmee hebben veroorzaakt. Maar ik heb nooit spijt gehad van onze liefde.

Er gaan drie dagen voorbij zonder dat Margot zich in het Jachthuis laat zien. JP is rusteloos en snel geïrriteerd. Stilte neemt opnieuw bezit van het huis. Het enige geluid is het gestage tikken van de staande klok. Het klinkt verloren en lijkt Mrs. B. te honen, net nu ze de radio heeft herontdekt. 'Heeft miss Hart nog gebeld?' vraagt JP hoopvol, telkens wanneer ze langs de bibliotheek komt. 'We moeten zorgen dat het lekker warm blijft in de jachtkamer.'

'Nee, milord. Ze heeft niet gebeld.'

Dan laat JP teleurgesteld zijn schouders hangen.

Hij is niet de enige. Ook Colm is teleurgesteld. Hij komt elke dag langs, geboeid door de geschiedenis van de familie. Zegt hij. Maar JP neemt niet de moeite om voor hém de haard aan te steken in de jachtkamer.

'Waar is miss Hart gebleven?' vraagt hij op een avond nonchalant aan zijn vader. Hij zit met het dagboek van Hermione Deverill bij de haard in de bibliotheek.

'Ze zal wel druk zijn met haar research,' antwoordt JP, verdiept in *The Irish Times*.

'Ze is al in geen dagen meer geweest.'

'Drie dagen.'

'Ze is toch nog niet klaar?' Colm houdt het dagboek omhoog. 'Zo te zien heeft ze pas de helft van de dozen opengemaakt.'

JP grijnst. 'Ik heb haar van haar werk gehouden. Ze is goed gezelschap. En dat heb ik de laatste tijd erg gemist. We praten heel wat af.'

Colm laat zich geen schuldgevoel aanpraten. In zijn ogen heeft JP het aan zichzelf te wijten dat hij van zijn familie vervreemd is geraakt. 'Je bent met haar wezen rijden.'

'Ja, dat klopt. Ze is een verrassend goede amazone.'

Colm trekt zijn wenkbrauwen op. Dat had hij niet verwacht. 'Ze is wel erg zeker van zichzelf, vind je niet?'

JP staart in zijn whiskeyglas, verbaasd dat het al zo snel leeg is. Hij kan zich helemaal niet herinneren dat hij ervan heeft gedronken. Dus hij werkt zich overeind en loopt naar het tafeltje met de drank. 'Hoezo? Ze is een vrouw van nu. Onafhankelijk. Zelfstandig. Met een eigen mening. En inderdaad geen doetje.'

Ik voel hoe de energie rond Colm zich samentrekt. Het bevalt hem niet dat Margot het vertrouwen van JP probeert te winnen om hem de familiegeheimen te ontfutselen. Maar hij is slim genoeg om te weten dat hij hen juist dichter naar elkaar toe zou drijven door het op een confrontatie te laten aankomen. In plaats daarvan kan hij beter toenadering zoeken, om op die manier invloed te kunnen uitoefenen. 'Ik heb me in haar vergist,' zegt hij dan ook.

Zijn vader heeft zijn glas bijgeschonken en zich weer in zijn gemakkelijke stoel genesteld. 'Ik ben blij dat je zo eerlijk bent om dat toe te geven.'

'Ze doet tenslotte gewoon haar werk. Ik zal moeten accepteren dat onze familie ooit een prominente positie heeft ingenomen, en waarschijnlijk zou ik gevleid moeten zijn dat er een boek over ons wordt geschreven.'

'Ik ben vooral verrast dat niemand eerder op dat idee is gekomen. Er is hier en daar wel eens een stukje over ons verschenen. Korte beschouwingen in boeken over de Anglo-Ieren en hun kastelen, maar dit boek beschrijft de hele geschiedenis van de Deverills. Vanaf de bouw van het kasteel. Ik weet zeker dat Margot uitstekend werk zal afleveren.'

'Ze heeft ook een boek over Eva Perón geschreven, heb ik begrepen. Ik zal proberen het te pakken te krijgen.'

'Goed idee.'

'Ook al zou ik liever een boek lezen over Eva's man. Dat lijkt me interessanter.'

'Laat Margot het maar niet horen.'

Colm kijkt hem aan, en bij het zien van de ondeugende twinkeling in JP's ogen verschijnt er een grijns op zijn gezicht. Het is jaren geleden dat ze hebben samengespannen.

Wanneer Colm die avond een biertje gaat halen in O'Donovan's, treft hij daar tot zijn verrassing Margot aan de bar. Ze zit met Seamus te praten, terwijl die drankjes inschenkt. Colm heeft er nooit een geheim van gemaakt dat hij haar niet mag, maar volgens mij heeft dat te maken met het boek en is het niet persoonlijk. Ondanks zichzelf vindt hij haar intrigerend. Hij is een man, en zij een aantrekkelijke vrouw. Dat was ik ook in mijn jonge jaren. Ik was zelfs knap. Dus ik weet hoe mannen naar een vrouw kijken die hen interesseert. Margot is lastiger te peilen. Sterker nog, ze is zo gesloten als een oester.

'Vind je het goed als ik even bij je kom zitten?' Hij neemt zijn pet af en gaat met zijn vingers door zijn haar. Net als alle Deverill-mannen heeft hij een dikke bos. Bovendien ziet hij er goed uit en bezit hij de gave om het zichzelf onnodig moeilijk te maken. Ook dat deelt hij met alle andere mannelijke Deverills.

'Doe wat je niet laten kunt.' Het klinkt niet bepaald uitnodigend, maar Colm klimt op de kruk naast haar en legt zijn pet op de bar.

Seamus houdt een glas onder de tap met donker bier. Hij ziet hoe ze met elkaar in gesprek raken, en ik voel zijn verontwaardiging, zijn bezitsdrang; hij is net een waakhond die een rivaal op zijn terrein ontdekt.

'Ik ben bij pa geweest,' zegt Colm. 'Hij mist je.'

'Volgens mij is hij best eenzaam.'

'Hij zou meer de deur uit moeten.'

'En moeten stoppen met drinken,' zegt ze ernstig.

'Ook dat.' Colm wendt zijn blik af. Er valt een ongemakkelijke stilte. Hij wil het niet over zijn vaders drankprobleem hebben. Alles wat hij zegt, kan in haar boek terechtkomen. Seamus schuift het biertje naar hem toe. 'Hoe vond je de rit?' vraagt Colm om het over iets anders te hebben.

'Heerlijk!' Ze straalt. 'Ik heb ervan genoten.' Ze is erg charmant als ze lacht. Je zou bijna denken dat ze geen zorgen kent, maar ik begin te beseffen dat ze die wel degelijk heeft en ze goed weet te verbergen. 'De heuvels hier hebben iets... iets heel bijzonders. Ik heb veel gereisd, maar hier voel ik een soort magie die ik nergens anders ben tegengekomen.'

Colm glimlacht terug. Hij hoeft zich niet te forceren, want hij is oprecht geraakt door haar gevoeligheid voor de magie van het land; een magie waarmee wij als Ieren zijn opgegroeid. 'Ik ben blij dat jij het ook zo voelt.'

'Die ochtend in de heuvels voelde ik me volmaakt vrij. Het leek wel een soort verlossing. Alsof er een last van mijn schouders werd genomen. Ik voelde me roekeloos, bevrijd van alle remmingen.' Bij de herinnering beginnen haar ogen te schitteren. 'Het was geweldig.'

'Ik hoorde van mijn oma dat je Iers bloed hebt.'

'Mijn opa was Anglo-Iers. Telt dat ook?'

'Nou en of. Mijn tante Kitty noemde zichzelf altijd Iers, ook al was ze strikt gesproken Ánglo-Iers.'

'Ik denk eigenlijk dat ik geen van beide ben.'

'Maar je hebt wel dat ongeremde, dat roekeloze. En dat heb je ongetwijfeld van je opa geërfd. Misschien heb je die kant van jezelf hier in de heuvels voor het eerst echt de ruimte gegeven.'

'Misschien. Ik zou dolgraag nog eens een rit maken.'

'Pa ook. Je bent een goede amazone, zegt hij. Dus ik weet zeker dat hij dolgraag nog een keer met je gaat rijden.'

'Ik zal het hem vragen. Als ik het maar vaak genoeg doe, ontdek ik misschien mijn innerlijke Ierse.'

'Wie weet.' Colm grijnst, alweer ondanks zichzelf.

'Dat zou mijn opa geweldig hebben gevonden. De tijd dat hij met de Deverills op jacht ging, waren de mooiste jaren van zijn leven.'

'En hij was bevriend met mijn oom Harry?'

'Ja. Mijn opa is kortgeleden gestorven. Maar ik zal zijn verhalen over je oom Harry en zijn vader Bertie nooit vergeten.'

'Daar ben ik ook wel benieuwd naar.'

Terwijl Margot wat anekdotes van haar opa vertelt, besef ik dat het ijs definitief is gebroken. Colm wil haar eigenlijk niet leuk vinden, en op haar beurt weet Margot dat hij vijandig staat tegenover haar boek, maar ondanks dat verloopt het gesprek heel soepel en ontspannen.

Terwijl Seamus zijn gasten bedient, houdt hij hen met een half oog in de gaten. Margot heeft geen aandacht voor hem. Ze vindt niet dat ze hem iets verplicht is omdat ze af en toe met hem naar bed gaat. Daar geniet ze van, maar ze verbindt er geen consequenties aan. Voor Seamus is dat iets wat hij zich niet kan voorstellen. De kerk zou haar zondig noemen; in de ogen van de inwoners van een provincieplaatsje als Ballinakelly is ze een 'afgelikte boterham'. Maar de tijd staat niet stil, de eenentwintigste eeuw komt eraan. Misschien is Margot gewoon modern in haar opvattingen. Toch maakt ze door haar onafhankelijkheid Seamus' verlangen om haar vast te houden, alleen maar sterker.

'Waar woont u, miss Hart?' vraagt Colm.

Ze haalt haar schouders op. 'Ik heb niet echt een vaste woon- en verblijfplaats, Mr. Deverill.' Haar ogen lachen terwijl ze het zegt.

Hij begrijpt wat ze bedoelt. 'Het klinkt inderdaad idioot, hè? Miss Hart. Mr. Deverill.'

'Precies. Dus zeg alsjeblieft gewoon Margot.'

Hij neemt een slok bier en veegt met zijn mouw het schuim van zijn bovenlip. 'Afgesproken. Maar wat moet ik me daarbij voorstellen? Dat je geen vaste woon- of verblijfplaats hebt?'

'Mijn moeder is Française. Ze woont in Parijs. Mijn vader woonde in Dorset, maar die is overleden toen ik nog een tiener was. Dus ik beschouw Dorset al jaren niet meer als thuis.'

'Wat erg, om je vader zo jong te verliezen.'

'Ja, maar elk huisje heeft zijn kruisje, zeggen ze wel eens. Het is de kunst om in het moment te leven.'

'Dat is zo, maar dat valt soms niet mee als je worstelt met dingen die zijn gebeurd en die nog altijd pijn doen.'

'Ik heb mezelf geleerd om daar niet meer aan te denken.' Margot haalt haar schouders op, om duidelijk te maken dat ze er nu ook niet aan wil denken.

'Dus je bent een nomade?'

Ze grijnst. Die omschrijving bevalt haar wel. 'Ik heb een Engels paspoort en een appartementje in Londen. Daar kom ik af en toe om de post open te maken, voornamelijk rekeningen, en om zeker te weten dat alles er nog is. Maar ik ben het liefst onderweg. Ik vind reizen inspirerend. Daar word ik gelukkig van.'

'Ben je nooit eenzaam, zo helemaal in je eentje?'

'Soms. Maar ik heb overal vrienden gemaakt. Nu ook weer. Ik ben hier pas een paar weken, en ik heb er alweer een vriend bij.' Ze glimlacht charmant, argeloos.

Hij weet niet goed hoe hij moet reageren, maar hij heft zijn glas. 'Op de vriendschap.'

'Op de vriendschap.' Ze tikt met haar glas tegen het zijne.

Bij terugkomst in het hotel merk ik dat ze zich lichter voelt dankzij haar gesprek met Colm. Opgelucht dat hij zijn vijandige houding heeft laten varen. Ze schopt haar schoenen uit en laat zich op het bed vallen. Dan belt ze Mrs. Walbridge. Ze spreken elkaar bijna elke avond, en dan praat Margot haar bij over de laatste ontwikkelingen. Nu vertelt ze dat ze met Colm een borrel heeft gedronken in de pub. Ze lacht om iets wat Mrs. Walbridge zegt, en ik voel een oprechte vriendschap opbloeien tussen de twee vrouwen.

Haar moeder belt ze niet. Ik ben nieuwsgierig naar haar ouders. Waar komt haar afkeer jegens hen vandaan? Waarom is ze altijd onderweg, waarom wil ze nooit ergens lang blijven, waarom schrikt ze terug voor duurzame relaties? Zo op het eerste gezicht lijkt ze volmaakt gelukkig; charmant, onbekommerd, ongecompliceerd. Maar ik raak er steeds meer van overtuigd dat ze zich verschuilt achter een façade. Wie is de echte Margot Hart? Wat is háár verhaal?

9

Begin februari staken de eerste sneeuwklokjes hun tere witte kopjes uit de grond en raakten de kasteeltuinen verzadigd van de zoete geur van de peperboompjes. De dagen werden langer, het licht krachtiger, de zon stoutmoediger in zijn pogingen om het land te bevrijden van de kilte, van de lange nachten en korte dagen. Margot voelde zich inmiddels volledig thuis in Ballinakelly. Haar research vorderde gestaag, ze genoot van de ritten door de heuvels met JP en van de uurtjes met Seamus tussen de lakens. Ook Colm zag ze regelmatig. Hij raakte steeds meer geboeid door de fascinerende geschiedenis van zijn familie en kwam vaak langs in het Jachthuis. Het leek erop dat hij zijn vijandige houding jegens haar definitief had afgezworen. Misschien omdat hij zich niet langer tegen het boek verzette, doordat hij begon te beseffen hoe opmerkelijk het verhaal van zijn familie was.

’s Avonds zocht ze meestal afleiding in O’Donovan’s. Er was vaak livemuziek, folk of pop of een muzikant met een accordeon die met tranen in zijn ogen romantische ballades vertolkte. Het waren liederen die iedereen kende, en doorgaans zong aan het eind van de avond de hele pub mee. Zo leerde Margot geleidelijk aan steeds meer mensen kennen. Tomas en Aidan O’Rourke, de twee broers die voor Lord Deverill werkten, waren altijd in voor een potje darten. En Mr. Flannigan greep elke gelegenheid aan om over geesten te beginnen en te proberen een hand op haar billen te leggen. Ze ontweek hem zo veel mogelijk, vooral als hij een paar biertjes ophad. Seamus was er natuurlijk altijd en hield haar van achter de bar nauwlettend in de gaten, vooral als ze met Colm praatte. Die kon vermakelijk vertellen over zijn avonturen als dierenarts. Ze voelde zich op haar gemak in de pub. De sfeer was er luchtig en op een aangename manier loom, en het stond er blauw van de rook, afkomstig van de haard en van sigaretten. Ze vond het heerlijk dat ze niet langer wantrouwend werd aangekeken als ze in haar eentje binnenkwam. Ballinakelly begon aan haar te wennen.

Op een zondag besloot ze naar de mis te gaan. Niet omdat ze katholiek was. Ze was eigenlijk helemaal niets. Haar moeder was door haar strenge Franse ouders katholiek opgevoed, maar haar vader was anglicaans geweest totdat hij door de oorlog van zijn geloof viel. Als God bestond, waarom was de wereld dan zo vol haat en geweld, had hij zich afgevraagd. Toen Margot werd geboren, was hij vijfendertig en had hij al in geen jaren meer een kerk vanbinnen gezien. Margots moeder en hij waren getrouwd op het gemeentehuis, en Margot was niet gedoopt. Dat ze naar de All Saints Church ging, was puur uit nieuwsgierigheid, niet uit een behoefte om te bidden of om te luisteren naar een priester die er vooral opuit leek te zijn de gelovigen een schuldgevoel aan te praten, vanuit de overtuiging dat de mens zondig werd geboren. Maar omdat ze niet religieus was opgevoed, hadden kerken in de ogen van Margot iets speciaals, iets mysterieus, gevuld als ze waren met de energie van talloze gebeden; gebeden vol hoop en wanhoop. Het rook er naar wierook, de sfeer was doordesemd van tradities, maar ook van wrange tegenstrijdigheid. Margot verwonderde zich over het conflict tussen de leer van Jezus, die draaide om liefde, vergeving en het leven na dit leven, en de leer van de Kerk, die anderen buitensloot en mensen tot elkaars vijand maakte. Terwijl ze om zich heen keek, onder de indruk van de schoonheid en de serene rust van het eeuwenoude gebouw, kon ze die rust, die schoonheid die voortkwam uit spiritualiteit, niet verenigen met de strenge dogma's waarin voor het spirituele zo weinig ruimte leek.

Toen de gelovigen aan het eind van de mis naar buiten liepen, bleef zij nog even zitten. Ze zag Jack en Emer O'Leary, Colm, maar ook gezichten die ze kende uit de pub. Róisín was er met haar ouders en haar broers en zussen. De kinderen waren ongeduldig, opgelucht dat het er weer voor een week op zat. Ze wilden naar buiten, waar de zon scheen. Toen de meeste gelovigen de kerk hadden verlaten, en met name Jack en Emer, die er ongetwijfeld niet gelukkig mee zouden zijn haar hier te zien, maakte Margot ook aanstalten om naar buiten te gaan. Op dat moment zag ze Mrs. B., die helemaal vooraan in de kerk votiefkaarsen aanstak. Ze oogde zo klein en nietig, alleen met haar gebeden, terwijl ze met een dunne kaars van pit naar pit ging. In haar lange zwarte rok en bloes, met om haar hoofd en haar schouders een zwarte sjaal, had ze zo uit een van de victoriaanse foto's kunnen zijn gestapt die Margot in het Jachthuis had bekeken. Hoe oud zou ze zijn? Waarschijnlijk toch wel in de zeventig, hoewel ze er jonger uitzag dankzij haar mollige wangen, die zo goed als rimpelloos waren.

Na een tijdje liep Mrs. B. naar het altaar, ze knielde, draaide zich om en liep langzaam de kerk uit. Margot ging haar tegemoet. 'Hallo, Mrs. B.'

Die trok verrast haar wenkbrauwen op. 'Nee maar!' Ze glimlachte. 'U had ik hier niet verwacht, miss Hart.'

'Nee, dat begrijp ik. En ik ben ook helemaal niet kerks. Niet katholiek. Helemaal niks. Maar ik kwam voor de rust, voor de serene sfeer. Het is een prachtige kerk.'

'Dat is het zeker.'

'Een fijne plek om na te denken.'

'Precies. Daarom kom ik hier ook zo graag. Hier voel ik dat God naar me luistert.'

'Praat u vaak met God?'

Ze liepen naar de deur, buiten baadden het kerkhof en het grindpad in het zonlicht.

'Ja, natuurlijk. Doet u dat dan niet, miss Hart?'

'Nee, niet echt.'

'Dat zou u wel moeten doen. Om uw dankbaarheid te tonen voor uw zegeningen, en om te bidden voor uw dierbaren. Niet alleen de levenden, maar ook de doden.'

'Het voelt zo ongemakkelijk, om te praten met iemand die ik niet kan zien.'

'Dan moet u uw ogen dichtdoen.'

Margot schoot in de lach. 'Dat ik daar zelf niet op ben gekomen!'

Eenmaal buiten vroeg ze aan Mrs. B. waar de Deverills waren begraven.

'De meeste liggen op het protestantse kerkhof, een eindje verderop. Ze hielden niet van kouwe drukte. Dus ze hebben geen crypte, geen indrukwekkend familiegraf. Maar er zijn ook Deverills die zich hebben laten uitstrooien, zoals Kitty en Arethusa. Vrouwen met een onafhankelijke geest. Ze wilden dat de wind hen zou meevoeren. Ze wilden vrij zijn, daarom liggen ze niet onder een steen.'

'Ligt uw familie hier ook, Mrs. B.?'

'Ja. Komt u maar mee. Dan zal ik het u laten zien.' Ze liepen over het gras, langs eeuwenoude zerken, zwart van ouderdom. De inscripties waren verweerd geraakt door wind en regen en nauwelijks meer te lezen. Sommige zerken waren verzakt, andere stonden nog fier rechtop. Ze waren er in alle maten, van klein en bescheiden tot groot en opzichtig. Sommige waren volledig overwoekerd door mos en schimmels. 'Hier ligt mijn broer,' zei Mrs. B. zacht.

Margot las de inscriptie op de eenvoudige zerk. *Rafferty Brandon Carbery 1906 – 1923*. 'Hij is wel heel jong gestorven.'

'Ja. Hij was pas zeventien. God hebbe zijn ziel.' Mrs. B. slaakte een diepe zucht, ze vond het nog altijd schokkend om die onverbiddelijke jaartallen in steen gebeiteld te zien. 'Hij is gesneuveld in de burgeroorlog. Ieren tegen Ieren. Broers tegen broers. Degene die het dodelijke schot loste, was zelf nog een jongen. Ze hadden samen op school gezeten. Naast elkaar in de bank. Ze hadden samen hun boterhammen opgegeten.' Mrs. B. schudde ongelovig haar hoofd, haar ogen brandden. Herinneringen hebben doornen, net als rozen.

'Hoe oud was u toen?'

'Dertien. Ik had maar één broer. We waren met z'n tweetjes, Raffie en ik. Hij was mijn grote voorbeeld.'

'Ach, wat verdrietig. En dat verdriet gaat nooit over, lijkt me.'

'Nee. Het is er altijd. Maar het is een last die ik in dankbaarheid draag. Mijn eigen Hof van Getsemane.'

Margot pakte haar hand. Mrs. B. schrok. Ze was het niet gewend om te worden aangeraakt en ze kon zich de laatste keer niet herinneren dat iemand haar hand had gepakt. Maar die van Margot was warm en zacht, het gebaar oprecht. Het voelde troostrijk, en ze ontspande.

'Ik denk dat je nooit over het verlies van een broer of zus heen komt,' zei Margot.

'Nee. De pijn blijft. Het is vreemd, maar ergens kan ik nog steeds niet geloven dat hij er niet meer is. Als ik mijn ogen dichtdoe en aan hem denk, dan zie ik hem duidelijk voor me. Net zo duidelijk als ik u zie wanneer ik aan u denk. Maar ik ben vijfenzeventig, hij is al tweeënzestig jaar dood. Toch blijft hij voor mij altijd die jongen met het goudblonde haar die net was begonnen zich te scheren. Als hij was blijven leven, zou hij onderhand net zo grijs zijn geweest als ik.'

'Ik wil wedden dat hij erg knap was.'

'Dat was hij zeker. Een knappe vent. En hij wist het. Hij kwam overal mee weg dankzij zijn leuke snoet. En dankzij zijn glimlach.'

'Hij was vast en zeker dol op zijn kleine zusje.'

Mrs. B. sloeg een hand voor haar mond om een snik te smoren, en Margot zag hoe het verdriet diepe lijnen trok in haar gezicht. Ze drukte troostend haar hand. Het ontroerde de oude huishoudster, en ze begon te huilen. Margot wachtte rustig af. Het liefst zou ze Mrs. B.

hebben omhelsd, maar ze dacht niet dat die zich op haar gemak zou voelen met zo'n 'nieuwerwets' vertoon van gevoelens. En dus hield ze alleen maar haar hand vast. Ze liet pas los toen het ergste verdriet was weggeëbd en Mrs. B. een zakdoek tevoorschijn haalde om haar neus te snuiten.

'Neemt u me niet kwalijk. Ik weet niet wat me bezielde.'

'Dat geeft toch niks,' zei Margot sussend. 'Verdriet kan je ineens overvallen.'

Mrs. B. knikte.

'Helpt het, om met God te praten?'

'Zonder mijn geloof had ik me geen raad geweten.'

'Ik wou dat ik ook geloofde.' Het was eruit voordat Margot er erg in had.

'Daarvoor hoeft u niet naar de kerk, miss Hart. Waar schoonheid is, daar is God. Hij is overal. In muziek, in de natuur, in het licht. De volgende keer dat u ergens bent waar het mooi is, bijvoorbeeld in de heuvels met Lord Deverill, moet u daaraan denken. En dan weet ik zeker dat u God zult vinden. God is liefde, miss Hart, en u hebt een goed hart. God woont al in uw hart, alleen beseft u dat nog niet.'

'Zegt u toch alstublieft Margot.'

Mrs. B. veegde glimlachend haar tranen weg. 'Goed, maar dan moet jij mij Bessie noemen. Alleen als we samen zijn. Niet in het Jachthuis. Daar blijf ik Mrs. B. Anders brengen we Lord Deverill in verlegenheid en denken ze in het stadje dat ik het hoog in mijn bol heb gekregen.'

'Dat doen we. Ik vind Bessie een mooie naam. Hij past bij je.'

'Dank je. Ik ben er zelf ook blij mee.'

'Ga je nu naar huis?'

'Ja.'

'Kan ik je een lift geven?'

'Heel graag.'

'Dank je wel dat je me het graf van je broer hebt laten zien.'

Mrs. B. stopte de zakdoek weer weg. 'Jij ook bedankt, Margot. Voor het luisterend oor.'

Die middag staakte Margot haar research al vroeg en ging op zoek naar JP. Ze liep naar de bibliotheek. De haard brandde, zijn boek en zijn leesbril lagen op het tafeltje naast zijn stoel, maar ze zag hem nergens, en toen ze hem riep kreeg ze geen antwoord. Uiteindelijk ging ze naar de keuken, waar Mrs. B. een stoofpot maakte voor het avondeten. Tot Margots verrassing stond de radio aan. Het was heerlijk om muziek te horen, in plaats van het tikken van de staande klok dat normaal gesproken de stilte verbrak. Margot werd er blij van. Muziek wekte het huis weer tot leven; het was alsof de klanken door de kieren in de vloer sijpelden en de fundering weer sterk maakten.

Mrs. B. glimlachte toen Margot binnenkwam. Er lag een blos op haar wangen, de muziek had ook haar weer tot leven gewekt. Toen Margot naar Lord Deverill vroeg, antwoordde Mrs. B. dat ze hem de tuin in had zien lopen. 'Daar heeft hij ineens weer belangstelling voor. Vroeger vond hij het altijd heerlijk om buiten te zijn, maar dat was voordat...' Ze maakte haar zin niet af. Wat ze had willen zeggen over de scheiding, over de drank waarin hij zijn toevlucht had gezocht, bleef onuitgesproken. 'Maar sinds kort lijkt het erop dat hij een nieuwe start heeft gemaakt.' Ze wist hoe dat kwam, maar om Margot niet in verlegenheid te brengen zei ze niet dat zij de oorzaak was van JP's wedergeboorte. 'Eindelijk. Het heeft lang op zich laten wachten.' Ze pakte haar pollepel en begon in de pan te roeren.

Margot liep naar buiten. De zon scheen, sneeuwklokjes vormden witte eilandjes op de donkere aarde, waaruit hier en daar al de donkergroene scheuten van narcissen staken. De vogels zongen. Ze werd er blij van. De lente, dat betekende langere dagen, de zon die meer kracht kreeg en een warme, geurige bries die bomen en struiken wakker kuste uit hun winterslaap. Terwijl ze over het gras liep voelde ze diep in de grond de natuur tot leven komen. Ze lachte zichzelf uit om die gedachte. Na amper twee maanden in Ballinakelly begon haar gezonde verstand haar al in de steek te laten en liet ze zich meeslepen door haar verbeelding. Nog even, en ze zag elfen en dwergen!

JP stond in de border de viburnum te snoeien. De struik bloeide in de winter, maar de bloeitijd was inmiddels voorbij.

'Nee maar! Jij bent goed bezig!' riep Margot.

Hij droeg een lichte ribfluwelen broek en een gele v-halstrui, met om zijn hals een gestreepte sjaal. Margot schonk hem een stralende glimlach.

'Het voelt goed om buiten te zijn.' Hij stopte met snoeien en lachte terug.

'Met zulk lekker weer is het ook zonde om binnen te blijven.'

'Heb je zin om je nuttig te maken?'

'Natuurlijk, altijd. Maar ik moet je bekennen dat ik geen groene vingers heb.'

'Die had ik vroeger wel. Dat is lang geleden, maar het begint weer te komen. In die zak ligt nog een snoeischaar. Dan kun je me helpen met deze struiken.'

'Waarom moet je ze nu snoeien?'

'Dat bevordert de groei, het voorkomt dat ze ziek worden, en op die manier behoud je de vorm. Kom maar hier, dan zal ik je laten zien hoe het moet.'

Ze viste lachend een snoeischaar uit de bruine canvas zak. 'Grappig, ik zou nooit hebben gedacht dat je van tuinieren hield.'

'Ik bezit vele kwaliteiten. Althans, die bezat ik. Ooit was ik grappig, onstuimig, knap en – dat kun jij je niet voorstellen, dat snap ik – succesvol.'

'En inmiddels begin je jezelf geleidelijk aan weer terug te vinden.' Ze liep naar hem toe, zwaaiend met de snoeischaar.

'Een beetje, ja. Knap en onstuimig zijn inmiddels een gepasseerd station, vrees ik.'

'Die zijn ook niet belangrijk.'

'Daar meen je niks van. Zo'n knappe meid als jij.'

'Ach, als je jong bent lijkt dat allemaal erg belangrijk, maar dat verandert naarmate je ouder wordt. Ik hoop dat het me later, als ik echt oud ben, niks meer kan schelen. Dat ik ongeremd taart kan eten zonder me schuldig te voelen.'

'Ik denk niet dat het je ooit onverschillig zal laten. Wanneer je gewend bent om mooi te zijn, valt het niet mee om dat op te geven.'

'Uiteindelijk worden we allemaal oud en lelijk. De tijd spaart niemand.'

'Sommige mensen blijven beter geconserveerd dan andere,' zei JP. 'Die zien er ook op latere leeftijd nog goed uit. Dat is mij helaas niet gelukt.'

'Dat is dan je eigen schuld.' Margot trok de stoute schoenen aan. 'Je zou moeten stoppen met roken.' *En met drinken*. Maar dat zei ze niet. Dat lag te gevoelig. Eén ding tegelijk.

'Je hebt gelijk. Maar ik doe het stapje voor stapje.'

Ze fronste niet-begrijpend haar wenkbrauwen. 'Want? Welke stap heb je dan al gezet?'

'Ik heb er al twee gezet!' Hij glimlachte trots.

'Echt waar?' Ze klonk cynisch. Zijn adem rook nog steeds naar drank en sigaretten.

'Ik rijd weer paard en ik ben aan het tuinieren geslagen. Mijn oude ik komt stukje bij beetje terug. Stapje voor stapje.'

Daar had ze geen weerwoord op.

Hij hield zijn snoeischaar omhoog. 'Zo, en nu zal ik je laten zien hoe je een viburnum moet snoeien.'

Het was al donker toen Colm hen in de bibliotheek trof, aan de thee. Mrs. B. haastte zich naar de keuken om nog een kopje te halen. Haar tred was opmerkelijk veerkrachtig. Colm en zijn vader hadden jarenlang amper een woord gewisseld. Er had al die tijd een bijna tastbare muur van kilte tussen hen in gestaan, maar nu begon die muur af te brokkelen en ontstond er zelfs weer enige warmte terwijl vader en zoon bezig waren elkaar opnieuw te ontdekken. Zou de volwassen Colm zijn vader en de fouten die hij had gemaakt, nu beter begrijpen? Hij was nog maar een kind geweest toen het huwelijk van zijn ouders stukliep. Een jongen die nog geen weet had van de liefde, van verdriet en teleurstelling. Misschien was hij, door ervaring wijs geworden, inmiddels in staat afstand te nemen en niet meer zo zwart-wit te oordelen. Het was allemaal nog onzeker, maar ze hoopte vurig dat dit het begin zou blijken te zijn van de verzoening tussen Lord Deverill en al zijn kinderen. En uiteindelijk misschien ook tussen Lord Deverill en Alana.

Ze pakte een kopje van de plank en haastte zich terug naar de bibliotheek, er toch niet helemaal gerust op of ze hen niet alsnog ruziënd zou aantreffen. Maar al van een afstand hoorde ze gelach. En de stem van Margot. Ze vertelde iets grappigs over JP, waarbij ze hem ongegeneerd imiteerde. Toen Mrs. B. binnenkwam zat Colm onderuitgezakt op de bank, met de tranen van het lachen op zijn wangen. Zijn vader, in zijn gemakkelijke stoel, grijnsde geamuseerd. Margot stond voor de haard met haar handen in haar zij. Ze ging volledig op in haar imitatie, waaruit geen hoon of spot sprak, maar louter genegenheid. Omdat ze haar niet wilde onderbreken bleef Mrs. B. in de deuropening staan tot ze klaar was.

'Wat vindt u, Mrs. B.?' vroeg JP toen grinnikend. 'Margot kan wel actrice worden. Ze zou het uitstekend doen op het toneel.'

'Nou en of.' Mrs. B. keek glimlachend naar Colm. 'Ik weet nog dat u, toen u nog een kleine jongen was, toneelstukken opvoerde met uw zussen.'

'Ja. En dan wilde Aisling altijd de mooiste rollen.'

'Nou, volgens mij kwam jij er nog niet zo bekaaid af als Cara,' merkte zijn vader op.

'Ach ja, die arme Cara moest doorgaans een kat spelen. Of een muis.' Mrs. B. dacht genietend terug aan die onschuldige, zorgeloze tijd, voordat de kasteelmuren begonnen te benauwen.

'Jij had tenminste nog zusjes om mee te spelen,' mopperde Margot. 'Ik was altijd alleen.'

'Nou, hier heb je niet te klagen over publiek,' zei Colm.

Ze maakte een overdreven buiging. 'Dank u wel.' En ze ging zitten. 'Wat deden jullie nog meer, behalve toneelstukken opvoeren?'

'Biljarten. Meestal speelden we konijnen.'

'Wat is dat?'

'Ach, konijnen!' JP zuchtte weemoedig.

'Je speelt het rond het biljart. Doorgaans met een heleboel mensen. Het gaat erom de witte bal in beweging te houden met de zwarte bal. En die mag je alleen vanaf de korte zijden van het biljart rollen. Je rent om beurten met de zwarte bal naar een van de korte zijden van het biljart en rolt hem over het laken om de witte bal te raken. Als die stil komt te liggen, ben je af.'

'En als je af was, moest je iets uittrekken,' zei JP.

'Daar draait het hele spelletje om, pa.' Colm grijnsde.

Margot schoot in de lach. 'Klinkt leuk. Laten we het doen.'

'Wat, nu?' vroeg Colm.

'Ja, waarom niet?'

'Ik geloof niet dat ik er iemand een plezier mee doe door mijn kleren uit te trekken,' zei JP aarzelend.

'We spelen om punten,' stelde Margot voor. 'Het is trouwens ook veel te koud om iets uit te trekken.'

'Ik zal de haard opstoken in de Jachtkamer,' zei Mrs. B., en ze liep de kamer uit.

'Leuk!' Margot liet zich naast Colm op de bank vallen en klapte in haar handen. 'Konijnen lijkt me echt iets voor mij.' Ze grijnsde ondeugend.

Colm wendde zijn blik niet af. 'Ik heb het nog nooit met z'n tweeën gespeeld.'

'Misschien moet je het eens proberen. Kijken of het kan,' zei ze, nog altijd grijnzend.

Colm keek bedenkelijk. Hij wist niet of ze een grapje maakte of hem een oneerbaar voorstel deed. 'O, natuurlijk kan het,' antwoordde hij luchtig. 'Ik denk alleen dat zo'n spelletje erg snel klaar is.'

'Ik ben reuze benieuwd. Schiet op, Colm. Anders valt je vader in slaap.'

'Hoezo?' zei JP verontwaardigd. 'Ik ben klaarwakker.'

Het ontging Margot niet dat hij theedronk. De karaf met whiskey stond onaangeroerd. Stap voor stap, dacht ze.

Terwijl het vuur lustig brandde in de haard en de lampen een gezellig licht verspreidden, deden Colm en JP voor hoe het spel werd gespeeld. De dozen waren voor de gelegenheid van het biljart gehaald en op de grond gezet. Colm was jonger en sneller dan zijn vader, maar hij miste diens techniek. Dankzij zijn jarenlange ervaring kende JP alle handigheidjes. Colm rende in vliegende vaart rond het biljart, om indruk te maken op Margot. JP moest denken aan vroeger en herinnerde zich met bitterzoete nostalgie hoe hij lang geleden met Bertie en Kitty om het biljart had gerend, en hoe ze later, toen Colm nog maar een klein jongetje was, ook konijnen hadden gespeeld rond het biljart in het kasteel. Margot sloeg de beide mannen geboeid gade. Ze zag hoe de wederzijdse liefde, die ze zo lang hadden weggestopt, weer tevoorschijn kwam in de manier waarop ze elkaar verdrongen om de bal en in het teruggrijpen op oude, vertrouwde patronen. 'Aha, die truc herinner ik me nog!' riep Colm, door het dolle heen. 'Denk maar niet dat je me te slim af kunt zijn, ouwe vos!'

'Het zijn altijd weer de jaren die triomferen. Langzaam rollen, daar gaat het om.' JP liet de zwarte bal over de tafel rollen, net buiten het bereik van Colm. De bal schampte de witte geraffineerd, waardoor die in beweging bleef. 'Doe dat maar eens na, jonge vos!' verklaarde hij triomfantelijk.

Dat waren de bijnamen die ze ooit voor elkaar moesten hebben bedacht, besefte Margot. En ze vroeg zich af wanneer ze die voor het laatst hadden gebruikt.

'En? Ben je er klaar voor?' Colm keek haar uitdagend aan. Zijn ogen schitterden.

'Nou en of.' Margot stroopte haar mouwen op.

'Omdat je het voor het eerst doet mag jij beginnen.' Hij gaf haar de zwarte bal en legde de witte midden op het biljart. 'Oké, ga je gang.'

Margot richtte, rolde de bal over het biljartlaken en tikte daarmee de witte aan. Colm pakte de zwarte bal, liep kalmpjes naar de andere kant van het biljart en raakte moeiteloos de witte. Daarop haastte zijn vader zich om de witte bal krachtig te raken en Margot op die manier meer kans te geven. 'Daar krijg je spijt van,' zei ze lachend. Ze reikte naar de zwarte bal, liet hem los en schampte de witte.

'Aha, ik zie het al. Je hebt het door!' bulderde JP. 'Dat was de laatste keer dat ik je heb geholpen.'

Ze raceten om het biljart, verdrongen elkaar lachend aan de uiteinden. Omdat Mrs. B. de haard had opgestookt, werd het steeds warmer. JP trok zijn trui uit, Colms overhemd hing over zijn spijkerbroek, Margot bond haar haar in een staart. Hun wangen gloeiden, ze waren buiten adem, de strijd werd steeds fanatieker. Toen Mrs. B. kwam vragen of ze bleven eten, bleef ze even in de deuropening staan. Ze had niet gedacht dat ze dit nog zou meemaken: vader en zoon, die net als vroeger helemaal opgingen in hun spel.

Toen Margot na het eten zei dat het tijd werd om terug te gaan naar het hotel, pakte JP de kristallen karaf van het tafeltje met de drank. 'Doe je mee?' vroeg hij aan zijn zoon.

Colm keek op zijn horloge. Het was al laat. 'Ach, welja. Waarom ook niet.' Hij ging bij de haard zitten, in de stoel tegenover zijn vader.

'Zo mag ik het horen,' zei JP. 'Margot, jij ook een whiskey?'

'Nee, dank je. Ik ga ervandoor. Doe geen moeite. Ik kom er zelf wel uit.'

'Rijd voorzichtig.' Hij keek haar na, toen keerde hij zich naar zijn zoon. 'En vertel eens, hoe is het in de praktijk?' Hij reikte hem een glas aan. 'Ik heb begrepen dat de zaken heel goed gaan.'

'Ja hoor. Ik mag niet klagen.' Colm nam een slok. 'Ook al zal ik er nooit rijk van worden.'

'Maar je doet werk waar je van houdt. Dat is het belangrijkste. En een voorwaarde om gelukkig te zijn.'

'In elk geval een van de voorwaarden.'

'Naar de andere zal ik maar niet vragen. Dat laat ik over aan je moeder.' JP trok zijn wenkbrauwen op, in de hoop toch iets te weten te komen.

Colm zette zijn glas neer. 'Over ma gesproken, ze komt hierheen. Over een paar dagen al. Ik neem aan dat je dat niet wist.'

JP sloeg zijn ogen neer en keek in zijn glas. 'Nee, dat wist ik niet.' Zijn stem klonk dof. Van zijn opgewekte stemming was op slag niets meer over. 'Maar het is begrijpelijk dat ze jou wil zien. En haar ouders. Jack wordt er tenslotte ook niet jonger op.'

Colm kon zich wel voor zijn kop slaan. 'Misschien had ik beter niks kunnen zeggen,' zei hij spijtig. 'Nu heb ik je avond bedorven.'

JP glimlachte wrang. 'Lieve jongen, jij kunt mijn avond nooit bederven. Het was een geweldige avond. En daar ben ik heel blij om. Dat we weer net als vroeger met elkaar kunnen praten. En wat je moeder betreft, die kan mijn avond ook niet bederven. Dat laat ik gewoon niet gebeuren. Waar hadden we het over? O ja, over de voorwaarden om gelukkig te zijn. Heb je de laatste tijd nog een leuke vrouw ontmoet?'

Colm nam nog een slok whiskey. Toen grijnsde hij. 'Je zei dat je er niet naar zou vragen.'

'Dat was gelogen.'

'Wat zeggen ze ook alweer, over een ouwe vos en zijn streken?'

JP grinnikte, zijn ogen flonkerden.

10

Margot staarde in de verte, naar de horizon, waar zee en lucht in elkaar overgingen in een hypnotiserend waas van blauwgrijs. Zou de God van Mrs. B. daar zijn, bij de poort naar de hemel? Zou Hij bestaan? Een vlagerige wind blies vanaf het water landinwaarts en joeg over de kaap, door het hoge gras met daartussen de gele bloemetjes van klein hoefblad en gaspeldoorn. Daarboven ging de zon schuil achter dikke grijze wolken. Ze keerde zich naar JP. 'Wat ben je stil.' Ze waren met hun paarden tot de rand van het klif gereden. Vanwaar ze stonden, konden ze de golven zien die schuimend tegen de rotsen beukten.

JP stak een sigaret op en slaakte een zucht. 'Alana komt over uit Amerika. Over een paar dagen is ze hier.' Hij schudde zijn hoofd en blies de rook van zijn sigaret tegen de wind in. 'Dat vertelde Colm gisteravond, toen jij al weg was. Ik moet je eerlijk zeggen dat ik nogal uit mijn doen ben.'

'Dat kan ik me voorstellen. Denk je dat ze bij je langskomt?'

'Dat betwijfel ik. Dat doet ze anders ook nooit. We hebben elkaar niets meer te zeggen.'

'Maar de gedachte dat ze hier is, in Ballinakelly, bezorgt je een ongemakkelijk gevoel.'

'Ja.'

'Wanneer heb je haar voor het laatst gezien?'

Hij haalde zijn schouders op. 'Geen idee. Twee, misschien drie jaar geleden. En dan nog alleen in het voorbijgaan. Ik ga de deur niet uit als ze hier is, en ik weet zeker dat zij ook zo veel mogelijk probeert om mij te ontlopen.' Hij keerde zich weer naar de zee.

Bij het zien van de gespannen uitdrukking op zijn gezicht wilde ze iets aardigs zeggen, om hem een beetje op te beuren. 'Wat was dat leuk gisteravond! Om te zien dat jij en Colm het zo goed kunnen vinden samen.'

'Ja, daar ben ik erg blij om. Want dat is wel eens anders geweest. Ik weet niet waar het ineens vandaan komt, maar ik ben er dankbaar voor.'

'Misschien ging het gewoon vanzelf toen jullie eenmaal weer aan de praat waren geraakt.'

'Ik dacht dat ik hem kwijt was. Maar als je het echt wilt, kun je elkaar altijd weer vinden. Dat weet ik sinds gisteravond.'

'De tijd heelt niet alleen alle wonden, maar ook oud zeer. Het leven is te kort om boos te blijven.'

'Veertien jaar zou lang genoeg moeten zijn.'

'Ben je al zo lang gescheiden?'

'Ja.'

'Waarom probeer je niet om het bij te leggen met Alana? En met de rest van de familie? Volgens mij kun je via Alana ook het contact met je kinderen en je schoonouders weer herstellen.'

Er verscheen een minachtende trek om zijn mond. 'Voor Alana zou vijftig jaar nog niet lang genoeg zijn. Ik denk niet dat ze me ooit zal vergeven.'

'Sorry. Waar bemoei ik me mee? Je hebt het ongetwijfeld al geprobeerd.'

Hij keek haar aan, en ze las de teleurstelling in zijn ogen. 'Eerst maakten we ruzie. Daarna zwegen we elkaar dood. En uiteindelijk communiceerden we alleen nog via onze advocaten. Het leek wel alsof we waren vergeten hoe we met elkaar moesten praten. De kloof was te groot, te gevaarlijk om zelfs maar te proberen die te overbruggen. Dus we deden niets, met als gevolg dat die kloof alleen maar breder werd. Dat is de situatie waar we nu in zitten. En ik denk niet dat daar ooit nog verandering in zal komen.'

'Heeft ze iemand anders?'

'Niet dat ik weet.'

'En jij?' Margot wist dat het een domme vraag was. Ze had nog nooit iemand ontmoet die zo eenzaam was, zo alleen.

Hij grijnsde wrang. 'Wie zou mij nou nog willen?'

Ze fronste haar wenkbrauwen, geschokt door zijn zelfbeklag.

'Ik heb een vrouw niets te bieden.'

'Dat is niet waar.'

'Dat is lief van je, Margot. Maar ik ben niet meer de man die ik was.'

'Maar die man kun je wel weer worden, JP. Het zal niet gemakkelijk zijn, dat begrijp ik, maar het is wat je zelf zei. Stapje voor stapje. Je bent weer gaan rijden, en tuinieren, waarom zou je niet ook verandering kunnen brengen in de manier waarop je in het leven staat? Als je jezelf niet langer als slachtoffer ziet, doen andere mensen dat ook niet.'

Hij grinnikte. 'Je bent nog te jong om te begrijpen wat het betekent om alles te verliezen. Ik ben jaloers op je, Margot. Je bent jong en mooi. Je hebt geen zorgen. Je kunt gaan en staan waar je wilt. Je bent aan niemand verantwoording schuldig. Schrijven kun je overal, waar je maar wilt. Het leven lacht je toe. Je hebt geen idee hoe het is om in mijn schoenen te staan.'

Margot wendde met een ruk haar hoofd af. Hij dacht dat hij haar kende, maar hij wist niets van haar. Hij vroeg zich niet af of zij misschien ook had geleden. Hij werd zo in beslag genomen door zijn eigen problemen dat hij zich niet kon voorstellen dat anderen het ook niet gemakkelijk hadden.

Ze werd plotseling afgeleid door glinsterende schachten van licht aan de horizon, waar lucht en zee elkaar vonden; op de plek die zij zich voorstelde als de poort naar de hemel. Het was betoverend. Haar ergernis was op slag verdwenen, alsof het licht in de verte haar boven haarzelf en haar zorgen uit tilde. 'O, wat prachtig,' zei ze zacht. 'God geeft ons een inkijkje in het leven na dit leven.'

JP stak zijn kin naar voren. Geleidelijk aan verdween de spanning uit zijn gezicht en werd hij als het ware naar het licht toe gezogen. Hij slaakte een diepe zucht. 'De schoonheid van Ierland is uniek. Ik weet niet wat het is, maar het is magisch.'

'Alle landverhuizers moeten dit soort beelden hebben meegenomen toen ze naar Amerika vertrokken, of waar ze ook naartoe gingen om een nieuw bestaan op te bouwen. Wat moeten ze hun vaderland gemist hebben.'

'Dat weet ik wel zeker. En ze missen het nog steeds. Soms vraag ik me af of Alana nooit naar huis terugverlangt. Ze hield net zo hartstochtelijk van Ierland als ik.'

'Ze is vrijwillig vertrokken. Dat had ze niet hoeven doen.'

'Nee, maar ze wilde weg. Zo ver mogelijk bij mij vandaan.'

'Toch is Colm niet met haar meegegaan. Hij bleef bij jou.'

'Nee, hij bleef bij zijn grootouders. Met mij wilde hij niets te maken hebben. Hij legde de schuld van de scheiding volledig bij mij.'

'Hoe is je relatie met Aisling en Cara?'

'De meisjes dachten minder zwart-wit dan hun broer. Toen ze nog op school zaten, kwamen ze in de vakantie altijd hierheen. Onze relatie was goed. Ze kozen geen partij. En daar heeft hun moeder ook nooit op aangedrongen, dat moet ik haar nageven. Ze heeft nooit geprobeerd de kinderen tegen me op te zetten. Inmiddels zijn de meisjes getrouwd, ze hebben kinderen, dus het is niet meer zo gemakkelijk om hierheen te komen. Ironisch, hè? Ik heb nu veel meer contact met Colm, terwijl hij destijds niks van me moest hebben.'

'Misschien omdat hij een man is. Zonen kiezen doorgaans de kant van hun moeder. Ze vinden dat ze haar moeten beschermen.'

'Dat weet ik niet. Waarschijnlijk verschilt ons verhaal weinig van alle andere. De meeste scheidingen voltrekken zich volgens het geijkte patroon. Maar niets is zwart-wit. Elk verhaal heeft twee kanten, en beide partners zien zichzelf als het slachtoffer dat onrecht is aangedaan.'

'Ik ken alleen jouw kant van het verhaal.'

JP keek haar aan. 'Als je Alana's vertrouwen weet te winnen, vertelt ze je misschien haar kant van het verhaal.'

'Dat lijkt me meer iets voor een relatietherapeut. Ik ben schrijver.'

'Volgens mij zou je het als therapeut prima doen.'

'Nou, ik heb in elk geval genoeg zelfhulpboeken gelezen. Dus ik weet alles van de mens en wat hem beweegt.'

JP reageerde verrast. 'Heb jij zelfhulpboeken gelezen? Waarom? Ik zou denken dat jij die niet nodig hebt.'

Margot schudde haar hoofd. Dit was niet het moment om het daarover te hebben. En daar had ze ook helemaal geen zin in. 'Kom, ik krijg het koud. De paarden worden onrustig. Tijd voor een stevige galop.'

Zijn gezicht klaarde op. 'Wie het eerst beneden is.'

Ze schoot in de lach en drukte haar knieën in de flanken van haar paard. 'Dat ga ik winnen!'

Colm had het die ochtend druk gehad, met een wachtkamer vol viervoeters die medische hulp nodig hadden, waaronder een kreupele labrador, een kat met maagklachten en een terriër die een sok had opgegeten. Toen het tijd was voor de lunch trok hij de deur van zijn kantoor dicht en liet hij de praktijk over aan zijn associé. Hij ging achter zijn bureau zitten, haalde zijn brood tevoorschijn en het boek dat Margot had geschreven. Hij had het eerder op de ochtend gekocht en was nieuwsgierig naar haar stijl, in de hoop alvast een indruk te krijgen van de manier waarop ze over zijn familie zou schrijven. Aanvankelijk was hij vastbesloten geweest haar niet aardig te vinden. Inmiddels besefte hij dat hij daar verkeerd aan had gedaan, dat hij niet had mogen oordelen over iemand die hij nog helemaal niet kende. Het feit dat ze research deed voor een boek over zijn familie maakte haar nog geen slecht mens. Als hij geen Deverill was geweest, zou hij haar vanaf het eerste moment leuk hebben gevonden. Erg leuk. Hoe dan ook, zijn vijandigheid was stukgelopen op haar charme, waarmee ze hem volledig voor zich had ingenomen. Bovendien was ze ook erg leuk om te zien, maar dat gold voor een heleboel jonge vrouwen in Ballinakelly. Margot was anders. Ze straalde warmte uit, ze was scherp en intelligent, een onafhankelijke vrouw met een eigen mening. En ze was ongrijpbaar. Ze zei nooit iets over zichzelf. Het leek wel alsof ze anderen doelbewust op een afstand hield. Alsof ze niemand echt dichtbij liet komen. Met als gevolg dat hij niets liever wilde dan dat. Hij sloeg het boek open, en toen hij begon te lezen was het alsof hij haar stem in zijn hoofd hoorde. Eva Perón interesseerde hem niet, maar al lezend raakte hij steeds geïnteresseerder in Margot Hart.

Toen ze die middag terugkwam in het hotel, merkte Margot onmiddellijk dat er een andere sfeer hing. Het personeel stond stokstijf in de houding, rug recht, schouders naar achteren, als soldaten in afwachting van een commando. Er werd niet gelummeld of gepraat, iedereen oogde energiek en doelbewust. Het was alsof het hele hotel een soort shocktherapie had ondergaan. Margot was dan ook niet verrast toen ze op haar kamer een met de hand geschreven briefje vond waarin Mrs. De Lisle haar uitnodigde voor een drankje in haar privézitkamer. Ze werd om zes uur verwacht.

'En, hoe gaat het, kindje? Vorder je een beetje met je research?' Mrs. De Lisle, in een scharlakenrood double-breasted jasje en kokerrok, kuste Margot op beide wangen en hulde haar in een wolk Rive Gauche. 'Ik hoop dat er goed voor je wordt gezorgd.'

'Ik word vorstelijk behandeld. En het hotel is prachtig.'

'Daar ben ik blij om. Dit hotel is de kroon op mijn werk. Ga zitten. Wat wil je drinken? Een glas wijn? Of misschien een gin-tonic?'

Margot ging opnieuw in de fauteuil voor de haard zitten, net als bij haar gesprek met de gravin Di Marcantonio. Het rode haar van

Mrs. De Lisle stond stijf van de lak, haar nagels waren vuurrood, en Margot bedacht niet voor het eerst hoe Amerikaans ze eruitzag. Heel anders – veel meer gepolijst – dan de Engelse vrouwen. 'Een glas witte wijn lijkt me heerlijk,' antwoordde ze.

Mrs. De Lisle gebaarde naar de bediende die bij de deur stond. Haar zware gouden armbanden rinkelden, aan haar vinger flonkerde een grote diamanten ring. De manier waarop ze de bestelling doorgaf, verried dat ze het gewend was te commanderen, dat ze beleefdheden als tijdverspilling beschouwde. Toch kon ze, als ze dat wilde, ook heel charmant zijn. Ze ging in een gemakkelijke stoel zitten, met haar knieen tegen elkaar, haar benen een beetje schuin, haar vuurrode lakleren stilettopumps keurig naast elkaar. Ze richtte haar staalgrijze ogen op Margot en glimlachte haar perfecte, stralend witte tanden bloot. 'Vertel, kindje. Hoe gaat het met je boek? Ik ben razend nieuwsgierig.'

'Ik mag niet klagen. Lord Deverill heeft zich verrassend behulpzaam getoond en me inzage gegeven in het familiearchief.'

Mrs. De Lisle trok haar dunne, zorgvuldig geëpileerde wenkbrauwen op. 'Dat is zeker verrassend. Ik had eerder verwacht dat je op verzet zou stuiten.'

'Ik ook. En ik weet niet of de rest van de familie zo blij is met zijn reactie.'

'De rest van de familie heb je niet nodig.'

'Ik heb wel een gesprek gehad met de gravin Di Marcantonio. Ze is hier geweest.'

Mrs. De Lisle knikte. 'Dat had ik wel verwacht.'

'Ze vindt dat zíj hier de vrouw des huizes zou moeten zijn.'

'Daar zit iets in.'

'En ze wil dat ik in mijn boek alle ruimte maak voor dat grote onrecht, zoals zij het noemt.'

'En gelijk heeft ze. Een goede journalist gaat grondig te werk. Bovendien heb je dat soort sappige verhalen nodig, als je wilt dat het boek goed verkoopt.'

'O, daar maak ik me helemaal geen zorgen over. De geschiedenis van de Deverills is rijk aan sappige verhalen. Trouwens, kent u Leopoldo? Hebt u hem wel eens ontmoet?'

'Nee. En volgens mij is hij hier al die jaren nooit meer geweest.'

'Maar de gravin komt wel af en toe langs?'

'Ja. Ik denk dat ze ervan geniet om tegenover haar vriendinnen te pronken met het voorouderlijk huis van haar man.'

Voorouderlijk. Margot glimlachte.

De jongeman kwam terug met hun bestelling. Margot bedankte hem toen hij haar het glas wijn aanreikte. Mrs. De Lisle stak slechts haar hand uit, zonder hem aan te kijken.

'Ze laat niet met zich spotten.' Margot koos haar woorden zorgvuldig.

'Een vel van een wijf, dat is het.' Mrs. De Lisle was duidelijk minder terughoudend. 'Mannen van adel trekken ambitieuze vrouwen aan, vrouwen die hogerop willen, zoals de gravin. Ik heb begrepen dat Leopoldo in zijn jongere jaren een playboy was, dat hij zijn geld over de balk smeet met gokken en dure feesten. Dus het verbaast me niets dat zijn moeder het kasteel en het grootste deel van haar geld aan JP Deverill heeft nalaten. Het is natuurlijk de ironie ten top dat als Leopoldo het kasteel had geërfd, zijn vrouw er wel voor zou hebben gezorgd dat hij verstandiger met zijn geld omging en dat alles op rolletjes liep.'

'Dan had u het niet kunnen kopen.'

Mrs. De Lisle schoot in de lach. 'Nee. Dus Lord Deverill heeft me een dienst bewezen. Wat dit hotel zo bijzonder maakt, is de geschiedenis van het kasteel. Dat vinden mensen geweldig. Hoeveel hotels kunnen zeggen dat ze driehonderd jaar in handen van een en dezelfde familie zijn geweest? Barton Deverill heeft het kasteel gebouwd, en JP is het kwijtgeraakt. De jaren daartussen zijn een aaneenschakeling van schandalen, tragedies en al dan niet ongelukkige liefdes. Een schitterend verhaal, en daarover ga jij een schitterend boek schrijven. Dat boek wordt wereldwijd een bestseller, en de gasten zullen zich in drommen melden.'

Margot kon de dollartekens in haar ogen bijna zien.

'Ik heb heel veel geld in dit project gestoken, Margot. Omdat ik meteen de mogelijkheden zag. De potentie. Amerikanen zijn dol op Ierland. Velen van ons hebben hier hun wortels. Dat zorgt voor een speciale band met de Ieren. Het hotel is pas vijf jaar open, maar we hebben nu al een geweldige naam opgebouwd. Dat Lord Deverill in zwaar weer terechtkwam waardoor hij het kasteel moest verkopen, maakt hem alleen maar menselijker. En dus aantrekkelijker. Hij is niet de afstandelijke, harteloze aristocraat die zijn arme pachters uitkneep, die ze tijdens de hongersnood liet creperen of ze geen andere keus liet dan in drijvende doodskisten naar Amerika te vertrekken. Nee, de huidige Lord Deverill is een man die is bezweken onder de druk van zijn voorouderlijk huis, van alle verantwoordelijkheden die het bezit daarvan met zich meebracht. Het is bijna een Griekse tragedie. Maar voor mij is die goud waard. Mijn gasten willen de sfeer proeven waarin het geprivilegieerde bestaan van de aristocratie zich afspeelde. Ze koesteren geen wrok jegens de Deverills. Integendeel. Ze hebben met hen te doen.'

'Lord Deverill zou het afschuwelijk vinden als hij dat wist.'

'Waarom? Het is beter dan dat ze hem verachten. Hij zou er blij mee moeten zijn. We zouden het geweldig vinden als hij onze gasten zou willen toespreken. Als hij bijvoorbeeld na het diner een praatje zou willen houden over het leven op het kasteel toen hij er woonde. Reken maar dat onze gasten aan zijn lippen zouden hangen. En misschien zou hij er zelf ook plezier aan beleven.'

'Hebt u het hem gevraagd?'

Mrs. De Lisle schudde met een bedenkelijk gezicht haar hoofd. 'Ik heb begrepen dat hij niemand meer wil spreken. Dat hij volledig aan de drank is geraakt. Echt zonde. Hij zou zo veel geld kunnen verdienen. Ik heb hem een goede prijs betaald voor het kasteel, maar geld raakt uiteindelijk op als er niks bij komt. Dus ik wacht rustig af totdat hij zijn rekeningen niet meer kan betalen, en dan doe ik hem een voorstel. Met jouw boek en gastoptredens van Lord Deverill zullen we in het hotel een wachtlijst moeten gaan hanteren!'

De schaamteloze manier waarop ze over haar ambities sprak, bezorgde Margot een onaangenaam gevoel en deed haar het ergste vrezen voor JP.

Met gemengde gevoelens kwam Alana Deverill naar huis, naar de cottage aan zee waar ze was geboren. Er was nauwelijks iets veranderd. Het huis zag er met zijn grijze daken en witgepleisterde muren nog hetzelfde uit, en ook in de baai was niets veranderd. De golven glinsterden nog altijd in het zonlicht terwijl ze hoog oprezen uit de weidse uitgestrektheid van de zee. Ze dacht aan de talloze keren dat ze als kind over het strand had gelopen, op zoek naar krabben op het zand en naar zee-egels in de getijdepoelen. Ze herinnerde zich hoe ze tikkertje had gespeeld en plezier had gemaakt met haar broertje en haar zusje, hoe ze had gesnikt wanneer ze ruziemaakten. Ze dacht eraan hoe ze had gehuild toen ze de brieven van Kitty Deverill in de dokterstas van haar vader had gevonden. Ze had gezworen dat ze hem nooit zou vergeven dat hij haar moeder had bedrogen. Maar toen had haar moeder haar verteld dat ze het van meet af aan had geweten, dat ze geduldig had afgewacht tot de passie zou zijn gedoofd. En dus had Alana haar vader uiteindelijk toch vergeven, want wie was zij om boos te blijven als haar moeder nog altijd onvoorwaardelijk van hem hield?

Alana had nooit kunnen denken dat zij op dezelfde manier zou worden bedrogen, maar na haar ontdekking dat JP een verhouding had met de gouvernante, had ze opnieuw snikkend over het strand van haar jeugd gelopen. Anders dan haar moeder had zij die verhouding niet kunnen of willen accepteren. Ze was niet bereid geweest af te wachten totdat de passie was gedoofd. Ze had geschreeuwd, gehuild, ze had hem alles wat ze te pakken kon krijgen naar zijn hoofd geslingerd en gezworen dat ze hem nooit zou vergeven! Dat ze deze keer woord zou houden! Dat ze er niet op zou terugkomen! Dat was veertien jaar geleden, maar terwijl ze haar blik over de eindeloze zee liet gaan, voelde het als de dag van gisteren dat haar droom in scherven was gevallen.

Toen ze later op de dag met haar ouders aan de vertrouwde keukentafel zat, besefte ze hoezeer hun krachten waren afgenomen, hoe oud ze waren geworden. En ze zag hoe Colm, haar zoon, met de jaren alleen maar knapper werd. Wanneer ze thuis was, had Alana het gevoel dat ze nooit weg was geweest. Het was allemaal zo vertrouwd, zo veilig. Waarom was ze destijds naar Amerika gegaan? Waarom had ze daar een nieuw leven willen opbouwen, in plaats van in Ierland te blijven, het land waar ze van hield en waar ze alles en iedereen kende? Toch had ze uit Ballinakelly weg gewild. Vanwege de angst om JP tegen te komen, elke keer dat ze boodschappen ging doen. In tijden van nood vluchtten de Ieren naar Amerika, en de Amerikanen hadden haar en haar dochters met open armen ontvangen. Tenslotte was haar moeder er geboren, en haar vader had er ook een tijdlang gewoond. Dus Amerika zat net zo in haar bloed als Ierland.

Maar aan de oude keukentafel, dezelfde tafel waaraan ze als gezin hadden gezeten, waaraan ze nieuwtjes en roddels hadden uitgewisseld, waaraan ze als schoolmeisje haar huiswerk had gemaakt, besefte ze opnieuw dat Ierland de plek was waar ze thuishoorde. Een besef dat vergezeld ging van spijt omdat ze haar thuis was kwijtgeraakt.

Samen met Colm en haar ouders genoot ze van een stevige stoofpot als lunch. Als toetje had Emer een appeltaart gebakken, met de custardsaus waar Jack zo dol op was. Emer had een hekel aan pakjes en zakjes en maakte zo veel mogelijk alles zelf.

'We moeten je wat vertellen.' Emer legde haar vork en haar lepel neer.

Alana begreep onmiddellijk dat het met JP te maken had. 'O, wat dan?' Een vertrouwde angst drukte als een steen op haar maag.

Jack lepelde het laatste restje custard uit de kan. 'Er verblijft een gastschrijver in het kasteel. En ze werkt aan een boek over de geschiedenis van de Deverills,' zei hij plompverloren.

'JP heeft haar inzage gegeven in het familiearchief,' vulde Emer aan.

Alana haalde haar schouders op. 'Dat is zijn goed recht. Hij is tenslotte een Deverill. Wat heeft dat met mij te maken?'

'Een heleboel. Tegen de tijd dat ze aan de laatste twintig jaar toe is,' zei Jack, ook nu weer zonder er doekjes om te winden.

Colm deed er het zwijgen toe. Hij voelde zich een verrader, want hij had niet alleen vriendschap gesloten met de schrijver, maar ook met zijn vader. Terwijl hij wist hoezeer zijn moeder op hem rekende. Hij had altijd partij voor haar gekozen. Nu wenste hij dat hij dat niet had gedaan.

Alana keerde zich naar haar zoon. 'Ken je haar? Heb je haar ontmoet?'

'Ja.'

'Wat is het voor iemand?'

Colm aarzelde. Hij pakte zijn glas en nam een slok water. 'Tja, ik weet niet... Intelligent, en –'

'Ze is prachtig,' viel Jack hem in de rede. 'Beeldschoon, maar zo sluw als een vos. Ze heeft JP om haar vinger gewonden.' Zijn blik ging naar zijn kleinzoon. 'En jou ook, volgens mij. Mannen zijn als was in de handen van vrouwen als Margot Hart.'

Alana fronste haar wenkbrauwen. 'Wat moet ik daaruit opmaken? Dat JP haar alle familiegeheimen vertelt?'

Colm nam het op voor zijn vader. 'Volgens mij helpt hij haar met haar research naar het verre verleden. De laatste keer dat ik er was, hadden ze het over Hermione Deverill.'

Alana's ogen werden donker. 'Als hij dat boek wil gebruiken om wraak te nemen op mij, dan moet ik dat weten. Daar heb ik recht op.'

'Het valt niet te voorspellen wat hij zal doen,' zei Emer.

'Familiegeheimen en een loslippige dronkaard, dat is altijd een gevaarlijke combinatie,' merkte Jack op.

'Wat Margot schrijft, zijn geen roddels maar een geschiedenis van de familie,' probeerde Colm de zaak te sussen. Zweet prikte in zijn nek. Wat was het ineens onaangenaam warm in de keuken! 'Ze heeft ook een biografie geschreven over Eva Perón. Die ben ik aan het lezen, en het is een goed boek. Serieus. Evenwichtig. Ze is historicus. Het gaat haar niet om laster en kwaadsprekerij.'

Jack grijnsde. 'Nee maar, ik heb je wel eens anders horen praten.' Zijn gedachten gingen naar Kitty. Sommige vrouwen waren nu eenmaal onweerstaanbaar. Hij keek naar zijn kleinzoon. De uitdrukking op diens gezicht was hem maar al te vertrouwd. Die had hij eerder gezien. In de spiegel.

'Ik ga naar hem toe,' zei Alana. 'Naar JP. Ik moet weten wat er aan de hand is. En ik accepteer het niet als hij van plan is onze vuile was buiten te hangen. Ik laat me niet in het openbaar vernederen.'

'Dat zou hij nooit doen,' zei Colm.

Zijn moeder keek hem ongelovig aan. 'O nee?' snauwde ze. Het was niets voor Colm om het voor zijn vader op te nemen. 'Dat zullen we dan nog wel eens zien. Ik ga nu naar hem toe.'

'Zal ik met je meegaan?' bood Colm aan.

'Nee.' Ze zuchtte. 'Dit is iets tussen mij en je vader.'

Kitty

Er dreigen problemen op het kasteel, en ik heb er deze keer niks mee te maken. Deze keer is het Mrs. Carbery die voor onrust zorgt. Mr. Dukelow heeft een nieuw kamermeisje in dienst genomen. Annie Dineen heet ze, en ze komt uit Kinsale. Een lief, bedeesd schepseltje met sluik bruin haar en doffe bruine ogen. Ze is erg stil, en áls ze iets zegt is het volkomen oninteressant. Maar ze maakt kalm en netjes de bedden op, ze maakt de kamers schoon en doet onopvallend haar werk. De rest van het personeel merkt nauwelijks dat ze er is. Toch is er één ding waardoor ze opvalt: haar zuivere intuïtie. Annie behoort tot de zeldzame groep mensen die de subtiele vibraties registreren waarvan de meeste anderen zich niet eens bewust zijn. Het is dezelfde gave die mijn grootmoeder had en die ik heb. Alleen is zij er bang voor. Met als gevolg dat ze krampachtig gaat neuriën wanneer ze merkt dat de temperatuur plotseling daalt of wanneer ze zich bewust wordt van een aanwezigheid doordat de haartjes in haar nek overeind gaan staan. Als ik had geleefd, had ik haar kunnen vertellen dat ze niet bang hoeft te zijn. Er zijn hier geen boze geesten, alleen goedwillende dode zielen die hun dierbaren gadeslaan, of aan de aarde gebonden zielen, zoals Mrs. Carbery en ik, die in het Tussenrijk verkeren, hetzij uit vrije keuze, hetzij uit onwetendheid. Maar Annie weet het verschil niet tussen geesten, dode zielen en zielen die nog aan de aarde gebonden zijn, en ik ben niet in staat haar dat duidelijk te maken. Annie gelooft in spoken in witte lakens, in fantomen zonder hoofd die kwaad in de zin hebben. Ik zou haar willen influisteren dat het kasteel voor haar misschien niet de ideale werkomgeving is, maar ze heeft het geld hard nodig. En dus neemt ze de vreemde geluiden, het gekraak en gekreun, voor lief. Maar Mrs. Carbery in de linnenkamer, dat is een ander verhaal.

Mrs. Carbery komt geleidelijk aan in het reine met het besef dat ze dood is. Na tientallen jaren in een soort droomachtige staat te hebben verkeerd, waarin ze vasthield aan haar vaste bezigheden in de door haarzelf gecreëerde werkelijkheid, begint ze te ontwaken. De illusie is aan het wegebben, als rimpelingen op een vijver, met als gevolg dat ze langzaam maar zeker komt te verkeren in de situatie waarin ik me bevind. En dat vindt ze maar niks. 'Wat vertelt u me nou, miss Kitty? Is kasteel Deverill een hotel?' vroeg ze me laatst in totale verwarring. 'Praat toch geen onzin. Met al die gasten van Lord Deverill voelt het soms als een hotel. Tenminste, dat denk ik. Want ik ben nog nooit in een hotel geweest.'

'Het kasteel is niet meer van Lord Deverill –' begon ik.

'Wat is er van Lord en Lady Deverill geworden?' viel ze me geschrokken in de rede, en ze sloeg een kruis. 'God sta hen bij!'

'Lord en Lady Deverill zijn al heel lang dood, Mrs. Carbery. U kunt zich de brand toch nog wel herinneren?'

Ze fronste zorgelijk haar voorhoofd. 'De brand...' Het was duidelijk dat ze diep in haar geheugen moest graven. Blijkbaar had ze de herinneringen aan de brand zo ver mogelijk weggestopt, net als haar herinneringen aan de dood van mijn grootvader Hubert, voor wie ze destijds werkte.

'En u herinnert zich mijn grootmoeder toch ook nog wel? Adeline? U weet toch nog wel dat ze zich opsloot in de westelijke toren, het enige stuk van het kasteel dat nog overeind stond? Dat ze geleidelijk aan haar verstand verloor? En haar dood, die kunt u zich toch ook nog wel herinneren?'

Er verschenen diepe rimpels in haar voorhoofd, haar kin trilde terwijl de herinneringen uit de diepe, stille wateren van haar onderbewuste naar boven kwamen. En ik besefte dat de brand, de dood van mijn grootouders en die van haar zoon de redenen waren dat ze net als Adeline haar verstand had verloren. Maar ik besefte ook dat deze dierbaren, na haar dood, opnieuw deel uitmaakten van de wereld die ze voor zichzelf had geschapen.

Terwijl de mist optrok en de beelden naar boven kwamen die ze doelbewust had verdrongen, keek ze me aan met een blik van doodsangst in haar ogen. 'Ja, dat weet ik nog. De brand,' fluisterde ze, verbaasd dat ze die had kunnen vergeten. 'De menselijke keten. De emmers water die werden doorgegeven. Maar het was zinloos. Het hele kasteel stond in brand, en we konden niets uitrichten tegen de vlammen. We konden alleen maar toekijken terwijl ons dierbare kasteel in de as werd gelegd.' Ze sloeg een hand voor haar mond. 'En hoe ging het toen verder? Ik weet niet meer... Ik kan me niet herinneren...'

Ik liet me naast haar stoel op mijn knieën zakken en pakte haar hand. Het was alsof ze uit een coma ontwaakte en de verwondingen onder ogen moest zien waardoor ze in die coma was geraakt. 'Daarna bleef u thuis, Mrs. Carbery,' vertelde ik haar voorzichtig. 'Bessie, uw dochter, ging voor u zorgen. U herinnert zich Bessie toch nog wel? Ze was nog maar een kind, maar ze zorgde voor u als een klein moedertje.'

Mrs. Carbery dacht ingespannen na en ging de confrontatie aan met haar pijnlijke herinneringen. 'Bessie, ja, natuurlijk! Mijn kleine Bessie! Natuurlijk weet ik dat nog. Waar is ze nu?'

'Ze leeft nog.'

'Maar mijn zoon is doodgeschoten.' Haar ogen werden dof. 'Ik heb mijn zoon verloren.' Ze drukte opnieuw een hand tegen haar lippen om een snik te smoren.

'Uw zoon is gesneuveld in de burgeroorlog, en u bent kort daarna gestorven.'

Ze zuchtte berustend. 'Dus het is echt zo. Ik ben dood.' Ze schudde ongelovig haar hoofd. 'Zo voelt het niet. Ik voel me niet anders. Het verdriet is nog hetzelfde.' Ze legde een hand op haar hart. 'Het doet nog altijd zo'n pijn hier. Maar als ik dood ben zou het toch geen pijn meer moeten doen?'

'Uw hart en uw ziel zijn één, Mrs. Carbery. En de ziel kan niet sterven.'

'O, maar dat wist ik niet. Dat het zo zou zijn als ik dood was. Dat wil ik niet,' jammerde ze. 'En de hemel dan? Als we dood zijn, dan gaan we toch naar de hemel?'

En ik kon haar niet helpen. Ze wist dat ze dood was, maar ze was niet in staat het licht te zien. Terwijl ik had verwacht dat ik haar daarnaartoe zou kunnen leiden.

Vol afschuw keek ze me aan.

'U gaat naar de hemel als u –' begon ik, maar ze liet me niet uitpraten.

'Ik ben een slecht mens. Dat kan niet anders,' zei ze zacht.

'Nee, Mrs. Carbery, u bent geen slecht mens. U bent gewoon verdwaald.'

'En u dan, miss Kitty? Waarom bent u niet in de hemel?'

'Ik ben ook verdwaald,' antwoordde ik, en voor het eerst twijfelde ik aan mijn besluit. Ik had ervoor gekozen om in het Tussenrijk te blijven. Maar wat zou er gebeuren tegen de tijd dat ik er klaar voor was om naar huis te gaan? Zou ik de weg naar huis dan nog wel kunnen vinden?

Inmiddels zorgt Mrs. Carbery voor grote problemen. Die arme Annie Dineen weigert ook maar een voet in de linnenkamer te zetten. Het spookt er, zegt ze. Het is er koud, en elke keer dat ze er naar binnen gaat om schone lakens te halen, is er een vrouw die haar woedend toeschreeuwt dat ze haar met rust moet laten. Mrs. Carbery is diep ongelukkig, en nu ze weet dat ze dood is, heeft ze besloten anderen ook ongelukkig te maken. Ik liet af en toe een deurknop bewegen om mensen aan het schrikken te maken, maar Mrs. Carbery beukt uitzinnig op alle deuren. Gelukkig lukt het haar doorgaans niet om zich hoorbaar te maken. Want ze weet niet hoe dat moet, en dat ga ik haar ook niet vertellen. Maar voor Annie Dineen, dat arme kind, is Mrs. Carbery echt een probleem, omdat Annie haar kan zien. Ik hoorde dat Mrs. De Lisle het erover had met Mr. Dukelow. 'Ik wil niet dat mijn personeel de gasten bang maakt,' zei ze streng. 'Dus ik eis dat u iets aan die spookverhalen doet.'

Maar ik zou niet weten hoe.

Ik word als door een magneet naar het Jachthuis getrokken, waar Alana onverwacht op de stoep staat omdat ze JP moet spreken. Wanneer Mrs. B. opendoet, begroet ze haar hartelijk en loopt vervolgens kordaat langs haar heen naar binnen, voordat de oude huishoudster ook maar iets heeft kunnen zeggen om haar tegen te houden. Ze kijkt Alana verschrikt na wanneer die naar de bibliotheek loopt, in de veronderstelling dat JP daar is.

Ik zie hoe zijn energie zich samenbalt wanneer hij haar hoort aankomen. Als hij een schild had gehad zoals een schildpad, zou hij zich daarin hebben teruggetrokken. Hij verstart achter zijn bureau, zijn pen blijft in de lucht hangen boven de brief die hij zit te schrijven. Ondertussen kijkt hij gespannen en met grote ogen naar de deur. Hij weet dat zij het is. Hij heeft van meet af aan geweten dat dit zou gebeuren. En hij heeft geen enkele twijfel omtrent de reden van haar komst.

Even later verschijnt ze in de deuropening. Hij steekt zijn kin naar voren. 'Dag, Alana,' zegt hij koel.

Ze zet haar handen in haar zij. Ik zie de boosheid die als een duister miasma om haar heen hangt. 'Ik moet met je praten,' zegt ze.

Hij komt moeizaam overeind, loopt naar het vuur en pakt een blok hout uit de mand om tijd te rekken. Maar hij zal de confrontatie moeten aangaan. Die is onvermijdelijk. 'Wil je iets drinken? Een kop thee?'

'Nee, ik ben zo weer weg,' antwoordt ze kortaf.

Volgens mij voelt ze zich sterker als ze blijft staan. Dus ze gaat niet zitten. Het is meer dan twintig jaar geleden dat ze als gast in deze zelfde bibliotheek stond. Destijds woonden mijn ouders hier in het Jachthuis. Toen waren ze nog gelukkig. Toen waren we allemáál gelukkig.

'Ik hoor dat er een gastschrijver in het kasteel verblijft,' zegt ze. 'En dat ze werkt aan een boek over je familie.'

'Dat klopt.' JP staat met zijn rug naar het vuur. Achter hem knettert en sist het blok dat hij er zojuist op heeft gegooid. Hij steekt met trillende handen een sigaret op.

'En ik heb begrepen dat je zo royaal bent geweest om haar inzage te geven in het familiearchief.'

'Dat klopt ook.'

'Waarom?' Alana fronst woedend haar wenkbrauwen. Er verschijnt een grimmige trek op haar gezicht. 'Waarom zou je de vijand de vrije hand geven om in de geschiedenis van je familie te wroeten?'

'Omdat ik weet dat ze haar werk goed zal doen.' Hij neemt een trek van zijn sigaret, ondertussen beweegt hij nerveus met de vingers van zijn andere hand. Ik weet dat hij snakt naar een borrel. Als hij had geweten dat ze kwam, zou hij zichzelf moed hebben ingedronken.

'Je weet helemaal niks.' Hij wil iets zeggen, maar ze geeft hem niet de kans. 'Hoe goed ken je haar nou helemaal? Je hebt haar net ontmoet. Je hebt geen idee wat ze gaat doen met de informatie die je haar geeft. Ze zal een boek willen schrijven dat goed wordt verkocht. En dus moeten er schandalen in. Anders verkoopt het niet. Weet ze van Kitty's verhouding met mijn vader? Komt die ook in het boek?'

Ik ben zo in beslag genomen geweest door de verkoop van het kasteel en door het stuklopen van het huwelijk van JP en Alana dat ik daar niet eens aan heb gedacht! Aan mijn verhouding met Jack. Maar Alana heeft gelijk. Als Margot achter onze verhouding komt, moet die arme Emer al dat verdriet opnieuw doormaken. Ik mag dan dood zijn, maar ik weet zeker dat de wond van Jacks bedrog nooit helemaal is genezen. En dat kan ook niet. Alana heeft gelijk dat ze haar moeder in bescherming neemt.

'En Archies zelfmoord?' vraagt ze. 'Heb je daaraan gedacht? Celia leeft nog. Ze zal niet willen dat die tragedie weer wordt opgerakeld en dat iedereen erover kan lezen. O, en niet te vergeten je halfbroer Harry. Het feit dat hij homoseksueel was. Als je denkt dat die Margot van je dat allemaal niet in haar boek gaat zetten, dan vergis je je. Sterker nog, als ze haar werk inderdaad zo goed doet als jij beweert, dan krijgt ze het allemaal boven tafel. Er zijn genoeg mensen die het haar in geuren en kleuren willen vertellen. Maak jezelf maar niks wijs. Ze lijkt misschien aardig, maar dat is ze alleen omdat ze je nodig heeft. Zodra het boek af is gaat ze terug naar Engeland, en dan zie je haar nooit meer. Zij verdient een smak geld met het boek, en jij staat in je hemd. En dan heb ik het nog niet eens over ons gehad. Over ons huwelijk en de reden dat het is stukgelopen. Wil je nou echt dat iedereen dat te weten komt? Nou, ik niet!'

JP kijkt haar aan. Hij zoekt naar woorden, maar weet niet wat hij moet zeggen. Blozend van ongemak staat hij als een vis op het droge naar lucht te happen.

'Ik wil dat je dat mens de deur wijst, JP. En als je het niet voor mij doet, doe het dan voor de kinderen.' Dan verandert de uitdrukking op haar gezicht, en ik zie oprechte compassie in haar ogen. 'De man met wie ik trouwde, was geen dwaas,' zegt ze zacht. 'Maar dat ben je inmiddels wel geworden.'

'Het is niet aan jou om te bepalen wat ik wel of niet doe,' bijt hij haar toe, en hij doet me denken aan een dier dat in het nauw is gedreven. 'Daar heb je niet het recht toe.'

'Dat recht heb ik wel degelijk. Ik ben de moeder van je kinderen. En als moeder heb ik het recht om mijn kinderen te beschermen. En door dat te doen bescherm ik jou ook. Niet dat je me er ooit voor zult bedanken.'

'Waar zou je mij tegen moeten beschermen?' Hij grinnikt verbitterd.

'Tegen jezelf.'

Zijn ogen fonkelen van woede.

'Verder heb ik je niets te zeggen.'

'Mooi zo. Ik zal Mrs. B. vragen om je uit te laten.'

'Ik kom er zelf wel uit.' Ze draait zich om, en even later is ze verdwenen.

Hij kijkt nog lang naar de plek waar ze heeft gestaan. Dan loopt hij enigszins wankel naar het tafeltje met de drank. Hij schenkt zichzelf een groot glas whiskey in en slaat het in één teug achterover. Er valt as van zijn sigaret op het kleed, maar hij merkt het niet. Gekweld door twijfel en schuldgevoel schenkt hij zichzelf nog een whiskey in. Hij is met Margot in zee gegaan omdat hij wil dat ze ook zijn kant van het verhaal vertelt. Maar hij beseft ineens dat hij ook wil kwetsen. Dat hij, bezeerd als hij is, wil uithalen naar degenen die hem het meest dierbaar zijn, in de hoop dat ze net zo zullen lijden als hij. Kwetsen, dat is wat mensen doen als ze niet gelukkig zijn.

Met de karaf en zijn glas loopt hij naar zijn stoel bij de haard. Hij staart in het vuur, schenkt zichzelf nog eens bij en leunt zuchtend achterover.

Alana had gelijk. De man met wie ze trouwde, was geen dwaas. Hoe heeft het zover kunnen komen?

11

Die middag stak er een storm op. Een harde wind beukte de kliffen, zweepte het zeewater op tot huizenhoge golven en floot rond de muren van het kasteel. De regen sloeg tegen de ramen met een geluid als van ontelbare kleine klauwtjes die dreigden het glas stuk te krabben. De sfeer in het hotel was onbehaaglijk. De muren kreunden, de vloeren kraakten, en zowel gasten als personeel dempten hun stem alsof ze bang waren voor een onzichtbare aanwezigheid die door de gangen doolde. Margot had besloten in het hotel te blijven en zich met haar aantekeningen bij de haard in de salon geïnstalleerd. Het dienstmeisje dat de gordijnen dichttrok om de storm en de duisternis buiten te sluiten, zag een beetje bleek. Margot keek op. Inmiddels hoorde ze bij het meubilair en kende ze bijna al het personeel. Het dienstmeisje schonk haar een glimlach, maar ze werd niet geacht met de gasten te praten. Toch zag Margot aan haar gezicht, aan de vermoeide blik in haar ogen dat er iets mis was.

'Alles goed, Evie?' vroeg ze toen het meisje een blok op het vuur kwam leggen.

Evie keek om zich heen, om zeker te weten dat niemand haar kon horen. 'Annie heeft het weer eens te kwaad,' fluisterde ze. 'Ze is volledig ingestort.'

'Ziet ze weer spoken?'

'Ja, maar volgens mij komt het door de storm. Daar worden mensen nerveus van. Wij Ieren zijn bijgelovig.' Ze glimlachte ondeugend. 'En in een oud gebouw als dit spookt het nu eenmaal altijd. Daar doe je niks aan.'

'Zo oud is het niet. Celia Deverill heeft het in de jaren twintig bijna volledig laten herbouwen.'

'Dat is zo, maar het staat nog steeds op de plek van het oude kasteel, en dat stamde uit de zeventiende eeuw. Het maakt niet uit hoe vaak het is herbouwd, de energie van het oorspronkelijke kasteel is onveranderd gebleven. En die eeuwenoude magie zit hier nog altijd in de grond.'

Lieve hemel. Margot had de neiging met haar ogen te rollen, maar ze hield zich in. 'En ben jij daar dan niet bang voor? Voor die eeuwenoude magie?'

'Nee, natuurlijk niet! Integendeel, ik vind het fascinerend. Er is zo veel wat onzichtbaar blijft. Ik heb nog nooit een geest gezien, maar soms heb ik wel het gevoel dat er naar me wordt gekeken. Dat meen ik echt.'

Margot dacht aan haar goede vriend Dan Chambers. Waarom moest ze toch steeds aan hem denken, elke keer dat iemand over geesten begon? Misschien was er een manier om die zogenaamde geesten nuttig te maken, om te zorgen dat het hotel ervan kon profiteren. Als iedereen dacht dat het spookte in het kasteel, waarom zou je daar dan geen gebruik van maken?

Ze ging op zoek naar Mrs. De Lisle en vond haar in haar privézitkamer, in gesprek met Mr. Dukelow en Jennifer, haar PA, een tot in de puntjes verzorgde Amerikaanse met een bril en een perfecte huid. Margot had de indruk dat het een tamelijk informeel gesprek was. Ze zaten aan de thee, en op tafel stond een schaal met koekjes waarvan vooral Mr. Dukelow zich gretig bediende. Jennifer balanceerde op het puntje van haar stoel, met haar notitieboek opengeslagen, haar pen in de aanslag. Mrs. De Lisle had zich in een fauteuil genesteld. Zoals ze daar zat, met haar kopje in de ene hand, het schoteltje in de andere, leek ze volmaakt ontspannen.

'Mag ik even storen?' vroeg Margot vanuit de deuropening. De deur stond open, dus blijkbaar mochten ze gestoord worden.

'Natuurlijk. Kom binnen.' Mrs. De Lisle glimlachte. 'We hadden het over de storm. Ik ben blij dat ik vanavond niet hoef te vliegen.'

'Morgen is het overgewaaid,' stelde Mr. Dukelow haar gerust.

'Ja, de voorspelling voor morgen is goed,' viel Jennifer hem bij met een serieus gezicht. 'Tegen de ochtend trekken de wolken weg, en halverwege de ochtend schijnt de zon weer.'

'Ik heb een idee dat u misschien zal interesseren,' begon Margot.

'Ga zitten,' zei Mrs. De Lisle, waarop Margot naast Mr. Dukelow op de bank plaatsnam. De manager pakte zijn zoveelste koekje. Blijkbaar was hij nerveus, want hij zag er niet uit als iemand die veel snoepte. 'Vertel, Margot. Wat heb je bedacht?' vroeg Mrs. De Lisle geïnteresseerd. Ze hield haar hoofd een beetje schuin en fronste haar onnatuurlijk gladde voorhoofd.

'Ik heb begrepen dat er nogal wat mensen zijn die denken dat het hier spookt,' stak Margot van wal. 'En ik weet uit ervaring dat er heel veel mensen zijn die dat intrigerend vinden. Dus misschien kunt u daar uw voordeel mee doen.'

Mrs. De Lisle vernauwde haar ogen tot spleetjes. 'Hoe zie je dat voor je?'

'Een goede vriend van me is een erg gewild medium. Een paar jaar geleden ben ik eens met hem mee geweest toen hij door de Royal Geographical Society was uitgenodigd. De zaal was stampvol. Met alleen staanplaatsen. Eerlijk gezegd ben ik zelf nogal sceptisch, maar ik moet ook bekennen dat ik verbijsterd was door de informatie die hij zei door te krijgen van gene zijde. Doorgaans ben ik de eerste om met een nuchtere verklaring te komen, maar wat er die avond gebeurde, dat kan ik nog steeds niet verklaren. Het was echt heel bijzonder.'

Mrs. De Lisle liet het even bezinken. Ongeacht haar opvattingen over geesten, als ze er geld mee kon verdienen, was ze bereid overal in te geloven. 'Wat een briljant idee! In plaats van de vreemde verschijnselen te ontkennen, zouden we er onze specialiteit van kunnen maken. Goed werk, Margot. We zouden die vriend van je kunnen uitnodigen. Dan hebben we behalve een gastschrijver ook een gastmedium.' Ze glimlachte sluw. 'Als hij echt zo goed is als jij zegt, kan hij ons misschien van de minder plezierige exemplaren afhelpen; de geesten die mijn personeel de stuipen op het lijf jagen.' Ze schoot in de lach, en Mr. Dukelow en Jennifer lachten gehoorzaam mee.

'Vertel eens wat over die vriend van je. Wat is het voor iemand?' vroeg ze toen.

'Hij heet Dan Chambers. Ik denk dat hij ergens achter in de zestig is. Knap, charmant, wellevend. Een aanwinst voor het hotel, zou ik zeggen. Iedereen is dol op hem. De mensen komen op hem af als motten op een kaars.'

'Hoe heb je hem leren kennen?' vroeg Mr. Dukelow in een poging ook een duit in het zakje te doen.

'Dat was zeven jaar geleden. In Montana. Ik werkte aan een boek over Ralph Lauren, en Dan leidde daar een retraite. Het is een goed mens. Als iemand u van het bestaan van geesten kan overtuigen, dan is hij het.'

Mrs. De Lisle keek Jennifer aan. 'Vraag Margot naar zijn nummer en kijk of hij op korte termijn een week beschikbaar is. Want ik ben het met Margot eens.' Ze schonk haar een glimlach. 'We kunnen ons voordeel doen met die zogenaamde spookverschijnselen.'

Op dat moment werd er geklopt. Het was Róisín. 'Neemt u me niet kwalijk, Mrs. De Lisle, maar er is telefoon voor miss Hart. Een dame. Ze zegt dat het dringend is.'

Margot was verbaasd. Haar moeder kon het niet zijn. En het leek haar ook onwaarschijnlijk dat het Dorothy was. Ze hadden elkaar de vorige avond nog gesproken. 'Waar kan ik haar te woord staan?' Ze stond op.

'Ik kan doorschakelen naar deze telefoon,' stelde Róisín voor.

Maar hier had ze geen enkele privacy, besefte Margot. 'Ik loop wel met je mee naar de receptie,' zei ze dan ook. Ze verontschuldigde zich en volgde Róisín de kamer uit.

Bij de receptiebalie bleek dat het Mrs. B. was die haar had gebeld. De stem van de oude huishoudster beefde. Ze klonk alsof ze in paniek was. 'Margot! Je spreekt met Bessie. Lord Deverill is er verschrikkelijk aan toe. Ik weet me geen raad. Ik heb master Colm ook al gebeld, maar toen kreeg ik zijn antwoordapparaat. Dus ik heb een boodschap ingesproken. Maar ik heb nu hulp nodig. Het is dringend. Lord Deverill heeft weer gedronken. Hij is helemaal van de kaart. Ik weet gewoon niet wat ik moet doen. En er is verder niemand die ik kon bellen.'

'Ik ben blij dat je gebeld hebt, Bessie. En ik kom er meteen aan.'

'Het spijt me dat je er nog uit moet met dit hondenweer. Maar hij is er echt verschrikkelijk aan toe.'

'Ik ben niet bang voor een beetje wind. Blijf bij hem, dan kom ik zo snel mogelijk naar je toe.'

'Dank je wel, Margot. God zegene je.'

Margot rende de trap op naar haar kamer om haar jas en haar muts te pakken en om haar schoenen te verwisselen voor leren laarzen. Haar keel werd dichtgesnoerd door een vertrouwde angst, haar maag verkrampte terwijl ze even later de trap weer af stormde. Toch aarzelde ze geen moment om JP te hulp te schieten. Ze wilde niet dat die arme Mrs. B. er alleen voor stond. Want ze wist maar al te goed hoe dat voelde. Bovendien kon ze JP niet in de steek laten. Ze wilde hem helpen. Haar gevoel zei haar dat hij haar nodig had.

Diep voorovergebogen tegen de storm, met haar muts over haar voorhoofd getrokken, liep ze naar de auto. Het was ijzig koud, de duisternis inktzwart. Met enige moeite wist ze de sleutel in het slot te krijgen. In het licht van de koplampen zag ze een gordijn van regen. Bomen en struiken bogen diep door, hun takken zwiepten in de wind. Niet echt een avond om buiten te zijn, maar ze had geen keus. Aan moed ontbrak het haar niet, en wanneer er een beroep op haar werd gedaan, móést ze in actie komen. Ze was geen kind meer, maar een volwassen vrouw. Misschien zou haar hulp deze keer niet voor niets zijn.

Ze reed het hek uit. De oprijlaan lag bezaaid met takken en bladeren; plassen glinsterden in het licht van haar koplampen, water spatte naar alle kanten weg onder haar banden. Ze reed bijna stapvoets, met een half oog op de bomen langs de weg, om te kunnen uitwijken wanneer er een tak afbrak. Toch duurde het niet lang of ze was bij het Jachthuis. Daar parkeerde ze zo dicht mogelijk bij de deur. Blijkbaar had Mrs. B. op de uitkijk gestaan, want Margot was nog niet uitgestapt of de voordeur vloog open, en het bleke, angstige gezicht van de huishoudster verscheen in de kier.

Buiten adem stoof Margot naar binnen.

'Wat een vreselijk weer!' riep Mrs. B. terwijl ze haar uit haar jas hielp. 'Je bent drijfnat, kindje.'

'Dat geeft niet. Maak je geen zorgen. Waar is hij?'

'In de bibliotheek.'

Margot haastte zich de gang door, haar hart bonsde in haar keel van angst. Ze verwachtte JP verdwaasd en dronken, onderuitgezakt in zijn stoel aan te treffen, maar het was nog veel erger dan ze had gevreesd.

Er heerste een onbeschrijfelijke ravage in de kamer, alsof hij alles wat hij te pakken had kunnen krijgen op de grond had gesmeten. Boeken, foto's, souvenirs, lampen, schilderijen. Alleen het vuur had hij ongemoeid gelaten. De haard gloeide sereen, goudgele en dieprode vlammen likten aan de houtblokken. JP zat midden in de kamer op het kleed, met zijn rug tegen de bank, zijn benen gestrekt, zijn kin op zijn borst. In zijn hand hield hij een lege whiskeyfles.

Margot liet zich naast hem op haar hurken zakken. 'JP.' Ze tikte hem zachtjes op zijn schouder, schudde hem voorzichtig heen en weer. 'JP, je moet wakker worden.'

Mrs. B. kwam naast haar staan.

'Wat is er gebeurd?' vroeg Margot.

Het gezicht van de huishoudster verstrakte. 'Mrs. Alana is langs geweest.'

'Aha. En dat is op ruzie uitgelopen, neem ik aan.'

'Ik hou niet van luistervinken, Margot, maar ongewild heb ik wel iets opgevangen.'

'Het ging vast over mij. En over mijn boek.'

Mrs. B. knikte. 'Ik ben bang van wel. Mrs. Alana was erg van streek.'

'Wat een stel.' Margot slaakte een zucht. 'Dat kon natuurlijk niet uitblijven. Ze ziet hem als een verrader omdat hij mij heeft binnengelaten. En dat kan ik haar niet kwalijk nemen. Ik zou net zo hebben gereageerd. Maar het is echt niet mijn bedoeling om mensen pijn te doen. Het laatste wat ik wil is de familie uit elkaar drijven.'

'Ach, het kan niet erger worden dan het al is,' zei Mrs. B.

Maar Margot wist beter.

Een ijzige windvlaag blies de gang in, helemaal tot aan de bibliotheek, toen de voordeur openvloog en dreunend weer in het slot viel. Margot keek Mrs. B. fronsend aan, maar de huishoudster wist wie het was, dus ze reageerde niet verbaasd toen Colm even later de bibliotheek binnenkwam. 'Wat is er gebeurd?'

Mrs. B. deed een stap opzij.

'Hij is buiten westen,' zei Margot.

Colm knielde naast zijn vader, voelde zijn pols en schudde toen zuchtend zijn hoofd. Hij zei het niet hardop, maar de teleurstelling was van zijn gezicht af te lezen. Het was duidelijk dat het hem moeite kostte zich te beheersen. 'We moeten hem naar boven zien te krijgen. En hem in bed stoppen.'

'Is dit al vaker gebeurd?' vroeg Margot.

'Niet dat ik weet,' antwoordde hij.

'Niet zo erg als nu,' zei Mrs. B. heel zacht. 'Ik heb hem nog nooit zo van streek gezien. Het lijkt wel alsof hij niet verder wil, alsof hij de moed heeft opgegeven.'

Colm wist waarom zijn vader zich bewusteloos had gedronken. Hij schonk Mrs. B. een veelbetekenende blik. Ze glimlachte begripvol en vol medeleven. In die glimlach lag alle liefde besloten waarmee ze hem zijn leven lang had omringd. Toen zijn leven uit het lood raakte door het stuklopen van het huwelijk van zijn ouders, was de huishoudster er nog altijd voor hem geweest.

'Ben je sterk, Margot?'

'We zullen zien. Ik doe mijn best.'

Ze sloegen elk een arm van JP over hun schouders en sleepten hem de trap op. Hij werd wakker, maar door de drank was zijn hoofd gevuld met mist, en toen hij iets zei klonk het slepend, onsamenhangend. Ondertussen deed hij zijn best zelf te lopen, waardoor het Colm en Margot iets gemakkelijker viel om hem naar zijn slaapkamer te krijgen.

Toen hij eenmaal op het bed lag, liet Margot het aan Colm en Mrs. B. over om hem zijn bevuilde kleren uit te trekken. Zelf ging ze naar beneden en begon ze de ravage in de bibliotheek op te ruimen. Een gevoel van misselijkheid bouwde zich op in haar maag, als een ketel met pek die begon te borrelen. Diep weggestopt was die er altijd geweest, een slapende vulkaan die elk moment kon uitbarsten. Het was niet voor het eerst dat ze de problemen van een ander tot de hare maakte, dat ze probeerde iemand te helpen die waarschijnlijk niet meer te helpen was.

Ze begon te huilen terwijl ze de boeken weer in de kast zette, de foto's en prulletjes op de tafels. Het vuur was bijna gedoofd, nog wat sintels gloeiden troostrijk in de haard. Ze legde er een blok op en keek hoe het rookte en knetterde en uiteindelijk vlam vatte. Toen Colm beneden kwam staarde ze nog steeds in het vuur, verdrietig en vechtend tegen een afschuwelijk déjà vu.

'Bedankt.' Colm liet zijn blik moedeloos door de kamer gaan. Hoe kon hij zijn vader helpen wanneer die zo beschadigd was, vroeg hij zich hulpeloos af.

Margot veegde de tranen uit haar ogen. 'Het gaat niet goed, hè?'

'Nee, maar dat is niet jouw probleem. Ga jij maar terug naar het hotel. Ik ruim hier verder wel op met Mrs. B. Jij hebt al genoeg gedaan.'

'Nee, ik zal je helpen. Ik heb niks anders te doen en bovendien voel ik me tot op zekere hoogte aan je vader verplicht.'

'Dat is onzin. Je bent hem niets verplicht. Jij kunt er niets aan doen dat hij je meteen in vertrouwen heeft genomen. Dat had hij waarschijnlijk beter niet kunnen doen. Mijn moeder is woedend.'

'Dat dacht ik wel. En dat spijt me.'

'Het was onvermijdelijk.' Hij zei er niet bij dat zijn moeder hem had laten beloven om geen contact meer met haar te hebben.

Mrs. B. kwam binnen. Ze zag bleek. 'Zo erg heb ik het nog nooit meegemaakt.' Haar ogen glinsterden vochtig. Ze raapte een lamp van het kleed, zette hem weer op de tafel en keek om zich heen, op zoek naar de kap. 'Ik weet gewoon niet wat ik moet doen. Het is zo verdrietig om te zien hoe hij zichzelf kapotmaakt. Zeker als je hem in gelukkiger tijden hebt gekend.'

Margot sloot even haar ogen. Dit was het moment om weg te gaan. Colm had gezegd dat ze het verder aan hen moest overlaten, en als ze verstandig was deed ze dat ook. Hij had gelijk, het was niet haar probleem. Toch zei haar gevoel dat ze JP niet in de steek mocht laten. 'Weet je wat je moet doen?' Ze zette haar handen in haar zij, in het besef dat het moment om weg te gaan was gepasseerd. 'Je spoelt alle drank die er in huis is door de gootsteen. En dan vertel je je vader wat er is gebeurd, wat hij heeft gedaan in zijn dronkenschap. Je zegt dat het zo niet langer kan. Maar je moet hem ook iets geven om voor te leven, iets wat het voor hem de moeite waard maakt om zichzelf bij de kraag te grijpen.'

'Hij heeft niets,' zei Mrs. B. wanhopig.

'Dat is niet waar.' Colm stak zijn kin naar voren. 'Hij heeft mij.'

Margot sloeg een hand voor haar mond, opnieuw overmand door tranen. ‘Sorry.’ Ze wendde zich af en begon de scherven van een porseleinen vaas van de grond te rapen.

‘Wilt u thee voor ons zetten, Mrs. B.?’ vroeg Colm.

De huishoudster knikte begrijpend en liep zachtjes de kamer uit.

‘Gaat het wel, Margot?’

Ze ademde diep in. ‘Mijn vader had míj,’ zei ze toen. ‘En verder niemand. Hij had alléén mij.’

Colm kwam naar haar toe en nam de scherven uit haar handen. ‘Kom, dan gaan we even zitten. Opruimen kan altijd nog.’ Hij keek toe terwijl ze met de rug van haar hand langs haar neus ging. ‘Ik wou dat ik een zakdoek voor je had.’

Margot glimlachte. ‘Ik doe het liever met mijn mouw.’

Hij grinnikte en liet zich in de stoel van zijn vader vallen. Margot installeerde zich in kleermakerszit op het kleed voor de haard. Het bleef stil. Terwijl ze luisterden naar het kalmerende sissen van de vlammen wisten ze geen van beiden wat ze moesten zeggen.

‘Dus daarom trek je je het lot van mijn vader zo aan. De jouwe had ook een drankprobleem,’ zei Colm ten slotte een beetje aarzelend, bang dat ze het er misschien niet over wilde hebben.

Ze knikte, en in plaats van zich af te sluiten zoals ze dat altijd had gedaan, gooide ze alles eruit. Misschien kwam het door de behaaglijk brandende haard, of misschien kwam het door Colm, door de manier waarop hij haar aankeek en aandachtig luisterde. Er zijn maar weinig mensen die echt kunnen luisteren. Wat de reden ook was, Margot begon te vertellen. ‘Mijn vader is bijna zijn hele leven alcoholist geweest. Hij stierf toen ik veertien was. Ik heb hem die ochtend gevonden, vlak voordat ik naar school zou gaan. Hij was in zijn slaap gestorven, bezweken aan de gin. Ik weet niet beter of hij dronk. Mijn moeder had het allang opgegeven en was met haar minnaar naar Parijs vertrokken. Een derderangsmuzikant, zeven jaar jonger dan zij. Mijn vader en ik bleven samen achter. Ik heb geprobeerd hem van de drank af te helpen.' Ze staarde zuchtend in de vlammen. 'Maar dat werkt niet als iemand niet geholpen wil worden.' Ze keerde zich naar Colm. Haar ogen glinsterden vochtig, er stond pijn in te lezen. 'JP doet me heel sterk aan hem denken. Mijn vader had ook geen slechte dronk over zich. O, hij kon soms onaangenaam zijn, maar over het algemeen had ik vooral medelijden met hem als hij weer eens dronken was. Dan zakte hij onderuit in zijn stoel en was hij helemaal van de wereld, net als jouw vader. Het is zo sneu, zo verdrietig, zo jammer. Ik goot voortdurend flessen leeg in de gootsteen, maar hij had ze overal verstopt. Op de gekste plekken. Zelfs in de stortbakken van de wc's. Krankzinnig gewoon. Bovendien moest ik niet alleen mijn vader redden, ik moest ook nog naar school. Daar raakte ik steeds meer achter. Vriendinnen had ik niet, omdat ik niemand mee naar huis durfde te nemen. Ik schaamde me voor mijn vader.' Ze grinnikte wrang. 'Dus ik verzon van alles. Dat hij een geweldige vader was, dat hij dol op me was en me verwende, dat we twee handen op één buik waren. Maar in werkelijkheid gaf hij meer om de drank dan om zijn dochter. In zijn laatste jaren zag hij me nauwelijks. En als hij me wel zag, dan was ik een lastpost, een obstakel, omdat ik probeerde hem van de drank weg te houden. Ik was de boeman. Terwijl ik alleen maar wilde dat het goed met hem ging, dat hij gelukkig was, net als andere vaders.'

'Wat deed hij voor werk?'

'Hij was journalist. En een goeie ook. Alom gerespecteerd, met een column in een landelijke krant. Hij is jarenlang een functionerende alcoholist geweest, zoals ze dat noemen, eigenlijk net als JP. Maar uiteindelijk raakte hij de controle kwijt over zijn leven. Op het moment dat ik je vader ontmoette, herkende ik dat ook bij hem. Ik dacht dat ik op een afstand kon blijven, dat ik mijn research kon doen zonder betrokken te raken. Maar ik kan iemand die hulp nodig heeft niet de rug toekeren. Dat kon ik niet bij mijn eigen vader en ook niet bij de jouwe. Bij mijn eigen vader is het niet gelukt, maar misschien kan ik JP helpen om van de drank af te komen.' Ze lachte vreugdeloos, in het besef hoe belachelijk dat klonk. Want zelfs als het haar lukte, dan kreeg ze daar haar eigen vader niet mee terug.

'Ik weet niet of hij nog te redden is,' zei Colm voorzichtig. 'Het is een nobel streven, maar volgens mij lukt het hem niet meer om zijn leven op orde te krijgen.'

Margot draaide zich met een ruk naar hem om, haar ogen schitterden, ze was plotseling een en al gedrevenheid. 'Natuurlijk wel! Hij is de laatste paar weken al zo veranderd. Hij rijdt weer paard, hij werkt in de tuin, hij heeft weer belangstelling voor zijn omgeving, en dat was goed voor zijn gevoel van eigenwaarde. Laatst, bij dat spelletje konijnen, was hij volgens mij weer de oude JP. Dat moet jij toch ook hebben gezien.'

'Ja, dat is zo. En tussen hem en mij is er ook iets veranderd.'

'Maar toen verscheen je moeder op het toneel. Ik weet natuurlijk niet wat ze heeft gezegd, maar ik kan me er wel iets bij voorstellen. Met als gevolg dat hij opnieuw een hekel kreeg aan zichzelf, dat hij zich weer vreselijk schuldig voelde. Dat hij alle vooruitgang die hij had geboekt, heeft verzopen in een gruwelijke orgie van drank. Maar hij drinkt elke dag. En hij drinkt altijd te veel. Het wordt tijd dat jij hem daarmee confronteert. Hij moet er radicaal mee stoppen. Voor een alcoholist bestaat er geen compromis. Dat weet ik uit ervaring. Het is alles of niets. En in zijn geval is niets de enige optie.'

Mrs. B. kwam met de thee. Ze had hun welbewust alle tijd gegeven om zich uit te spreken. 'Zo.' Ze zette het blad neer. 'Ik moet jullie wat zeggen. Ik heb het lang voor me gehouden, maar het moet eruit. Beter een leeg huis dan een smerige huurder, zei mijn moeder altijd.' Ze deed haar schort af, vouwde haar handen voor haar buik en draaide met haar duimen. Colm en Margot keken haar verrast aan. De huishoudster keek Margot aan, en haar blik werd zachter. 'Lord Deverill is erg op u gesteld geraakt, miss Hart. Ik mag het misschien niet verklappen, maar sinds die dag in januari dat u voor het eerst aan de deur kwam, kijkt hij altijd weer uit naar uw komst. Als een kind dat zich verheugt op Kerstmis.'

Margot glimlachte bij de herinnering hoe hij zijn best had gedaan om te zorgen dat ze zich welkom voelde. Hoe hij uit zijn schulp was gekropen en zich had gekoesterd in haar enthousiasme, haar begrip, haar kameraadschap. Vooral dat laatste was iets wat hij heel lang had gemist.

'Ongeacht of u had gebeld, ik moest altijd zorgen dat de haard brandde,' vervolgde Mrs. B. 'Hij wilde voor geen goud dat u kou zou lijden. U moest zich hier thuis voelen, en het mocht u aan niets ontbreken. Hij drong erop aan dat ik cake bakte, dat ik koekjes kocht, dat ik de gordijnen vroeg sloot om de kou buiten te houden. Als u hem daarvoor had gekend, zou u begrijpen hoezeer u zijn leven hebt veranderd. God zij geprezen. Zijn gezicht licht op als de vuurtoren op Fastnet Rock wanneer hij u ziet aankomen. En als u een dag overslaat, dobbert hij hulpeloos rond, als een kurk op de oceaan. Ik zou zelfs zo ver willen gaan om te zeggen dat hij een beetje verliefd op u is. Zonder dat hij het zelf beseft, en niet verliefd in de romantische zin van het woord. Maar u bent in hem geïnteresseerd, u bent altijd opgewekt en vriendelijk, u bent de eerste in jaren die naar hem luistert. En God weet hoeveel verdriet, hoeveel narigheid hij te verwerken heeft gekregen. We krijgen allemaal ons kruis te dragen, zei mijn goede moeder altijd. Nee, master Colm.' Ze keerde zich naar hem toe. 'Ik weet wat u wilt zeggen, maar ik tel niet mee, ik hoor bij het meubilair. Maar als iemand hem van de drank af kan helpen, dan bent u het, miss Hart. Ik durf er nauwelijks aan te denken wat er zou kunnen gebeuren als hij nog eens zo veel drinkt. Ik ben bang dat hij het niet overleeft. En als hij er niet meer is, dan heb ik ook niets meer om voor te leven.'

Het verbaasde Margot dat ze zo belangrijk voor JP was geworden. Daar was ze zich niet van bewust geweest. In haar hart laaide een vonkje van hoop op, het misselijke gevoel in haar maag ebde weg. 'We kunnen hem helpen,' zei ze vol vuur. 'Maar dan moeten we het wel samen doen.' Ze keek Colm aan. 'Het komt niet in mijn boek,' zei ze bij het zien van de twijfel op zijn gezicht. 'Dat beloof ik. Je moet me vertrouwen.'

Met een zucht gaf hij zijn verzet op. 'Oké. Ik zal wel moeten. Ik heb geen keus. Maar stel me alsjeblieft niet teleur.'

Nadat Colm de huishoudster naar bed had gestuurd, ruimde hij samen met Margot de kamer op en haalden ze alle drank uit het huis. De karaffen goten ze leeg in de gootsteen, en de flessen whiskey, wijn en andere drank zetten ze in dozen in Colms auto, vechtend tegen de wind en de regen, want de storm maakte nog geen aanstalten te gaan liggen. Het liep al tegen middernacht toen ze eindelijk klaar waren. De bibliotheek was bijna volledig in de oude staat hersteld, op wat kapotte prulletjes en gebroken glazen na. De stofzuiger erdoor, en alle sporen van wat er was gebeurd waren uitgewist. Het vuur was inmiddels bijna gedoofd, de laatste brokken verkoold hout waren tot as verpulverd. 'Ik weet gewoon niet hoe ik je moet bedanken,' zei Colm terwijl hij met haar meeliep naar de voordeur. 'Ik blijf hier, want ik wil er zijn als hij wakker wordt. Als je dat wilt kun je ook blijven slapen. Ruimte genoeg. Het is eigenlijk geen weer om de weg weer op te gaan.'

'Dank je wel, maar ik red me wel. Het is maar een klein stukje, en mijn auto is steviger dan hij eruitziet.' Ze legde een hand op zijn arm, plotseling ontroerd door de rauwe emotie in zijn ogen. 'Het spijt me dat het zo heeft moeten lopen.'

Hij wist dat ze het meende. 'Ik ben zo blij met je hulp, Margot.' Hij slaakte een zucht. 'Vanaf het moment dat mijn moeder met mijn zussen naar Amerika vertrok, heb ik er altijd alleen voor gestaan. En dat was soms niet gemakkelijk.'

'Maar nu ben je niet meer alleen.' Uit haar glimlach sprak oprechte betrokkenheid.

Hij keek haar diep in de ogen. Ze wendde haar blik niet af. Na alles wat ze hem had verteld had ze niets meer te verbergen. 'Het spijt me,' zei hij zacht. 'Ik heb je helemaal verkeerd beoordeeld. Dat spijt me echt.'

'Maar ik begrijp het wel. Toen ik aan dit project begon heb ik geen moment aan je familie gedacht. Dat doe ik nu wel.'

Hij knikte. 'Dat weet ik.'

Toen sloeg hij plotseling zijn armen om haar heen in een vurige omhelzing. Ze werd erdoor verrast, maar ze besefte tegelijkertijd dat er iets wezenlijks was veranderd. Ze waren niet langer schrijver en onderwerp, maar verbonden door een gemeenschappelijk verdriet waarin ze elkaar nodig hadden. Ze sloot haar ogen. Het voelde goed, zijn armen om haar heen. Het voelde goed om haar verzet te laten varen en zich over te geven. Trouwens, ze was ook te moe om weerstand te blijven bieden. Terwijl Colm haar tegen zich aan hield, besefte Margot pas hoe verschrikkelijk moe ze was. Niet vanwege slaapgebrek, zelfs niet van alle emoties, maar doordat ze zo lang een muur om haar hart had gebouwd. Zij had deze omhelzing net zo hard nodig als hij, dus ze sloeg haar armen om zijn middel en legde haar hoofd op zijn borst. Hij wist alles van haar. Ze had niets meer te verbergen.

Zijn lippen vonden de hare. Het was niet zijn bedoeling geweest, en zij had het niet verwacht. Maar het voelde warm en opwindend, en terwijl de kus intenser werd ebde zijn gespannenheid weg en voelde Margot zich niet langer uitgeput. Het voelde volmaakt natuurlijk om elkaar te omhelzen, te kussen, alsof het vanaf hun allereerste ontmoeting in de sterren had gestaan dat ze elkaar zouden vinden.

Ze gingen volledig op in het moment en dachten geen van beiden aan de vele redenen waarom ze dit beter niet konden doen.

12

Pas de volgende morgen dachten Colm en Margot aan de vele redenen waarom het nooit had mogen gebeuren.

Kort na de kus was Margot teruggereden naar het hotel; ze had de storm getrotseerd, ondanks Colms pogingen om haar over te halen in het Jachthuis te blijven slapen. Bij de herinnering aan zijn mond op de hare had er de hele weg een glimlach om haar lippen gespeeld, en ze had geprobeerd dat gevoel vast te houden. Maar toen het eerste licht van de nieuwe dag door de kier in de gordijnen sijpelde, werd ze onzacht teruggevoerd naar de harde werkelijkheid. En daarmee naar het besef dat ze het niet had mogen laten gebeuren. Hoe kon ze in 's hemelsnaam een boek schrijven als ze zoende met een van de hoofdpersonen? Dan zou de indruk kunnen ontstaan dat ze hem gebruikte om aan vertrouwelijke informatie te komen. En stel dat hij haar die informatie toevertrouwde, kon ze die dan in haar boek zetten? Van de mannen met wie ze naar bed ging, wist ze dat ze niet aan hen gehecht zou raken. Want daar voelde ze zich comfortabel bij. Maar Colm Deverill was anders. Als ze niet oppaste, zou ze hem uiteindelijk niet meer kwijt willen.

Dus het was oppassen geblazen, hield ze zichzelf voor terwijl ze zich uit bed liet glijden. En ze hoopte dat hij tot dezelfde conclusie was gekomen. Gezien door de ogen van zijn familie was zij tenslotte de vijand. En een man die zijn verstand gebruikte, ging niet met de vijand naar bed. Over een paar maanden reisde ze door naar haar volgende bestemming, en ook al kende ze die nu nog niet, ze wilde niet dat iets of iemand haar zou tegenhouden.

Ze ontbeet in de eetzaal, aan een klein tafeltje alleen. In *The Irish Times* las ze dat de IRA een mortieraanval had uitgevoerd op de basis van de Royal Ulster Constabulary in het Noord-Ierse Newry. Er waren negen politiemensen omgekomen, bijna veertig andere waren gewond geraakt. Zou de 'Ierse kwestie' ooit worden opgelost, vroeg ze zich af. Toen concentreerde ze zich weer op haar eigen problemen. Ze vouwde de krant dicht, dronk haar koffie op en keek op haar horloge. Het was tijd om naar het Jachthuis te gaan, tijd voor de confrontatie met JP. En met Colm.

Hij had Margot niet moeten zoenen, besefte Colm toen hij wakker werd bij het eerste licht van de nieuwe dag. Het was stom geweest wat hij had gedaan, en toch had hij er geen spijt van. Hij had het al zo lang willen doen. Bij de gedachte aan die kus rekte hij zich genietend uit. Hij had gewild dat ze bleef, hij had met haar naar bed gewild, maar ze was de stormachtige nacht in geglipt en in de duisternis verdwenen. Met zijn ogen dicht zag hij haar voor zich, voelde hij weer haar huid tegen de zijne, voelde hij opnieuw de sterke seksuele aantrekkingskracht die er tussen hen bestond. Het gevoel zong nog altijd door zijn hele lichaam, als een volmaakt, harmonieus akkoord. Had zij het op dezelfde manier ervaren? Ze had niet willen blijven, en hij was alleen achtergebleven, verteerd door verlangen, maar ondanks wat er eerder op de avond was gebeurd toch intens gelukkig.

Hij wist wat zijn moeder zou zeggen als ze het hoorde. En hoe zijn vader zou reageren. Als Mrs. B. gelijk had, dan was JP ook een beetje verliefd op Margot. Maar daar wilde hij nu niet aan denken. En dat hoefde ook niet. Hij stelde zich voor dat ze bij hem in bed lag, dat ze de liefde bedreven, en hij genoot ervan zijn verbeelding de vrije loop te laten. Wat zijn ouders ervan vonden deed er niet toe. Hij was tenslotte geen kind meer.

Uiteindelijk kleedde hij zich aan en ging hij naar beneden om te ontbijten. Mrs. B. was niet verbaasd toen hij de keuken binnenkwam. Ze had gezien dat zijn auto er nog stond, dus ze ging ervan uit dat hij was gebleven om een oogje op zijn vader te houden. Lord Deverill sliep nog. Mrs. B. had even bij hem om een hoekje gekeken, en hij ademde rustig. De beproevingen van de vorige avond waren door een diepe slaap naar de achtergrond gedrongen.

'Wat wilt u eten, master Colm?'

Hij glimlachte breed.

Nu was ze wel verrast, want zo ontspannen en opgewekt had ze hem al heel lang niet gezien.

'Wat gezellig, die muziek.' Hij keek naar de radio.

De oude huishoudster glimlachte terug. Zijn opgewektheid was aanstekelijk en verdreef althans iets van haar bezorgdheid. 'Ja, wat heerlijk, hè? Ik word er gewoon blij van.'

'Ik ook.' Hij schoot in de lach, en Mrs. B. lachte met hem mee. Wat was hij leuk als hij lachte! 'Gebakken eieren met toast, Mrs. B. Dat zou heerlijk zijn.'

'Komt miss Hart vandaag?' Ze nam hem onderzoekend op.

'Ja, ze komt ons helpen om te zorgen dat pa zijn leven betert. Zoals u al zei, ze is waarschijnlijk de enige die dat kan.'

'U zult het samen moeten doen, master Colm. Dan moet het lukken.' Ze pakte een paar eieren uit de mand en goot olie in de pan. 'Tenminste, als hij toegeeft dat hij hulp nodig heeft.'

'Tja, dat kunnen we alleen maar hopen,' zei Colm enigszins weifelend.

Tijdens het ontbijt bladerde hij in de krant, die Mrs. B. zoals elke ochtend had gehaald. Onderweg naar de winkel ging ze dan ook altijd langs de kerk, om een kaarsje aan te steken voor haar dierbaren.

Colm staarde naar de letters, maar niets van wat hij las drong tot hem door. Hij was met zijn gedachten bij Margot en bij de uitdaging waarvoor ze zich geplaatst zagen. Ondertussen luisterde hij gespannen of hij haar auto hoorde, plotseling nerveus om haar weer te zien. Hoe zou ze zich voelen? Hij hoopte vurig dat ze geen spijt had van wat er was gebeurd.

Mrs. B. ruimde zijn bord weg. 'De haard in de bibliotheek brandt. Hij zal zo wel beneden komen. En waarschijnlijk weet hij niets meer van gisteravond.'

'Dan zullen Margot en ik hem daar vriendelijk aan helpen herinneren.' Colm legde zijn servet op de tafel.

Van buiten kwam het geluid van een auto. Dat moest Margot zijn.

'Ik doe wel open,' zei Mrs. B.

Colm haalde diep adem. 'Laat haar maar in de bibliotheek. En misschien wilt u ons een pot thee brengen.'

Margot parkeerde haar Kever voor het Jachthuis. Er stond nog altijd een krachtige wind, maar de regen was in de vroege uren van de ochtend voorbijgetrokken, en aan de hemel verschenen steeds grotere stukken blauw. Het grind voor het huis lag bezaaid met afgewaaide takken en doorweekte bladeren. Er was zelfs een boom omgewaaid, dwars over de rivier. Mrs. B. deed open, en Margot was blij de kou te kunnen ontvluchten. 'Goedemorgen, Mrs. B.' Ze wreef in haar handen. 'Is hij al wakker?'

'Wie van de twee?'

'Lord Deverill.'

'Nee, die slaapt nog. Master Colm zit al in de bibliotheek op u te wachten.'

'Fijn. Dank u wel.'

Margot liep de gang in naar de bibliotheek, ineens een beetje gespannen. Wat moest ze zeggen? Ze had hem nooit moeten zoenen. Het was stom wat ze had gedaan. Ze had zich laten meeslepen door het moment, en daar had ze nu spijt van.

Colm stond voor het raam en keek uit over het gazon, net als zijn vader toen Margot hem voor het eerst had gezien, inmiddels weken geleden. Hij draaide zich glimlachend naar haar om. Behalve blijdschap las ze ook twijfel in zijn glimlach, en een zekere gespannenheid. Charmant, vond ze. En aandoenlijk. Wat was hij leuk! En ze wist ineens niet meer zo zeker of ze spijt had van die zoen. 'Hallo.'

'Hallo.'

Ze keken elkaar aan, op zoek naar bevestiging.

Margot wist niet wat ze moest zeggen. Ze was er zo van overtuigd geweest dat ze hem niet had moeten zoenen, maar nu ze hem weer zag – waanzinnig aantrekkelijk en met een brede glimlach – begon ze aan zichzelf te twijfelen. Het was voor het eerst dat haar dat overkwam. Ze had nog nooit aan zichzelf getwijfeld en altijd precies geweten wat ze wilde. Vooral wat ze níét wilde.

Colm wilde haar opnieuw zoenen, om de spanning te doorbreken, maar toen verscheen zijn vader plotseling in de deuropening.

JP zag eruit alsof hij de vorige avond in alle rust met een boek en een glas whiskey bij de haard had doorgebracht. 'Nee maar, goeiemorgen!' zei hij verrast. Zijn ogen stonden misschien een beetje waterig, en zijn gezicht was misschien wat roder dan anders, maar uit niets bleek dat hij de hele bibliotheek had gesloopt. En zichzelf.

Colm en Margot waren verbaasd. Ze keken eerst naar hem en toen naar elkaar. De kus zou moeten wachten. 'Goedemorgen, JP,' zei Margot.

'Moeten jullie nog ontbijten?' vroeg hij. 'Mrs. B. kan alles maken wat je wilt. Tenminste, binnen de grenzen van het redelijke.'

'Ik heb net ontbeten,' antwoordde Colm. 'Maar we nemen wel een kop thee of koffie om je gezelschap te houden. Toch, Margot?'

'Ja, natuurlijk. Ik lust wel een kop koffie.'

JP slofte de gang in naar de eetkamer. 'Het heeft verschrikkelijk gestormd gisteravond. Ik zag dat er een boom over de rivier is gevallen. Een oude es. Waarschijnlijk was hij al op sterven na dood. Essen leggen in het hele land het loodje. Dat komt door de essentaksterfte. Ik zal de jongens vragen om hem in blokken te zagen voor de haard.'

Margot liep met hem mee, gevolgd door Cole. Ze wist dat hij hetzelfde dacht als zij. Hoe gingen ze zijn drankprobleem aan de orde stellen nu hij zich niets van de vorige avond leek te herinneren?

JP ging op zijn vaste plek zitten, aan het hoofd van de tafel, met Margot en Colm aan weerskanten naast hem. Mrs. B. haalde vluchtig haar schouders op toen ze hem zag. Ze wist dat hij zo zou reageren. Dat deed hij altijd. Selectief geheugenverlies, zo noemde ze dat. Ze bracht hem zijn ontbijt en een pot thee. Margot en Colm hielden het gesprek gaande en genoten van hun koffie alsof het een ochtend was zoals alle andere. JP vroeg niet wat Colm al zo vroeg kwam doen. Het was niet duidelijk of hij wist dat zijn zoon was blijven slapen. Misschien wel, maar dan liet hij dat niet merken. Het was zijn manier om niet over de vorige avond te hoeven praten, begreep Margot. Haar vader had vroeger precies hetzelfde gedaan. Terwijl ze spraken over haar research en over het weer, vermeden Colm en zij elkaars blikken om te voorkomen dat JP iets in de gaten kreeg.

'En, wat staat er voor vandaag op de agenda?' vroeg hij ten slotte met een zucht. Hij legde zijn servet neer, stak een sigaret op en blies een rookwolk over de tafel.

Margot glimlachte. Het was zover, begreep Colm. Ze ging het zeggen. Hij verstijfde. 'Vandaag is de dag dat je stopt met drinken, JP.'

Het drong niet meteen tot hem door wat ze had gezegd. 'Sorry, wat zei je?'

'Je gaat stoppen met drinken. En Colm en ik gaan je daarbij helpen.' Ze legde een hand op de zijne.

Hij keek ernaar, alsof hij twijfelde of hij zijn hand zou terugtrekken. Colm durfde niets te zeggen, bang dat zijn vader zou ontploffen als hij Margot bijviel.

JP fronste zijn voorhoofd, kalmte en verontwaardiging streden om voorrang. De stilte leek minutenlang te duren. Ten slotte glimlachte hij. 'Ik heb geen idee waar je het over hebt. Maar ik moet er wel om lachen. Je kunt zo grappig zijn.' Hij trok zijn hand terug. 'Zo, ik neem aan dat Mrs. B. de haard in de jachtkamer al heeft aangestoken.'

Colm raapte al zijn moed bij elkaar. 'Ze zegt het niet om grappig te zijn, pa. Weet je nog wat er gisteravond is gebeurd?'

JP's gezicht verstrakte. Hij keek zijn zoon aan. 'Gisteravond? Wat is daarmee?'

'Weet je nog wat er is gebeurd?'

Nu was er angst in zijn ogen te lezen. 'Wat er is gebeurd? Hoezo? Waar heb je het over?' vroeg hij kortaf.

'Je was dronken, je hebt de hele bibliotheek gesloopt, en toen ben je buiten westen geraakt.'

Hij stond op het punt het te ontkennen. Woede maakte zich van hem meester, hij voelde zich gekwetst. Hoe kon zijn eigen zoon hem zoiets voor de voeten werpen? Maar langzaam, heel langzaam doemde er uit de mist in zijn hoofd een herinnering op. Of misschien was die er van meet af aan al geweest maar had hij zijn ogen ervoor gesloten. Een monsterlijke herinnering. Op slag werd zijn gezicht getekend door schaamte. Wat had ontkennen nog voor zin? Colm had gelijk. Het was waar wat hij had gezegd. 'Ik neem aan dat jij me naar bed hebt gebracht. Dat je daarom hier bent,' zei hij zacht.

'Margot was er ook bij.'

JP keek haar aan. Geschokt. Vervuld van afschuw. 'Het spijt me dat je me zo hebt gezien.'

Bij het zien van de bezeerde blik in zijn ogen stroomde haar hart over van compassie. 'Dat geeft niet,' stelde ze hem gerust. 'Mijn vader was alcoholist. Ik heb het allemaal al eerder gezien. Dus ik schrik er niet van.'

'Maar... maar dit is nog nooit gebeurd. Ik was van streek.' JP keerde zich naar Colm. 'Je moeder is langs geweest. We hebben de vreselijkste dingen tegen elkaar gezegd. En toen heb ik naar de fles gegrepen. Zo gek is dat niet.' Hij grinnikte en deed het af als iets onbelangrijks, iets wat niet meer zou gebeuren. 'Ik weet dat ik te veel drink. En ik rook ook te veel.' Hij keek naar de sigaret tussen zijn vingers en haalde zijn schouders op. 'Niemand is volmaakt.'

'Je bent een alcoholist, JP,' zei Margot. 'En als je daar niks aan doet ga je dood.'

JP gaf haar hand een klopje. 'Kom, kom, niet zo dramatisch.'

'Ze heeft gelijk, pa. En dat weet je.'

'Het zal niet meer gebeuren. Het spijt me dat ik jullie heb laten schrikken.'

'We maken ons zorgen, pa!' zei Colm. 'Grote zorgen!'

JP keek hem verrast aan. 'Jij maakt je zorgen? Om mij?'

'Ja, natuurlijk. Je bent mijn vader.'

JP zocht tevergeefs naar woorden.

'Toen ik je daar zag zitten, op de grond, toen dacht ik dat je dood was,' zei Margot.

'Nogmaals, het spijt me. Ik zal in de toekomst niet meer zo veel drinken.' Hij werkte zich overeind. Het gesprek was wat hem betrof afgelopen.

'Je gaat helemaal niet meer drinken,' zei Colm op besliste toon. Hij stond ook op. 'Er is geen druppel alcohol meer in huis.'

JP werd rood. 'Heb je mijn huis leeggehaald? Ben je nou verdomme helemaal gek geworden?'

'We hebben het samen gedaan, JP,' zei Margot. 'Om je te helpen.'

'Hoe durven jullie?' riep hij uit zonder Margot aan te kijken. 'Waar halen jullie het recht vandaan om mijn hele huis leeg te halen terwijl ik lig te slapen?'

'Pa, je hebt een drankprobleem. Geef dat nou toch toe. We willen je alleen maar helpen.'

JP's neusgaten trilden. Hij keek van de een naar de ander, als een stier die in de arena in het nauw is gedreven. 'Wegwezen!' zei hij toen. 'Allebei.' Als hij ooit naar een borrel had gesnakt, dan was het nu. Paniek snoerde zijn keel dicht.

'We gaan niet weg, JP,' zei Margot geduldig. 'Laten we naar de bibliotheek gaan. Daar is het warm en gezellig. Dan kunnen we er in alle rust over praten.'

JP protesteerde niet. Hij maakte zijn sigaret uit in de asbak naast zijn bord en slofte met opgetrokken schouders, zijn handen in zijn zakken, de koude gang door naar de bibliotheek. Daar liet hij zich in zijn stoel bij de haard vallen. Hij wist dat er geen drank meer in huis was, toch keek hij zoekend om zich heen. Colm ging in de stoel tegenover hem zitten, Margot op de bank. JP stak weer een sigaret op. 'Nou, ik ben een en al oor. Zeg het maar. Eerder laten jullie me toch niet met rust.'

'We kunnen niets doen zolang je niet toegeeft dat je een drankprobleem hebt. Als je niet inziet dat je hulp nodig hebt, kunnen wij je niet helpen.'

'Ik heb geen hulp nodig, Margot,' zei hij stuurs.

'Moet ik je vertellen hoe erg het was, gisteravond?' vroeg Colm. 'Dat je op de grond zat, met je rug tegen de bank. Onder je eigen braaksel en –'

JP hief zijn hand. Hij keek naar Margot en toen weer naar Colm. 'Oké, zo is het wel genoeg. Het is duidelijk. Ik zag er niet bepaald appetijtelijk uit,' snauwde hij. 'Maar gun me alsjeblieft mijn waardigheid.'

'Die ben je allang kwijt, pa. Want het was niet de eerste keer. Je bent veranderd. Je bent jezelf niet meer.'

'We worden ouder, Colm. Het overkomt ons allemaal. Jou ook. Leuk is anders. Je zult nog wel eens aan me denken als het zover is.'

'Het heeft niets met leeftijd te maken, pa. Het komt door de drank.'

Margot leunde naar voren. 'Weet je nog wat je zei? Dat je niet meer de man bent die je ooit was? En hoe erg je dat vond?' vroeg ze zacht, met compassie.

Hij bromde iets, weigerachtig om haar gelijk te geven.

'Die man is er nog, JP. Die zit nog altijd in je. Knap, charmant, geestig, intelligent. Als je dat wilt, kun je weer de oude JP worden. Maar je moet het wel echt willen. Je moet het zelf doen. Mijn vader heeft nooit beter willen worden. Hij stierf liever jong mét drank dan oud te worden zonder zijn borrel. Dat was zijn keuze. Ik was veertien toen hij stierf. Hij was alles voor me, en ik verloor hem op mijn veertiende. Maar eigenlijk was ik hem al jaren kwijt. Al sinds ik voor hem niet meer op de eerste plaats kwam. Alles in zijn leven draaide om de gin. Die was belangrijker dan zijn dochter. Als ik in het water had gelegen, zou hij eerder naar de fles hebben gegrepen dan dat hij mij had gered.' Margot veegde een traan weg. JP keek haar verdrietig aan, met een blik vol mededogen. 'Ik zeg niet dat jij er net zo erg aan toe bent als mijn vader. Ik weet zeker dat jij niet naar de fles zou grijpen als Colm in het water lag. Je hebt me meegenomen de heuvels in, we hebben samen genoten van het licht dat weerkaatste op het water, je hebt me de kleine bloemetjes laten zien in het gras. Je bent weer in de tuin aan de slag gegaan, je hebt plantjes in de grond gezet, je kijkt ernaar uit om ze te zien groeien. Mijn vader had geen oog voor schoonheid, voor de natuur. Hij keek niet verder dan zijn volgende borrel. Zo ben jij niet. Je kunt het, JP. Je kunt stoppen met drinken. En wij gaan je daarbij helpen. Je kunt weer de oude JP worden. De JP van wie iedereen hield.'

Hij vertrok zijn gezicht. Zijn mond trilde. 'Denk je dat echt? Dat ik weer de oude kan worden? De JP van vroeger?' Hij keek van de een naar de ander. Zijn ogen schitterden niet langer van woede, er blonken tranen in. Tranen van spijt.

'Ja, dat kun je, pa. Margot heeft gelijk. Die oude JP, die is er nog.'

'Goed dan!' Hij klonk ineens opgewekt, vastberaden. 'Ik begin vandaag. Ik stop met drinken.' Hij schonk Margot een vluchtige, berouwvolle glimlach. 'Stapje voor stapje.'

'Precies. Stapje voor stapje.' Ze stond op.

'Waar ga je heen?' vroeg Colm.

'De tuin in. Een eindje lopen. En jullie gaan met elkaar praten.'

Niet-begrijpend keken ze haar aan. Colm ging ongemakkelijk verzitten.

'JP, jij gaat Colm vertellen waarom je huwelijk is stukgelopen en waarom je het kasteel hebt verkocht. En Colm, jij laat je vader uitpraten, je valt hem niet in de rede, je wordt niet boos, maar je luistert. Want JP is niet zomaar gaan drinken. Jullie gaan eerlijk met elkaar in gesprek, zonder elkaar te veroordelen. Ik zou wel willen blijven, maar dat zou niet gepast zijn. Jullie moeten onder vier ogen kunnen praten en erop kunnen vertrouwen dat wat er wordt besproken, binnen deze vier muren zal blijven.'

JP keek Colm aan. 'Zal ik aan Mrs. B. vragen of ze thee wil zetten?'

'Goed idee.'

Margot liep de bibliotheek uit. In de gang kwam ze Mrs. B. tegen. 'Volgens mij zijn we op de goede weg, Bessie,' fluisterde ze.

Mrs. B. sloeg een kruis. 'Moge God ons genadig zijn,' zei ze plechtig.

'Misschien moet ik maar therapeut worden.' Margot grijnsde.

Maar Mrs. B. was de wijste van hen allemaal. Ze legde haar hand op Margots arm. 'Ik denk dat jij deze therapie net zo hard nodig hebt als zij.' Toen vervolgde ze haar weg door de gang. Margot keek haar na. Ze wist niet wat ze moest zeggen, maar waarschijnlijk had ze gelijk.

Zonlicht baande zich een weg door de scheuren in de bewolking en wierp lange schaduwen over het gras. Margot was voorzichtig optimistisch. JP was nog niet uit de problemen, bij lange na niet, maar het begin was er. Bij hun eerste ontmoeting had hij gezegd dat hij zijn kant van het verhaal wilde vertellen, dat er nooit iemand naar hem luisterde, dat het niemand kon schelen wat hij te zeggen had. Ze hoopte vurig dat hij nu eindelijk zijn hele verhaal kon doen, en dat Colm naar hem luisterde.

Met haar handen in haar zakken keek ze naar haar adem, die wolkjes vormde in de koude, vochtige lucht. Haar gedachten gingen naar die zoen. Ze slaakte een diepe zucht toen het dilemma opnieuw als een zware last op haar schouders drukte. Ze had zich nooit willen binden, maar wat ze had gevoeld toen ze Colm kuste... Ze werkten toch al samen, dus wat deed het ertoe als ze met hem naar bed ging? Waarom zou ze ineens verstandig worden? Ze had al zo veel mannen gehad. Wat maakte een meer of minder dan nog uit? Colm was gewoon een van de velen. Of niet? Ze dacht aan de huishoudster en glimlachte. Wat zou Mrs. B. met haar bijna griezelige wijsheid dáárover te zeggen hebben?

Kitty

Alana loopt met haar vader over het strand. Twee nietige figuurtjes tegen de achtergrond van de uitgestrektheid van de zee met daarboven de weidse hemel, geteisterd door de wind die vanaf het water vochtige, koude lucht aanvoert. De kolkende grijze wolken lijken Alana's woede en gekwetstheid te verbeelden zoals ze de zon verduisteren, het daglicht verjagen en voortijdig de avond inluiden.

Ze huilt. Jack slaat een arm om haar heen terwijl ze samen diep voorovergebogen de wind trotseren. In de veilige beschutting van zijn omhelzing is ze weer een klein meisje; een kind dat op haar vader vertrouwt om te zorgen dat alles weer goed komt. Maar zelfs met al zijn wijsheid is Jack daar niet toe in staat. 'Wat is er toch gebeurd met de man op wie ik ooit verliefd ben geworden, Da?' vraagt ze. Het is een vraag waarop we allemaal het antwoord zouden willen weten. 'Wat is er gebeurd met zijn lach, zijn plagerijen, met het plezier dat we hadden?'

'Het leven laat nu eenmaal niemand onberoerd,' antwoordt Jack.

En dat geldt ook voor ons, Jack.

'Het leven was zo simpel toen we jong waren. Zo ongecompliceerd.'

'Dat lijkt maar zo wanneer je erop terugkijkt. Maar destijds waren er ook problemen. Andere problemen, maar daarom niet minder groot.'

'Ik herinner me helemaal geen problemen.'

'Omdat ze naar de achtergrond worden gedrongen door de huidige. Je kijkt naar het verleden door een roze bril. Maar het leven ging niet altijd over rozen. Het was zwaar en de lessen die het ons leerde, waren hard.'

Alana reageert niet meteen. Jack heeft een herinnering opgerakeld die ze diep heeft weggestopt, maar die nu duister en dreigend zijn kop opsteekt. En ik weet dat ze allebei aan mij denken. 'Je hebt gelijk,' zegt ze dan. 'Ik heb mijn verloving met JP verbroken toen ik ontdekte dat jij een verhouding had gehad met Kitty. Dat weet ik nog maar al te goed.'

'Precies.'

'Ik wilde niets meer met de Deverills te maken hebben. Ze deugden niet, vond ik. En daar had ik beter aan vast kunnen houden. Maar ik ben alsnog met een Deverill getrouwd! En we weten allemaal wat daarvan is gekomen.'

'En ik dan, Alana? Ik ben net zo goed verantwoordelijk voor die verhouding. Deug ik ook niet?'

'Dat is anders.'

'Nee, dat is niet anders. Mij treft net zo veel schuld als Kitty. JP heeft zijn belofte gebroken en jou daarmee verdriet gedaan. En zo heb ik je moeder verdriet gedaan. Dat is precies hetzelfde.'

'Ik ben niet half zo'n goed mens als mama,' zegt Alana moedeloos.

'Dat komt omdat je voor de helft een O'Leary bent. Dat koppige, dat heetgebakerde, dat heb je van de O'Leary's.'

'Ik wou dat ik meer van mama had.'

'Ja, je moeder is een goed mens.'

En hij heeft gelijk. Emer is een beter mens dan ik. Een veel beter mens.

'Ik had je toch beloofd dat ik niks tegen mama zou zeggen, over die brieven van Kitty die ik in je dokterstas had gevonden? Nou, daar heb ik me niet aan gehouden. Ik heb het haar verteld,' biecht ze op.

'Echt waar?' Jack reageert verbaasd, ook al doet het er niet echt meer toe. Het is al zo lang geleden.

'En weet je wat ze zei?'

'Nee. Wat zei ze?'

'Dat ze het altijd had geweten. Dat ze altijd had geweten dat je van Kitty hield.'

Hij blijft staan en kijkt haar verrast aan. 'Echt waar? Zei ze dat?'

'Ja. Ze was niet boos, ze nam het je niet kwalijk, ze wachtte gewoon geduldig tot het vuur zou doven. En uiteindelijk gebeurde dat ook. Ik heb haar beloofd dat ik het niet tegen jou zou zeggen.'

'Dus die belofte heb je óók gebroken?'

'Ja. Daar heb je gelijk in.'

'Weet je, soms, als het een hoger doel dient, mag je een belofte breken.'

'Wat is dat hogere doel dan in dit geval?'

Jack slaakt een zucht. Ik weet zeker dat hij terugdenkt aan de tijd dat hij moest kiezen tussen mij en zijn vrouw. Hij koos voor zijn vrouw, maar anders dan Alana denkt, is het vuur van onze liefde nooit gedoofd. We hebben er alleen voor gekozen om onze belofte niet te breken tegenover degenen die we hadden gezworen trouw te blijven tot de dood ons zou scheiden. Onze verhouding was op een dood punt aangeland; we hadden geen andere keus dan onze echtelijke plichten te vervullen. 'Je zou willen dat je meer van mama had, zei je. En je moeder kan als geen ander vergeven en vergeten. Dat zou jij ook moeten doen.'

Dat wil ze niet horen. Ik zie het aan haar gezicht. Ze ademt in door haar neus, haar lippen vormen een dunne lijn. Slechts weinigen zijn in staat boven zichzelf en hun ego uit te stijgen zoals Emer O'Leary dat kan. Alana is gekwetst. Ze is boos en teleurgesteld. JP spant in haar ogen samen met de schrijver van een boek waarvan ze bang is dat het al haar geheimen te grabbel zal gooien. 'Zover ben ik nog niet,' zegt ze zacht. 'Hij verdient het niet dat ik hem vergeef.'

'Ik verdiende de vergeving van je moeder ook niet.'

'Mama is een beter mens dan ik,' zegt ze weer.

Ze is ook een beter mens dan ik, Alana.

'En dat is ze vanwege de keuzes die ze maakt,' zegt Jack.

'Ik sta nog steeds achter mijn keuzes. Ik heb er niet voor gekozen dat mijn man met een ander naar bed ging.'

'Maar het is wel jouw keuze om hem dat te blijven verwijten. Het is inmiddels... hoe lang... veertien jaar geleden dat jullie uit elkaar gingen? Eén misstap. Laat je die voor de rest van je leven tussen jullie in staan?'

'Het is ook niet míjn keuze dat hij naar de fles greep!' zegt Alana boos. 'Dat hij een hopeloze dronkenlap is geworden. Het is niet mijn keuze dat hij die schrijver helpt met haar research voor een boek over onze familie. En het was niet míjn keuze dat hij het kasteel verkocht. Ons thuis! Daar heb ik allemaal niet voor gekozen.'

Jack kijkt haar aan. In zijn ogen staat mededogen te lezen; mededogen en liefde, maar ook medelijden. Want anders dan zij is hij in staat haar zwakheden te zien. 'Lieve Alana, zolang je niet bereid bent je eigen rol in al die keuzes onder ogen te zien, word je nooit gelukkig.'

Wijze woorden. Uit de mond van een man die uit ervaring weet wat nederigheid betekent, wat vergeving inhoudt.

13

Margot liep door de jachtkamer te ijsberen toen Colm binnenkwam. Ze had geprobeerd te werken, ze was met wat documenten in de stoel bij de haard gaan zitten, maar ze had haar hoofd er niet bij kunnen houden. Haar gedachten waren telkens afgedwaald naar de bibliotheek, in de vurige hoop dat Colm zijn vader de ruimte gaf om zijn hart te luchten en dat ze allebei in staat waren om begrip op te brengen voor de ander.

Hij duwde aarzelend de deur op een kiertje open. 'Mag ik binnenkomen?'

'Ja, natuurlijk. Ik had de deur alleen maar dichtgedaan tegen de kou.' Ze kwam haastig naar hem toe, benieuwd hoe het gesprek was gegaan.

'Zullen we een eindje gaan lopen?' vroeg hij. 'Ik heb ruimte nodig. Ik moet er even uit.' Zijn gezicht stond ernstig, vermoeid, en dat was ook geen wonder. JP en hij hadden drie uur zitten praten.

Ze sloegen het pad in langs de rivier, langs de omgewaaide es die over het water lag. De regendruppels aan de groenblijvende struiken glinsterden als diamantjes. Colm ademde diep de koude lucht in, alsof hij zuurstof nodig had om weer op krachten te komen. Margot volgde hem zwijgend om hem de ruimte te geven, totdat het pad breed genoeg werd om naast elkaar te lopen.

'Ik bewonder je moed, Margot,' zei hij ten slotte. 'Zonder jou had ik het niet aangedurfd. De confrontatie met mijn vader.'

'Ik ben alleen maar blij dat ik iets voor jullie kon doen.'

'Hoe verdrietig het ook is dat je je eigen vader niet kon helpen, ik ben je innig dankbaar voor je hulp met de mijne.'

'Niemand had mijn vader nog kunnen helpen. JP wil oprecht beter worden. Dat maakt alle verschil.'

'Ik denk dat hij zich nog het meest schaamde omdat jij hem zo had gezien.'

'Ja, misschien wel. Ik vond het afschuwelijk dat we hem dat moesten vertellen, maar het was de enige manier om hem ervan te doordringen dat het anders moet. En dat moet hij zelf doen. Wij kunnen alleen maar proberen hem daarbij te helpen.'

'Ik ben blij dat je hebt gezegd dat we moesten praten. Over het verleden, bedoel ik. We hebben het nooit echt uitgesproken, alles wat er is gebeurd. Het heeft al die jaren tussen ons in gestaan. Er werd wel op gezinspeeld, maar het is nooit echt uitgepraat. En dat hadden we nodig.' Colm keek op haar neer. 'Het was niet gemakkelijk.'

'Heeft het je geholpen om zijn kant van het verhaal te horen?'

'Dat heeft het zeker. Maar andersom geldt hetzelfde. Het was voor hem ook goed om mijn kant te horen.'

Daar had ze niet eens bij stilgestaan.

'Het is interessant om te zien hoeveel kanten er aan iets zitten,' vervolgde Colm. 'Iedereen kijkt op zijn eigen manier tegen de gebeurtenissen aan. Het is goed dat pa eindelijk heeft ingezien hoe ingrijpend de scheiding ook voor mij en mijn zussen was.'

Hoe komt het dat je zussen wel een goede band met hun vader hebben gehouden en jij niet, zou Margot hem willen vragen. Maar dat voelde ongepast. Het boek waar ze aan werkte, was op de achtergrond altijd aanwezig. Ook voor hem. Daar twijfelde ze niet aan.

Ze liepen door een poort in een stapelmuur en vervolgden hun weg heuvelopwaarts naar de kliffen. In de verte klonk het gebulder van de zee, met daarbovenuit de verloren kreet van een meeuw. In het hoge gras langs het veelgebruikte slingerende pad groeiden kleine gele bloemetjes, daslook en hei. De zon klom steeds hoger aan de hemel en verwarmde de aarde, het voorjaar joeg de winter het land uit. Met de wind in haar haren voelde Margot dezelfde uitgelaten euforie die bezit van haar nam wanneer ze er met JP opuit trok. Was het de eeuwenoude magie die diep in de grond was begraven? Bracht die haar in een roes?

'Ik wil je iets laten zien,' zei Colm.

'O? Wat dan?'

'Dat is een verrassing. Een mysterie.'

'Ik ben dol op mysteries.'

'Dan vind je dit vast geweldig.'

Ze schoot in de lach. Na alle emoties van de afgelopen vierentwintig uur voelde het goed om weer te lachen. 'Intrigerend.'

'Achter die nuchtere, koele façade schuilt een romantica. Dat voel ik gewoon.' Hij grijnsde.

Bij de gedachte aan hun kus kwam er een blos op haar wangen. Ze bloosde anders nooit. 'Is dat een compliment?'

'Zo is het wel bedoeld.'

'Volgens mij ben ik de afgelopen dagen helemaal niet zo koel geweest.'

'Maar wel romantisch,' zei hij met een veelbetekenende blik.

Ze rolde lachend met haar ogen. Het was een verdedigingsmechanisme dat ze gebruikte op ongemakkelijke momenten. 'Wat je gaat laten zien, is dat ook romantisch?'

'Het is de meest romantische plek in Ballinakelly.'

Haar blos werd vuriger, want ze wist dat hij ook aan die zoen dacht. Misschien was hij wel van plan haar opnieuw te kussen.

Toen ze over de top van een heuvel kwamen, doemde er in de verte een ring van reusachtige stenen op, als een kring van heksen die met opgetrokken schouders, gehuld in zwartgrijze mantels, weerstand boden aan de wind. Daarachter lag de zee, een glinsterende uitgestrektheid tot aan de verre einder. Margot was ooit op schoolreisje naar Stonehenge geweest, de beroemdste van alle steencirkels, en het mysterie van de oorsprong, van het doel van de stenen was haar sindsdien altijd blijven fascineren. Een mysterie dat nog steeds niet was opgelost. De ontdekking dat Ballinakelly zijn eigen cirkel van stenen had, bracht haar in verrukking.

'Dit is een van onze plaatselijke mysteries,' vertelde Colm. 'Net als de zwaaiende Madonna.'

'De zwaaiende Madonna?' Het was voor het eerst dat ze daarover hoorde.

'Dat is een beroemd beeld. Langs de weg naar het stadje. En het beweegt. Helemaal op eigen kracht.' Hij trok zijn wenkbrauwen op.

'Heb jij het ooit zien bewegen?'

'Nee.'

'Maar het beweegt echt?'

'Blijkbaar.'

Ze schoot in de lach. 'En dit? Deze stenen? Is er iemand die weet waarom ze hier zijn neergezet?'

'Nee, dat is ook een mysterie. Het zijn er zeventien. Meer dan duizend jaar oud, zeggen ze. Volgens de legende gaat het om zeventien vervloekte vrouwen die alleen 's nachts tot leven komen en bij het eerste daglicht weer in stenen veranderen.'

'Wat een prachtig verhaal. Door wie zijn ze vervloekt?'

'Ongetwijfeld door een man.' Hij grijnsde.

'Misschien wel een tovenaar.' Als schrijver kreeg Margot meteen inspiratie. 'Een erg jaloerse tovenaar met zeventien dochters. Uit angst dat ze zouden trouwen en hem in de steek zouden laten, heeft hij hen vervloekt. Maar hij was niet machtig genoeg voor een permanente betovering. Dus zodra de zon ondergaat komen ze tot leven. Totdat de dageraad de hemel roze kleurt. Dan treedt de vloek weer in werking.'

'Je had schrijver moeten worden,' grapte hij.

Ze zuchtte. '*De vervloekte dochters van Ballinakelly*. Dat zou vast minder problemen opleveren dan de geschiedenis van de Deverills.'

Ze liepen naar de stenen toe.

'Volgens mijn moeder was dit de geheime plek van haar en mijn vader,' vertelde Colm. 'Dat was toen ze elkaar nog maar net kenden. Dan spraken ze hier af.'

'Ze waren vast niet de eersten. En ook niet de laatsten.'

'Nee, dat denk ik ook niet. Het is de ideale plek om stiekem te zoenen.'

Margot durfde hem niet aan te kijken. En ze durfde ook niet over de kus te beginnen. Het was maar al te duidelijk waarom ze beter niet hadden kunnen zoenen. En toch... toch had ze er geen spijt van. 'Konden ze maar praten.' Ze liep naar een van de stenen toe en legde haar hand op het harde, koude graniet. 'Wat zouden ze dan een hoop te vertellen hebben.'

De wind joeg om de stenen zoals hij dat al eeuwenlang had gedaan, alsof hij met ze speelde, alsof hij ze uit hun slaap, uit hun betovering wilde wekken. Maar de stenen stonden roerloos, waakzaam; als stille getuigen bij de talloze geheime afspraakjes in hun beschutting, bij de complotten die fluisterend werden gesmeed in hun schaduw. Margot dacht aan de turbulente Ierse geschiedenis, waarvan ook deze stenen het decor hadden gevormd. Oorlog na oorlog had door het land geraasd, en dol als ze was op verhalen, was ze niet alleen gefascineerd door de romances, maar ook door de samenzweringen, de kuiperijen die hier hun beslag hadden gekregen.

Ze keerde zich naar Colm, die met zijn rug tegen een van de stenen stond en haar verlangend aankeek. 'Het is prachtig,' zei ze.

'Ik wist dat je dat zou zeggen. Daarom heb ik je hier mee naartoe genomen.'

'En omdat je er even uit moest, omdat je ruimte nodig had.'

'Ik had jou nodig. Ik wilde met je alleen zijn. Weg van het Jachthuis. Weg van iedereen. Alleen wij samen.' Hij liep naar haar toe. 'Ik vond het heerlijk om je te kussen.'

Het was uitgesproken. Ze kon er niet meer omheen, maar ze wist niet hoe ze moest reageren. 'Het was niet verstandig,' zei ze aarzelend.

'Dat weet ik.'

Ze slaakte een diepe zucht. 'Weet je, Colm, het is geen goed idee. En niet alleen vanwege dat boek over je familie. Ik ben in alle opzichten een verkeerde keus.'

'Dat klopt. Het is inderdaad geen goed idee. Ik ben nog steeds nijdig omdat je dat boek gaat schrijven.'

'En ik ben nog steeds nijdig omdat je me hebt gevraagd daarvan af te zien.'

'Mijn moeder zou razend zijn als ze wist dat ik met je praat. Om over de rest nog maar te zwijgen.'

'En je vader zou misschien ook een beetje ontdaan zijn als hij hoorde dat je me hebt gezoend.'

'Maar je hebt me terug gezoend.' Hij glimlachte.

Ondanks zichzelf glimlachte ze ook. 'Ja, dat is zo.'

Het harde graniet drukte tegen haar rug. Hij stond voor haar, en het was alsof hij met zijn blauwe ogen dwars door haar heen keek, alsof hij niet zou toestaan dat ook maar iets hen uit elkaar zou drijven. Zelfs niet het gezonde verstand. Dat al helemaal niet! 'Ik vind je leuk, Margot. Heel erg leuk zelfs. Ik kan er niets aan doen, maar het is zo.'

Ze fronste haar wenkbrauwen. 'Ik jou ook, maar...'

Toen kuste hij haar opnieuw. Hij drukte haar tegen de steen. Zijn handen gleden onder haar jas, rond haar middel, hij trok haar tegen zich aan en hield haar stijf vast. En ze beantwoordde zijn kus zonder enige terughoudendheid. Met haar ogen dicht en met een tinteling van opwinding in haar hele lichaam gaf ze zich over aan het moment. Om hen heen hielden de stenen de wacht, zoals ze dat al voor honderden geliefden hadden gedaan. De liefde verandert nooit, zouden ze hebben gezegd als ze hadden kunnen praten. De liefde is door alle eeuwen heen hetzelfde gebleven. Mysterieus, gretig, hartstochtelijk, angstig. Hoog op de heuvel, waar in de verre omtrek niemand te zien was, schonk de ring van stenen hun dit intieme moment, een moment waarin het leek alsof ze alleen op de wereld waren.

Na een tijdje gingen ze dicht naast elkaar in het gras zitten, beschut tegen de wind aan de voet van een van de grote stenen.

'Pa en ik lopen al jaren met een geheim rond,' vertelde Colm. 'We hebben het er nooit over gehad, maar het heeft al die tijd tussen ons in gestaan. Dankzij jou heb ik eindelijk de moed opgebracht om erover te beginnen.'

'Je hoeft het me niet te vertellen.'

'Ik kan niet met je samen zijn als ik je niet durf te vertrouwen. Dus misschien is het stom van me, maar ik heb besloten je te vertrouwen.'

'Natuurlijk kun je me vertrouwen. Je zou onderhand moeten beseffen dat ik integer genoeg ben om te weten wat ik wel en niet in het boek kan zetten.'

'Oké, ik zal het nooit meer zeggen. Dat beloof ik.' Hij trok haar naar zich toe en kuste haar op haar slaap. 'Ik was twaalf. Mijn moeder was de deur uit, met mijn zussen, en ik hing bij de rivier rond, samen met Paul, mijn vriend. We kregen ruzie. Ik weet niet eens meer waarover. Hoe dan ook, ik had er genoeg van en ik ging naar huis. Terwijl ik had gezegd dat ik pas tegen het avondeten thuis zou zijn. Ik was boos, en dat wilde ik aan Rosie vertellen, onze gouvernante. Ze was geen echte gouvernante, meer een veredeld soort kinderjuf of een grote zus. Volgens mij was ze niet ouder dan twintig. En ik vond haar geweldig. Ze was knap, en grappig, ik denk dat ik een beetje verliefd op haar was. Ze was in elk geval de eerste vrouw die dat soort gevoelens in me wekte.'

Margot zou erom hebben gelachen als ze niet had voelen aankomen wat hij ging vertellen.

'Ik liep naar boven, ongeduldig om mijn hart bij haar uit te storten. Ze had een zitkamer en een slaapkamer. Daar deden we vaak een spelletje, want het was er lekker warm met het vuur aan. Maar die middag was Rosie niet alleen. Pa was er ook, en ze lagen in bed.'

'O, wat vreselijk.' Margot stelde zich de kleine Colm voor, met een uitdrukking van afschuw en ongeloof op zijn gezicht.

'Ik wist nog amper iets over seks, maar ik begreep wel wat ze daar deden.'

'En wat heb jij toen gedaan?'

'Ik heb het op een rennen gezet. Naar mijn kamer. Ik heb de deur achter me dichtgegooid en alleen maar gehuild.'

'Ach, Colm. Wat afschuwelijk. En je hebt het nooit aan iemand verteld?'

'Nee, nooit. Aan niemand.'

'En Rosie heeft er ook nooit iets over gezegd?'

'Die durfde me niet meer aan te kijken. En pa deed alsof er niets was gebeurd.'

'Hoe kwam je moeder er dan toch achter?'

'Ze kreeg wantrouwen. Door de geur van Rosies parfum op pa's kleren, dat soort kleine dingetjes. En wanneer je dan gaat zoeken, vind je altijd wat als er inderdaad iets aan de hand is. Uiteindelijk betrapte ze pa en Rosie terwijl ze stonden te zoenen. Rosie werd ontslagen. Ik heb begrepen dat ze naar Canada is vertrokken. We hebben nooit meer iets van haar gehoord. Dat vond ik heel erg. Ze heeft niet eens afscheid genomen. Ook niet van mijn zusjes.'

'Je vertrouwde haar. Maar je raakte haar kwijt door de onzorgvuldigheid van je vader.'

'Zo zou je het ook kunnen zeggen, ja. Beleefd geformuleerd.'

'En toen liep het huwelijk van je ouders stuk, en je raakte ook je thuis kwijt. Jullie hele gezin viel uit elkaar.'

'Ja. Mijn moeder vertrok naar Amerika, en Aisling en Cara gingen met haar mee. Ik bleef hier. Bij mijn grootouders. Want ik wilde niet bij mijn vader wonen. Hij dronk toen al veel, en daar werd hij niet leuker van. Ook weer beleefd geformuleerd.'

'Dat kwam vast en zeker omdat hij zich schuldig voelde. Je was nog maar een kind. Hij vond het natuurlijk afschuwelijk dat je hem had betrapt.'

'Ik gaf hem overal de schuld van. En ook al kan ik de zaak nu beter in perspectief zien, de pijn blijft, het gevoel van verraad.'

'Heb je dat tegen hem gezegd?'

'Ja.'

'Hoe reageerde hij?'

'Hij zei dat het hem speet. Dat het hem verdriet deed. We hadden er al veel eerder over moeten praten. Het is zo belangrijk als iemand zegt dat het hem spijt. Tenminste, als hij het oprecht meent.'

'Heeft hij ook gezegd waaróm hij troost zocht bij Rosie?'

'Ja. En ik weet inmiddels dat alles meerdere kanten heeft. Dat mensen ingewikkeld in elkaar zitten.'

Ze keek hem aan. 'Dat je vader drinkt, komt doordat hij een hekel heeft aan zichzelf. En dat is waarschijnlijk rechtstreeks terug te voeren naar het moment waarop jij hem betrapte met Rosie. JP is een goed mens. Hij is integer, fatsoenlijk. Dus hij moet het verschrikkelijk hebben gevonden dat jij hem in die situatie zag. Want nogmaals, hij is een goed mens. Als hij niet zo diep ongelukkig was geweest, zou hij nooit in de armen van een andere vrouw zijn beland. Daarmee stelde hij niet alleen jullie teleur – zijn vrouw, zijn kinderen – maar ook zichzelf. Ik weet zeker dat het hem heeft geholpen om erover te praten. Dat is ook weer een stapje op weg naar zijn herstel.'

Colm knikte.

Ze legde haar hand langs zijn wang en streek met haar duim over het kuiltje in zijn kin. 'En het was voor jou ook goed om erover te praten. Het kind in jou moest het eindelijk kunnen loslaten.'

'Het leven is een strijd. We lopen allemaal littekens op.' Hij legde zijn handen om haar hals, slaakte een diepe zucht en keek haar diep in de ogen.

'Er is aan jou ook een schrijver verloren gegaan,' zei ze grinnikend. Bij het zien van de verandering in zijn blik kreeg ze opnieuw vlinders in haar buik.

Zijn blauwe ogen glinsterden hartstochtelijk. 'Waar haal je het vandaan, maar het klinkt goed.' Hij glimlachte. Toen kuste hij haar.

Bij terugkomst in het Jachthuis bleek dat JP in de tuin bezig was. Met een blos op zijn wangen van de kou en de inspanning stond hij mest uit te scheppen over de border. Hij leek vervuld van nieuwe energie, alsof hij met elke krachtige zwaai van de spade een stap zette op weg naar zijn herstel. Margots vertrouwen in de goede afloop steeg. JP bezat de ruggengraat waaraan het haar vader had ontbroken. Hij had een sterke wil, anders dan Jonathan Hart, en was vastberaden om zijn leven radicaal om te gooien. Terwijl haar vader Margot een gevoel van machteloosheid had bezorgd, gaf JP haar reden tot optimisme. De beste manier om beter te worden was bezig blijven. Bij voorkeur buiten, in de frisse lucht. Hij zou vooral 's avonds behoefte hebben aan steun, wanneer hij uit gewoonte de neiging had om naar de karaf met whiskey te reiken. Colm en zij zouden om beurten bij hem moeten blijven. Het zou niet eerlijk zijn hem die strijd alleen te laten voeren. Terwijl ze over het gras naar hem toe liepen, keek ze Colm aan, en ze stelde zich voor hoe ze met z'n drietjes een kaartje legden in de bibliotheek. Merkwaardig genoeg was dat vooruitzicht verre van onplezierig.

'Ik moet maar weer eens aan het werk.' Met zijn handen in zijn zakken keek Colm glimlachend naar zijn vader.

Die stak zijn spade in de grond en glimlachte terug. 'Prima, zoon. Zie ik je later nog?'

'Reken maar. Margot en ik blijven in de buurt om je te steunen. Net zo lang tot je schoon genoeg van ons hebt.'

JP schoot in de lach. 'Van jullie krijg ik nooit genoeg.'

'Ik ga hier een beetje werken, en dan vertrek ik tegen theetijd naar het hotel,' zei Margot. 'Tenslotte moet ik daar ook regelmatig mijn gezicht laten zien. Anders sturen ze me wegens contractbreuk terug naar Engeland.'

Ze lieten JP achter met zijn spade en liepen over het gazon naar de voorkant van het huis, waar Colm zijn Land Rover had geparkeerd. Hij trok haar achter de auto. 'Hier kan pa ons niet zien. En Mrs. B. ook niet.'

'En je moeder, niet te vergeten.' Margot grijnsde.

'God, ik voel me weer een puber!' Hij legde liefkozend zijn handen om haar hals.

'Maar er staat nu wel meer op het spel dan een week huisarrest.'

Hij schoot in de lach. 'Dan kunnen we maar beter geen enkel risico nemen.' Hij drukte zijn lippen op de hare, en even vergaten ze alles om zich heen. Margot voelde hoe een aangename warmte zich door haar lichaam verspreidde, en ze wenste dat ze ongezien naar boven konden verdwijnen, naar een van de slaapkamers.

'Ik wil met je naar bed,' fluisterde Colm, alsof hij haar gedachten had geraden.

'Ik ook met jou,' fluisterde ze ademloos terug.

Hij aarzelde even. 'Kom vanavond hierheen,' zei hij toen. 'Dan eten we samen met pa en dan... Ik weet nog niet hoe het loopt, maar we moeten wachten tot hij naar bed gaat.'

'Oké!' zei ze gretig. Toen lieten ze elkaar los. Hij stapte in de Land Rover en Margot keek hem na terwijl hij wegreed.

Na alle emoties van de ochtend betwijfelde Margot of ze zich op haar werk zou kunnen concentreren. Mrs. B. had de haard in de jachtkamer al aangestoken. Buiten kwam de zon tevoorschijn en overspoelde het gazon met zijn gouden licht. De vogels zongen en kondigden de komst van het voorjaar aan, met langere dagen en kortere nachten, met narcissen en wilde hyacinten. Margot liet haar blik over de boeken en papieren gaan die nog altijd keurig op het kleed stonden opgestapeld, en in gedachten zag ze Colm weer om het biljart rennen, met een brede lach op zijn gezicht, een golvende lok haar over zijn voorhoofd.

Ze werd uit haar gedachten opgeschrikt toen er op de deur werd geklopt. Het was Mrs. B. 'Wilt u een kop thee, miss Hart?'

'Heel graag, Mrs. B. Dank u wel.'

Het bleef even stil, Mrs. B. aarzelde in de deuropening. 'Ik vind het zo fijn om master Colm hier weer te zien,' zei ze ten slotte. 'En dat die twee weer met elkaar praten.'

Margot knikte glimlachend.

'Je bent een moedig meisje, Margot.' In de vriendelijke ogen van de oude huishoudster stond dankbaarheid te lezen. 'En je bezit een zeldzame gave.'

Margot wist niet wat ze moest zeggen, maar Mrs. B. verwachtte geen antwoord.

'Ik ga water opzetten,' zei ze, en ze trok de deur zachtjes achter zich dicht.

Margot ging aan de slag. Ze maakte de laatste doos open, tevens de kleinste van de twintig; dat was ook de reden dat ze hem voor het laatst had bewaard. Er zat een vuurrood gelakt houten kistje in. Het zag er oud uit. Begin negentiende eeuw, schatte ze terwijl ze het voorzichtig uit de doos haalde. Toen ze het wilde openmaken, ontdekte ze tot haar teleurstelling dat het op slot zat. Een grondige inspectie van de doos leverde geen sleutel op. Ze schudde het kistje zachtjes heen en weer. Het rammelde. Er zat iets in. Schatten! Althans, dat hoopte ze. Met tegenzin zette ze het opzij. Ze zou Colm om hulp vragen. Die had vast wel iets in zijn dokterstas waarmee hij het slot zou weten open te peuteren.

En dus verdiepte ze zich in het stapeltje brieven, bij elkaar gebonden met een blauwzijden lint, dat ook uit de doos kwam. Ze had al talloze brieven bekeken. Sommige waren interessant, andere bevredigden weliswaar haar nieuwsgierigheid, maar waren voor het boek niet relevant.

Heel voorzichtig maakte ze het lint los en haalde ze de eerste brief uit de envelop. De inkt van het keurige schuinschrift was verbleekt tot lichtbruin, maar nog goed leesbaar. De envelop was geadresseerd aan

Mrs. Jane Chadwick in het Engelse Lancashire. Wie zou dat zijn en hoe was een aan haar gerichte brief in het familiearchief van de Deverills terechtgekomen? Margot trok nog een envelop uit het stapeltje, die tot haar verbazing ook aan Mrs. Jane Chadwick was gericht. Net als alle andere brieven, ontdekte ze toen ze het stapeltje doorkeek. Haar belangstelling was gewekt. Ze vouwde de eerste brief open en liet haar blik over de regels gaan, naar de handtekening helemaal onderaan. Nu was ze pas echt geïntrigeerd. De brief was ondertekend met *Je liefhebbende zuster, Frances.* Gejaagd en met stijgende opwinding draaide ze het velletje weer om, op zoek naar de datum. *12 juli 1821.* Frances kon niemand anders zijn dan Frances Wilson, de vrouw van Tarquin Deverill.

Margot nestelde zich in de stoel bij de haard en begon te lezen. Behalve over de dagelijkse nieuwtjes en kleine gebeurtenissen schreef Frances veelvuldig en liefdevol over Gabriel, haar gebrekkige zoontje, het jongste van haar zes kinderen. De andere vijf waren allemaal sterk en gezond, en Peregrine zou als oudste zoon later het kasteel en de titel erven. Drie kinderen waren al op heel jonge leeftijd gestorven. Gabriel was voor Frances een bron van zorg. Al lezend merkte Margot dat de brieven in toenemende mate over hem gingen. Hij was geboren met een verkromde ruggengraat, waardoor zijn ene been korter was dan het andere. Bovendien was hij zwakzinnig. Frances omschreef hem als 'een lief kind', 'goedlachs', 'aanhankelijk' en 'traag'. *Hij zal altijd een kind blijven, ben ik bang. Zijn vader kan hem niet verdragen, hij wil hem niet zien en heeft hem opgesloten in de toren, om te voorkomen dat de kleine jongen hem in verlegenheid brengt. Het breekt mijn hart om te zien hoe het kind wordt behandeld. Tarquin schenkt zijn honden meer genegenheid dan zijn eigen zoon.*

Margot vroeg zich af of het arme jongetje in háár toren opgesloten had gezeten. Ze keek op van de brief en stelde zich voor hoe Gabriel voor het raam had gestaan, hoe hij naar het gazon had gekeken, waar zijn broers en zusjes speelden, misschien wel met hun vader, terwijl híj in zijn kamer moest blijven. Haar hart bonsde van verontwaardiging terwijl ze verder las.

Tarquin noemde zijn zoon 'een monster', 'een bizarre vergissing van de natuur', 'een beest'. Hij wilde niet dat hij les kreeg samen met zijn andere zonen. Daardoor moest zijn moeder het kind leren lezen en schrijven, een bijna onmogelijke taak vanwege de achterstand in zijn geestelijke ontwikkeling. In zijn weerzin jegens zijn jongste ging Tarquin zelfs zo ver dat hij tegenover de buitenwereld volhield dat hij maar vijf kinderen had. Toen Frances hem op een keer aan het zesde herinnerde, sloeg hij haar met de rug van zijn hand in het gezicht, waarbij zijn zegelring haar huid openhaalde. Daarna had ze hem nooit meer durven corrigeren.

Mrs. B. kwam binnen met een pot thee en een stuk cake, maar Margot keek amper op, zo geboeid was ze door de brieven. 'Dank u wel,' mompelde ze verstrooid. Het gebeurde meer dan eens dat Frances vreesde voor het leven van het kind. *De afkeer van mijn man jegens mijn jongste vervult me met een ware doodsangst om wat hij het kind in zijn slaap zou kunnen aandoen. Om dat te voorkomen kruip ik 's nachts bij Gabriel in bed.* Uiteindelijk bereikten de brieven een gruwelijke climax. Frances' handschrift werd onregelmatiger. Bij het zien van de onvaste streken van de ganzenveer voelde Margot hoe ontdaan ze moest zijn geweest. Tarquin had iets uitzonderlijks gedaan. Hij had zijn jongste op diens verjaardag meegenomen de tuin in, om hem de bloemen te laten zien. Frances werd verteerd door ongerustheid. Ze kende haar man, ze wist waartoe hij in staat was. En toen gebeurde er iets verschrikkelijks. Het kind reikte naar de vissen in de siervijver en viel in het water, aldus Tarquin. Tegen de tijd dat hij de kleine jongen kon grijpen, was Gabriel al verdronken.

Ik geloof hem niet, Jane, schreef de wanhopige Frances aan haar zus. *Moge God me de beschuldiging vergeven, maar ik ben ervan overtuigd dat mijn man heeft gewild dat mijn lieve jongen zou sterven. Op zijn verjaardag nog wel. Ik weet zeker dat mijn man zich heeft willen ont-*

doen van de last van een onvolmaakt kind. En dat terwijl mijn kleine jongen niemand tot last was, maar slechts een bron van Gods licht en liefde, belichaamd in een onschuldig, kreupel kind. Gabriel heeft nu vrede. Maar ik verkeer voor altijd in de hel, lieve Jane. Voor mij is er geen verlossing.

Margot veegde een traan weg en liet met een diepe zucht de brief zakken. Kort na de dood van haar jongste stierf ook de arme Frances. Aan een gebroken hart, vermoedde Margot.

Ze veronderstelde dat de brieven in het familiearchief waren terechtgekomen omdat de zus van Frances had gewild dat Tarquin zou worden gedwongen verantwoording af te leggen voor wat hij had gedaan. Dat was natuurlijk nooit gebeurd. Maar op de een of andere manier waren de brieven bewaard gebleven, zodat ze voor altijd zouden getuigen van de gruwelijke wreedheid van Tarquin Deverill. Margot staarde naar het vuur, naar de dansende warmgele vlammen, en ze vroeg zich af wat er met zielen als die van Tarquin gebeurde. Was er inderdaad een leven na de dood? Was er een hel voor mensen zoals hij? En als het recht tijdens het leven niet zijn loop had, gebeurde dat dan alsnog na de dood?

Meer dan ooit voelde Margot zich gedreven om haar boek te schrijven. Het moest er komen, ook en juist voor mensen zoals Frances en Gabriel, wier verhaal altijd verborgen was gebleven. Ze liet haar hoofd op de leuning zakken, sloot haar ogen en dacht aan de geesten in het kasteel. Er waren zo veel mensen die daarin geloofden. En plotseling benijdde ze hen. Ze dacht aan alle slechte mensen die op aarde aan de gerechtigheid wisten te ontkomen. Wat zou het een troost zijn om te weten dat ze na hun dood, in een duister ellendig oord, alsnog verantwoording zouden moeten afleggen voor hun daden.

Ze opende haar ogen. Haar blik ging naar de kleine vuurrode kist op het biljart. Wat zou erin zitten?

14

Tijdens de lunch begon Margot over de brieven.

'Tja, sommige van mijn voorouders waren niet echt sympathiek,' zei JP een beetje schaapachtig. 'Ik vrees dat Alana gelijk heeft als ze zegt dat de Deverills niet deugen.'

'Onzin!' protesteerde Margot. 'Het is niet jouw schuld wat je voorouders hebben misdaan. En trouwens, als de Deverills niet deugen, dan geldt dat ook voor haar eigen kinderen. Dat zegt ze alleen maar om je een schuldgevoel aan te praten. Maar volgens mij valt haar net zo veel te verwijten als jou.'

Uit de blik van JP sprak genegenheid. 'Dank je wel. We kennen elkaar nog maar zo kort. Toch ben je zo loyaal. Komt dat omdat ik je aan je vader doe denken?'

Margot fronste haar wenkbrauwen. 'O, er zijn zeker overeenkomsten. Maar dat ik je graag mag, heeft niets met mijn vader te maken. Ik vind je aardig om wie je bent. Mijn vader was een hopeloos geval. Maar jij geeft me hoop. Ik weet zeker dat je weer de oude wordt. Daar reken ik op.'

Hij legde even zijn hand op de hare. 'Bedankt voor je vertrouwen. Ik zal je niet teleurstellen.' Toen grijnsde hij. 'Eerlijk gezegd verheug ik me erop om mijn ex te confronteren met de nieuwe, nuchtere JP. Daar zal ze van opkijken.'

Margot glimlachte, verrast door zijn reactie. Wie had dat kunnen denken? Dat de oorzaak van zijn verslaving hem uiteindelijk zou inspireren om de strijd daarmee aan te gaan?

Toen Margot op tijd voor de thee terugkwam in het hotel zag ze daar tot haar verrassing de gravin in de eetzaal zitten, omringd door een groepje Amerikaanse toeristen dat aan haar lippen hing. Met haar fraai opgestoken haar, diamanten oorbellen en elegante bloes met gestrikte kraag, zag ze eruit als een echte gravin. Althans, voor wie niet beter wist, kon Margot niet nalaten te denken. Zoals de Amerikaanse toeristen. 'Mijn man, de graaf, is op het kasteel opgegroeid. Hier stond een reusachtige tafel waaraan de familie de maaltijden gebruikte, bediend door lakeien,' vertelde ze met haar zware Oostenrijkse accent. 'Achter elke stoel stond een bediende. Zo ging dat toen. De bedienden deden alsof ze niet hoorden wat er aan tafel werd besproken, maar ze hoorden natuurlijk alles. Dat begrijpt u. De gasten die hier werden ontvangen, waren aristocraten, politici, stuk voor stuk belangrijke mensen.' De gravin glimlachte zelfingenomen. 'Zelfs leden van de koninklijke familie.'

Margot rolde met haar ogen. Ze geloofde er niets van dat die arme Bridie ooit aan één tafel had gezeten met iemand van het koningshuis. Op weg naar de trap liep ze Mr. Dukelow tegen het lijf. Hij kwam doelbewust op haar af, zijn zelfingenomen glimlach deed niet onder voor die van de gravin. 'Miss Hart! Goedemiddag. Ik heb nieuws,' zei hij handenwrijvend.

Ze verwachtte dat hij zou zeggen hoe vereerd hij zich voelde met de doorluchtige aanwezigheid van de gravin. Maar daarin vergiste ze zich.

'Ik heb met die vriend van u gesproken. Mr. Chambers.'

'O ja?' zei ze verrast.

'Ik heb hem geboekt voor de eerste week van mei. Naar referenties heb ik niet gevraagd. Uw aanbeveling is genoeg. Ik ben ervan overtuigd dat hij onze gasten zal weten te boeien.' Hij stak zijn kin naar voren. 'Ook al blijf ik erbij dat het hier niet spookt.'

'Ik denk ook niet dat hij contact zal zoeken met de geesten in het kasteel.'

Mr. Dukelow fronste zijn wenkbrauwen. 'Met welke geesten dan wel?'

'Met de overleden dierbaren van de mensen in het publiek.'

Zijn gezicht verried afschuw.

'Hebt u nog nooit een medium aan het werk gezien?'

'Nee. En het zou ook niet bij me zijn opgekomen er een uit te nodigen, ware het niet dat de grote baas erop stond.' Hij haalde zijn schouders op. 'Als Mrs. De Lisle iets wil, dan is haar dat niet meer uit haar hoofd te praten.'

'Ik denk dat u verrast zult zijn hoeveel mensen geïnteresseerd zijn in het paranormale.'

'Dat moeten we dan maar hopen. Trouwens, Mrs. De Lisle had het er ook over dat ze Lord Deverill wilde vragen, als gastspreker na het diner.'

Op slag had Margot het gevoel dat er een steen op haar maag drukte. 'Ik denk niet dat hij dat doet.'

'Misschien wel als hij hoort wat hij ervoor betaald krijgt.' Mr. Dukelow maakte een veelzeggend gebaar met zijn duim en wijsvinger. 'Hij zou een enorme publiekstrekker zijn. Lord Deverill die in hoogsteigen persoon komt vertellen over de geschiedenis van zijn familie, in het kasteel waar die geschiedenis zich heeft afgespeeld.'

'U kunt het hem natuurlijk vragen.' Margot hield zichzelf voor dat het niet haar verantwoordelijkheid was. Wie was zij om al bij voorbaat te zeggen dat JP er geen zin in had?

'Dat zal ik zeker doen. Daar heeft Mrs. De Lisle me nadrukkelijk opdracht toe gegeven.'

'En als hij niet wil, kunt u de gravin altijd nog vragen.' Margot glimlachte ondeugend.

'De gravin houdt al regelmatig een praatje voor onze gasten. En zij doet het voor niets.'

'Misschien in de hoop op een baan.'

'Nee, natuurlijk niet!' zei Mr. Dukelow bijna verontwaardigd. 'Dat is ver beneden haar stand.'

'Nou ja, ze ziet er in elk geval úít als een echte gravin.'

'Ik heb Mrs. De Lisle voorgesteld om haar als gastspreker te vragen, maar daar wilde ze niets van weten.'

'Nee, en dat kan ik me voorstellen. Voor zover ik Mrs. De Lisle inmiddels een beetje ken, hecht ze aan authenticiteit. Leopoldo is geen Deverill. Bovendien heeft hij maar veertien jaar in het kasteel gewoond. Ik ben bang dat uw gasten zich tekortgedaan zouden voelen als de graaf – of zijn vrouw – na het diner een praatje hield. Als u het doet, moet u het goed doen. En dat kan alleen met een Deverill.'

'Of met ú.' Hij trok zijn wenkbrauwen op alsof het idee op datzelfde moment bij hem was opgekomen.

'Ik ken de geschiedenis van de familie, dat is waar. Maar als u de keus hebt, zou ik de voorkeur geven aan Lord Deverill. Ik denk dat hij inderdaad een enorme publiekstrekker zou zijn.'

'Hoe gaat het trouwens met uw boek?'

'Ik ben bijna klaar met mijn research.'

Hij wreef over zijn kin. 'U bent zo goed bevriend met Lord Deverill... misschien kunt ú het hem wel vragen.'

Margot schoot in de lach. 'Nee, Mr. Dukelow. Dat zal niet gaan. Als u Lord Deverill als gastspreker wilt contracteren, zult u hem dat toch zelf moeten vragen.'

Ze wilde al naar boven lopen toen ze zich bedacht en koers zette naar de salon. Aangetrokken door het duistere charisma van Tarquin Deverill ging ze voor zijn portret staan en keek ernaar met macabere gefascineerdheid. Nu ze de brieven van zijn vrouw had gelezen, was hij voor haar tot leven gekomen. Niet langer een portret in olieverf, maar een mens van vlees en bloed wiens bijna tastbare energie bedreigend voelde. Naarmate ze dieper het schilderij in werd getrokken, leek het alsof hij zijn gezicht naar haar toe keerde en haar strak aankeek met een kille, haatdragende blik die verried dat hij er niet van hield om onder de loep te worden genomen. Geschokt hield ze haar adem in. Ze deed haar ogen dicht en weer open. De macht van de verbeelding was angstaanjagend, dacht ze terwijl Tarquin opnieuw een geschilderd portret werd. Nu hij niet langer naar háár keek, was zijn blik gericht op iets buiten de lijst. Of misschien was hij verdiept in zijn gedachten. Een arrogante man, met opgezette borst, de kin naar voren, een honende grijns om de lippen alsof hij nergens plezier aan beleefde. Hoe werd een mens zo ontevreden dat hij zich verlaagde tot wreedheid, vroeg Margot zich af. Een tevreden mens was niet tot wreedheid in staat. Gelukkige mensen waren van nature welwillend en ruimhartig. Ze dacht aan Frances en Gabriel. Opnieuw drong de vraag over gerechtigheid zich op. Tarquin Deverill was op zijn achtenzeventigste een vredige dood gestorven. In bed. Het leek onrechtvaardig.

Ze klom de trap op naar haar kamer. Daar ging ze voor het raam staan, en met haar handen op de vensterbank vroeg ze zich af of Gabriel zijn kleine handjes daar ook had gelegd, of hij van achter het glas de wisseling van de seizoenen had gevolgd. Wat zou hij van zijn leven, van de wereld hebben gevonden?

Toen Margot eind van de middag terugreed naar het Jachthuis was het al bijna donker. Ze liet zichzelf binnen. Meteen viel haar op hoeveel er was veranderd. Het huis voelde warmer, niet alleen qua temperatuur maar ook qua sfeer. De klanken van klassieke muziek zweefden door de gang, als bloed dat door de aderen van het huis stroomde en het weer tot leven wekte. JP en Colm waren niet in de bibliotheek; ze zaten in de salon, in rijkleding. De haard brandde, de gordijnen waren dichtgetrokken. De wind had een blos op hun gezicht getoverd, en ze waren in een opperbeste stemming.

'Margot!' riep JP. 'Kom erbij.'

'We zijn met de paarden de heuvels in geweest. Het was een geweldige middag,' zei Colm met een glimlach die haar herinnerde aan hun kus bij de ring van stenen.

'En wat leuk dat jullie hier zijn gaan zitten. Wat een prachtige kamer.' Margot genoot van de muziek uit de speakers in de boekenwand. Ze veronderstelde dat achter een van de deurtjes een platenspeler stond.

'Mijn grootouders zaten hier altijd,' vertelde Colm. 'Ze ontvingen er gasten en ze legden er regelmatig een kaartje. Het werd tijd dat de kamer in zijn oude glorie werd hersteld.'

'Arme Mrs. B. Nu heeft ze nog meer om schoon te maken,' zei JP.

'O, dat vind ik helemaal niet erg,' zei de huishoudster, die net op dat moment binnenkwam. 'Het huis wordt er gelukkig van als alle kamers in gebruik zijn. Stilte en stoflakens, daar houdt een huis niet van. Vindt u de muziek niet verrukkelijk, miss Hart? Ik vind het heerlijk om ernaar te luisteren.' Ze glimlachte. 'Echt heerlijk.'

Margot ging op een van de banken zitten.

'Ik heb mijn oude platen eens doorgekeken,' vertelde JP. 'Het is een hele verzameling. Dit is van Richard Strauss.' Hij hief zijn hand en deed alsof hij dirigeerde. 'Daar wordt iedereen toch gelukkig van?'

'En jij? Wat heb jij vandaag gedaan?' vroeg Colm. De blik waarmee hij Margot aankeek, was intiem, riep herinneringen op aan zijn lippen op de hare, aan zijn handen die haar streelden. Ze was zich bewust van de verandering in de energie tussen hen beiden nu ze hun gevoelens hadden uitgesproken. Uit angst om zich tegenover JP te verraden wendde ze haar blik af.

'Ik moet jullie wat laten zien.' Ze stond op, liep de kamer uit en kwam even later terug met het kistje. 'Dit zat in de laatste doos.'

Colm strekte zijn hand ernaar uit. 'Wat is het?'

Ze gaf hem het kistje. 'Het zit op slot.'

'Aha. En je hebt geen sleutel gevonden?'

'Nee. Ik dacht, misschien kun jij het openpeuteren?'

Hij schoot in de lach. 'Waar zie je me voor aan? Ik ben dierenarts, geen dief.'

'Nee, maar je hebt vast wel iets in je tas met instrumenten waarmee het moet lukken.'

'Ik heb mijn tas niet bij me. Maar hier gaat het ook wel mee, denk ik.' Hij haalde een zakmes tevoorschijn. 'Iedere goede padvinder heeft zo'n mes op zak.'

'En jij bent een goede padvinder?'

'Nee. Nooit geweest ook. Maar het mes is al vaak goed van pas gekomen.'

'Van wie was het kistje?' vroeg JP. 'Heb je daar enig idee van?'

'Ik vermoed van Frances Deverill, de vrouw van Tarquin. Het zat in dezelfde doos als een stapeltje brieven dat ze aan haar zus heeft geschreven.'

Colm stak het kleine schaartje van het zakmes in het slot. 'Zijn ze interessant? Die brieven?'

'Nou en of. Hun gehandicapte zoontje is gestorven door verdrinking. En Frances geeft haar man de schuld.'

Colm keek geschokt. 'Echt waar?'

'Het kind is op zijn tiende verjaardag verdronken in de vijver. Zijn vader deed alsof hij niets in de gaten had. Tarquin was een wrede man.'

'Wat een afschuwelijk verhaal.' Colm bewoog het schaartje zorgvuldig heen en weer, in de hoop beweging in het slot te krijgen.

'Zeg dat wel. Ik ben zo benieuwd wat er in dat kistje zit.'

'Al die schatten, meer dan honderd jaar weggeborgen, en ik heb er geen moment aan gedacht ze tevoorschijn te halen.' JP klonk verbaasd.

'Ja, waarom eigenlijk niet?' vroeg Margot. 'Was je niet nieuwsgierig naar je voorouders?'

'Tja, ik weet het niet.' JP haalde zijn schouders op. 'Het zal wel net zoiets zijn als wanneer je in een stad woont. Dan beschouw je al die musea en bezienswaardigheden als vanzelfsprekend. Dat had ik met de geschiedenis van mijn familie.'

'Ik ben blij dat ik je interesse heb gewekt.'

'Ja!' zei Colm. 'Gelukt!'

Margot kwam haastig naar hem toe.

Hij gaf haar het kistje. 'Alsjeblieft. Jij mag het openmaken.'

Met ingehouden adem tilde ze voorzichtig het deksel op. Het kistje bleek een eenvoudig houten kruis te bevatten en iets ovaals. Ze pakte dat laatste eruit en draaide het om. Opwinding maakte zich van haar meester toen ze zag wat het was. Een miniatuur van een moeder en een zoon, in een vergulde lijst. 'Frances en Gabriel,' fluisterde ze. 'Dat kan haast niet anders. Wat een vondst!' Uit het gezicht van de moeder sprak een en al liefde voor de kleine jongen die ze omhelsde. 'Ze was beeldschoon!' Margots blik gleed over het lange, vlasblonde haar, de zachte bruine ogen. 'En de kleine Gabriel is net zo blond als zijn moeder. Wat een prachtige bruine ogen heeft hij. En wat kijkt hij nieuwsgierig de wereld in. Het is echt afschuwelijk dat hij is verdronken.' Ze gaf de miniatuur aan JP. 'Jullie moeten de brieven ook lezen. Ik denk dat ze naar iemand in het kasteel zijn gestuurd, in de hoop dat de waarheid aan het licht zou komen. Maar dat is blijkbaar niet gebeurd. Tarquin is nooit in staat van beschuldiging gesteld voor verwaarlozing van zijn jongste zoon.'

'Het is een wonder dat de brieven niet zijn vernietigd,' zei Colm.

'Precies. Daarom betwijfel ik of Tarquin ze heeft gelezen.'

'Maar wie dan wel?' vroeg JP zich hardop af.

'Dat mysterie zullen we wel nooit oplossen,' antwoordde Margot. 'Hoe dan ook, iemand heeft ze in deze doos gestopt. Het was de bedoeling dat ze zouden worden gelezen en dat Tarquins wandaad zou uitkomen. En dat gebeurt nu alsnog. Honderdzestig jaar te laat!'

Terwijl JP het portretje bestudeerde, streek Colm met zijn vingers over Margots onderarm. Genietend liet ze hem begaan, ook al was ze zich er scherp van bewust dat ze niet alleen waren.

'Intrigerend.' JP gaf haar de miniatuur terug. Colm trok zijn hand weg, Margot stopte het portretje weer in het kistje.

'Ik zal de brieven even halen, JP. Ze zijn echt hartverscheurend.'

Eenmaal in de jachtkamer legde ze opgewonden een hand op haar wang. Door Colms aanraking was haar gezicht gaan gloeien. Ze haalde diep adem. Kalm blijven, zei ze tegen zichzelf. Tegen het biljart geleund wachtte ze tot haar hartslag weer normaal werd. Het vuur was bijna gedoofd. Op het rooster lagen nog wat gloeiende sintels, omringd door as. De gordijnen waren dicht, het resultaat van haar research lag in keurige stapeltjes op de grond. Ze had alle dozen doorgenomen. Het werd tijd om met schrijven te beginnen.

Op dat moment kwam Colm de kamer binnen. Hij deed zachtjes de deur achter zich dicht, liep naar haar toe en nam haar in zijn armen. Toen hij zijn lippen op de hare drukte, beantwoordde ze zijn kus gretig. Verlangend woelde ze met haar handen door zijn haar. Hij rook naar paarden, naar de zilte zeewind. 'Pap is naar boven om een bad te nemen en zich te verkleden,' zei hij in antwoord op haar onuitgesproken vraag. Toen kuste hij haar opnieuw. Hij liet zijn handen onder haar trui en haar bloes glijden, over de gladde huid van haar rug. Margot begon opnieuw te gloeien. Haar hele lichaam hunkerde naar hem. Hij tilde haar op het biljart.

'O Colm, ik snak naar je! Ik kan niet langer wachten.'

'En dan betrapt worden door Mrs. B.? Dat lijkt me geen goed idee.' Hij schoot in de lach.

Met haar handen langs zijn gezicht keek ze hem diep in de ogen. 'We zijn volwassen mensen. Ik word hier gek van.'

'Ik ook, maar we moeten met pa rekening houden.'

Met een zucht drukte ze haar voorhoofd tegen het zijne. 'Straks dan. Als hij naar bed is.'

'Je vindt het leuk om het lot te tarten, hè?'

'Ik weet gewoon wat ik wil.'

'Ik ook,' zei hij ernstig. 'En dat ben jij. Ik kan ook niet langer wachten.'

Na het diner ruimde Mrs. B. de tafel af, ze deed de afwas en daarna ging ze naar boven, naar haar kamer. De radio nam ze mee, want ze vond het heerlijk om in bed naar muziek te luisteren. Nu Lord Deverill zijn oude platen weer tevoorschijn had gehaald, had het huis de stilte eindelijk afgeschud en was het leven erin teruggekeerd. Zelfs het slaan van de grote staande klok klonk veerkrachtiger. Het leek wel alsof alles van kleur was veranderd, van dof grijs naar een palet van stralende tinten. Toen de zon die dag door de ramen van de salon scheen, had de hele kamer gebaad in een prachtige gloed van roze en geelbruin.

Ze was master Colm en Margot innig dankbaar. Die twee hadden Lord Deverill de moed gegeven om zijn leven radicaal om te gooien, en hij was de uitdaging aangegaan. Dat viel niet mee, maar de strijd was al half gewonnen doordat hij zijn problemen had toegegeven. Dat had Margot haar verteld. Ondertussen voelde ze dat er iets broeide tussen haar en Colm. Lord Deverill had niets in de gaten. Die had het zo druk met de strijd tegen zijn verslaving dat hij niet zag hoe ze elkaar aankeken, hoe ze elkaar aanraakten. Maar Mrs. B. had het wel degelijk in de gaten. Vrouwen observeerden scherper, daar was ze van overtuigd. Iets in hun blikken, in de manier waarop ze met elkaar praatten, verried een intimiteit die er eerder niet was geweest, ook al deden ze nog zo hun best om niets te laten merken. Hoe zou Lord Deverill reageren wanneer hij het in de gaten kreeg? Mrs. B. wist hoezeer hij op Margot gesteld was geraakt.

Ze streek een lucifer af en stak de kleine votiefkaarsen aan voor de foto's van haar man, haar ouders en haar broer Rafferty. Terwijl ze haar gebed fluisterde en naar het ernstige gezicht van haar broer keek, voelde ze hoe haar verwonde hart overstroomde van liefde. De pijn van dat verlies zou nooit slijten, toch werd ze overspoeld door een gevoel van hoop, van vertrouwen. Het was een gevoel dat ze heel lang niet had gekend, maar dat haar in staat stelde haar verdriet af en toe even te vergeten. Verdriet was niet iets waar je overheen kwam; je leerde er hoogstens mee te leven. En nu er weer muziek en lachende stemmen door het huis klonken, werd het verdriet iets minder loodzwaar.

Ze ging in bad, trok haar nachtpon aan en liet zich op haar knieën voor het bed vallen. Elke dag was er een, dacht ze met een zucht. Ze vouwde haar handen, sloot haar ogen en bad voor Lord Deverill, voor master Colm en Margot, voor Mrs. Alana en de meisjes. Ze bad dat Lord Deverill en zijn gezin zouden worden herenigd, dat ze weer samen gelukkig zouden zijn.

Toen kroop ze in bed, ze zette de radio zachtjes aan en sloeg haar boek open.

JP trok zich terug voor de nacht. Het viel niet mee om van de drank af te blijven, en hij was Colm en Margot dankbaar dat ze er waren om hem af te leiden. Ze gaven hem het gevoel dat er om hem werd gegeven, en dat gevoel had hij heel lang niet gehad. Hij trok zijn pyjama aan, liep naar de badkamer en keek in de spiegel. Het was pas een paar dagen geleden dat hij zijn leven had omgegooid, maar hij vond dat hij er nu al beter uitzag. Gezonder.

Hij was vastbesloten te veranderen. Die avond in de bibliotheek was hij op een afschuwelijke manier geconfronteerd met zichzelf. Hij hoopte dat Margot niet alles had gezien, niet het ergste. Er ging een huivering door hem heen. Toen dacht hij aan Colm die 's nachts bij hem bleef. Het was fijn om te weten dat hij er was, om niet alleen te zijn. Natuurlijk was Mrs. B. er ook, maar dat was toch anders dan zijn eigen zoon. Hij had zo'n spijt van wat er was gebeurd. Maar door erover te praten was er althans iets van de angst, de spijt verdwenen. Het gesprek met Colm was ook weer een stapje op de weg naar zijn genezing. Het leek zo simpel om iets uit te praten, maar in de praktijk was het zo moeilijk. Het was hem zwaar gevallen om de juiste woorden te vinden, alsof ze in doornen verstrikt zaten. Maar zodra hij ze hardop uitsprak hadden de doornen losgelaten. En hoe langer ze spraken, Colm en hij, hoe vrijer hij zich had gevoeld.

Er was zo veel gezegd en uitgesproken, maar 'het spijt me' was daarvan het allerbelangrijkste. Zo'n klein zinnetje, maar het viel niet mee om het in alle oprechtheid uit te spreken. Toch had hij het gezegd, hij had uit de grond van zijn hart gezegd dat het hem speet. En tot zijn verrassing had hij gemerkt dat het althans iets van de pijn, het verdriet wegnam. Zowel bij hem als bij Colm.

Terwijl hij onder de dekens kroop, besefte hij hoe een warm gevoel van lichtheid, van geluk zich in zijn hart nestelde. Ook dat was iets wat hij lang niet had gekend.

Beneden in de jachtkamer stelde Margot een potje konijnen voor. 'Maar dan wel op de traditionele manier.' Ze grijnsde.

'Dat ga je niet winnen!' zei Colm. 'Je bent al naakt voordat ik zelfs maar mijn overhemd heb losgeknoopt.'

'We zullen zien.' Ze pakte lachend de zwarte bal en ging ermee aan de korte kant van het biljart staan. 'Ik begin.'

Hij legde de witte bal in het midden. 'Oké. Ga je gang.'

Ze richtte en rolde de bal langzaam over het biljartlaken. Hij raakte de witte, waardoor die naar links rolde. Vliegensvlug pakte Colm de zwarte. Die schampte de witte. Margot was weer aan de beurt. Ze liep met de zwarte bal naar het eind van het biljart, maar Colm maakte het haar onmogelijk om te richten. Er volgde een handgemeen. 'Dat is obstructie!' protesteerde ze toen de witte bal tot stilstand kwam.

'U zult iets moeten uittrekken, miss Hart.'

'Prima. Ik kan ook valsspelen.' Langzaam knoopte ze haar bloes los terwijl Colm zowel opgewonden als geamuseerd toekeek.

'Je weet dat je ook met een schoen of een sok mag beginnen?'

'Ja, dat weet ik. Maar dat bedeesde gedoe is niks voor mij.' Ze maakte de laatste knoop los en liet de bloes op de grond vallen.

'Zo mag ik het horen.' Hij kwam naar haar toe.

'Stop!' Ze stak haar hand uit. 'Niet aankomen. Dat is tegen de regels. Kijken mag. Aanraken niet. En uiteindelijk is alles voor de winnaar.'

'Alles?'

'Alles.'

'Dat klinkt me als muziek in de oren.'

'Mij ook.' Ze schoot in de lach. 'Ik ben erg hebberig vanavond.'

'Des te beter! Je bent af. Ik mag weer.' Hij liet de zwarte bal rollen.

Het volgende moment lag Margot op het biljart. Zo blokkeerde ze Colms zicht, waardoor de zwarte bal langs de witte rolde, die daarop tot stilstand kwam. 'Het toppunt van gênant!' joelde ze. 'Verliezen van een vrouw in beha!'

'Dat is jouw schuld. Je leidt me af.'

'Ik zei het al, ik kan ook valsspelen. Laat zien dat je durft. Of ben jij wel van het bedeesde soort?' vroeg ze plagerig.

'Wacht maar! Ik betaal je met gelijke munt terug!' Hij knoopte zijn overhemd los en even later stond hij met ontbloot bovenlijf voor haar.

Wáárom had ze gezegd dat aanraken verboden was? Ze keek verlangend naar zijn gespierde schouders. Ze zou met haar vingers door zijn borsthaar willen kroelen, ze zou over het zachte dons op zijn buik willen strijken...

'Nu mag ik weer!'

Toen ze af was, trok ze zonder aarzelen haar schoenen, haar sokken en haar broek uit.

'Dat telt voor vijf verliespunten,' zei hij lachend.

'Prima. Want ik weet niet of ik het nog lang volhou.' Ze stond in haar beha en haar slipje voor hem. Haar haar viel op haar schouders, haar lichte huid glansde in het lamplicht.

Hunkerend van begeerte strekte hij zijn handen naar haar uit. 'Weet je het zeker? Dat aanraken niet mag?' Verlangend liet hij zijn blik over haar lichaam gaan.

Ze deed een stapje naar hem toe. 'Als ík me kan beheersen kan jij het ook,' zei ze, maar het kostte haar de grootste moeite om van hem af te blijven.

Het spel begon weer. Ze renden om het biljart heen. Margot schampte de witte bal met de zwarte, maar toen Colm aan de beurt was ging ze tussen hem en de witte bal liggen, waardoor die tegen haar rug tot stilstand kwam. Ze glimlachte triomfantelijk. 'Je zult eraan moeten geloven,' zei ze hees. 'Trek maar uit die kleren!'

Colm legde de bal weg en klom ook op het biljart. 'Ik vind het welletjes.' Hij pakte haar bij haar polsen zodat ze geen kant meer uit kon en drukte zijn lippen op de hare.

Kitty

Ik voel iets duisters in het Jachthuis, iets wat op onregelmatige momenten verschijnt en weer verdwijnt. Voor wie op het aardse niveau leeft, is het huis lichter geworden. Lichter en gelukkiger. Maar hier in het Tussenrijk voel ik die duistere aanwezigheid heel sterk. Het is een hij, dat voel ik ook. Hij blijft nooit lang en hij heeft een lagere vibratie dan ik. Misschien komt hij van een lager niveau. Maar waarom dat zo is, dat weet ik niet. Ik ben gewend aan het komen en gaan van dode zielen, maar deze is anders. Deze voelt ontevreden, boos, rancuneus. Een schimmige gedaante die door de salon zweeft, waardoor het er op slag kouder wordt, de energie minder, en waardoor mijn stemming daalt. Ik ben ongeduldig. Het wordt hier nu wel erg eenzaam, in dit voorgeborchte, met alleen Mrs. Carbery om mee te praten.

Ik heb me nog niet eerder eenzaam gevoeld, doordat ik volledig in beslag werd genomen door mijn woede. Maar die woede is geleidelijk aan minder geworden. Waarschijnlijk kan een mens niet eeuwig boos blijven. Ik moet bekennen dat Mrs. Carbery me van mijn stuk heeft gebracht. Ik dacht dat ze, wanneer ze eenmaal besefte dat ze dood was, het licht zou vinden, dat ze naar huis zou gaan. Maar dat is niet gebeurd. Haar illusoire wereld is opgehouden te bestaan, ze is zich bewust van haar toestand en dat maakt haar diep ongelukkig. Misschien had ik haar beter in zalige onwetendheid kunnen laten.

Bovendien worstel ik door wat haar overkomt met een vraag die ik maar niet uit mijn hoofd kan zetten. Als zíj het licht niet heeft gevonden, als het zich niet aan háár heeft geopenbaard, staat mij dat dan ook te wachten? Ben ik er, net als zij, toe veroordeeld hier in het Tussenrijk te blijven? En voor hoe lang? Wat gebeurt er tegen de tijd dat ik klaar ben om verder te gaan? Zal dat dan onmogelijk blijken?

Mrs. B. en JP zijn zich niet bewust van de duistere aanwezigheid. Ze merken alleen dat de temperatuur daalt, en dat wijten ze aan de tocht die binnenkomt door de kieren in de oude kozijnen of door de schoorsteen. Ze stoken het vuur op, leggen nog een paar blokken op het rooster, maar zolang de aanwezigheid niet weggaat, wordt het niet warmer. Toch zit JP tegenwoordig graag in de salon. Vanwege de muziek, denk ik, nu hij zijn oude platencollectie heeft afgestoft. Misschien houdt de aanwezigheid ook van muziek, hoewel ik sterk het gevoel heb dat er in zijn hart geen plaats is voor schoonheid.

Met JP gaat het elke dag een beetje beter. De Deverills maken het zichzelf niet gemakkelijk met hun hartstochtelijke temperament, maar ze bezitten ook een ijzeren wil. Toen JP de drank eenmaal had afgezworen, was dat besluit onomkeerbaar. Margot en Colm hadden hem een spiegel voorgehouden, en zodra hij had gezien wat er van hem was geworden, nam hij doelbewust de beslissing om aan zichzelf te gaan werken. Daar heb ik bewondering voor. Tegen de tijd dat hij weer helemaal de oude is, lukt het hem misschien zelfs het kasteel terug te kopen. Ook al vraag ik me wel af hoe hij dat voor elkaar zou moeten krijgen, met de ambitieuze en inhalige Mrs. De Lisle als de huidige eigenaar. Ik mag haar niet. En dan druk ik me nog voorzichtig uit.

Ze heeft besloten een medium in te huren als vermaak voor de gasten. Toen mijn grootmoeder Adeline nog leefde, belegde ze met haar twee zussen, Hazel en Laurel, regelmatig een seance om contact te zoeken met de doden. Ik herinner me nog hoe de tafel begon te schokken doordat Barton Deverill, die oude zuurpruim, hun inspanningen saboteerde. Ik kan ook wel voor wat sabotage zorgen, denk ik. Mijn woede mag dan aan intensiteit hebben ingeboet, voor een beetje sabotage is niet veel kracht nodig, en ik verveel me stierlijk.

Colm is verliefd op Margot. Dat had ik moeten zien aankomen. Hij heeft het hartstochtelijke temperament van zowel de Deverills als de O'Leary's geërfd, en daar kan ik over meepraten. Ze denken dat de Elfenring hun bijzondere plek is, maar dat waren de stenen ook al voor Jack en mij, voor Alana en JP, en voor talloze andere verliefde paren. De grond waarop de stenen meer dan vijfduizend jaar geleden zijn neergezet, bezit een uitzonderlijke energie, al sinds de schepping van de wereld diep verborgen in de aarde. Historici en archeologen buigen zich al eeuwenlang over het mysterie; ze beweren dat de stenen bedoeld waren om de bewegingen van de zon en de maan, de planeten en de sterren te registreren, of dat ze hebben gediend om de doden te herdenken of voor het brengen van levende offers, maar ze kijken nooit naar beneden. In de diepste diepten van de grond onder hun voeten schuilt een magnetische kracht. Een magische energie die niet alleen de grond daarboven beïnvloedt, maar ook iedereen die over die grond loopt. Zelfs in de dood word ik er nog naartoe getrokken. Badend in de golven van die energie ben ik me intens bewust van de verbinding tussen mijn ziel en zijn bron, ergens ver weg, voorbij de einder.

Jack wordt er door zijn herinneringen naartoe getrokken. Ik zie hem vaak bij de stenen, samen met zijn hond. Dan tuurt hij naar de horizon alsof ik daar ben, in de mistige verte. En daar zie ik hem ook nu weer. Zijn hart voelt zwaar, door de loden last van een liefde die geen kant uit kan. Ik voel me getroost door zijn rouw en ik deel zijn spijt. Hier tussen de stenen is hij van mij. Hij denkt terug aan de passie, maar ook aan de pijn, het verdriet, en in zijn herinneringen kom ik tot leven. Wist hij maar dat ik nog steeds bij hem ben. Hij zoekt me op de plek waar zee en hemel elkaar ontmoeten, maar ik ben hier, vlak naast hem, en ik beleef zijn herinneringen samen met hem.

Dan zie ik tot mijn verrassing zijn vrouw aankomen. Ze stapt tussen de stenen door de kring binnen, en hij schrikt op uit zijn gemijmer. Ik voel me gekwetst. Dit is ónze plek. Zij hoort hier niet.

'Emer? Wat doe jij hier?'

Als ik dat had gekund, zou ik dezelfde vraag hebben gesteld.

Ze glimlacht sereen, zonder een zweem van passie of ijdelheid. Ik word rebels. Emer is als de kalme, stille zeebodem, terwijl ik altijd grillig en humeurig ben geweest, veranderlijk als de golven. 'Ik was op zoek naar jóú,' antwoordt ze.

'Hoezo? Er is toch niks?' vraagt hij ongerust.

'Nee hoor. Alana is begonnen met pakken. Ze zal binnenkort wel weer weg willen.'

'Aye, dat denk ik ook.'

Ze gaat naast hem staan. Met hun gezicht in de wind genieten ze van de zilte zeelucht die langs hun wangen strijkt. Met een zucht stopt Emer haar handen in haar zakken. 'Ik wou dat ze niet weg hoefde.'

'Ik ook. Maar haar leven is nu daar.'

'Ik zou ook niet moeten klagen. Ik ben er geboren. Jij en ik hebben elkaar daar leren kennen. Het is een goed land om in te wonen.'

'Maar ze hoort hier. Net als wij. Toen ik in Amerika woonde, verlangde ik altijd naar huis.'

Emer pakt zijn hand. 'Ik ben dankbaar voor het bestaan dat we samen hebben opgebouwd, Jack. Ik ben hier altijd erg gelukkig geweest.'

Met zijn blauwe ogen kijkt hij haar aan, en hij kan niet anders dan haar glimlach liefdevol beantwoorden. Ze hebben hun bestaan sámen opgebouwd, maar zíj was het cement dat het bij elkaar hield toen onze verhouding aan het licht kwam. Als hij het had gevraagd, zou ik Robert in de steek hebben gelaten en met hem zijn meegegaan. Desnoods naar het einde van de wereld. Ik was bereid om alles achter te laten. Maar hij heeft het me nooit gevraagd. Mijn bereidheid kwam te laat. Jack was verstandiger dan ik. Je kunt je geluk niet bouwen op het verdriet van de mensen van wie je houdt.

'Ik weet dat je nog altijd om Kitty rouwt,' zegt Emer plotseling.

'Dat weet ik.'

'En ik begrijp het. Ze was je grote liefde. Ik wil niet dat je je schuldig voelt. Een man kan van twee vrouwen tegelijk houden. Dat zijn twee verschillende soorten liefde.'

Hij fronst zijn wenkbrauwen en kijkt op haar neer alsof hij nauwelijks kan geloven wat hij ziet. Een vrouw zo sereen als de zeebodem.

Ze slaakt een zucht. Niet vermoeid of geërgerd, maar teder, vol mededogen. 'Ik weet dat je daar tijdens ons hele huwelijk mee hebt geworsteld.'

'Niet altijd.'

'Misschien niet, maar wel bijna ons hele huwelijk.'

'Toen we elkaar ontmoetten, werd ik verliefd op je. Die liefde was echt,' verklaart Jack met grote gedrevenheid, en ik weet dat hij de waarheid spreekt. Ik had hem teleurgesteld door te weigeren met hem mee te gaan. Dus zijn herinneringen aan mij kunnen niet bepaald liefdevol zijn geweest.

'Maar toen we naar Ierland gingen, zag je haar weer. Geen vrouw kon het opnemen tegen Kitty Deverill. Vuurrood haar. Ogen zo grijs als de hemel wanneer het stormt. Ze was een schoonheid. En dat niet alleen, ze was uniek. In alle opzichten. Bovendien maakte ze deel uit van je jeugd. Jullie zijn samen opgegroeid. Ik kon niet concurreren met haar schoonheid en ook niet met de band die jullie in het verleden hadden opgebouwd.'

'Dat hoefde ook niet, Emer. Je bent mijn vrouw. Ik heb altijd van je gehouden.' Jack drukt fronsend haar hand. 'Waar komt dit ineens vandaan?'

Ze haalt haar schouders op. Haar ogen staan weemoedig. 'Het leven is kort. We zijn niet meer de jongsten. Het wordt tijd dat sommige dingen worden uitgesproken. Dingen waarvan ik vind dat ik ze moet zeggen.'

'Heb je met Alana gepraat?'

'Ja, en ik moet me wel heel sterk vergissen als ze niet nog steeds van JP houdt.'

'Volgens mij ook.'

'Ze is nog steeds zo gekwetst. Dat zou ze niet zijn als ze niets meer om hem gaf.'

'JP heeft er een puinhoop van gemaakt. Alana is te goed voor hem. Hij verdient haar niet.'

'Misschien niet. Maar dat is niet altijd zo geweest. En ze hebben samen een prachtig stel kinderen gekregen. Ik word er verdrietig van als ik me voorstel hoe anders het had kunnen gaan. En ik word er ook verdrietig van dat ze al bijna weer weggaat.'

'Is dat het? Komt daar al die onzin vandaan?'

Ze schiet in de lach. 'Ik wil alleen maar dat je weet dat ik je niet veroordeel, Jack. En dat ik begrijp waarom je soms ongelukkig bent. Je hoeft je niet schuldig te voelen omdat je om haar rouwt. Ik ben niet jaloers. Dat ben ik nooit geweest. Ook niet toen ze nog leefde. Als je dat wilt kun je gewoon over haar praten.'

Jack kijkt haar aan, en ik lees verbijstering in zijn ogen. 'Je bent een goed mens, Emer. Een veel beter mens dan ik ooit zal kunnen zijn.' Er klinkt spijt door in zijn stem.

'Je moet jezelf nooit verwijten maken omdat je van iemand houdt, Jack.'

'Ik maak mezelf verwijten omdat ik jou tekort heb gedaan.'

'Daar moet je mee ophouden. We moeten de liefde vieren. Ook jouw liefde voor Kitty. Haar as is hier uitgestrooid. In plaats van verbitterd terug te kijken op het verleden, moeten we het respecteren. Het is wat het is. We kunnen er niets meer aan veranderen. Ik hou van je, Jack. Je bent mijn man, mijn beste vriend, en de reis door het leven heeft ons gemaakt tot de mensen die we nu zijn. We hebben het goed gedaan, of niet soms? We zijn nog steeds samen.'

'Dankzij jou, Emer.' Jack slaat zijn armen om haar heen en trekt haar dicht tegen zich aan. 'Het spijt me dat ik je verdriet heb gedaan, dat ik je niet altijd genoeg aandacht heb gegeven, dat ik het allemaal maar heel vanzelfsprekend vond dat je er was en wat je allemaal voor me deed. Je hebt gelijk. We zijn niet meer de jongsten. Sommige dingen moeten gezegd worden.'

'Ik vergeef je, Jack,' fluistert ze.

Diep ontroerd doe ik een stap opzij, en terwijl ik zie hoe ze elkaar opnieuw vinden besef ik tot mijn schande hoeveel moed ervoor nodig is om te vergeven, om te zeggen dat het je spijt. Ik heb in de Onafhankelijkheidsoorlog gevochten, ik ben staande gebleven nadat Michael Doyle me had verkracht, ik heb mijn diepste verlangens opzijgezet om JP als mijn eigen zoon groot te brengen. En ik heb altijd gedacht dat ik moediger was dan heel veel anderen. Maar ik heb me vergist. Er is moed voor nodig om te vergeven, en die moed bezit ik niet.

Ik word naar het Jachthuis getrokken. JP zit in de salon, samen met Colm en Margot. Het diner is achter de rug, en ze spelen monopoly aan de kaarttafel. Ik ben me onmiddellijk bewust van de duistere aanwezigheid. Hij is er weer. De haard brandt, maar het blijft kil in de kamer. Margot heeft een sjaal om haar schouders geslagen, Colm draagt een bodywarmer over zijn trui en JP zijn fluwelen jasje, ook al is het al begin maart en hoort fluweel bij de winter. Uit de luidsprekers klinkt klassieke muziek. Ik voel de duistere aanwezigheid in de buurt van de kast. Een schimmige gedaante die duidelijker wordt wanneer ik me concentreer. Zijn kleren kan ik niet goed onderscheiden, maar ik kan wel zien dat hij groot van postuur is. Een man met lang haar, en blijkbaar draagt hij een jasje. Dat zie ik aan het glimmen van zijn knopen. Zijn energie is zo dicht en zo zwaar dat ik me tot het uiterste moet inspannen om hem te bereiken. Maar ik ga hem toch aanspreken, in de hoop dat hij me kan horen. Ik ben nooit bang geweest om met de doden te praten. In dat opzicht ontbreekt het me niet aan moed.

'Dag,' zeg ik. Wanneer er niets gebeurt probeer ik het nog eens.

'Dag.' De duistere aanwezigheid verroert zich niet. Hij blijft bij de kast alsof hij de muziek indrinkt. Zou dat de reden zijn waarom hij hier is? 'Vindt u het mooi?' vraag ik. 'Prachtig, hè?' Ik voel een stekelige sensatie wanneer hij zijn aandacht van de muziek naar mij verplaatst. 'Het is van Richard Strauss, geloof ik. Houdt u van Strauss? Ik heb muziek altijd heerlijk gevonden. Balsem voor de ziel, dat is het.' Ik voel dat hij me ziet. En dat het hem verrast dat hij niet alleen is. Zou hij JP en Margot en Colm kunnen zien? Ik denk het eigenlijk niet. Dan komt hij naar me toe. Een man die hoog boven me uittorent en die een angstaanjagende energie uitstraalt. Donkerbruin. Dicht en zwaar als modder.

'Kunt u me zien?' Zijn stem klinkt diep en bars, als schurende kiezels op een verlaten strand.

'Ja, natuurlijk. Ik ben dood, net als u.'

'Bent u hier ook voor de muziek?'

'Nee. Ik heb hier vroeger gewoond. En u? Komt u voor de muziek?'

'Ja. Ik was hier ineens, vanuit het duistere, ellendige oord waartoe ik ben veroordeeld. En dat komt door de muziek, weet ik inmiddels. Daar is geen muziek.'

'Waar is dat dan?'

'Dat weet ik niet, maar het is er verschrikkelijk. Vroeger woonde ik in een kasteel.'

'In kasteel Deverill?'

'Ja!'

'Daar woonde ik vroeger ook.'

Hij doet nog een stap in mijn richting, zijn doordringende blik bezorgt me opnieuw een stekelige sensatie. 'Ik ken u niet.'

'Ik u ook niet.' Ik steek mijn kin naar voren en laat me niet intimideren. 'Ik ben Kitty Deverill. Wie bent u?'

'Ik ken geen Kitty Deverill,' bromt hij beschuldigend, alsof hij me niet gelooft.

'Dan kunt u niet in het kasteel gewoond hebben.'

'Ik wóónde er niet alleen, het was van mij.'

Nu is mijn belangstelling pas goed gewekt. 'U bent niet Barton Deverill. En Egerton bent u ook niet. Die heb ik allebei ontmoet. En u bent ook niet mijn grootvader Hubert. Of mijn vader Bertie.'

Hij zucht alsof de opsomming hem verveelt. 'Ik ben Tarquin Deverill,' zegt hij dan ongeduldig. 'Dus dan moet u... van een heleboel generaties later zijn. Maar ik heb geen idee van hoeveel generaties later.'

15

Met het voorjaar deed ook een gevoel van hernieuwd optimisme zijn intrede. De zon kreeg steeds meer warmte en deed het landschap uitbotten in een explosie van paarse hei en gele gaspeldoorn. Tussen het hoge gras bloeiden wilde orchideeën en tijm, en de zoete geur die uit de grond opsteeg verried de wedergeboorte van de aarde. Het gezang van de vogels kondigde al heel vroeg in de ochtend de dageraad aan, terwijl de hemel openbarstte en vloeibaar goud over de horizon uitstortte.

Het gevoel van vernieuwing was aanstekelijk. JP zwoegde in de tuin, vervuld van ontzag voor de natuur en verwondering om zijn eigen wonderbaarlijke herstel. Want wonderbaarlijk was het zeker. Hij had de drank afgezworen en nieuwe krachten in zichzelf ontdekt die vergezeld gingen van een stimulerend gevoel van doelgerichtheid. Dankzij zijn herwonnen helderheid van geest wist hij weer heel duidelijk wat hij wilde. Of liever gezegd wíé hij wilde. En hoe uitzonderlijk, hoe buitensporig dat verlangen ook was, de beperkingen waardoor we ons laten ontmoedigen zijn doorgaans van onze eigen makelij, hield hij zichzelf voor. Want het leven biedt een rijkdom aan kansen. Het is aan ons om de moed op te brengen die te grijpen. Maar voorlopig hield hij zijn geheim voor zich. Hij wilde niet dat Colm zou proberen het hem uit zijn hoofd te praten. Bovendien was hij voorzichtig met hun hernieuwde band, die nog altijd broos was. En Mrs. B. mocht het ook nog niet weten, want die zou haar hoofd schudden en zeggen dat zulke dromen nooit werkelijkheid werden, hoe graag we dat ook wilden. De enige die hem zou begrijpen, was Margot. Zijn lieve meelevende vriendinnetje dat de aanzet had gegeven tot zijn herstel. Maar ook voor Margot gold dat hij er nog niet aan toe was om het haar te vertellen. Het moest een verrassing zijn. Bovendien wilde hij wachten tot hij weer helemaal de oude was. Hij zag er nog het meest tegen op om het aan Alana te vertellen. Maar die was inmiddels vertrokken, en het zou nog wel even duren voordat ze elkaar weer zagen. Dat gaf hem de tijd om de oude JP terug te vinden.

Elke ochtend reed hij de heuvels in, soms alleen, vaak ook met Colm of Margot. Met elke rit voelde hij dat hij meer zichzelf werd. Wanneer hij over de velden galoppeerde, verdween het verleden naar de achtergrond en leefde hij ten volle in het moment. En daar, in het moment, vond hij de jongeman terug die hij ooit was geweest, nog niet getekend door het leven, maar slechts gedefinieerd door zijn warme, gretige hart, zijn onstuimige temperament.

Beetje bij beetje begon zijn beeld in de badkamerspiegel te veranderen. Het begon met zijn huid die verbeterde, van vlekkerig naar gelijkmatig. Toen veranderde het wit van zijn ogen van gelig, als oud perkament, in gezond, stralend wit. En ten slotte werd zijn kaaklijn weer slanker en verdween het pafferige uit zijn wangen, waardoor hij er jaren jonger, zelfs aantrekkelijk uitzag. De transformatie motiveerde hem en bracht hem elke dag een stukje dichter bij zijn doel. Ondanks alles wat er was gebeurd, vulde zijn oude, zwaarbeproefde hart zich weer met liefde. Het gevoel was bedwelmend. Hoe was het mogelijk dat hij al die jaren slechts wrok en bitterheid had gekoesterd, terwijl de liefde nooit was verdwenen en geduldig wachtte om opnieuw te worden ontdekt?

Margot was begonnen met schrijven. Ze was JP innig dankbaar dat hij haar inzage had gegeven in het familiearchief, want terwijl ze de toetsen van haar elektrische schrijfmachine liet ratelen, besefte ze dat ze de Deverills nooit zo tot leven had kunnen wekken zonder de brieven, de dagboeken en alles wat er verder nog in die ogenschijnlijk saaie dozen zat. Het schrijven vervulde haar met opwinding. Het verhaal dat zich ontrolde was boeiend, want de familie mocht dan invloedrijk en succesvol zijn geweest, ze was ook eeuwenlang achtervolgd door drama's en schandalen. Op de dag dat Barton Deverill was begonnen met de bouw van zijn kasteel op gestolen grond, was er een gruwelijk zaad geplant. Een zaad waaruit de bonenstaak was ontsproten die opeenvolgende generaties reuzen en hemelbestormers had voortgebracht wier leven door lijden was getekend. JP had gelijk. Hij was de Jack uit het sprookje die de bonenstaak had omgehakt en een eind had gemaakt aan het erfgoed van de Deverills. Als haar theorie klopte, dat hun obsessie met het kasteel de Deverills alleen maar ongeluk had gebracht, dan had het verlies ervan voor JP een verlossing moeten zijn geweest. Maar dat was niet zo. Het verlies had hem alleen maar pijn en verdriet gedaan; het had hem een gevoel van schaamte bezorgd, een gevoel van tekortschieten. Daardoor bleef er van haar theorie niets over.

Maar haar focus lag niet op het eind van het verhaal. Ze richtte zich op de tijd waarover ze op dat moment schreef. Het ging vlot, ze had nooit last gehad van een writer's block, maar het kostte haar wel moeite om zich te concentreren. Telkens wanneer ze opkeek van haar tekst zag ze Colm voor zich.

Bovendien viel het niet mee om hun relatie geheim te houden. Ze brachten veel tijd met JP door, en dan kostte het hun de grootste moeite om elkaar niet aan te raken, om geen grapjes te maken die alleen zij begrepen, om hun gevoelens niet te verraden door de blik waarmee ze elkaar aankeken. De situatie had voor Margot ook een voordeel. De geheimhouding gaf haar de ruimte, de vrijheid om in het reine te komen met haar bindingsangst. Daar had Colm allemaal geen last van. Hij was verliefd en zou dat het liefst van de daken willen schreeuwen.

Maar voorlopig moesten ze genoegen nemen met gestolen momenten. Laat op de avond, wanneer JP al naar bed was; in de middaguren, wanneer Colm er op zijn werk even tussenuit kon en hij haar kon meesmokkelen naar zijn huis aan de rand van Ballinakelly. En natuurlijk bij de Elfenring, wanneer ze er met de paarden opuit trokken. Tussen de reusachtige stenen kon niemand hen zien. Ballinakelly was een kleine gemeenschap. Roddels verspreidden zich als een vlammetje in een hooiberg. Ze konden het zich niet veroorloven dat JP achter hun relatie kwam. Dat gold ook voor Colms grootouders. Jack en Emer zouden niet aarzelen het aan Alana te vertellen. Margot ging niet meer naar O'Donovan's, om zich tegenover Seamus niet te hoeven verantwoorden voor haar afwezigheid. Het voelde niet goed hoe ze hem had behandeld, maar ze had in haar leven al talloze gebroken harten achter zich gelaten. Dat van Seamus kon er ook nog wel bij.

En dat van Colm? Zou zijn hart het volgende zijn, was de vraag die ze zichzelf stelde. Nee, met hem was het anders. Dat voelde ze wanneer ze bij hem was. En ook wanneer ze níét samen waren. En dat gevoel joeg haar angst aan. Wanneer ze 's ochtends wakker werd en besefte dat ze alleen was, voelde ze zich eenzaam op een manier die ze nooit had gekend. Dat maakte haar bang. Het bezorgde haar een gevoel van verlies, al voordat ze hem had verloren.

'Ik wil elke ochtend met jou wakker worden,' zei ze toen ze 's nachts in de bibliotheek in elkaars armen lagen. JP was allang naar bed. De wijzers van de antieke klok op de schoorsteenmantel stonden op twee uur. Het vuur was gedoofd tot een oranje gloed. 'Ik wil dat jij het eerste bent wat ik zie als ik mijn ogen opendoe.'

Colm glimlachte teder. Zo romantisch kende hij haar niet. Zijn hart zwol van liefde. 'Dat wil ik ook. Elke ochtend. Voor de rest van mijn leven.' Hij streek een krul achter haar oor. 'Ik wou dat we ons niet langer hoefden te verstoppen.'

'Hoe lang blijf je hier nog slapen?'

'Zo lang als pa me nodig heeft.'

‘Maar wat gaat het goed, hè?’

‘Nou en of. Ik had nooit gedacht dat ik mijn vader terug zou krijgen. Het is echt een wonder.’

‘Denk je niet dat hij onderhand alleen kan blijven? Mrs. B. is er ook nog.’

‘O, ik ben niet bang dat hij weer naar de fles grijpt. Maar ik wil niet dat hij zich eenzaam voelt. Hij is eraan gewend geraakt dat ik er ben.’

‘Dat wil ik ook. Eraan gewend raken dat jij er bent.’ Margot liet glimlachend een vinger langs zijn kaak glijden. ‘Ik wil dat je de hele nacht bij me bent, niet een paar uurtjes. Ik wil niet steeds als een dief in de nacht moeten verdwijnen.’ *Dat heb ik al vaak genoeg gedaan.* Als hij eens wist hoe bijzonder het was dat ze bij hem wilde blijven, dat ze niet wilde dat hij wegging.

‘Nog even geduld,’ zei hij. ‘Het duurt nu niet lang meer, dan hebben we de hele nacht voor ons samen.’

Ook Mrs. B. voelde zich als herboren. Ze plukte narcissen en zette ze in een kan op de tafel. De hele keuken vrolijkte ervan op, en tijdens het koken keek ze er met plezier naar. De muziek die uit de radio klonk, verhoogde haar stemming nog meer en toverde een glimlach op haar gezicht. Soms betrapte ze zich erop dat ze voor zich uit stond te staren, terugdenkend aan haar jeugd, voordat de burgeroorlog voorgoed een einde had gemaakt aan die gelukkige tijd. Maar het waren niet alleen de muziek en het voorjaar waardoor ze zich als herboren voelde, het kwam ook door de veranderde sfeer in huis. Het Jachthuis had zijn winterse kilte afgeschud, een kilte die het bijna negen jaar lang met een onzichtbare laag ijs had bedekt. Lord Deverill was een ander mens geworden. Mrs. B. was zo gewend geraakt aan de stuurse, sombere man in de greep van zijn verdriet, zijn schaamte, dat ze was vergeten hoe goedlachs en charmant hij ooit was geweest. Maar die goedlachse, charmante man was terug, niet meer zo jong en zo knap als vroeger, maar met nog dezelfde twinkeling in zijn ogen en met hetzelfde gevoel voor humor. Hij was opgewekt, hij kon weer hartelijk lachen, hij genoot van de schoonheid om zich heen en gaf uitbundig uiting aan zijn hervonden levensvreugde. Master Colm woonde weer thuis, en Margot kwam bijna dagelijks langs. Ze leken wel een gelukkig gezin, zo met z'n drieën. Het enige wat Mrs. B. zorgen baarde, was de liefde die ze zag opbloeien tussen Colm en Margot. Hoe zou Lord Deverill reageren wanneer hij daarachter kwam? Hij was oud genoeg om haar vader te zijn, maar het gevoel was doof voor de rede.

Ze hoopte vurig dat zijn hart niet zou breken wanneer master Colm en Margot hem vertelden wat ze voor elkaar voelden.

April was in het land. Rond het kasteel stonden de kersenbomen in bloei, in het grasland verschenen de blauwe bloemetjes van de hondsviooltjes, in de bomen klonk de roep van de koekoek, en in het hotel was de gravin Di Marcantonio inmiddels een regelmatige gast. Tot in de puntjes verzorgd troonde ze bijna elke middag in de eetzaal, waar ze in bloemrijke taal vertelde over het 'voorouderlijk huis' van haar echtgenoot. Margot ontliep haar zo veel mogelijk, maar Mr. Dukelow stond erop dat ze zich al schrijvend aan de gasten liet zien. Wat voor zin had het anders om een gastschrijver uit te nodigen, bracht hij haar fijntjes in herinnering. En daar zat iets in. Ze verbleef tenslotte gratis in het hotel, en voor niks ging de zon op.

Dus het was onvermijdelijk dat ze de gravin op enig moment zou treffen. Dat moment deed zich voor op een regenachtige middag, toen Margot zich aan het bureau in de salon had geïnstalleerd. Het vuur was aan, de lampen brandden, en buiten werd het al vroeg donker door de laaghangende grijze wolken die de hemel verduisterden.

'Miss Hart!' De gravin schreed statig de salon binnen in een vuurrood jasje met daaronder de zwarte japon met witte stippen die ze bij hun eerste ontmoeting had gedragen. Ze had haar nagels vuurrood gelakt en was behangen met goud. De stralende glimlach waarmee ze Margot begroette, suggereerde dat ze haar als een dierbare vriendin beschouwde. ‘Ik heb zo vaak aan u gedacht,’ vervolgde ze met haar Oostenrijkse accent. ‘Hoe gaat het met uw boek? Vordert het een beetje? Ik heb niets meer van u gehoord, dus ik neem aan dat u klaar bent met uw research?’

Margot stond op en schudde de gravin de hand. ‘De research zit erop, inderdaad. Ik ben begonnen met schrijven.’

De gravin trok een dunne wenkbrauw op. ‘Ik hoop dat u ons gesprek in uw boek verwerkt, miss Hart. Dat u de Di Marcantonio’s de aandacht geeft die hun toekomt. De graaf heeft tenslotte een stap opzij moeten doen en moeten toezien hoe zijn halfbroer er met de erfenis vandoor ging.’ Ze lachte om de scherpte van haar woorden wat af te zwakken, maar het was een vreugdeloze lach. ‘Afijn...’ Ze snoof. ‘U bent de historicus. Wie ben ik om u te vertellen hoe u uw boek moet schrijven?’

‘Ik zal alle relevante feiten zeker meenemen,’ zei Margot ontwijkend.

‘Denk erom dat u geen schandaal onbesproken laat!’ zei de gravin geforceerd luchtig. ‘Schandalen zijn tenslotte de krenten in de pap. En de geschiedenis van de Deverills wemelt ervan.’

‘Wat dat betreft kunnen de nog levende Deverills niet in de schaduw van hun voorouders staan.’ Margot keek naar het portret van Tarquin Deverill. ‘Eerlijk gezegd ben ik niet zo geïnteresseerd in de huidige Lord Deverill. Die is te aardig, te fatsoenlijk om een smeuïg verhaal op te leveren.’

De glimlach van de gravin haperde, er kwam een harde, kille blik in haar ogen. ‘Hoe durft u het verdriet van mijn man te bagatelliseren,’ snauwde ze. ‘“Fatsoenlijk!” Als u eens wist hoe mijn man onder het verraad heeft geleden, zou u zich wel twee keer bedenken om JP zo te noemen. Maar...’ Ze zweeg en riep zichzelf tot de orde. Haar glimlach keerde terug. ‘Nogmaals, u bent de historicus. De vraag is alleen hoe u zich wilt profileren. Als een historicus die zich houdt aan de waarheid, of als schrijver van een familiegeschiedenis die hier en daar een loopje neemt met de ware toedracht. Die keuze is aan u.'

Margot zou haar graag het een en ander hebben verteld over de waarheid, maar ze hield zich in. Ze had geleerd om zich niet op stang te laten jagen door mensen zonder scrupules, om zich niet te verlagen tot hun niveau. Dus ze deed alsof de woorden van de gravin haar onverschillig lieten en boog zich weer over haar werk. Maar inwendig kookte ze. Hoe durfde dat mens haar zo te intimideren! Tot dusverre had ze haar afgedaan als pretentieus en narcistisch, maar inmiddels wist ze beter: de gravin was kwaadaardig.

Eind april ontsnapten Margot en Colm in de Land Rover voor een weekendje samen naar Dublin. Dankzij het prachtige weer was de rit erheen al geweldig. De zon schitterde oogverblindend aan de hemel, de heuvels waren stralend groen na de overvloedige regen. Margot voelde zich een schoolkind dat spijbelde, aanvankelijk nerveus dat ze zouden worden betrapt en uitgelaten toen dat niet gebeurde. Bij aankomst in Dublin ontdekten ze dat de hele stad was gehuld in roze en witte bloesem, met overal tulpen, narcissen, kleurige hangmanden aan de huizen en bloeiende bloembakken op de vensterbanken. De aanblik was magisch na de grauwe somberheid van de winter.

Ze logeerden in een klein hotel in een niet-toeristische buurt. In een restaurantje in het hart van de stad dronken ze een fles wijn bij de lunch, en ze praatten honderduit terwijl ze elkaars hand vasthielden en ervan genoten dat ze niet voorzichtig hoefden te zijn. Even geen gestolen momenten, geen heimelijke kussen en nerveuze waakzaamheid. Na de lunch wandelden ze zoals zo veel verliefde stelletjes door St. Stephen's Green, en er was niemand die aandacht aan hen besteedde, hoogstens af en toe een oudje dat weemoedig terugdacht aan zijn of haar jonge jaren, zich bewust van de vergankelijkheid van de hartstochtelijke liefde die daarbij hoorde.

Die avond aten ze in een restaurantje dicht bij het hotel. Weer terug in hun kamer vielen ze in elkaars armen en vrijden ze loom, zinnelijk, zonder haast. Zonder dat Margot als een dief in de nacht hoefde weg te sluipen, zonder het gemis wanneer de ochtend kwam. Toen de nieuwe dag aanbrak en Margot haar hand uitstrekte, lag Colm naast haar. Ze drukte zich tegen hem aan, met haar buik tegen zijn rug, en schoof haar arm onder de zijne. Ze was niet alleen, ze hoefde hem niet te missen, dus ze sloot haar ogen en viel weer in slaap, in het besef dat hij er nog zou zijn wanneer ze straks wakker werd. Het was een verlangen dat ze niet kende, dat ze nooit eerder had gevoeld.

Zoals altijd was ze vroeg wakker. Colm sliep nog toen het eerste zonlicht door de kier in de gordijnen drong. Ze stond op, douchte, en toen hij daarna nog steeds in diepe rust was, besloot ze de stad in te gaan om wat lekkere broodjes te halen voor het ontbijt. Het hotelletje was te klein en te eenvoudig voor roomservice.

Ze legde een briefje op haar kussen, zodat hij wist waar ze was, toen glipte ze zachtjes de kamer uit. De vorige dag waren ze langs een cafétje gekomen met een uitstalling van taarten en scones voor het raam die hun het water in de mond had doen lopen. Daar ging ze naartoe. Toen ze de deur opendeed, kwamen de geuren van vers brood en versgemalen koffie haar tegemoet. Ze snoof gretig, dolgelukkig dat ze hier was, samen met Colm. Eindelijk alleen. Zodra ze terugkwam in het hotel zou ze hem wakker maken, en dan kwamen ze de rest van de ochtend hun bed niet meer uit.

Achter de toonbank stond een man met pluizig wit haar. Hij wenste haar glimlachend goedemorgen, met een zwaar Dublins accent. Een serveerster in een roze met wit uniform schonk een oude man in de hoek nog eens koffie bij. Hij was verdiept in *The Irish Times*. Verder waren er geen klanten. Margot liep naar de toonbank. 'Wat ruikt dat allemaal heerlijk vers.' Ze liet haar blik over de keurig geschikte scones, krentenbollen en beboterde plakken *barmbrack* gaan.

'Allemaal van vandaag. Vanochtend gebakken.'

'Verrukkelijk. En wat is het hier rustig.' Ze keek naar de oude man. Hij oogde nogal sjofel en erg mager, alsof hij niet fatsoenlijk te eten kreeg.

'Dat is een van onze vaste klanten,' vertelde de man achter de toonbank op gedempte toon. 'Nog even, dan is het hier razend druk en kom ik handen tekort. Maar op zaterdag slaapt iedereen uit, en de vrome zielen zijn nog niet terug van de vroegmis. Het zijn altijd dezelfden die het harde werk doen.' Hij grijnsde.

Margot koos voor zichzelf een krentenbol en voor Colm een plak barmbrack. Toen ze wilde betalen aarzelde ze even. Het zou nog wel even duren voordat Colm wakker werd, en de geur van versgemalen koffie was zo verleidelijk dat ze hem niet kon weerstaan. Dus ze bestelde een kop, ging aan een rond tafeltje zitten en knabbelde aan haar krentenbol. Het duurde niet lang of de oude man in de hoek vouwde *The Irish Times* dicht en stond enigszins moeizaam op. Onderweg naar de deur wuifde hij met zijn krant naar de man achter de toonbank. Het viel Margot op hoe krom hij liep en dat zijn broek bijna van zijn heupen zakte. Zonder zijn glimlach zou hij een trieste aanblik hebben geboden. Het was de glimlach van een man die maar weinig nodig had om tevreden te zijn.

'Ik stel me zo voor dat hij hier al jaren komt,' zei Margot.

'In elk geval zo lang als ik hier werk. En ik ben hier begonnen toen ik nog maar een garsún was in een korte broek,' vertelde de man achter de toonbank. 'Je zou niet zeggen dat hij een graaf is, hè? Een beroemde graaf zelfs.'

Margot verstijfde met haar kop koffie halverwege het tafeltje en haar mond. Er waren vast niet veel graven in Dublin. 'U gaat me toch niet vertellen dat hij de graaf Di Marcantonio is? Graaf Leopoldo di Marcantonio?'

'Precies. Die is het.' De man achter de toonbank fronste. 'Hoe wéét u dat?'

'Ik werk aan een boek over de Deverills van Ballinakelly,' antwoordde ze. 'Leopoldo is in kasteel Deverill opgegroeid.'

De man achter de toonbank was zichtbaar onder de indruk. Hij zette grinnikend zijn handen op zijn heupen. 'Nee maar! Dat maak ik niet elke dag mee. Op één ochtend twee beroemdheden in mijn café. Daar zal mijn betere helft van opkijken. Zo noem ik mijn vrouw.'

'Ik heb de gravin ontmoet,' zei Margot, in de hoop iets wijzer te worden. Hij leek spraakzaam genoeg.

'O ja? Nou, die komt hier nooit.' Hij trok een lelijk gezicht. 'Ze vindt ons niet chic genoeg.'

'Ik dacht al dat ze van chic hield.'

'Maar híj is een echte gentleman. Niks geen *éirí in airde*. Geen kouwe drukte.'

'Ik dacht dat ze voortdurend op reis waren, omdat ze overal op de wereld huizen hebben.'

De man achter de toonbank schudde zijn hoofd, alsof alleen al het idee belachelijk was. 'De graaf komt hier elke ochtend. Zonder uitzondering. En dat gaat al jaren zo. Ze wonen hier vlak om de hoek. En helemaal niet deftig, hoor. Ik heb er ooit iets moeten bezorgen. Ze wonen maar heel gewoontjes.'

Op dat moment ging de deur open en kwamen er twee oudere dames binnenschuifelen. Margot dronk haar kopje leeg en stond op. 'De koffie was heerlijk. De beste in Dublin.'

De man achter de toonbank grijnsde. 'En dan hebt u mijn barmbrack nog niet geproefd!'

Toen ze terugkwam in het hotel, waren de gordijnen opengeschoven. Het bed was leeg, de douche liep en vanuit de badkamer klonk gezang. Glimlachend zette ze de zak met lekkers op de tafel. Toen trok ze haastig haar kleren uit en glipte naakt de badkamer in. Colm stond onder de douche en zong een Ierse ballade, die Margot nog kende van O'Donovan's. Hij stopte met zingen en grijnsde toen hij haar zag. 'Goeiemorgen.' Hij nam haar goedkeurend op. 'Wat een traktatie, zo vroeg op de ochtend.'

Ze schoot in de lach. ‘Kan ik er nog bij?’
‘Natuurlijk.’
Ze trok de glazen deur open en stapte in de cabine.

Kitty

Ik word telkens weer naar Tarquin Deverill getrokken, geraakt als ik ben door de duisternis die hem omringt, de pijn die ik bij hem voel. Ondanks zijn botheid ben ik ervan overtuigd dat ik iets voor hem kan betekenen. Mrs. Carbery kon ik niet helpen. Dus misschien is het dwaas om te denken dat het bij Tarquin wel moet lukken. En misschien is het dwaas om te denken dat ik ook maar íémand kan helpen. Ik weet niet eens zeker of ik mezelf verder kan helpen tegen de tijd dat ik hier weg wil. Hoe dan ook, de drang om het bij Tarquin te proberen is onweerstaanbaar. Met als gevolg dat ik tegenwoordig vaker in het Jachthuis ben dan in het kasteel, in afwachting van de muziek die hem uit zijn schaduwwereld naar buiten zal lokken.

Hij komt en hij gaat, en hij weet net zomin als ik hoe hij dat doet. Anders dan ik heeft hij geen controle over zijn verblijfplaats. Het lijkt wel alsof hij wordt geleid door een onzichtbare kracht die hem naar het Jachthuis brengt en hem daarmee een kortstondig respijt schenkt van zijn ellendige onderkomen, waar dat ook mag zijn. Het is er afschuwelijk, zegt hij, een liefdeloos oord zonder kleur, zonder bloemen, zonder licht. De mensen zijn er akelig, en het is er kaal en dor en onvoorstelbaar donker.

Maar terwijl de weken verstrijken merk ik dat hij begint te veranderen. Heel subtiel, maar toch. In het begin was hij rancuneus en gemeen, verontwaardigd door mijn aanwezigheid, alsof ik een indringer was die niet het recht had om in zijn buurt te zijn. Daarna begon hij commentaar te leveren op de muziek. Dat er, waar hij verbleef, nergens ook maar iets van schoonheid was. En dat zijn ziel naar schoonheid snakte, zoals een dorstige snakt naar water. Hij week niet van de kast waar de muziek uit kwam en gaf zich daar volledig aan over; zijn hele wezen trilde van emotie, de muziek raakte hem op de plek in zijn hart waar de duisternis niet had kunnen doordringen. En die plek werd steeds groter. Hij begon te ontkiemen, als een zaadje, en de loot die eruit groeide verdreef de duisternis. Aanvankelijk traag, aarzelend, maar geleidelijk aan steeds krachtiger. Het licht werd sterker. In een flits van inzicht besefte ik dat God liefde is en dat liefde schoonheid is. Terwijl schoonheid zijn ziel beroerde, werd de liefde gewekt die daar altijd al had gesluimerd. Want hebben we niet allemaal de vonk van het goddelijke in ons?

Dan geeft hij tot mijn verrassing voor het eerst blijk van berouw.

'Ik had een beter mens kunnen zijn.'

'In welk opzicht?'

Het blijft geruime tijd stil terwijl hij om de waarheid heen cirkelt, bang om die onder ogen te zien, bang om het monster te erkennen dat hij is geweest. 'Ik had een zoon, Gabriel. Hij was gebrekkig.'

'Wat is er gebeurd?'

'Hij is verdronken.'

'Ach, wat verdrietig.'

'Op zijn tiende verjaardag.'

'Wat verschrikkelijk! Wat zult u daar veel verdriet van hebben gehad.'

Zijn energie balt zich samen, sluit zich als een strakke schelp om hem heen. Hard. Ondoordringbaar. 'Ik had aardiger tegen mijn vrouw kunnen zijn,' bekent hij met tegenzin. 'Ik heb haar niet goed behandeld.'

De volgende keer dat hij verschijnt, staan er stralend gele narcissen in de kamer. Mrs. B. heeft ze geplukt en in een glazen vaas gezet. 'Waar ik ben, daar zijn geen bloemen,' bromt hij. 'Daar wil niets groeien.'

'Ze zijn prachtig, vindt u niet? Ik ben dol op narcissen. Ze kondigen het voorjaar aan.'

'Ach, het voorjaar.' Hij zucht. 'Ik zou er alles voor willen geven om in het voorjaar in een wei te staan.' Hij zucht opnieuw, en ik voel dat het licht van de opschietende loot weer iets sterker wordt. 'Toen ik nog leefde hield ik niet van bloemen.'

'Waar hield u dan wel van?'

Hij denkt na. Het antwoord dat bij hem opkomt, bevalt hem niet. Hij denkt nog wat langer na, en ik zie aan zijn gezicht dat hij twijfelt of hij het zal zeggen. Ik voel dat hij zich schaamt. Omdat ze geen lichaam meer hebben om hun gevoelens af te schermen, kunnen dode zielen die moeilijk verbergen. 'Wat een prachtige kamer, vindt u niet?' zegt hij dan. 'De kleuren zijn schitterend.' Hij slaakt weer een diepe, verlangende zucht. 'Wat zou het heerlijk zijn om wat kleur te hebben waar ik verblijf. Het hoeft niet veel te zijn. Misschien een vaas met bloemen, zoals deze narcissen. Of wat kleur aan de muren. De duisternis maakt me ziek.'

'Vertelt u eens over Gabriel,' zeg ik, want ik weet dat het kind ten grondslag ligt aan zijn kwelling.

'Hij was gebrekkig,' zegt hij weer.

'Hoe vond u dat?'

Hij keert zich naar me toe. 'Hoe denkt u dat ik dat vond?' snauwt hij. 'Hij was niet normaal. Tegennatuurlijk.'

'Tegennatuurlijk? Maar hij was onderdeel van Gods schepping. Hoe kon hij dan tegennatuurlijk zijn?'

'Hij was een schande voor de familie. Voor onze naam,' zegt hij kortaf, en ik besef dat hij er nog niet klaar voor is om zijn dwalingen onder ogen te zien.

'Hield hij van bloemen?'

Tarquin kijkt naar de narcissen en het licht van de prille loot flakkert even. 'Ja, hij hield van bloemen,' zegt hij dan zacht. 'Hij hield van de natuur.' Dan wendt hij zich af, en het licht dooft. 'Maar hij stak zijn hand in de vijver om de vissen te aaien. De idioot. En toen is hij verdronken.'

Wanneer hij weer verschijnt besluit ik hem wat harder aan te pakken. 'Waarom denkt u dat u in dat ellendige oord verblijft, zonder licht, zonder kleur? Waarom bent u niet in de hemel?'

'Dat weet ik niet. Als ik dat wist zou ik er wel wat aan doen!'

'Zou het te maken kunnen hebben met het leven dat u hebt geleid?'

Hij kijkt me aan. 'Ik woonde in een prachtig kasteel. Ik was rijk en machtig. Ik had mensen in dienst die voor me werkten, die afhankelijk van me waren. Mijn kleren waren van de fijnste zijde, het duurste fluweel. Mijn paarden waren de nobelste dieren in het hele land.'

'Maar u had een gebrekkige zoon. Wat was zijn plaats in uw wereld van raspaarden en mooie kleren?'

'Waarom begin je daar nou weer over?' vraagt hij streng.

'U had nog meer kinderen, neem ik aan. Waren die ook een schande voor de familie?'

'Nee, natuurlijk niet.'

'Uw oudste, Peregrine, erfde het kasteel. Ik wed dat hij sprekend op u leek.'

'Hij was de perfecte zoon.'

'Lichamelijk volmaakt. Net als uw paarden.'

'Ik heb je door, Kitty Deverill. Je probeert op mijn schaamtegevoel te werken, om me te dwingen toe te geven dat het verkeerd was wat ik heb gedaan, dat ik Gabriel slecht heb behandeld.'

'Is dat zo? Hebt u hem slecht behandeld?'

Hij wendt zijn hoofd af. 'Ik kon zijn aanblik niet verdragen.'

'Omdat u zich voor hem schaamde.'

'Omdat het beter was als niemand hem zag.'

'Want hij paste niet in uw prachtige huis, tussen uw prachtige meubels en uw belangrijke vrienden.'

Het beeld dat ik van hem schets, bevalt hem niet. 'Hij was traag. Traag van begrip,' zegt hij om zichzelf vrij te pleiten. 'Zijn moeder was de enige die hem om zich heen kon velen. Ze zat bij hem in de toren. Daar las ze hem voor. Of ze wandelden in de tuin. Die twee waren altijd samen.'

'Nam u haar dat kwalijk? Voelde u rancune jegens haar?'

Hij zwijgt terwijl hij opnieuw zoekt naar een antwoord, dat hem opnieuw niet bevredigt. 'Ze schoot tekort als mijn vrouw,' antwoordt hij ten slotte. 'Ze had alleen maar oog voor het kind. En ze was veel te zachtaardig.'

'Ze hield van Gabriel.'

'Dat klopt. Ze hield van een hulpeloos kind. Haar kleine jongen.'

'En dat stuitte u tegen de borst omdat u niet van hem hield.'

Hij wendt opnieuw zijn blik af. 'Ik kón het niet.'

Daar is het. De pijnlijke waarheid. Het gevoel van schuld. Zijn geweten dat langzaam ontwaakt.

Ik besluit nog een stapje verder te gaan en hem te tutoyeren. 'Heb je hem ooit in de ogen gekeken, Tarquin?'

'Hoezo? Wat zou dat hebben uitgemaakt?'

'Heb je het wel eens gedaan?'

'Nee.'

'Als je iemand in de ogen kijkt, kijk je verder dan het lichaam. Dan kijk je iemand in de ziel. Dan zie je wie iemand werkelijk is. Gabriel had een zuivere ziel. Je vrouw wist dat.'

'Ik kon het niet opbrengen hem aan te kijken.'

De muziek bereikt een sublieme climax. Tarquin wordt erdoor geraakt, en daar maak ik gebruik van. 'Hij was nog maar een kind. Een onschuldige jongen die niets anders wilde dan dat er van hem werd gehouden.'

Hij kan geen woord uitbrengen, maar luistert naar de muziek. Toch voel ik dat zijn energie zachter wordt. En ik voel berouw. Hij legt een hand op zijn hart. Er valt niets meer te zeggen. Ik laat hem alleen. Het is alsof hij met zijn hand het licht in zijn hart probeert te doven, want dat doet pijn. Het gaat gepaard met een inzicht dat hij niet langer kan ontwijken. Hij wordt zich geleidelijk bewust van zijn wandaden, in al hun gruwelijkheid.

Misschien komt hij daardoor eindelijk tot het besef dat hij de hel waarin hij leeft aan zichzelf te wijten heeft.

16

In mei arriveerde Dan Chambers in Ballinakelly, tegelijk met Dorothy, die toevallig dezelfde vlucht vanuit Londen bleek te hebben genomen. Margot viel hun om de hals, dolblij hen weer te zien.

'Dan en ik hadden zo'n interessant gesprek in de taxi,' vertelde Dorothy toen ze bij de receptiebalie stonden. 'Hij ziet voortdurend dode mensen!'

'Niet voortdurend,' sprak hij haar glimlachend tegen. 'Ik kan het uitschakelen.'

'Net als een televisie,' zei Dorothy. 'Knap, hè?'

Dan Chambers was een elegante, rijzige verschijning, met dik, grijzend haar, intelligente, duifgrijze ogen en een vriendelijk, aristocratisch gezicht. Hij kleedde zich uiterst modieus; zijn lichtgrijze pak was duidelijk maatwerk, de roze met grijs gestreepte das van Hermès paste er perfect bij, en zijn zwarte veterschoenen glommen als spiegels. Met zijn laconieke, kalme, charismatische persoonlijkheid wist hij iedereen voor zich in te nemen. Dorothy was bepaald niet de enige die van hem onder de indruk was. 'Ik vind hem zó aantrekkelijk,' fluisterde ze Margot in haar oor. 'Ook al ben ik oud genoeg om zijn moeder te zijn.'

'Nou... maar nét,' zei Margot. Haar blik kruiste die van Dan, en ze grijnsden.

'Zie je al iemand?' vroeg Dorothy gretig.

Margot fronste haar wenkbrauwen. 'Ik dacht dat je bang was voor geesten.'

'Ja, maar Dan heeft me gerustgesteld. Ze zijn ons goedgezind. Ze doen ons geen kwaad. Wat niet wil zeggen dat ik ze midden in de nacht in mijn kamer wil hebben!'

'Het wemelt er hier van,' zei Dan tegen Margot. 'Ik kan hun energie duidelijk voelen. Dus er is meer dan genoeg werk aan de winkel.'

'Ja, je krijgt het druk. Volgens mij ziet iedereen hier op zijn tijd wel een geest,' zei Margot. 'Ik heb nog nooit zo veel bijgelovige mensen bij elkaar gezien.'

'Dat heeft niks met bijgeloof te maken. Zoals ik al zei: het wemelt ervan.' Dan liet zijn blik door de hal gaan. 'Wat is het hier trouwens schitterend.'

'Ja, hè? En ik mag al sinds januari van al dat moois genieten.'

'Bofkont.' Hij grinnikte. 'Jij hebt ook altijd geluk.'

'Nou, het is ook wel eens anders, hoor.'

'Natuurlijk. Dat weet ik. Dus geniet ervan zolang het kan, zeg ik altijd maar.'

'Precies,' viel Dorothy hem bij. 'En wat heerlijk om hier weer te zijn. Echt heerlijk.'

Margot liep mee naar Dorothy's kamer op de eerste verdieping, vlak bij de trap naar haar toren. In de kamer stond een hemelbed, het motief van het blauwe bloemetjesbehang keerde terug in de gordijnen. De brede vensterbanken waren voorzien van kussens, de ramen keken uit op de buxustuin in de vorm van een doolhof.

'Vertel eens, kindje. Hoe gaat het met je boek?'

Margot liet zich op het bed ploffen terwijl Dorothy haar koffer uitpakte. 'Goed. Heel goed. Dankzij de dozen uit de kelder van JP lukt het om zijn voorouders echt tot leven te brengen.'

'Het is een bijzondere familie.' Dorothy hing haar jas in de kast. 'En ik denk dat het boek het hotel bepaald geen windeieren zal leggen.'

'Dat denk ik ook. Mrs. De Lisle heeft me niet voor niets als gastschrijver uitgenodigd. Ze is een echte zakenvrouw.'

'En uitgekookt.'

'Precies. Daarom heeft ze me ook in contact gebracht met de gravin Di Marcantonio.'

'Ze hoopt natuurlijk op een smeuïg boek, vol sterke verhalen. Hoe meer schandalen, hoe beter het verkoopt. Kijk maar naar de roddelbladen.'

'In dat geval moet ik haar teleurstellen. Ik mik niet op smeuïg, op schandalen.'

'En terecht. Hoe dan ook, het boek zal ongetwijfeld veel gasten opleveren, vooral Amerikanen. Die zijn dol op Ierland en de Ieren, en een Engelse lord vinden ze vast en zeker ook interessant.'

'Mrs. De Lisle en Mr. Dukelow willen JP als gastspreker contracteren.'

'O? En hoe vindt hij dat?'

'Hij weet nog van niks.'

'Kan hij het aan, denk je?'

'Bedoel je of hij al een terugval heeft gehad? Nee, het gaat heel goed. Je kent hem niet meer terug. Hij is een ander mens.'

'Wat geweldig!' zei Dorothy blij verrast. 'Dat is ook aan jullie te danken. Aan Colm en jou. Jullie hebben hem enorm gesteund.'

'En Colm en zijn vader kunnen het ook weer zo goed vinden samen.'

'Weet zijn moeder daarvan?' vroeg Dorothy bezorgd.

'Volgens mij niet. Hoezo? Denk je dat die daar niet blij mee zou zijn?'

'Ik denk dat ze het vooral erg fijn vond dat Colm altijd háár kant heeft gekozen.'

'JP is zijn vader. Een kind hoort niet te moeten kiezen tussen zijn ouders. Het is goed dat Colm het met zijn vader heeft bijgelegd. En dat hij JP heeft aangemoedigd om zijn leven radicaal om te gooien. Zijn moeder zal verrast zijn, de volgende keer dat ze JP ziet. Er was veel wilskracht voor nodig om te komen waar hij nu is. Daar zou ze blij om moeten zijn. En JP en zij zouden moeten proberen zich te verzoenen. Colm houdt van hen allebei. Wat zou het fijn zijn als zijn ouders weer vrienden werden.'

Dorothy klapte haar lege koffer dicht. 'Dus je ziet Colm nog heel vaak?'

'Ja, best wel,' antwoordde Margot luchtig.

Dorothy liet zich niet voor de gek houden. 'Ik heb van meet af aan geweten dat het iets zou worden tussen jullie. Wat is hij knap, hè?'

'Net zo knap als Dan?' Margot grijnsde.

'Die speelt voor het andere team,' zei Dorothy met een veelbetekenende blik. 'Maar jij bent helemaal Colms type.'

'Hoe weet je wat zijn type is? En trouwens, hoe weet je dat hij míjn type is?'

'Omdat je er veel te goed uitziet voor een schrijver die niet achter haar bureau vandaan komt.'

'Ik rijd regelmatig paard met JP.'

'En met Colm.'

Margot slaakte een zucht. 'Oké, je hebt gelijk. Ik vind hem leuk. Heel erg leuk zelfs. Maar dat mag niemand weten.'

Dorothy ging op de vensterbank zitten en vouwde haar handen in haar schoot. 'O. Aha.'

'Het is allemaal erg ingewikkeld. Dat weet je.'

Dorothy knikte meelevend. 'Ja, dat weet ik maar al te goed.'

'Jij bent de enige met wie ik erover kan praten.'

'Ik ben blij met je vertrouwen, Margot. Maar hoe staat het met je moeder? Weet die wat er speelt?'

'Nee. Ik heb mijn moeder in geen jaren gesproken. Volgens mij zou ze me niet eens herkennen als ik bij haar op de stoep stond. Ze is nooit echt in me geïnteresseerd geweest. Sterker nog, ik was vooral een blok aan haar been. De laatste keer dat ik haar zag, een jaar of zes geleden, was ze opgelucht toen ik weer wegging. Haar minnaar is veel jonger dan zij. Een dochter van mijn leeftijd verraadt hoe oud ze is. En ik vermoed dat ze haar leeftijd angstvallig geheimhoudt.' Margot haalde haar schouders op. Bij het zien van de oprechte compassie op Dorothy's gezicht sloeg ze haar ogen neer.

'Wat verdrietig.'

'Ach, ik ben er inmiddels overheen,' zei Margot luchtig. 'Ik ben niet anders gewend dan dat ik voor mezelf moet zorgen.'

Dorothy zuchtte. 'Je bent bij lange na niet zo zorgeloos, zo ongecompliceerd als je je voordoet.'

'Dat is zo. Maar ik laat mijn leven niet bepalen door het verleden, door de mensen die me op deze wereld hebben gezet. En dat lukt prima.'

'Gelukkig maar. Je doet het geweldig.'

'Zullen we naar beneden gaan? Voor de thee?'

'Ja! Goed idee.'

'Met een beetje geluk krijg je de gravin te zien. Ze zit regelmatig in de eetzaal, omringd door hotelgasten die ze van alles op de mouw speldt over het voorouderlijk huis van haar man.'

'O, ik hoop het.' Dorothy grijnsde. 'Ze klinkt erg vermakelijk.'

Margot kwam zuchtend overeind. 'Je hebt geen idee!'

Tot hun teleurstelling was de gravin nergens te bekennen, maar Dan Chambers was er wel. Hij stond bij de deur te wachten tot hem een tafeltje werd toegewezen. 'Vind je het goed als we bij je komen zitten?' vroeg Margot.

Hij glimlachte verheugd. 'Natuurlijk! Gezellig!'

'Wanneer begin je?' vroeg Margot toen ze aan de thee zaten.

'Morgen.'

'Wat is precies de bedoeling?' vroeg Dorothy een beetje nerveus. 'Gaan wij ook iets zien?'

'Dat verwacht ik niet,' antwoordde Dan. 'Laat het zien maar aan mij over.'

‘En wat jij ziet, dat zijn geesten?’

‘Dode zielen, zielen die nog aan de aarde gebonden zijn en geesten. Van alles wat, verwacht ik.’

Margot keek hem verbijsterd aan. ‘Wat is het verschil? Ik weet niet beter of een geest is een geest.’

‘Nee, er zijn wezenlijke verschillen. Het is iets wat de meeste mensen niet weten, maar ik zal het jullie uitleggen.’ Met zijn grijze ogen keek hij Dorothy aan, die zijn blik gretig beantwoordde. ‘Wat jij in je kamer hebt gezien, was waarschijnlijk een ziel die nog aan de aarde gebonden is.’

‘De geest met de stofdoek?’ Margot keek grijnzend naar Dorothy.

‘Dat was geen geest,’ corrigeerde Dan. ‘Geesten zijn energie die niet weg kan. Energie die hier op het aardse niveau als het ware gevangenzit. Te vergelijken met tweedimensionale filmbeelden, of een persoon, een gebeurtenis uit het verleden. De Anne Boleyn die in de Tower of London ronddoolt, dat is niet de echte Anne. De echte Anne is allang weg. Maar door de traumatische gebeurtenissen die zich daar hebben afgespeeld, is haar energie blijven hangen en die zorgt regelmatig voor een verschijning. Uiteindelijk zal die hoe langer hoe meer verbleken. Er zijn verhalen bekend van mensen die geluiden van strijd horen op plekken waar ooit gruwelijk is gevochten. Zoals aan de Somme en op de plek van de Slag bij Hastings. De soldaten zijn er niet meer, ze vechten niet door als geesten, maar de energie van de traumatische gebeurtenissen hangt er nog, waardoor die zich keer op keer blijven herhalen.’

‘Als het geen geest is, wat is het dan dat ik in mijn kamer zag?’ vroeg Dorothy.

‘Een ziel die nog aan de aarde gebonden is. Iemand die is overleden, maar die nog niet is doorgereisd naar het licht.’

‘Maar waarom dan niet?’

‘Daar kunnen verschillende redenen voor zijn. Angst voor waar ze naartoe gaat. Verlangen om te blijven waar ze is. En soms beseffen mensen helemaal niet dat ze dood zijn. Die verkeren in een vreemd soort droomachtige toestand waarin tijd niet bestaat.'

'Maar hoe vinden ze dan de weg naar de hemel?' vroeg Dorothy nerveus, want ze hoopte vurig dat háár dat lot bespaard zou blijven.

'Uiteindelijk vinden ze die altijd, soms geholpen door een medium zoals ik. Ieder mens heeft een spirituele gids die zich uiteindelijk aan hem of haar openbaart. Sommige zielen willen graag blijven, omdat ze de toestand waarin ze verkeren al hemels genoeg vinden. Maar daar zouden ze niet zo krampachtig aan vasthouden als ze wisten wat hun wacht in het leven na dit leven.'

'En gidsen?' vroeg Margot, verrast door haar oprechte belangstelling voor een onderwerp dat haar tot voor kort altijd had verveeld.

'Dat zijn onze dierbaren die naar de hemel zijn gegaan, zoals jullie het noemen, maar die terugkomen om ons bij de hand te nemen en ons te helpen. Of gewoon omdat ze graag bij ons willen zijn. Je dierbaren verlaten je nooit. We blijven altijd in liefde verbonden. Dat geldt voor ons allemaal.'

'Dus mijn dierbaren zijn soms bij me?' vroeg Dorothy met een lieve glimlach.

'Absoluut,' antwoordde Dan, en de stelligheid waarmee hij het zei, was erg geruststellend.

'Wat heerlijk,' zei Dorothy. 'Ik stel me soms voor dat ze me komen opzoeken, en dat vind ik fijn.' Plotseling haperde haar glimlach. Ze beet op haar lip, de blik in haar ogen verried een oud verdriet. 'Het is fijn om te denken dat we onze overleden dierbaren nooit verliezen. Tenminste, niet echt.'

Margot hoopte dat het waar was. Want ook al had hij dat tijdens zijn leven nooit gedaan, ze zou het een fijn idee vinden als haar vader haar na zijn dood zou steunen. Het liefst zou ze Dan vragen of hij na zijn dood was veranderd, of hij nu wel om haar gaf. Maar ze vroeg het niet. Er was toch niets meer aan te doen.

'Toen je het over de hemel had, zei je "zoals jullie het noemen". Hoe noem jíj het?' vroeg ze in plaats daarvan.

'We gaan langs diverse niveaus voordat we het nirwana bereiken,' antwoordde Dan. 'De hemel is een gelukzalig oord, vol liefde, licht, schoonheid, maar het is niet het einde van de reis. Het is een etappe.'

'Volgens mij ben ik al doodmoe tegen de tijd dat ik daar ben.' Dorothy ademde diep in en verdrong de emoties die haar zomaar ineens, volslagen onverwacht, dreigden te overweldigen. 'Ik denk dat ik maar een poosje op dat niveau blijf. Wat mij betreft hoef ik het einde van de reis niet zo nodig te halen. Als ik het ergens fijn heb, samen met de mensen die me lief zijn, waarom zou ik daar niet kunnen blijven?'

Dan schoot in de lach. 'Omdat de ziel verlangt naar meer.'

'Dat klinkt slopend.' Ze pakte een sandwich. 'Ik hoop dat mijn ziel niet naar meer verlangt en me met rust laat! Ik neem ruimschoots genoegen met een oord vol liefde, licht en schoonheid. Het is maar dat je het weet.'

Margot was blij dat Dan en Dorothy er waren. Ze gaven haar het gevoel dat ze, behalve in het Jachthuis, nu ook bondgenoten had in het hotel. En ze hoopte dat Dans optredens een succes zouden zijn, zodat hij nog eens werd gevraagd. Tenslotte had zij hem aanbevolen. Als hij teleurstelde, zou Mr. Dukelow het háár kwalijk nemen.

Later die dag had Margot met Colm afgesproken in zijn cottage verborgen achter een dichte beukenhaag. Nu hij eindelijk weer thuis sliep, hadden ze meer mogelijkheden om elkaar te zien. Margot was verrukt van zijn knusse zitkamer, van zijn slaapkamer onder de balken. Van het feit dat ze eindelijk met hem alleen was. Het leek alsof ze ineens alle tijd van de wereld hadden. Want ook al ging ze 's ochtends terug naar het hotel, ze was vrij om te komen en te gaan wanneer ze maar wilde. En ze liet zich zelfs niet ontmoedigen door Mr. Dukelow en zijn vragend opgetrokken wenkbrauwen.

Ze was hard op weg verliefd te worden. En dat had ze nog nooit eerder laten gebeuren.

De volgende ochtend vertrok Colm naar zijn werk en ging Margot naar JP in het Jachthuis. Ze trof hem aan de ronde tafel in de hoek van de zitkamer, druk bezig met het repareren van iets wat eruitzag als een schaalmodel van een oud zeilschip. Uit de luidsprekers klonk muziek, en voor het eerst sinds de winter was het vuur niet aan. Het stralende zonlicht dat met zomers elan door de ramen viel, verwarmde de kamer en verleende die een verrukkelijke sfeer van optimisme, van vertrouwen in de toekomst.

'Goeiemorgen, Margot.' JP keek glimlachend op van zijn werk. 'Dit scheepje heb ik als jongetje gemaakt. Met hulp van mijn vader, natuurlijk. Ik vond dat het een tweede leven verdiende.'

'Heb jij dat gemaakt?' Ze bestudeerde het scheepje aandachtig. 'Het is prachtig.'

'Nou, zo ver zou ik niet willen gaan. Het is eigenlijk behoorlijk amateuristisch. Maar ik heb er veel plezier aan beleefd. Als kind was ik al gek van boten. Ik ging altijd met mijn vader mee, om te zeilen en te vissen. Hij had een klein bootje. Of we voeren langs de kust, op zoek naar grotten. En ik genoot van zijn verhalen over smokkelaars.'

'Ik wist niet dat je kon zeilen.'

'Ik kan het ook niet. Althans, niet meer. Ik heb het in geen jaren gedaan. Volgens mij voor het laatst toen Colm en de meisjes klein waren.'

'Misschien is dat ook iets wat je een tweede leven zou moeten gunnen.'

JP draaide de dop van de lijmfles en liet een druppeltje op het scheepsmodel vallen. 'Hm, dat weet ik niet. Ik heb het rijden weer opgepakt, maar of ik ooit weer zeebenen zou kunnen krijgen...'

Mrs. B. kwam binnen, gewapend met een stofdoek. 'Goedemorgen, miss Hart.'

'Hebt u dat gezien, Mrs. B.?' Margot wees naar het scheepsmodel.

'Ja, is het niet prachtig? Lord Deverill was als kind al zo talentvol.'

JP grinnikte. 'Wat zou ik zonder u moeten beginnen, Mrs. B.? Tenminste iemand die de loftrompet over me steekt.'

Mrs. B. zette lachend haar handen in haar zij. 'Kom, kom, niet zo bescheiden, milord.'

Margot ging op de bank zitten en keek toe terwijl JP geconcentreerd, met vaste hand onderdeeltjes aan het schip lijmde. Het was nog niet zo lang geleden dat zijn handen hadden getrild. 'Mijn vriendin, Dorothy Walbridge, logeert weer in het hotel,' vertelde ze.

'Mrs. Walbridge? Dat is een vriendin van Emer O'Leary.'

'Ken je haar?'

'Ik heb haar wel eens ontmoet. Een lieve Engelse dame. Met bruine veterschoenen net als Miss Marple, als ik het me goed herinner.'

Margot schoot in de lach. 'Precies!'

'Haar man is omgekomen bij een auto-ongeluk.'

'O, wat vreselijk!' Margot was geschokt. 'Hadden ze kinderen?'

'Een dochter. Jong gestorven. Volgens mij aan leukemie. Ze heeft in Buenos Aires gewoond. Wist je dat?'

'Ja, dat vertelde ze.'

'Volgens mij heeft ze ook nog een zoon. En die is met een Engels meisje getrouwd. Vandaar dat ze naar Engeland is teruggekomen. Zij en haar man waren Anglo-Argentijnen. Mrs. Walbridge is zo'n vrouw die nooit bij de pakken neerzit. Het type dat niet mokt, niet moppert, geen medelijden heeft met zichzelf. Vrouwen zoals zij laten zich door niets ontmoedigen. Dat zijn de vrouwen die het Britse rijk groot hebben gemaakt.' Hij grinnikte. 'Ik wist niet dat jij ook met haar bevriend was.'

'Ik heb haar op mijn eerste dag in het hotel leren kennen. En zij heeft me voorgesteld aan Emer. Toen wisten ze nog niet wat ik hier kwam doen. Ik ben bang dat ik in huize O'Leary inmiddels uit de gratie ben.'

'Dan kunnen we elkaar de hand schudden.'

'Als ze wisten dat ik bevriend ben met Colm, zou hij waarschijnlijk ook uit de gratie zijn.'

JP keek op van zijn werk. 'Als ze wisten wat een goed mens je bent, zouden ze je niet bij voorbaat veroordelen. Alleen maar om een boek.'

'Dorothy heeft me er nooit om veroordeeld.' Margot slaakte een zucht, in het besef hoe dankbaar ze haar nieuwe vriendin mocht zijn. 'De O'Leary's zullen het boek eerst moeten lezen, vrees ik. Misschien dat ze dan van gedachten veranderen.'

'Ik ben zo benieuwd naar je boek.'

'En jij krijgt het als eerste te lezen.'

Hij glimlachte. 'Dank je wel.'

Mrs. B. kwam binnen met thee en cake.

'Er is nóg een vriend van me in het hotel gearriveerd,' vervolgde Margot. 'Dan Chambers. Hij is een bekend medium, en Mrs. De Lisle heeft hem voor een week gecontracteerd. Als gewiekste zakenvrouw doet ze haar voordeel met de reputatie van het kasteel dat het er zou spoken.' Margot grinnikte.

Mrs. B. zette haar blad neer. 'Nou, dan heeft die vriend van u de geesten voor het uitkiezen,' zei ze met gevoel voor drama. 'God bewaar ons, ik kon hun aanwezigheid vóélen wanneer ik aan de schoonmaak was. Niet dat ik bang voor ze was. Ik had mijn Mariapenning opgespeld en altijd een flesje Lourdeswater in mijn zak. Die arme zielen zijn net als wij, daar ben ik van overtuigd. Sommige zijn gelukkig en tevreden, andere rusteloos en getroebleerd. En sommige doolden door verlaten huizen, waar ze allerlei narigheid aanrichtten. We zijn allemaal één, de levenden en de doden, met niet meer dan een dunne sluier tussen onze werelden.'

'Je had Kitty over geesten moeten horen.' JP keek Margot aan en rolde met zijn ogen. 'Lieve hemel, ze had het er altijd over, alsof ze rechtstreeks met ze in contact stond. Hoe dan ook, als die vriend van je een goed medium is, dan is hij in het kasteel aan het juiste adres. Mrs. B. heeft gelijk. Het wemelt ervan.'

'Vanavond is zijn eerste optreden. Heb je zin om mee te gaan?'

'Naar een medium?' vroeg JP fronsend.

'Ja, en misschien vind je het leuk om het hotel te zien.'

'Hm.'

'Wanneer ben je voor het laatst geweest?'

'Op de dag van de verhuizing hierheen.'

'Echt waar?' vroeg Margot verbaasd.

Hij haalde zijn schouders op. 'Ik had er niets meer te zoeken.'

Mrs. B. zette zijn thee naast hem op tafel. Ze keek met een bezorgd gezicht op hem neer. Als iemand wist hoeveel pijn het hem had gedaan om het kasteel op te geven, was zij het. 'Ik zou geen slapende honden wakker maken,' zei ze zacht.

'Over wat voor honden hebt u het dan, Mrs. B.?' vroeg JP.

'Over uw eigen geesten, milord. Of liever gezegd de demonen die u uit het kasteel hebben verjaagd.'

Margot pakte een kop thee van haar aan. 'Ik denk juist dat het heel goed zou zijn om terug te gaan. Dat het een helende werking zou hebben. Licht in het duister. Dat is altijd de beste manier om van je angst af te komen.'

'Ik ben niet bang voor het kasteel,' zei JP opgewekt. 'Dus ik ga graag met je mee.'

Mrs. B. sneed langzaam twee plakken cake af. Ze zou ook graag naar het hotel zijn gegaan, maar zij was wel bang. Hoe schitterend het ongetwijfeld ook zou zijn, ze was bang dat ze er verdrietig van zou worden om te zien hoe het huis van de Deverills was veranderd. Maar als Lord Deverill er niet tegen opzag om een kijkje te gaan nemen, dan zou zij het ook moeten aandurven. Ze besloot zijn bevindingen af te wachten. Misschien ging ze dan alsnog. Ze was altijd nieuwsgierig geweest naar mensen die beweerden dat ze met de overledenen konden communiceren. In gedachten zag ze haar broer voor zich, en haar hart werd warm, stroomde over van liefde. Misschien zou ze het medium kunnen vragen om contact met hem te zoeken.

Die avond stopte de Land Rover van Colm voor het hotel. JP en hij lieten zwijgend hun blik over het kasteel gaan. Bij de aanblik van de stenen muren en hoge torens voelden ze een steek van pijn in hun hart, een gevoel dat ze niet onder woorden konden brengen. Het familiemotto dat nog altijd boven de voordeur gebeiteld stond, leek hen te honen. JP aarzelde even toen hij uit de auto stapte, op het grind waarover meer dan driehonderd jaar Deverills hadden gelopen. Op zoek naar steun legde hij zijn hand op de auto. Toen liet hij zijn blik opnieuw over het kasteel gaan. Achter alle ramen schemerden herinneringen, als weerspiegelingen op een vijver. Beelden uit het verleden, zowel vrolijk als verdrietig. In gedachten hoorde hij hoe Kitty hem smeekte het kasteel niet te verkopen. En hij hoorde zijn eigen antwoord. Dat hij geen keus had. Hij hoorde zelfs de stem van Alana. *Hoe kon je dat nou doen?*

Margot stond al in de hal op hen te wachten. Toen ze de auto zag aankomen, haastte ze zich naar buiten. JP zag asgrauw, en ook Colms gezicht stond ernstig, onzeker. Heel even vroeg ze zich af of ze er goed aan had gedaan JP uit te nodigen.

'Het zal niet gemakkelijk zijn.' Ze pakte zijn hand. 'Maar je bent niet alleen. Wij zijn bij je.'

Hij wendde zijn blik af van de ramen en schonk haar een dankbare glimlach. 'Ik laat me er niet onder krijgen.' Hij rechtte zijn schouders. 'Ik ga de uitdaging aan.'

'Alles goed, pa?' vroeg Colm.

'Prima, jongen. Kom! Ik ben benieuwd welke geesten we te zien krijgen!'

De portier – lange mantel, hoge hoed, witte handschoenen – knikte de gewaardeerde gasten glimlachend toe en hield de deur voor hen open. JP liep als eerste naar binnen. In de hal kwam Mr. Dukelow hem tegemoet. Het was de hotelmanager aan te zien dat dit een gewichtig moment voor hem was. Hij stond kaarsrecht, in zijn beste marineblauwe pak. Er lag een blos op zijn wangen, hij had een bewonderende blik in zijn ogen, en om zijn mond speelde zijn meest innemende glimlach.

JP waren zijn innerlijke twijfels niet aan te zien toen hij de manager zelfverzekerd en met koninklijke waardigheid de hand toestak. De pompeuze arrogantie van de gravin was hem ten enenmale vreemd. Hoffelijk en met zachte stem zwaaide hij Mr. Dukelow lof toe voor het hotel. Daarop stelde hij hem zijn zoon voor. Colm schudde de manager krachtig de hand. Margot sloeg de begroeting cynisch gade, maar ze was ook geamuseerd door de kruiperigheid van Mr. Dukelow. Die bedankte JP omstandig voor zijn komst en zei dat hij zich vereerd voelde door diens aanwezigheid. De manager gebruikte JP's titel te pas en te onpas, net als bij de gravin. Margot vond het allemaal erg overdreven, maar daarin vergiste ze zich. Met elk compliment leek JP langer te worden; Mr. Dukelows onverholen bewondering was als balsem op zijn ziel en herstelde althans iets van de schade die zijn prestige had opgelopen. Hij had zich de laatste jaren nauwelijks onder de mensen gewaagd, en Margot veronderstelde dat hij zich schrap had gezet voor een neerbuigende ontvangst, voor minachting en kwaadaardige roddels. Het moest een aangename verrassing voor hem zijn dat Mr. Dukelow zich zo verheugd en vereerd toonde door zijn komst. De hotelmanager had op de eerste rij drie stoelen gereserveerd, en als *his lordship* daar prijs op stelde, zou hij hem later op de avond met alle plezier een rondleiding geven door het kasteel, zodat hij kon zien hoe respectvol Mrs. De Lisle de voormalige zetel van de Deverills had laten verbouwen. 'Ze wilde dat de huiselijke sfeer behouden zou blijven, dat het niet onpersoonlijk zou worden zoals hotels dat soms kunnen zijn,' vertelde hij. 'We afficheren ons dan ook als de voormalige zetel van de Deverills. Ik hoop dat u het, na de rondleiding, met me eens zult zijn dat ze een geweldige prestatie heeft geleverd.'

'Daar twijfel ik niet aan,' zei JP.

'Dit doet hem zo veel goed,' fluisterde Colm tegen Margot terwijl ze

Mr. Dukelow volgden naar de balzaal. Daar waren in vroeger tijden de zomerbals van de Deverills gehouden, het hoogtepunt op de Anglo-Ierse kalender.

'Ik was even bang dat ik er verkeerd aan had gedaan hem mee te vragen,' zei ze. 'Maar wat ziet hij er geweldig uit in zijn maatkostuum! Weer helemaal Lord Deverill van Ballinakelly.'

'Precies. Ik ben zo trots op hem. Wie had dat gedacht? Dat ik dat ooit nog eens zou zeggen? Maar het is echt zo.'

Margot zou hem een kneepje in zijn hand willen geven, om duidelijk te maken dat ze er voor hem was. Voor hem en zijn vader. Maar ze deed het niet.

In de balzaal waren bijna alle plaatsen al bezet. Margot hield haar adem in bij het zien van de rijen met stoelen. Het leek wel een theater, compleet met een podium. Mr. Dukelow bracht hen naar hun plaatsen op de voorste rij. Margot en Colm zaten naast elkaar. Toen JP wilde gaan zitten, stond er een vrouw op in de rij achter hem. Het was Dorothy. 'Lord Deverill! Waarschijnlijk kent u me niet meer, maar –'

'Mrs. Walbridge.' Hij schonk haar glimlachend de hand, en legde zijn andere hand erop. 'Dat is lang geleden. Wat leuk om u te zien.'

Dorothy was verbluft. Wat zag hij er goed uit. Gezond, helder van geest. Door de verhalen van Emer had ze een beklagenswaardige dronkaard verwacht, een man die zwolg in zelfbeklag. Maar JP had zichzelf duidelijk volledig in de hand. Hij was opnieuw een man met charisma en zelfvertrouwen, een man met pretlichtjes in zijn prachtige blauwe ogen. En hij rook heerlijk, naar eau de toilette met een citrusgeur. Emer zou niet weten wat ze hoorde!

Margot voelde iets langs haar hand strijken. Het was Colms pink die vluchtig de hare aanraakte. Een klein gebaar dat niemand zag, maar voor haar betekende het heel veel. Ze keerde zich met een glimlach naar het podium. En terwijl het publiek de spreker met een luid applaus begroette, wist Colm dat haar glimlach voor hém bedoeld was.

Kitty

Ik ben verrast en eerlijk gezegd ook ontroerd om JP weer in het kasteel te zien. Mijn halfbroer, van wie ik zielsveel heb gehouden en die ik als mijn eigen zoon heb grootgebracht, zit op de voorste rij in de balzaal. Ooit dansten we daar onder flonkerende luchters, op de muziek van de beste orkesten in het land. Ik word overweldigd door emoties. Het kasteel, mijn dierbare thuis, is voor één avond opnieuw het koninkrijk van een Deverill. Het voelt goed om hem daar te zien. Het is alsof alles dat uit het lood was, ineens weer in balans is. Het kasteel is niet meer wat het was, het is nu een hotel. Maar in de balzaal zit JP op de voorste rij. Dat voelt alsof er een ontbrekend stukje op zijn plaats is gevallen. Zoals hij daar zit, met Colm naast zich, lijkt het alsof het universum me een teken stuurt. Het erfgoed van de Deverills zal voortleven! Na JP zal Colm het voortzetten, en daarna zíjn zoon. Ooit zal het kasteel weer in handen van de familie komen. Dat weet ik zeker. De vraag is alleen hoe. En dat is iets wat ik níét weet.

Ik sta op het podium wanneer Dan Chambers zijn publiek welkom heet. Een elegante verschijning, een man met een zacht karakter en een groot hart. Maar ik weet nog niet of hij echt een medium is. Dus ik wacht vol spanning af. En ook vol cynisme, moet ik tot mijn schande bekennen. Toen ik nog leefde was ik zelf een begaafd medium. Daar was ik trots op, en ik betwijfel of iemand net zo goed kan zijn in het contact met de doden als mijn grootmoeder Adeline en ik dat waren.

Ik speel met de gedachte om mijn invloed te laten gelden. Als het medium echt met de doden kan praten, wat zou ik dan een verwarring kunnen stichten! Ik zou hem verkeerde namen kunnen doorgeven, waardoor hij een modderfiguur slaat. Want ik snak naar een beetje vermaak. Het is hier zo saai! Soms is het interessant om met Tarquin te praten, of vermakelijk om te zien hoe Mrs. Carbery de levenden de stuipen op het lijf jaagt. Maar meestal gebeurt er niks. Meestal kijk ik naar een saai toneelstuk waar nooit een einde aan komt. Eerst had ik nog mijn woede die me bezighield, ik had er plezier in om rond te spoken, ik vond het opwindend om te ontdekken met welke geheimen mensen rondliepen. Maar inmiddels ben ik gewend aan een niet-stoffelijk bestaan, zonder de beperkingen van het lichaam, en mijn woede is geleidelijk aan minder geworden. Ik begin er eerlijk gezegd genoeg van te krijgen om altijd maar boos te zijn. Woede is een emotie die zichzelf voedt, als een slang die in zijn eigen staart bijt. De enige die er last van heeft, ben ikzelf. Het verbaast me dat ik dat niet eerder heb beseft.

Het medium zwijgt en neemt een moment om af te stemmen op die andere wereld. Ik weet hoe dat is. Want dat deed ik ook toen ik nog leefde. Het is alsof je aan de knoppen van een radio draait, op zoek naar de juiste frequentie. Ik sta vlak naast hem. 'De Kerstman,' fluister ik hem in zijn oor. Zijn gezicht vertrekt van ongeloof en afschuw. Dus hij is wel degelijk een echt medium. Een gevoel van triomf wordt al snel verdrongen door de stem van mijn geweten. Met mijn gave om boodschappen door te geven van dierbare overledenen heb ik zo veel mensen kunnen troosten. Hoe zou ik dan een spelletje kunnen spelen met deze man, die is vervuld van de beste bedoelingen? Plotseling schaam ik me.

Ik wil het al goedmaken door hem míjn naam in te fluisteren, als ik links van me een helder licht zie opbloeien. Ik keer me ernaartoe, en in de oogverblindende gloed zie ik een kind. Een meisje. Ze heeft goudblond haar en wordt omgeven door een stralenkrans van licht. De liefde die ze uitstraalt, is zo krachtig dat ik me ineens heel nederig voel. Ik trek me terug, en gehuld in de schaduwen van mijn schaamte zie ik dat haar energie blijft zweven bij Mrs. Walbridge. De oude dame heeft niets in de gaten. Net als de rest van het publiek wacht ze vol spanning af, en ze wordt een beetje nerveus omdat het medium al geruime tijd niets heeft gezegd.

Dan kijkt hij haar aan. Vriendelijk, met een glimlach. 'Hebt u een klein meisje verloren?' vraagt hij.

Mrs. Walbridge krijgt een kleur. Ze kijkt achterom, niet zeker of de vraag aan haar was gericht. Dan keert ze zich weer naar hem toe, en ze knikt.

'Ze laat me een lelie zien.'

Mrs. Walbridge slaat een hand voor haar mond. 'Ze heette Lillie,' zegt ze bijna fluisterend.

'Ze was dertien toen ze stierf. Aan leukemie?'

Mrs. Walbridge knikt opnieuw.

'Ze laat me een huis zien in een warm land, met een tuin vol bloemen. Het is in Zuid-Amerika, begrijp ik. In Argentinië. Ze laat me een golfclub zien met een heleboel deftige mensen. Ze vond het altijd heerlijk om de ballen te verzamelen, vertelt ze. Vooral in het hoge gras rond de baan.' Dan schiet hij in de lach. 'Was er inderdaad een struisvogel die de ballen opat?'

Mrs. Walbridge heeft tranen in haar ogen. Ze knikt, en ze begint ook te lachen. Ik voel de liefde stromen tussen de stralende ziel van het jonge meisje en haar moeder. Het vervult me met ontzag. Ik ben diep onder de indruk dat zo'n jonge ziel zo'n krachtige uitstraling kan bezitten.

'Ze zegt dat u zich niet schuldig moet voelen omdat u haar stoffelijke omhulsel in Argentinië moest achterlaten,' zegt het medium. 'Want daar is ze niet. Ze is overal waar u bent.'

Er gaat een zucht door het publiek, dat net zo ontroerd is als ik.

'Wanneer u een roodborstje ziet dat zich merkwaardig gedraagt, dan stuurt uw dochter u een boodschap. Om u eraan te herinneren dat ze altijd bij u is.'

Mrs. Walbridge droogt haar tranen met een papieren zakdoekje. Haar hand beeft. Haar dochter buigt zich over haar heen en kust haar op het hoofd. Er gaat een lichte huivering door de oude dame heen.

'Ze heeft u zojuist een kus gegeven,' zegt het medium.

Ik zie dat de zaal zich vult met honderden zielen. Ze zijn niet dof, zoals Mrs. Carbery en ik, die aan de aarde zijn gebonden. Ze komen uit het zielenrijk en bestaan louter uit licht. Zuiver wit licht. En ze zijn gretig om contact te zoeken met hun dierbaren. Ik weet wat ze willen zeggen. In dat opzicht zijn alle zielen hetzelfde. Ze willen hun dierbaren geruststellen dat ze niet dood zijn, dat ze voortleven en dat ze van hen houden. Het is zo simpel. Terwijl ik om me heen kijk, in een balzaal gevuld met zielen van overledenen, kan ik me gewoon niet voorstellen dat er mensen zijn die geloven dat de dood het einde betekent. Konden ze maar zien wat ik zie. Het leven zou zo veel minder zwaar zijn als iedereen wist dat dierbaren na hun dood verder reizen naar een andere dimensie, naar een andere staat van zijn. Dat ze hen niet in de steek laten. Dat er na dit leven een nieuw leven wacht. Althans, voor iedereen die vanuit liefde heeft geleefd. Wie tijdens zijn leven wreed is geweest, moet de dood vrezen.

Het medium moet zich tot het uiterste concentreren om alle afzonderlijke zielen te kunnen zien. Hij doet het geweldig. Iedereen voor wie hij een boodschap doorkrijgt, voelt zich getroost, gesterkt. De anderen, voor wie geen boodschap doorkomt, zijn toch ontroerd en worden gedragen op de golf van liefde die over de zaal heen spoelt. Dat is wat de diepste indruk op me maakt: de liefde van de levenden voor hen die verder zijn gereisd, en de liefde van die laatsten voor de levenden. De liefde is de onverbrekelijke band die hen verbindt. Ik kijk naar JP; hij zit roerloos, in gedachten verzonken. Denkt hij aan mij? Of misschien aan Bertie, onze vader? Hij fronst zijn voorhoofd, zijn gezicht staat ernstig. Zijn gedachten kan ik niet lezen, alleen zijn energie. Maar doordat de balzaal daarmee is gevuld, kan ik daarin niets anders lezen dan liefde.

De twee uur vliegen om. Het medium kan niet alle boodschappen doorgeven, maar hij stelt het publiek gerust. Hij blijft een week, er volgen nog meer optredens. De zielen verbleken, de mensen staan druk pratend op van hun stoel. Margot omhelst Mrs. Walbridge, die huilt op haar schouder. Ik denk niet dat ze ooit nog bang voor geesten zal zijn.

En dan zie ik de 'geest met de stofdoek', Mrs. Carbery. Ze staat op het podium en kijkt verbijsterd om zich heen. Een kleine schimmige vrouw, kleurloos als een muis, die verbouwereerd toekijkt hoe de zaal leegloopt.

Ten slotte zijn we alleen over, samen met een jonge vrouw die tussen de stoelen door loopt om folders en rommeltjes op te rapen.

'Wat moest dat voorstellen?' vraagt Mrs. Carbery.

'De spreker is een medium. Hij praat met overledenen, zoals wij, en hij geeft boodschappen door aan de levenden.'

'Net als een waarzegger?'

'Ja, maar dan anders.'

'Volgens onze pastoor waren dat soort mensen instrumenten van de duivel en moest je er met een wijde boog omheen lopen.'

'Welnee,' stel ik haar gerust. 'Het zijn gewoon mensen met een bijzondere gave.'

'Denk je... denk je dat hij ook een boodschap van mij zou willen doorgeven dan?'

'Aan wie?'

'Volgens mij leeft mijn dochter nog.'

Ach, natuurlijk! 'Bessie!' zeg ik.

'Ja, Bessie. Mijn kleine meisje dat ik alleen moest laten. Toen Rafferty was gesneuveld heeft zij voor me gezorgd en me gered uit de klauwen van de dood. Daarna heb ik alleen nog maar zwart gedragen. Gitzwart. Mijn hart was in zo veel stukken gebroken dat alleen de Heilige Antonius het had kunnen lijmen. Na de dood van Rafferty leefde ik in mijn eigen Hof van Getsemane. Hoe is het met Bessie? En waar is ze?'

'In het Jachthuis. Ze werkt nog steeds voor Lord Deverill.'

'En Rafferty? Is die in de hemel?'

'Dat weet ik niet.'

Mrs. Carbery begint te huilen. 'Ik dacht dat ik mijn jongen zou weerzien. Daarom verwelkomde ik de dood en ging ik hem halverwege tegemoet. Wat heb ik gedaan dat ik in dit voorgeborchte moet blijven? Ik ging elke ochtend naar de mis, ik at geen vlees op vrijdag en ik ben om het jaar op pelgrimage naar Knock en naar Loch Derg gegaan. Wat kan een mens nog meer doen? Dus waar heb ik dit aan verdiend? Het lijkt nergens naar! Als je vroom en nederig bent ga je naar de hemel, maken ze ons wijs. Want dat zeggen ze alleen maar om te zorgen dat we niet opstandig worden. De hemel bestaat niet! Alleen dit... dit vage schemerrijk. God sta me bij, ik ben vlees noch vis. Een misbaksel, dat ben ik!'

Ik weet niet wat ik moet zeggen. Ik kan alleen maar hulpeloos toekijken terwijl ze doelloos door de gangen doolt en iedereen de stuipen op het lijf jaagt.

Ik word weer naar het Jachthuis getrokken. JP, Colm en Margot zitten aan het souper in de eetkamer. Mrs. B. heeft een feestmaal bereid. Ik merk dat ze langer blijft hangen dan nodig, benieuwd als ze is naar de avond met het medium. Haar gezicht staat gespannen, alsof ze worstelt om tot een besluit te komen. Kon ik haar maar vertellen dat haar moeder in het kasteel is, dat ze haar een boodschap wil doorgeven. Zo gemakkelijk als het is om mensen angst aan te jagen, zo onmogelijk is het om troost te bieden.

'Wat een bijzondere avond was dat,' zegt JP. Hij is in een opperbeste stemming, opgebeurd door de vriendelijke ontvangst in het hotel. Hij dacht dat hij een paria was, maar daarin heeft hij zich vergist. Hij is en blijft Lord Deverill van Ballinakelly, telg van de familie die meer dan driehonderd jaar in het kasteel heeft gewoond. En na de ontvangst van vanavond durft hij daar weer trots op te zijn. 'Je vriend Dan Chambers heeft werkelijk een uitzonderlijke gave.'

'Ik ben nog altijd sceptisch,' zegt Margot. 'Maar ik moet toegeven dat hij me vanavond aan het denken heeft gezet.'

'Het is zo'n troost om te weten dat je dierbaren nog bij je zijn. Kijk maar naar Mrs. Walbridge. Wat was ze dankbaar voor de boodschap die Chambers doorkreeg van haar dochter,' zegt Colm.

'Maar wat moet het vreselijk zijn om een kind te verliezen.' Margot klinkt verdrietig. 'Ze heeft het met mij nooit over Lillie gehad. Met geen woord. En ook niet over haar man. Dat die bij een ongeluk is omgekomen. Wat een verdriet... en toch merk je daar niets van. Ze is altijd vriendelijk en een en al levenslust.'

'Ook dat is een gave,' zegt JP. Bij hem ging het leven ook niet altijd over rozen, maar hij begint te leren het verdriet los te laten.

'En daar gaat het om in het leven, zou Dan zeggen,' merkte Margot op. 'We zijn hier om te leren van ons lijden. Om geestelijk te groeien. Als alles in het leven van een leien dakje ging, zouden we egoïstisch worden en zelfvoldaan. Lijden leert ons compassie te hebben en onze medemens te waarderen. Daar heeft hij volgens mij gelijk in.'

'Wanneer is er weer een avond?' vraagt JP. 'Ik wil graag nog een keer.'

'Morgen,' antwoordt Margot.

Mrs. B. heeft geen excuus om nog langer te blijven. Met een stapel borden loopt ze zachtjes de kamer uit.

'Van wie zou jij een boodschap willen krijgen, pa?' Colm grinnikt. 'Van Kitty?'

JP trekt een lelijk gezicht. 'Alsjeblieft niet! Kitty is woedend omdat ik het kasteel heb verkocht. Als zij via het medium zou doorkomen, zouden we de kilte allemaal voelen, denk ik.'

Ze schieten in de lach. Maar hij heeft gelijk. Ik ben woedend omdat hij het kasteel heeft verkocht. Maar de liefde die vanavond in de balzaal werd doorgegeven, heeft me nederig gestemd. Geen van de zielen klonk koud en kil, ze spraken geen van alle uit boosheid. Liefde was hun enige drijfveer. Wat betekent dat voor mij? Dat ik mijn boosheid ook achter me kan laten wanneer ik verder reis? En wil ik dat dan ook? Is het slecht van me dat ik zo veel van het kasteel houd?

Na het eten gaan ze in de salon zitten. JP zet een plaat op. Verrukkelijke muziek klinkt door de kamer, en zoals ik al had verwacht komt Tarquin Deverill uit zijn duistere domein tevoorschijn. Ik merk meteen dat er iets is veranderd. Hij maakt een verslagen indruk. Zijn energie is minder dicht, minder hard. Hij is wanhopig. Dat voel ik. Zijn verlatenheid verspreidt zich als een donkere wolk door de kamer, en ik heb diep medelijden met deze geteisterde ziel.

Hij is deze keer niet voor de muziek gekomen, maar voor mij.

'Ik moet een bekentenis afleggen,' zegt hij gekweld. 'Ik kan het niet langer voor me houden.'

'Hoe komt dat zo ineens?'

'Ik ben wanhopig, ik weet me geen raad. Dat verschrikkelijke oord waartoe ik ben veroordeeld... ik kan het niet langer verdragen. Er is niets... geen kleur, geen licht, geen goedheid, geen muziek, geen bloemen, geen...' Buiten adem legt hij zijn handen op zijn borst. 'Het is mijn verdiende loon. Als ik het voor altijd zonder schoonheid moet stellen, dan heb ik dat aan mezelf te wijten. Toch bid ik om vergeving.'

'Vergeving door wie?'

'Door Gabriel, mijn zoon.'

'Maar waarom dan? Wat heb je gedaan?' Ik wil het eigenlijk niet weten, maar ik moet hem zover zien te krijgen dat hij toegeeft wat hij heeft misdaan, dat hij het licht toelaat in de duisternis van zijn ziel. Dat is de enige manier waarop hij verlossing kan vinden.

Hij laat zich op zijn knieën vallen, zijn kin zakt op zijn borst. 'Ik heb mijn zoon vermoord,' zegt hij fluisterend.

Ik houd mijn adem in. Dit had ik niet verwacht. 'Wat heb je gedaan?'

'Op zijn tiende verjaardag heb ik hem naar de vijver gelokt. Ik had tegen zijn moeder gezegd dat ik met hem de tuin in ging om naar de bloemen te kijken. En dat had ik nog nooit gedaan. Ik had hem nog nooit mee naar buiten genomen. Ik liet hem de vissen zien. Hij ging op zijn buik liggen en stak zijn hand in het water om ze te aaien.'

Hij zwijgt, en ik voel zijn berouw, dat als een glasscherf in zijn hart snijdt.

Dan schudt hij zijn hoofd, maar de herinnering laat zich niet verjagen. 'Ik heb hem met zijn hoofd onder water geduwd. En net zo lang volgehouden totdat hij niet meer bewoog.' Plotseling richt hij zich op. 'Wat bezielt me? Ik had niet om vergeving mogen vragen. Hoe heb ik zelfs maar kunnen denken dat mijn zoon me zou vergeven? Dat kan ik niet van hem verwachten. Geen mens zou daartoe in staat zijn. Door mij heeft hij een ellendig leven gehad, en op zijn tiende verjaardag heb ik hem het leven zelfs ontnomen. Dat is onvergeeflijk. Ik ben voorgoed veroordeeld tot de hel die ik verdien. Ik zal je verder met rust laten, Kitty. Ik ga terug naar de duisternis die ik over mezelf heb afgeroepen. Niemand kan zijn straf ontlopen.'

Mijn hart stroomt over van medelijden. Ik wil hem helpen, deze arme, gekwelde man die eindelijk het licht heeft gezien. Hij begint zich terug te trekken.

Dan verschijnt er plotseling een oogverblindend licht in de kamer. Ik scherm mijn ogen af, voel dat Tarquin achteruitdeinst en ook een hand boven zijn ogen houdt. Wanneer de gloed geleidelijk aan minder fel wordt, kunnen we in de aura van licht een bovenaards wezen onderscheiden. Een engel, is mijn eerste gedachte, maar dan besef ik dat het een ziel is. Een zuivere ziel, vervuld van liefde.

'Vader,' zegt hij met een blik vol compassie voor de bevende, gekwelde man die voor hem staat.

Ik besef tot mijn verbijstering dat dit prachtige schepsel de ziel van het gebrekkige kind moet zijn.

'Gabriel?' vraagt Tarquin schor. Hij kan nauwelijks geloven wat hij ziet. Maar het is zijn zoon. Hij is het echt. Als hij in de ogen van het kind had gekeken, zou hij al veel eerder hebben gezien wat zijn moeder zag: een volmaakte, zuivere, onbezoedelde ziel.

'Ik ben altijd bij u geweest, vader.' Het kind glimlacht. Zijn ogen stralen van liefde. 'Ik heb u nooit alleen gelaten.'

'Maar ik... ik...' Tarquin vecht tegen zijn emoties. Zijn stem hapert. Hij kan van schaamte geen woord meer uitbrengen.

'Zelfs in het duistere oord waartoe u was veroordeeld, ben ik altijd bij u gebleven. Maar u kon me niet zien. Door te erkennen hoeveel pijn u anderen hebt gedaan, hebt u het licht toegelaten in uw hart en kan ik u bereiken. Ik kom u halen. We gaan naar huis.'

'Naar huis?' herhaalt Tarquin ademloos. 'Maar waarom? Waarom zou je ook maar iets om me geven? Laat me maar hier. Ik verdien niet beter.'

'Kom.' Zijn zoon strekt zijn handen naar hem uit. 'Ik heb u vergeven. Nu moet u alleen uzelf nog vergiffenis schenken.'

Tarquin beeft, zijn energie is rusteloos, vervuld van een zwakke, maar onmiskenbare gloed. Dan verspreidt het licht zich als een oplaaiende vlam door hem heen. Hij pakt de hand van zijn zoon, en ik kijk nederig en vol ontzag toe terwijl deze jonge ziel, die spiritueel al zo ver gevorderd is, zijn vader meeneemt naar een nieuwe wereld. Het licht dooft, JP en de anderen hebben niets gemerkt. Ze zitten te kaarten en hebben geen idee van wat zich hier zojuist heeft afgespeeld.

En ik besef nu pas goed dat we als mensen de keuze hebben. Dat ons aardse leven bepalend is voor wat ons wacht na de dood. En ik besef ook dat velen van ons de verkeerde keuze maken.

17

Dorothy had het gevoel dat er een last van haar schouders was gevallen. Lillie was nog altijd bij haar. Dat hadden de gebeurtenissen van die avond bevestigd. Want hoe zou Dan Chambers anders van de roodborstjes hebben kunnen weten? Hoe had hij anders kunnen weten hoe ze heette en waaraan ze was gestorven, als hij dat niet van Lillie zelf had doorgekregen? Lillie was geen geest, wist ze dankzij haar gesprekken met Dan. Lillie was een ziel, nog altijd net zo lief, net zo bruisend als toen ze nog leefde, maar zonder haar zieke lichaam. Ze was niet veranderd, ze had geen vleugels gekregen, ze was niet vroom geworden. Lillie was nog altijd vrijgevochten, blij en ondeugend. Echt iets voor haar, die roodborstjes, dacht Dorothy. Ze zou nooit meer bang zijn voor geesten, ook al zou ze de geest met de stofdoek liever niet meer zien. Het was ronduit verontrustend om midden in de nacht wakker te worden met het gevoel dat er iemand in de kamer was. Dus ze hoopte dat het niet meer zou gebeuren.

Ze had zich al verkleed voor de nacht en wilde net haar kamerjas uitdoen om in bed te stappen toen er werd geklopt. Wie kon dat zijn, zo laat op de avond? 'Wie is daar?' riep ze een beetje angstig.

'Ik ben het. Margot.'

Ongerust liep Dorothy naar de deur. Maar Margot zag er niet uit alsof ze van streek was.

'Sorry dat ik je nog zo laat stoor,' zei ze. 'Ik wilde gewoon even kijken of alles goed ging. Er is nogal wat gebeurd, tenslotte.'

Dorothy deed de deur wijd open, blij om erover te kunnen praten. 'Kom binnen!' Ze deed een stap opzij.

'Ik was altijd nogal sceptisch,' zei Margot terwijl ze op het bed neerplofte. 'Maar wat er vanavond gebeurde, was behoorlijk overtuigend. Dat heeft me aan het denken gezet.'

Dorothy ging op de bank bij het raam zitten en vouwde haar handen in haar schoot. 'Hij heeft echt een bijzondere gave. Hoe had hij dat anders kunnen weten? Van die roodborstjes?'

'Precies. Ik was verbijsterd.'

Dorothy glimlachte. 'De hele balzaal zat stampvol, en dat uitgerekend ik de gelukkige was! Dat Lillie een boodschap voor me had! Ze was zo'n dapper klein ding.'

'Het is fijn om te weten dat ze bij je is.'

'Ja, dat maakt alle verschil. Ik heb het altijd vreselijk gevonden om haar in Buenos Aires achter te laten. Daarom ben ik nog zo lang gebleven. Veel langer dan ik had gewild. Alleen omdat Lillie daar begraven lag. Ik wist natuurlijk wel dat ze daar niet was. In dat graf. Maar toch. Dat graf met haar naam erop was alles wat ik nog van haar had. Dus ik vond het heel moeilijk om weg te gaan. En soms doet het me nog altijd verdriet als ik eraan denk dat er niemand meer naar haar graf gaat.'

'Daar hoef je nu niet langer verdriet van te hebben. Je weet nu dat ze daar echt niet meer is. Dat ze altijd bij jou is geweest.' Margot glimlachte warm. 'Waarschijnlijk is ze er nu ook, hier in de kamer.'

'Ja, dat is een heerlijke gedachte. En het is ook een troost om te weten waar ik naartoe ga na mijn dood. Wanneer je zo oud bent als ik, denk je daar toch regelmatig over na.'

Margot keek haar geschokt aan. 'Dat moet je niet zeggen! Jij gaat voorlopig nog nergens heen.'

'Dat hoop ik, maar met elke nieuwe dag komt het einde natuurlijk wel een stukje dichterbij.' Ze grinnikte. 'Niemand komt hier levend vandaan.'

'Ik weet zeker dat je nog jaren te gaan hebt. Bovendien heb ik je nodig.'

'Nou, ik zal mijn best doen om nog zo lang mogelijk te blijven.' Ze was blij met hun vriendschap, ook al kenden ze elkaar nog maar kort. Het was fijn om nodig te zijn en het voelde goed om Margot te kunnen steunen, die van haar moeder niets hoefde te verwachten. 'Je kunt op me rekenen. Ik ben er voor je,' zei ze dan ook, en het ontroerde haar om te zien hoeveel dat voor haar nieuwe vriendinnetje betekende.

'Dank je wel.' Margot kreeg een blos op haar wangen. Ze had vroeger nooit iemand gehad op wie ze kon rekenen en alles op eigen kracht moeten doen. 'Dat is lief van je.'

Nadat Margot was vertrokken, kroop Dorothy in bed. Ze sloot haar ogen en vouwde haar handen. In haar gebed bedankte ze Lillie voor de lieve boodschap die ze had doorgegeven, en ze bedankte de macht – welke dat ook mocht zijn – die dat mogelijk had gemaakt. Ze bad ook voor Margot, die ervoor had gezorgd dat Dan naar het kasteel was gekomen. Gelukkig maar, want hij zou nog heel veel mensen verlichting kunnen brengen. De dood hoorde bij het leven. Uiteindelijk kreeg iedereen ermee te maken. Maar dat was gemakkelijker te accepteren als je wist dat de dood geen einde betekende, maar een overgang naar een leven na dit leven.

De volgende ochtend ging ze bij Emer O'Leary langs. Het was winderig maar zonnig. Dikke wolken tuimelden langs een azuurblauwe hemel, de zee was onstuimig, de hoge golven betekenden een uitdaging voor de vissers die voor hun dagelijks brood het water op moesten. Dorothy had het hotel een taxi laten bellen, die haar om tien uur afzette bij de witgepleisterde cottage aan zee. Emer begroette haar hartelijk. Jack lag met een verkoudheid in bed, vertelde ze.

'Het is toch niets ernstigs, hoop ik?'

'Ach, het is een strenge winter geweest.' Emer sloot de deur en ging Dorothy voor naar de zitkamer. 'Maar weer of geen weer, Jack gaat er elke dag opuit met de hond. Hij wordt bovendien een dagje ouder.'

'Tja, net als wij allemaal. Hoe zeggen ze dat ook alweer? We staan met één voet in het graf en met de andere op een stuk zeep.'

Ze gingen bij de haard zitten om nieuwtjes uit te wisselen. Dorothy vertelde Emer over JP. 'Blijkbaar is hij gestopt met drinken, want hij ziet er zo goed uit. Blakend van gezondheid, zijn ogen staan helder, een man in de kracht van zijn leven.'

'Misschien is hij wel verliefd,' opperde Emer.

'Het zou kunnen. Hij moet een reden hebben gehad om het roer zo radicaal om te gooien.'

'Maar op wie zou hij verliefd kunnen zijn? Hij ziet of spreekt niemand. Behalve Margot Hart.'

'Ik zou het echt niet weten. Misschien heeft Colm hem ervan weten te overtuigen dat hij op de verkeerde weg was.'

Emer haalde haar schouders op. 'Daar heeft hij niets over gezegd.' Ze fronste haar wenkbrauwen. 'Was hij er gisteravond ook?'

'Ja, ze waren met z'n drieën. JP, Colm en Margot.'

Emer staarde peinzend voor zich uit. 'Margot is jong genoeg om zijn dochter te kunnen zijn,' zei ze toen afkeurend.

'O, maar hij is ook niet verliefd op Margot.'

'Hoe weet je dat?'

'JP is niet gek.'

'Ze is wel beeldschoon. En voor een mooie vrouw doen mannen soms rare dingen.'

'Toch weet ik zeker dat JP niet verliefd op haar is. Ze zijn gewoon goede vrienden,' hield Dorothy vol. Ze kon niets zeggen over Colm en Margot. Dat was haar in vertrouwen verteld.

'Margot is geen echte vriendin. Ze gebruikt hem. Dat zou JP toch ook moeten beseffen.'

'Daar geloof ik niks van.'

'Dan ben je erg naïef.'

'Denk je dat?'

'Nou en of. Margot is een ambitieuze jonge vrouw. En geraffineerd. Je weet hoe schrijvers zijn. En dan is ze ook nog journalist. Dat soort mensen kent geen scrupules. Ze gebruikt JP. Wanneer dat boek eenmaal af is, gaat ze terug naar Engeland en dan ziet hij haar nooit meer.'

'Meen je dat nou? Nogmaals, daar geloof ik niks van. Ze heeft het hart op de goede plaats.'

Emer schudde haar hoofd, en Dorothy voelde zich in verwarring gebracht. Het was niets voor Emer om kwaad te spreken. 'Misschien gebruiken ze elkaar,' zei die. 'JP helpt haar met haar research om Alana te kwetsen, en Margot gebruikt hem om alles te weten te komen wat ze nodig heeft voor een boek vol smeuïge verhalen.'

'Ik denk dat ze heel tactvol te werk zal gaan.' Dorothy vond dat ze het voor Margot moest opnemen.

'O, denk je dat? Denk je dat echt?'

'Ik ken haar een beetje, en mijn gevoel zegt me dat ze te vertrouwen is.'

Emer schoot in de lach. 'Dan heb jij je ook laten inpakken.'

'Ik hoop dat je je vergist,' zei Dorothy met een klein stemmetje.

'Ik ook. In het belang van Alana.'

Ineens begreep Dorothy haar felle reactie. Emer was als een leeuwin die haar welpen beschermde. Maar als ze nu eens gelijk had? Als Margot inderdaad een spelletje met hen speelde? Ook met Colm? Ze staarde in haar theekop en had het gevoel dat er een knoop in haar maag werd gelegd. Zo harteloos zou Margot toch niet zijn?

De hele volgende dag zat Margot achter haar bureau. Eerst schrijven, dan schaven, was haar motto. Wanneer het verhaal eenmaal rond was, ging ze terug naar het begin, en dan begon het schaven en polijsten.

Alle feiten, alle resultaten van haar research op papier zetten, dat was het zware werk. Want hoezeer ze er ook van genoot om over Barton Deverill te schrijven, het vereiste concentratie en een ijzeren discipline. Tegen theetijd moest ze er nodig even uit. Een frisse neus halen en de benen strekken. Dus ze legde de groeiende stapel A4'tjes netjes naast haar schrijfmachine en liep de trap af. Eenmaal beneden zag ze net de gravin binnenkomen. De hotelmanager wreef glimlachend in zijn handen en putte zich uit in complimenten. Margot dook haastig weg achter een pilaar.

'Mag ik u de zitkamer van Mrs. De Lisle aanbieden? Daar wordt u niet gestoord,' hoorde ze hem zeggen toen ze langs haar liepen.

Het ontging Margot niet dat de gravin haar hand op zijn arm legde. 'Dat is bijzonder vriendelijk van u, Mr. Dukelow. U denkt werkelijk aan alles. Geen wonder dat Mrs. De Lisle zo veel vertrouwen in u heeft.'

'Ik doe mijn uiterste best om het onze hoge gasten naar de zin te maken.'

'Dat doet u zeker.' De gravin slaakte een zucht. 'Wat zou Mrs. De Lisle zonder u moeten beginnen?'

Margot keek hen na. Het gebaar van de gravin was zo intiem geweest dat het haar een onbehaaglijk gevoel bezorgde. Er klopte iets niet. Haar argwaan was gewekt. Ze had een scherpe intuïtie, en die werd met de jaren alleen maar scherper.

Op weg naar buiten werd ze door Róisín nagewuifd van achter de receptiebalie en bij de deur gegroet door de portier. Ze kende inmiddels iedereen in het hotel. De zon scheen, de vogels zongen, en ze snoof genietend de rijke geur op van de vruchtbare aarde. Na een lange dag achter haar bureau was het heerlijk om buiten te zijn. Ze strekte haar benen, liep met grote stappen het gazon op. Toen draaide ze zich om naar het kasteel. Omdat ze er destijds uit het raam had gekeken, wist ze waar de privézitkamer van Mrs. De Lisle zich bevond. Ze beet op haar lip. Het was riskant wat ze wilde doen. De kans was groot dat ze door een van de tuinmannen werd betrapt.

Ze keek om zich heen. Er was niemand. Het gazon lag er verlaten bij, net als de borders. Op het dak van het kasteel koerde een eenzame duif. Ze hoopte dat de tuinmannen in de moestuin of de kassen aan het werk waren. Nonchalant slenterde ze naar het kasteel en deed alsof ze de border bestudeerde. Ze rook hier en daar aan een plant en genoot zogenaamd van het uitzicht. Ondertussen bewoog ze zich onopvallend steeds dichter naar het raam van de privézitkamer. Opnieuw keek ze om zich heen. Ze moest er niet aan denken dat ze werd betrapt op gluren. Met haar rug tegen de muur gluurde ze door de benedenhoek van het raam naar binnen.

Geschokt hield ze haar adem in. De gravin en de manager leunden in een hartstochtelijke omhelzing tegen de boekenkast. Ze zoenden, wreven verhit hun onderlichaam tegen elkaar. Margot wendde zich abrupt af en haastte zich met bonzend hart terug naar het gazon. Op datzelfde moment kwam een van de tuinmannen aanrijden op een quad met daarachter een kar vol turf. Hij stak zijn hand op. Margot wuifde terug. En slaakte een zucht van opluchting. Als ze één moment langer bij het raam was blijven staan, zou ze betrapt zijn.

Met haar handen in haar jaszakken dacht ze na over wat ze had gezien. Voelde de gravin zich fysiek tot Mr. Dukelow aangetrokken of ging het haar om iets anders? Haar man was oud en krom, Margot zou het begrijpen als de gravin bij hem niet meer aan haar trekken kwam. Maar waarom koos ze dan voor Mr. Dukelow? Daar klopte iets niet. Hoe lachwekkend de gravin ook mocht zijn, ze stond hoger op de maatschappelijke ladder dan Mr. Dukelow! Margot ging sneller lopen, popelend van ongeduld om het aan Colm te vertellen.

Die avond in de balzaal koos Mrs. B. een plekje op de achterste rij. Ze ging zitten en zette haar tas op haar knieën. De zaal was opnieuw stampvol. Lord Deverill, Margot en Colm zaten op de eerste rij, maar Mrs. B. was liever alleen gegaan. Daarom had ze niets tegen hen gezegd. Ze was blij dat ze vroeg was gekomen, want alle stoelen waren inmiddels bezet. De mensen na haar moesten al staan, en er kwamen nog steeds nieuwe bezoekers binnen. Het nieuws over de uitzonderlijke gave van Dan Chambers had zich als een lopend vuurtje verspreid. Iedereen wilde met eigen ogen zien waar hij toe in staat was. Mrs. B. keek verlegen om zich heen. Ze stelde zich voor dat alle aanwezigen wel iemand hadden verloren. Dat hoorde bij het leven. Het verlies van dierbaren was onvermijdelijk. En uiteindelijk gaan we allemaal, zei ze tegen zichzelf.

Toen Dan Chambers op het podium verscheen was ze verrast door zijn verschijning. Ze had gedacht dat hij flamboyanter zou zijn. Meer als een tovenaar. Maar deze lange, slanke man oogde sereen. Hij had een vriendelijk gezicht. Zachtmoedig, wijs, bescheiden, zonder pretenties. Het was het gezicht van een man met een groot hart, een man die veel liefde te geven had. Mrs. B. veerde op. Als Rafferty een boodschap voor haar had, dan was ze blij dat ze die zou ontvangen uit de mond van een man als Dan Chambers. Ze voelde dat ze hem kon vertrouwen. Toen hij begon te spreken, ging ze iets meer rechtop zitten. Haar hart begon sneller te slaan, haar handpalmen werden vochtig. Ze zei tegen zichzelf dat ze kalm moest blijven. Maar het was vergeefs. Ze werd steeds nerveuzer, niet vanwege een eventuele boodschap van haar broer, maar vanwege de mogelijkheid dat ze voor niets was gekomen.

Een voor een zochten de zielen contact en spraken via Dan Chambers tot hun dierbaren. En telkens weer raakte degene voor wie de boodschap bestemd was, tot tranen toe geroerd. Het gevoel van liefde in de zaal was overweldigend. Ook Mrs. B. raakte ontroerd. De zielen bewezen eerst wie ze waren door middel van informatie die alleen de nabestaanden konden weten en die ook alle andere aanwezigen een zucht van verbazing ontlokte. Daarna gaven ze via Dan Chambers door dat ze hun dierbaren nooit echt hadden verlaten en dat ze van hen hielden. Dat was eigenlijk alles.

Mrs. B. wachtte op Rafferty, maar hij kwam niet.

Aan het eind van de twee uur, die opnieuw waren omgevlogen, nam Dan een slok water. 'Het spijt me als sommigen van u teleurgesteld zijn. Er zijn hier in de zaal zo veel zielen dat ik ze onmogelijk allemaal kan laten doorkomen. Morgenavond ben ik er weer. Dan hoop ik u opnieuw te zien. De zielen zijn erg vasthoudend, ze willen hun liefde aan u doorgeven. In de week dat ik hier ben, zal ik mijn best doen om ze allemaal recht te doen. En voor degenen die geen boodschap doorkrijgen, zou ik willen zeggen: wanhoop niet. Uw dierbaren zijn bij u. Dat moet u van me aannemen. De liefde verbindt u, en die band kan nooit worden verbroken.'

Mrs. B. bette haar ogen, verfrommelde haar papieren zakdoekje en stopte het in haar tas. Nog verdrietiger dan ze was gekomen ging ze op weg naar huis. *Ik weet dat je bij me bent, Rafferty, en ik probeer niet teleurgesteld te zijn. Ik kom morgen weer, want ik weet zeker dat je dan een boodschap voor me hebt.*

De volgende ochtend kwam Dorothy voor het ontbijt bij Margot aan haar tafeltje zitten. Ze zag een beetje bleek.

'Alles goed?' vroeg Margot terwijl ze hun thee inschonk.

Dorothy slaakte een zucht. 'Prima, dank je. Maar er is iets... Er zit me iets dwars. Iets wat ik tegen je moet zeggen.'

'O?' Afgaande op Dorothy's gespannen gezicht wist Margot dat het iets vervelends moest zijn.

'Het gaat over je boek. Ik ben bang dat mensen erdoor gekwetst zullen zijn, dat ze er verdriet van zullen hebben.'

'Daar hoef je je echt geen zorgen over te maken,' zei Margot opgelucht. Ze had er alle vertrouwen in dat ze voldoende tactvol te werk zou kunnen gaan om niemand te kwetsen.

'Meen je dat?' Dorothy nam haar onderzoekend op. 'Weet je dat zeker?'

'Je weet toch dat je me kunt vertrouwen?'

'Ik eh... Eigenlijk niet. We kennen elkaar nog maar zo kort.'

'Maar wat zegt je intuïtie?'

'Dat ik je kan vertrouwen,' antwoordde Dorothy prompt.

Margot dacht even na. Ze vermoedde dat Dorothy met Emer had gesproken. 'Als je dat prettig vindt, zal ik je de allereerste, ruwe versie laten lezen,' stelde ze voor. 'Dat doe ik anders nooit. Maar ik ben ook benieuwd naar je mening.'

Dorothy's ogen lichtten op. Als Margot niet te vertrouwen was geweest, zou ze dat nooit hebben aangeboden. 'Ja, dat zou een enorme geruststelling zijn,' zei ze dankbaar.

'Het gaat om de geschiedenis van de familie. Vanaf het allereerste begin. Daarvan vormt het recente verleden maar een klein gedeelte. Maar ik beloof je, ik zal zorgvuldig afwegen wat ik in het boek zet. Het is niet mijn bedoeling om alle familiegeheimen te grabbel te gooien.'

'Dat weet ik. Want ik ken je werk. Dus ik vertrouw erop dat je tactvol te werk gaat.' Dorothy's stemming was op slag opgeklaard. Ze kreeg weer kleur op haar wangen en babbelde honderduit. 'Wat is het hier druk, hè?' Ze keek de eetzaal rond. 'Het hotel heeft geen gebrek aan gasten.'

'Nee, het is erg gewild. Mrs. De Lisle verstaat haar vak. Dat moet ik haar nageven.'

'Zeg dat wel. Trouwens, wat vond JP ervan? Van het hotel? Was het voor het eerst dat hij terugging?'

'Ja, en voor Colm ook. Ze waren allebei diep onder de indruk. En volgens mij was JP aangenaam verrast dat iedereen zo aardig voor hem was. Blijkbaar heeft hij altijd het gevoel gehad dat de hele wereld tegen hem was.'

'Niet de hele wereld. Alleen zijn ex.' Dorothy glimlachte spijtig. 'Ik ben blij dat het contact met zijn zoon is hersteld. Er is niets zo belangrijk als familie.'

Margot dacht eraan dat zij geen familie had. 'Volgens mij is er niets zo belangrijk als vrienden,' zei ze nadrukkelijk en met een warme glimlach.

Dorothy glimlachte terug. Hoe kon Emer hebben gesuggereerd dat Margot een spelletje met hen speelde? Margot was een schat, ze had een hart van goud. Als Emer haar zou kennen zoals zij haar kende, zou ze dat weten.

Margot stond aan de receptiebalie met Róisín te praten toen de gravin binnenkwam. Ze werd begroet door Mr. Dukelow, die haar formeel de hand schudde. Margot zocht tevergeefs naar een aanwijzing die een ongepaste intieme relatie verried. De gravin bewoog zich waardig naar de eetkamer. Daar werd ze naar een tafel met zes Amerikaanse toeristen geloodst die haastig overeind schoten. De gravin schudde hun minzaam de hand en herhaalde hun naam tijdens het voorstellen. De Amerikanen waren diep onder de indruk, alsof ze een lid van het koningshuis de hand schudden.

'Volgens mij komt de gravin steeds vaker langs,' zei Margot.

Róisín haalde grijnzend haar schouders op. 'Ja, blijkbaar wordt ze er goed voor betaald.'

'Krijgt ze er geld voor?' vroeg Margot verbijsterd.

'Nou en of.' Róisín dempte haar stem. 'Ze wordt betaald om de gasten te onderhouden. Dat was een idee van Mr. Dukelow. En de gasten vinden het geweldig. Een echte gravin! Die bovendien een rechtstreekse band heeft met het kasteel.'

'Ik kan me niet voorstellen dat ze het geld nodig heeft,' zei Margot, ook al wist ze inmiddels beter, dankzij de treurige aanblik van de graaf.

'Geen idee. Misschien streelt het haar ego om door een stel Amerikanen naar de ogen te worden gekeken. Hier kan ze doen alsof ze kasteelvrouwe is. En reken maar dat ze dat graag had willen zijn.' Róisín snoof. 'Trouwens, tussen ons gezegd en gezwegen, ik mag haar niet. Ik mag haar helemaal niet.'

'Ik ook niet.' Margot besloot een visje uit te gooien. 'Maar Mr. Dukelow is nogal van haar gecharmeerd.'

'Hij is diep onder de indruk van haar titel. Typisch Mr. Dukelow. Die raakt altijd helemaal van de kook als we belangrijke mensen over de vloer krijgen. Het probleem is dat hij het verschil niet ziet tussen echt belangrijke mensen en mensen die doen alsóf ze belangrijk zijn.' Róisín trok een gezicht. 'Maar kwaadspreken over je baas, dat mag niet. Dan ga je naar de hel.' Ze schoot in de lach. 'Hij kan beter Lord Deverill uitnodigen als gastspreker. Die is echt van adel. Het wordt tijd dat die rare gravin een toontje lager zingt.'

Die avond in de balzaal koos Mrs. B. een plekje op de achterste rij, ze ging zitten en zette haar tas op haar knieën. De zaal was weer stampvol, en ze dacht opnieuw aan Rafferty, in de hoop dat hij een boodschap voor haar zou hebben. Zodra Dan Chambers het podium betrad, werd het doodstil. De lucht leek zich te verdichten, het hart van Mrs. B. begon sneller te slaan.

Kitty

Ik sta achter het medium en kijk de zaal in, gevuld met zowel de levenden als de doden. Ik zie zielen glanzend van liefde en ook wat schimmige, aan de aarde gebonden zielen, die nieuwsgierig op het spektakel zijn afgekomen. Onder die laatsten bevindt zich ook Mrs. Carbery. Ze knippert met haar ogen, verbijsterd door wat ze ziet. In vergelijking met de zielen uit het zielenrijk oogt ze onopvallend, bijna kleurloos. Ze laat haar blik over de mensen gaan, want ik betwijfel of ze de zielen uit het zielenrijk kan zien. Hun gloed is te fel voor haar. Ik denk dat ze die niet zou kunnen verdragen.

Dan ziet ze Mrs. B., haar dochter, en er verschijnt een lieve glimlach op haar gezicht. Zo heb ik haar nog nooit gezien. Tot dusverre was ze altijd ongelukkig, met mondhoeken die naar beneden wezen en een doffe, verdrietige blik. Maar nu beginnen haar ogen plotseling te stralen. 'Bessie!' roept ze. 'Mijn eigen kleine Bessie!' Ze probeert de aandacht van haar dochter te trekken, maar hoe ze ook haar best doet, het haalt niets uit. Bessie zit met haar tas op haar knieën, haar hand beeft wanneer ze met een papieren zakdoekje haar ogen bet. Ze hoopt iets van haar broer te horen, maar ze houdt er rekening mee dat ze opnieuw teleurgesteld zal worden.

Mrs. Carbery is wanhopig. Ze staat inmiddels op het podium, vlak naast het medium, maar hij hoort haar niet. Dan besef ik dat ík wel iets kan doen. Dat ik iets móét doen. Ik moet de aandacht van het medium trekken. Het is me niet gelukt haar de weg te wijzen naar het licht, dus het minste wat ik kan doen is haar helpen contact te krijgen met haar dochter.

Met inspanning van al mijn wilskracht stuur ik een rimpeling van energie naar Mrs. B. De zakdoek maakt zich los uit haar hand en vliegt als een kleine witte duif door de zaal. Mrs. B. en de mensen die naast haar zitten, houden hun adem in, een geroezemoes verstoort de concentratie van het medium. Met een tweede rimpeling van energie laat ik de kan omvallen die op de tafel op het podium staat. Het water stroomt eruit, het geroezemoes wordt luider. Het medium vernauwt zijn ogen tot spleetjes. 'Ik geloof dat iemand probeert mijn aandacht te trekken.' Hij heft zijn hand. 'U hoeft niet bang te zijn. Het is een ziel die hunkert naar contact en geen kwaad in de zin heeft.'

'Ik wil met Bessie praten,' zegt Mrs. Carbery. Maar het medium kan haar nog altijd niet horen.

Ik word boos. Het is niet eerlijk dat die arme Mrs. Carbery niet in staat is een boodschap door te geven aan haar dochter. Ik stuur een gedachte naar de hogere schepselen van wie ik weet dat ze er zijn, en vraag hun om hulp. Het licht van Mrs. Carbery dooft, ze trekt zich terug in een hoekje van de zaal, ineens weer klein en bedeesd, in de schaduwen nauwelijks meer te onderscheiden.

Mrs. B. kijkt nog altijd verbijsterd om zich heen, haar blik gaat in het rond, het is duidelijk dat ze ergens op wacht. Ze weet dat de zakdoek niet vanzelf uit haar hand is gevallen. Misschien voelt ze dat iemand in het zielenrijk contact met haar zoekt. Of misschien hoopt ze dat alleen maar. Ik zou het niet kunnen verdragen als ze in die hoop wordt teleurgesteld. Ik zie de pijn, het verdriet in haar aura, en ik vraag opnieuw om hulp. *In godsnaam, doe iets!*

Dan wordt mijn gebed verhoord.

Op het podium verschijnt een stralende gloed, nog stralender dan het licht van de kroonluchters. De gloed is afkomstig van het gebrekkige jongetje, de zoon van Tarquin Deverill die zijn vader in het Jachthuis is komen halen. En hij is niet alleen. Hij heeft een knappe jongen bij zich. Een jongen van een jaar of zeventien met blond haar, helderblauwe ogen en een lief gezicht. Het medium stopt met praten. Het kan niet anders of hij is zich bewust van de hoge ziel die de zaal heeft betreden.

Het wordt doodstil. Niemand verroert zich. Er klinkt zelfs geen zucht, geen kuchje. Het is alsof iedereen de aanwezigheid voelt van deze prachtige, zuivere ziel.

Ik zie aan het medium dat hij op deze nieuwe verschijning afstemt. 'Ik heb hier een jongeman die Rafe heet... of Rafferty,' zegt hij dan.

Mrs. B. kreunt, diep geraakt door de naam van haar broer die door de zaal klinkt. Ze legt een hand op haar hart, niet in staat iets te zeggen.

'Is hier iemand die een jongeman heeft verloren die Rafe heette? Of Rafferty? Een rustige, bedachtzame jongeman. Hij zong graag ballades, en hij had een zusje dat Bess heette. Of Bessie.'

Mrs. B. kreunt opnieuw. De vrouw die naast haar zit, steekt haar hand op. 'Volgens mij is zij dat.' Ze wijst naar Mrs. B. 'Ja toch, schat? Ben jij Bessie?'

Die knikt.

Het medium kijkt vol compassie naar Mrs. B. 'Hij zegt dat hij is gesneuveld in de burgeroorlog. Maar dat hij de man die hem heeft doodgeschoten, heeft vergeven. Want die dacht, net als hij, dat hij streed voor een goede zaak.'

Mrs. B. huilt. Dikke tranen stromen over haar wangen, maar ze merkt het niet.

'Hij zegt dat u elke avond een kaarsje opsteekt en voor hem bidt. "Ooit zien we elkaar weer. Moge God je bewaren in de palm van Zijn hand."'

De vreugde die ik in het hart van Mrs. B. zie oplaaien, ontroert me. Die vreugde is als een reinigend vuur dat haar zuivert van alle pijn, al het verdriet; een reinigend vuur dat haar gebroken hart dankzij de liefde weer heel maakt. Ze knikt, maar ze kan nog altijd geen woord uitbrengen.

'Hij wil dat u zijn liefde bij u draagt. Niet de herinnering aan zijn dood. Niet het verdriet om het gemis. Het leven is er om geleefd te worden, zegt hij, en hij wil dat u gelukkig bent. Wanneer uw tijd is gekomen, zal hij er zijn. Dan zal hij u bij de hand nemen en u de weg wijzen naar het licht.'

Mrs. B. is verblind door tranen, overmand door emoties, maar haar hart stroomt over van geluk.

En dan gebeurt er nog iets bijzonders. Mrs. Carbery komt uit de schaduwen naar voren. Haar zoon Rafferty strekt zijn hand naar haar uit. Ze ziet hem, ze ziet deze zuivere ziel die haar zoon is, en haar gezicht straalt van liefde. Diep ontroerd kijk ik toe terwijl ze haar hand in de zijne legt. Dan gaan ze samen – Mrs. Carbery, Rafferty en het gebrekkige jongetje – op in het licht.

Eindelijk is het zover.

Mrs. Carbery heeft de hemel gevonden. Ze is op weg naar huis.

18

Met het naderen van de zomer gingen Colm en Margot steeds nonchalanter om met het geheimhouden van hun relatie. Na de werkdag reden ze de heuvels in, ze zochten de beschutting van de stenen in de Elfenring, ze gingen naar het strand, waar ze in de luwte van de rotsen zaten, en dronken een borrel uit de heupflessen die ze hadden meegenomen. Geleidelijk aan maakten ze al die dierbare plekken tot de hunne, zonder te beseffen hoeveel verliefde stelletjes dat in het verleden al hadden gedaan.

JP had niet langer voortdurende steun en begeleiding nodig. Hij was gelukkig, hij had het druk met de tuin, met paardrijden, en bovendien was hij met Mr. Dukelow in overleg over de mogelijkheid om als gastspreker op te treden in het hotel. Het was de bedoeling dat hij na het diner de gasten zou onderhouden met verhalen over het kasteel toen hij er nog woonde. Anders dan Margot had gedacht, schrikte het voorstel hem niet af, en het geld dat hij ermee zou verdienen was ook niet te versmaden. Mrs. De Lisle was bereid diep in de beurs te tasten voor een Deverill. Heel wat dieper dan voor de gravin!

Margot was in geen weken meer in O'Donovan's geweest. Al die tijd had ze Seamus niet gezien, en ze ging ervan uit dat hij niet het geringste vermoeden had van haar opbloeiende relatie met Colm. Doorgaans trok ze verder en keek ze niet achterom wanneer ze het bed had gedeeld met een man. Maar dat was in dit geval geen optie. Ze kon alleen maar hopen dat Seamus er net zulke vrije opvattingen op na hield als zij.

De pub was stampvol en zoals elke zaterdag speelde er een band. De sfeer was uitgelaten. Colm en zij vonden een tafeltje in de hoek, waarna hij naar de bar liep om een drankje te bestellen. Hij sprak even met Seamus, die in de richting van hun tafeltje keek. Margot glimlachte naar hem, en toen hij haar glimlach beantwoordde zag ze de verwarring op zijn gezicht. Ze wist wat hij dacht. Maar hij keerde zich weer naar Colm en maakte hun bestelling klaar. De twee mannen praatten nog wat, ogenschijnlijk vrijblijvend, maar toen keek Colm met een ruk achterom. Bij het zien van de blik in zijn ogen, voelde Margot dat haar huid onbehaaglijk begon te prikken. Wat had Seamus gezegd, vroeg ze zich af. Ze hoefde niet lang op het antwoord te wachten. Colm kwam al snel terug naar hun tafeltje, zette hun drankjes neer en ging tegenover haar zitten. 'Wanneer was je van plan me te vertellen dat je met Seamus naar bed bent geweest?' vroeg hij zacht.

Margot schoot intuïtief in de verdediging. 'Nooit. Want het doet er niet toe.'

Colm zette fronsend het glas met donker bier aan zijn lippen. 'Hoezo, nooit?'

'Waarom had ik het je moeten vertellen?'

'Omdat ik het liever van jou had gehoord dan van Seamus.'

Margot haalde haar schouders op. 'Het is al maanden geleden. Ik ben in januari een paar keer met hem naar bed geweest. Maar het betekende niets.' Ze zuchtte. 'Ik vind het niet zo netjes dat hij het aan jou heeft verteld.'

Colm nam haar ernstig op, maar ook een beetje geschrokken. 'Vind je dat normaal? Om met mannen naar bed te gaan en ze vervolgens af te danken?'

'Volgens mij doen de meeste mannen dat ook met vrouwen. Dus waarom zouden vrouwen niet hetzelfde mogen doen? Er zijn eerder mannen in mijn leven geweest, ja. En ik heb van ze genoten.' Ze wist dat hij dat niet wilde horen – dat gold voor de meeste mannen – maar ze ging er niet omheen draaien. 'Ben jij nooit met andere vrouwen naar bed geweest?'

Hij wist niet goed wat hij moest zeggen. Natuurlijk, ze had gelijk. Ze had het volste recht om met net zo veel mannen naar bed te gaan als ze wilde. Maar alleen al bij de gedachte had hij het gevoel dat zijn maag zich omdraaide. 'Seamus is er niet blij mee,' zei hij om het bij haar laatste minnaar te houden.

'We hebben vluchtig iets met elkaar gehad, en dat was leuk. Maar het was van meet af aan duidelijk dat het nooit meer zou worden.'

'En wat wij samen hebben?' Hij fronste opnieuw zijn wenkbrauwen. 'Is dat ook alleen maar vluchtig?'

'Je weet wel beter.'

'O ja? Ik weet niet beter of je gaat terug naar Engeland wanneer het boek af is. En dan zie ik je nooit meer.'

Ze legde haar hand op de zijne. 'Ik wil dat we bij elkaar blijven. Dat weet je heel goed.'

Hij liet zijn blik door de pub gaan, toen pakte hij haar hand. 'Ik wou dat we het niet langer geheim hoefden te houden. Ik word gek van dat stiekeme gedoe.'

'Ik ook.'

'Laten we er dan gewoon voor uitkomen.'

'En je vader? Moeten we ons daar zorgen over maken?'

'Ik weet het niet.' Colm slaakte een zucht. 'Ik wil niet dat wij de reden zijn van een terugval.'

'Hij vindt me aardig, maar hij hóúdt niet van me,' zei Margot bezwerend. 'Misschien dat Mrs. B. dat denkt, maar dat ziet ze verkeerd. We kunnen samen lachen, we zijn goede vrienden, maar ik weet zeker dat hij niet op die manier in me geïnteresseerd is.'

'Heb je niet gezien hoe hij naar je kijkt?'

'Natuurlijk wel. Hij is erg op me gesteld, maar dat is alles.'

'Toch denk ik dat we het voorlopig stil moeten houden.' Hij liet haar hand los.

'Seamus weet het,' zei ze toen ze zag dat de barkeeper hun kant uit keek.

'Omdat je hem hebt laten vallen.' Het klonk beschuldigend. 'Je had het moeten zeggen.'

'Wat? Dat ik met jou ben?'

'Nee, dat je niet meer met hem naar bed wilde.'

'Dat doe ik nooit,' zei ze luchtig. 'Dat is me veel te ongemakkelijk.'

'Toch hoop ik dat je het me recht in mijn gezicht zegt als je niet meer met me naar bed wilt.'

'Doe niet zo idioot!'

'Hoezo?'

'Ik wil nóóit niet meer met je naar bed!' Ze grijnsde.

Toen grijnsde hij ook. 'Weet je dat zeker?'

Ze knikte. 'Kom. Dan gaan we naar je huis. Dan zal ik je laten zien hóé zeker.'

Het was ver na drieën, in het holst van de nacht, toen Mr. Dukelow de gravin binnenliet door de oude bediendedeur aan de achterkant van het kasteel. De deur werd nooit meer gebruikt, en hij moest de klimop wegduwen die eroverheen was gewoekerd. Er was die nacht geen maan, het enige licht kwam van de kleine zaklantaarn waarmee hij voor hen uit scheen. Ze slopen de gang door, de oude bediendetrap op. Dit gedeelte van het hotel was aanzienlijk soberder dan de rest, niet te vergelijken met de luxueus ingerichte kamers en gemeenschappelijke ruimtes. Op de vloer lag linoleum, de muren waren witgepleisterd, aan het plafond hingen kale gloeilampen. En alles was bedekt met een dikke laag stof. In de hoeken lagen verschrompelde bruine bladeren, bros als papier, die ooit naar binnen waren gewaaid. Maar het tweetal liet zich er niet door ontmoedigen, zelfs niet door de kou. Zwijgend en muisstil slopen ze dieper het kasteel in, totdat ze bij de trap naar de suite in de westelijke toren kwamen.

Daar bleven ze even staan. 'Weet je zeker dat ze er niet is?' vroeg de gravin fluisterend.

'Absoluut zeker. Zoals ik al zei, ze is bij Colm Deverill.'

De gravin vertrok minachtend haar lippen. 'Ze gaat met hem naar bed, hè?'

'Ja. Maar ze denkt dat niemand dat weet.'

De gravin glimlachte, haar smalle lippen vormden een afkeurende streep. 'Mooi zo.'

Zachtjes en zorgvuldig beklommen ze de trap. Eenmaal boven tilde Mr. Dukelow de klink omhoog en duwde de zware deur open. Daarachter was het pikdonker. Hij scheen met zijn zaklantaarn door de kamer. De gordijnen waren open, een bewijs dat de bewoner er niet was. Zelfverzekerd stapte de hotelmanager naar binnen, gevolgd door de gravin, die met een zucht haar capuchon naar achteren schoof. Mr. Dukelow liep de slaapkamer in en scheen op het bed. Dat was onaangeroerd gebleven sinds het kamermeisje het die ochtend had opgemaakt. De lichtstraal viel op wat ze zochten: de keurige stapel A4'tjes op het bureau, naast de schrijfmachine.

De gravin schoot er gretig opaf. Ze pakte de stapel, draaide hem om en bekeek de laatste bladzijde. 'Kom eens hier met die zaklantaarn!'

Mr. Dukelow haastte zich het licht op de bladzijde te laten schijnen.

Gejaagd liet ze haar blik over de tekst gaan.

'Wat staat er?' vroeg hij.

Ze klakte gefrustreerd met haar tong. 'Het gaat over Hubert en Adeline. Dat stel ouwe gekken. We zullen over een paar weken terug moeten komen, om te zien hoe ver ze dan is gevorderd.'

Mrs. B. was een ander mens sinds ze die avond op de achterste rij in de balzaal had plaatsgenomen, met haar tas op haar knieën, heen en weer geslingerd tussen hoop en vrees. Ze voelde zich lichter. Jolig! Niemand zou Bessie Brogan ooit jolig hebben genoemd. Maar dat was ze. Jolig. Opgewekt. Uitgelaten.

Lord Deverill had het meteen in de gaten gehad. Toen ze die avond thuiskwam, met een dromerige blik in haar vochtige ogen, nog altijd overmand door emoties, had hij haar in de bibliotheek op een stoel gezet en aandachtig geluisterd naar wat ze te vertellen had. Ze had opnieuw moeten huilen, maar daarna had ze geen zakdoek meer nodig gehad.

Ze stak nog altijd de kaarsjes in haar slaapkamer aan, ze bad nog steeds elke avond, maar wanneer ze haar ogen sloot voelde ze de nabijheid van haar geliefde broer. Ze wist dat hij er was. Dat had hij immers zelf gezegd? Hij was bij haar en hij zou haar bij de hand nemen wanneer haar tijd was gekomen.

Mrs. B. danste op de muziek die uit de radio klonk. Ze tapte, zwaaide met haar heupen en draaide met haar schouders tijdens het koken en de afwas. Ze neuriede, luisterde naar ballades en zong uit volle borst mee. Haar hart stroomde over, ze moest het kwijt. Dankzij de muziek kon ze zich ongeremd uiten, want nu master Colm terug was naar zijn eigen huis had ze in de keuken het rijk alleen.

Net zoals het land na de ijzig koude winter dankbaar het voorjaar welkom heette, zo was het Jachthuis vanuit de schaduwen in het licht getreden. Het was er aangenaam warm, niet alleen dankzij de zomerse temperaturen buiten, maar ook omdat het huis weer gelukkig was. Mrs. B. kon het voelen. Het huis was gelukkig, net als zijn bewoners.

Op een avond begin juni zaten Margot, Colm en JP voor het eten met een drankje op het terras. Het was warm en zwoel, de zon zonk langzaam achter de paardenkastanjes en deed het land baden in een amberkleurige gloed. Een perfecte zomerse avond om later, wanneer oktober kwam met zijn gure herfststormen, aan terug te denken. De tuin was op zijn mooist, het groen nog jong en teer; de struiken waren gesnoeid, de klimrozen stonden al volop in bloei en woekerden in wilde euforie naar de hoogste top van de plataan. Er heerste een sfeer van optimisme, een gevoel dat alles zich ten goede zou keren. Mrs. B. keek naar hen drieën. Er werd gelachen en gepraat, op het dak koerden duiven en de hemel kleurde roze. Net toen ze een nieuwe kan limonade kwam brengen, vertelde JP dat hij een nieuwtje had.

'Aan je gezicht te zien is het goed nieuws,' zei Colm.

'Dat hoop ik wel, ja.' JP zette zijn glas op het tafeltje naast de bank. 'Tenminste, ik hoop dat jullie het goed nieuws vinden. Ik heb een baan.'

'Je wordt gastspreker op het kasteel,' raadde Margot. 'Wat geweldig!'

'Ja, ik heb met Mrs. De Lisle gesproken. Ze wil me graag hebben, en daar betaalt ze goed voor. Heel erg goed.'

'Ik vind het ook geweldig,' zei Colm.

JP keek Margot aan. 'Maar dat is nog niet alles. Ik heb een idee.'

'O? Vertel.'

'Wat zou je ervan zeggen als we het sámen deden? Jij vertelt wat verhalen over Deverills uit het verleden, over wat ze allemaal uithaalden, en ik vertel hoe het was om op het kasteel te wonen. Dat lijkt me een boeiende combinatie. Wat vind je?'

Colm keek Margot aan. Zijn voorstel kwam voor haar niet helemaal onverwacht. En wat had ze te verliezen? JP had gelijk. Ze zouden een boeiende combinatie vormen. Een stukje historie en een persoonlijke getuigenis. Mrs. De Lisle zou razend enthousiast zijn. 'Heb je het al voorgesteld?' vroeg ze.

'Nee, ik wilde het eerst met jou overleggen.'

'Het lijkt me leuk om samen iets te doen. Zal ik eens met Mr. Dukelow praten? Om te zien wat hij ervan vindt?'

Mrs. B. voelde een steek van bezorgdheid. Lord Deverill had nog altijd geen flauw vermoeden van de relatie tussen zijn zoon en Margot. De oude huishoudster wist hoezeer hij op Margot gesteld was, en als ze gingen samenwerken zou hun band alleen maar hechter worden. Ze was bang dat hij gekwetst zou zijn wanneer bleek dat ze verliefd was op Colm. Want ook al was hij dan oud genoeg om haar vader te kunnen zijn, gevoelens lieten zich niet dwingen. Mrs. B. vroeg zich af wanneer Colm en Margot openheid van zaken zouden geven. Ze konden hun relatie tenslotte niet eeuwig geheimhouden.

Mr. Dukelow begon bijna te beven van opwinding toen Margot voorstelde dat Lord Deverill en zij samen als gastspreker zouden optreden. Hij pakte meteen de telefoon om Mrs. De Lisle te bellen.

'Ik heb een briljant idee!' zei hij toen ze opnam.

Ze reageerde inderdaad razend enthousiast. 'En dat is nou precies waarom ik mensen zoals u in dienst hebt, Mr. Dukelow,' zei ze waarderend. 'U weet wat het hotel nodig heeft. Ik vind het een uitstekend idee. Bij de gravin had ik toch altijd het gevoel dat het allemaal niet echt was, ook al hingen de gasten aan haar lippen. We hebben haar niet meer nodig. Dat kunt u tegen haar zeggen. Met Lord Deverill is de authenticiteit gewaarborgd. Dat hadden we nodig, en daar hebt u voor gezorgd. Dankzij Lord Deverill en Margot gaat het stormlopen! Dat weet ik zeker. Ik ga de afdeling marketing er meteen mee aan het werk zetten.'

Mr. Dukelow was er bepaald niet gelukkig mee dat hij de gravin moest teleurstellen, want hij wist dat zij daar ook bepaald niet gelukkig mee zou zijn. 'Zouden we de gravin toch niet moeten aanhouden? Haar praatjes tijdens de thee zijn erg geliefd.'

'Ik heb haar nooit gemogen, Mr. Dukelow. Ze heeft geld in het laatje gebracht, dat zal ik niet ontkennen. Maar wat we nu hebben, is veel beter. Dus nogmaals, we hebben haar niet meer nodig. Dat kunt u haar zeggen.'

'Zoals u wilt, Mrs. De Lisle.' Hij durfde niet tegen haar in te gaan, ook al had hij de gravin graag nog een kans gegund. 'We zullen miss Hart natuurlijk ook een vergoeding moeten geven,' zei hij in plaats daarvan.

'Dat zullen we ook zeker doen. Een royale vergoeding. Ze heeft ons tenslotte ook Dan Chambers bezorgd. En wat een doorslaand succes was dat! Miss Hart is goud waard, en dan is haar boek nog niet eens verschenen. Tegen de tijd dat we daarmee kunnen adverteren, staan de gasten te dringen. En voorlopig kunnen ze de echte Lord Deverill de hand schudden. Nogmaals, miss Hart is goud waard.' Mrs. De Lisle zuchtte tevreden. 'Ik heb het altijd wel geweten. Het kasteel is de kroon op mijn werk.'

Mr. Dukelow wachtte met het slechte nieuws tot de gravin haar laatste praatje had gehouden. Ze keek hem geschokt aan, met een uitdrukking van ongeloof op haar gepoederde gezicht. 'Begrijp ik dat nou goed?' vroeg ze vol afschuw. 'Word ik ontslagen?'

'Ik ben bang dat Mrs. De Lisle niet langer –'

'Angela de Lisle! Hoe durft ze? Een schande, dat is het! Ze heeft me nota bene gesmeekt om haar gasten te laten kennismaken met de geschiedenis van het kasteel, met het leven van de aristocratie. Ik kan me gewoon niet voorstellen dat ze nu ineens van me af wil.'

'Het is toch echt zo, gravin. Ik heb haar vanmorgen gesproken.'

De gravin streek haar rok glad en sloeg haar armen over elkaar. 'Ik ben nog nooit zo respectloos behandeld. Wacht maar tot mijn man dit hoort. De graaf zal razend zijn. Ik durf me nauwelijks voor te stellen wat hij zal doen.'

'Ik heb voor u gevochten, gravin. Echt waar. Maar er viel niet met Mrs. De Lisle te praten.'

'Is ze soms vergeten wie ik ben? Mijn man is in dit kasteel opgegroeid. Als het recht zijn loop had gehad, zou het nu van mij zijn geweest. Ik had gastvrouw moeten zijn bij diners, lunches, tuinfeesten...' Ze moest even op adem komen, overmand door emoties. 'Ík zou Angela de Lisle moeten ontslaan, in plaats van andersom.' Ze keek Mr. Dukelow woedend aan. 'Ze vindt niemand die zo'n directe band heeft met de geschiedenis van het kasteel. Dus als ík de hotelgasten niet langer mag laten kennismaken met het verleden, wie zou dat dan moeten doen?' Ze glimlachte triomfantelijk.

Mr. Dukelow wreef over zijn kin. Nou ja, uiteindelijk kwam ze er toch achter. 'Lord Deverill.'

'Lord Deverill? Die dronkenlap?' Ze lachte honend. 'Bespottelijk!'

'Nou eh... hij drinkt niet meer.' Mr. Dukelow zette zich schrap voor haar reactie toen hij zag hoe haar gezicht betrok. 'Hij is als gastspreker gecontracteerd, samen met Margot Hart.'

De gravin wist even niet wat ze moest zeggen. 'Dat wordt natuurlijk helemaal niks. Maar kom straks niet met hangende pootjes bij mij aanzetten. Mij zien ze hier niet meer terug!' Als een nukkig kind tuitte ze haar lippen.

'Het spijt me oprecht, gravin. Als het aan mij lag zou ik u elke avond als gastvrouw engageren.'

'Dat zou je niet kunnen betalen,' snauwde ze. Maar toen realiseerde ze zich dat ze hem nog nodig had. Ze streek met een vuurrood gelakte nagel langs zijn wang. 'Ik neem jou niets kwalijk, Terrence,' zei ze zacht. 'En ik besef hoe moeilijk dit voor je moet zijn.'

Mr. Dukelow liet opgelucht zijn schouders hangen en pakte haar hand. 'U weet hoezeer ik u bewonder, gravin.' Hij plantte een kus op haar bleke huid. 'Als ik ook maar iets kan doen om het goed te maken...'

Ze glimlachte, denkend aan het boek van Margot Hart. 'Je kunt inderdaad iets doen,' zei ze dan ook prompt.

Margot en JP bedachten een concept waarbij zij de familie zou introduceren met het verhaal van Barton Deverill en de bouw van het kasteel, plus een aantal vermakelijke anekdotes over Bartons nazaten, waarna ze JP het woord zou geven. Die zou de gasten vertellen over zijn grootouders, Hubert en Adeline, en over de manier waarop hij het kasteel uiteindelijk had geërfd van zijn moeder, Bridie, gravin Di Marcantonio, die ooit als dienstmeisje op het kasteel was begonnen. Een geweldig verhaal.

Eind juni zouden ze hun eerste optreden verzorgen. In de aanloop daarnaar oefenden ze op het terras, om hun tekst te vervolmaken en hun voordracht zelfverzekerd en zonder haperen te kunnen houden. Margot was het gewend om in het openbaar te spreken, maar JP had geen ervaring. De voorbereidingen wierpen hun vruchten af, want de generale repetitie, met Colm en Mrs. B. als publiek, verliep vlekkeloos. Zelfs het beantwoorden van de brutaalste vragen die Colm en Mrs. B. konden bedenken, leverde geen problemen op.

Toch was er een verschil tussen praten voor familie en vrienden, en optreden voor een vreemd publiek.

Toen de bewuste dag aanbrak was JP dan ook begrijpelijk nerveus. Hij werkte in de tuin en probeerde niet op zijn horloge te kijken, terwijl met elke minuut die verstreek, het moment naderde waar hij als een berg tegen opzag. 'Wat vindt u, Mrs. B.? Ben ik te overmoedig geweest? Had ik er nooit aan moeten beginnen?' vroeg hij toen hij binnenkwam voor de lunch.

'Praat toch geen malligheid, milord. In heel Cork en omstreken is er niemand die het kasteel zo goed kent als u. Het zal nooit meer in handen komen van een Deverill. Die tijd is voorbij. Maar waarom zou u er niet af en toe de kasteelheer mogen uithangen? Wat kan dat nou voor kwaad?'

JP ging aan tafel zitten en spreidde zijn servet uit op zijn schoot. 'Ik geloof niet eens dat ik het kasteel nog terug zou willen,' zei hij peinzend. 'Naarmate ik ouder word hecht ik steeds meer aan mijn vrijheid. Ik wil de verantwoordelijkheid niet meer. Hier in het Jachthuis voel ik me op mijn plaats.' Hij glimlachte naar Mrs. B. toen ze een snee sodabrood op zijn bord legde. 'Ik woon hier met plezier, en ik ben u dankbaar voor alle jaren dat u zo goed voor me hebt gezorgd. Dat waardeer ik oprecht.'

'Dank u wel, milord,' zei ze zacht. Er kwam een blos op haar wangen. Ze pakte de terrine met aardappelpreisoep van het buffet. 'En op uw beurt hebt u ook voor mij gezorgd. Hebt u daar wel eens bij stilgestaan? Ik prijs me gelukkig dat ik zo lang deel heb mogen uitmaken van uw familie.'

JP's glimlach werd nog breder, er kwam een warme gloed in zijn ogen. 'Je zou kunnen zeggen dat we elkaars redding zijn geweest.'

Ze knikte. 'Gods wegen zijn ondoorgrondelijk,' zei ze terwijl hij soep in zijn kom lepelde. 'En ook al zijn we ons dat niet altijd bewust, we maken allemaal deel uit van Zijn grote plan. Op elk potje past een dekseltje, zei mijn moeder altijd. Inmiddels begin ik dat steeds beter te begrijpen.'

'Ik ook.'

'Ik weet zeker dat het een succes wordt vanavond. En daar moet u van genieten, milord. Dat hebt u verdiend.'

Met dat vaste voornemen stond JP die avond voor een gezelschap van honderd gasten in de eetzaal van het hotel en stelde zich voor als Jack Patrick Deverill, de achtste Lord Deverill van Ballinakelly en tevens degene die afstand had moeten doen van het kasteel dat zijn voorvader Barton Deverill in 1662 had laten bouwen. 'De koning stal een stuk land van de familie O'Leary en gaf het aan de Deverills. Toen ik bijna driehonderd jaar later met Alana O'Leary trouwde en in het kasteel ging wonen, kregen de O'Leary's hun grond weer terug. Voor mij voelt het alsof met dat huwelijk een gruwelijk onrecht ongedaan werd gemaakt. Misschien was het karma waardoor we onze familiezetel later alsnog zijn kwijtgeraakt. Wie zal het zeggen? Maar...' Hij keek met zijn helderblauwe ogen de zaal rond. 'Het is bevredigend om te zien hoe u allen deel wordt van de geschiedenis en de magie van kasteel Deverill.'

Zijn gehoor hing aan zijn lippen. Gedragen door de sympathie van zijn luisteraars, gaf JP een boeiende voordracht, doorspekt met humor. Vervuld van trots sloeg Margot hem gade, denkend aan de gebroken man die ze nog maar enkele maanden eerder had leren kennen en die zich, met haar steun en die van Colm, aan zijn ellende had ontworsteld. Toen haar blik die van Colm kruiste, zag ze op zijn gezicht dezelfde trots. En ze besefte niet voor het eerst hoezeer haar leven was veranderd sinds ze naar Ballinakelly was gekomen.

Nadat ze allebei aan het woord waren geweest, konden er vragen worden gesteld. JP en Margot wisten ze moeiteloos te beantwoorden. Maar toen stak de gravin haar hand op. Ze had aan een tafeltje helemaal achter in de zaal gezeten en zich tot op dat moment niet laten horen. JP herkende haar direct, zijn nekharen gingen overeind staan.

'Lord Deverill,' stak ze van wal, 'u impliceert dat karma de reden is dat u het kasteel bent kwijtgeraakt. Het is gebouwd op gestolen grond, zegt u. Dus als straf daarvoor is het u afgenomen. Daar schuilt beslist een zekere mate van gerechtigheid in. Maar mijn man, graaf Leopoldo di Marcantonio, zou zeggen dat híj het kasteel had moeten erven, als enige zoon van Bridie, uw moeder, en graaf Cesare di Marcantonio. U beseft blijkbaar niet dat u het kasteel bent kwijtgeraakt vanwege dat veel recentere onrecht. Moet ik daaruit opmaken dat u ook geen spijt voelt jegens mijn man? Dat u niet vindt dat hém groot onrecht is aangedaan?'

JP stak zijn kin naar voren. 'Om te beginnen wil ik u bedanken voor uw komst, gravin. Het is me een genoegen u hier in kasteel Deverill te zien. En wat betreft uw vraag, ik voel mee met uw man, ik ben me bewust van zijn situatie. Hij had verwacht het kasteel te zullen erven, maar onze moeder liet het aan mij na. Gedane zaken nemen geen keer. Dat zullen we moeten accepteren. Na jaren van zelfonderzoek heb ik geleerd dat een mens pas gelukkig wordt als hij oud zeer, oud verdriet kan loslaten. Het kasteel is inmiddels een prachtig hotel. En dat juich ik toe. Zou ik dat niet doen, dan zou ik daarmee mijn gezondheid, mijn gemoedsrust nodeloos schaden. Ik zou uw man willen aanraden hetzelfde te doen. Rancune heeft nog nooit iets goeds opgeleverd.'

De gravin verbleekte, terwijl om haar heen een ovationeel applaus losbarstte.

Ze leek omringd door een duister miasma, besefte Margot, die haar wantrouwend gadesloeg. Haar maag verkrampte, een gevoel van onbehagen bekroop haar. Toch liet ze niets merken en nam ze hoffelijk alle gelukwensen en lovende woorden in ontvangst. Maar het gevoel van onbehagen bleef.

Kitty

Ik sta bij Jack naast zijn bed. Hij is ziek, zijn toestand gaat snel achteruit. Alana is met Aislin en Cara uit Amerika overgekomen. Liam, haar broer die in Connemara woont, is er ook, net als Aileen, haar zus, uit het graafschap Wexford. Ze zijn allemaal naar Ballinakelly gekomen om bij hun vader te zijn in diens laatste uren. Samen met Emer hebben ze zich rond zijn bed verzameld. Jack heeft zijn ogen gesloten, zijn ingevallen gezicht verraadt dat de dood niet lang meer op zich zal laten wachten. Sterker nog, het lijkt alsof hij al dood is. Maar hij ademt nog, zij het heel oppervlakkig. Het is alsof hij de dood wil tarten. 'Ik ga pas als ik er klaar voor ben,' lees ik van zijn lippen. Hij heeft amper nog de kracht om iets te zeggen. Maar hij is altijd koppig geweest.

Wanneer de avond valt strekt hij zijn linkerhand uit. Emer sluit haar vingers eromheen. Hij opent zijn ogen. Ze staan vredig, berustend. Het zijn de ogen van een ziel die al aan zijn reis naar huis is begonnen. 'Mijn liefste Emer, vergeef me al het onrecht dat ik je heb aangedaan.'

Haar ogen glanzen vochtig. 'Er valt niets meer te vergeven, liefste,' zegt ze zacht, en ze drukt haar lippen op de doorschijnende, gevlekte huid van zijn hand. 'Dat hebben we lang geleden al gedaan.'

'Alana.' Hij draait zijn hoofd langzaam opzij, naar de andere kant van het bed, en steekt zijn andere hand naar haar uit. 'Maak het weer goed met JP,' zegt hij. Zijn stem klinkt nog maar heel zwak.

Alana knippert met haar ogen, tranen vallen van haar wimpers. Ze knikt, niet in staat hem zijn laatste wens te weigeren.

Hij heeft tegen al zijn kinderen nog iets te zeggen, en ze luisteren dankbaar, eerbiedig. Jack is al een stukje dichter bij God dan zij.

Ten slotte keert hij zich naar Colm. 'Je was een goede kleinzoon.' Hij weet nog een vluchtige glimlach te produceren. Dan fluistert hij iets. Heel zachtjes. Colm moet zich diep over hem heen buigen om hem te kunnen verstaan. Maar dat is ook de bedoeling. Jack wil dat alleen Colm hoort wat hij te zeggen heeft. 'Zorg dat ze je niet ontglipt.'

Ik word overmand door emoties. Ook op zijn sterfbed denkt hij nog altijd aan mij!

Niet lang daarna blaast hij de laatste adem uit. Omringd door zijn familie glijdt hij vredig weg. Zonder doodsreutel. Zonder strijd. In volmaakte aanvaarding. Ik zie zijn moeder in het zielenrijk. Een wezen van licht en liefde. Ze strekt haar hand uit en hij legt de zijne erin. Dan richt hij zich op, hij laat zijn lichaam achter als een oude jas, en ze vertrekken samen. Mij ziet hij niet.

Een wanhopig verlangen neemt plotseling bezit van me. Ik wil naar huis. Nu meteen. Ik wil niet langer wachten.

Maar er is niemand om mij de hand toe te steken.

19

Het deed JP verdriet toen hij hoorde dat Jack was overleden. Colm kwam het hem de volgende ochtend meteen vertellen. Hij was die nacht niet naar bed geweest maar bij zijn opa gebleven. De traditionele wake zou nog de hele dag duren. Vrienden en kennissen zouden hun respect komen betuigen en in het donkere huis, slechts verlicht door kaarsen, het glas Guinness heffen op de overledene. De hond van Jack lag naast het bed en wilde daar niet meer weg.

JP omhelsde zijn zoon. Hij wist hoeveel Colm van zijn opa had gehouden. 'Kom, laten we de tuin in gaan,' zei hij toen hij hem eindelijk losliet. 'Frisse lucht zal je goeddoen.'

Even later liepen de twee mannen over het gazon. Het was een prachtige ochtend. De vogels zongen, er woei een milde, zachte bries, de zon stond stralend aan de hemel alsof hij niet wist dat Jack O'Leary was gestorven.

'Ik moet je wat vertellen.' Colm stopte zijn handen diep in zijn zakken.

'Ga je gang. Ik luister.'

'Het heeft te maken met Margot.'

'O?' JP keek verontrust.

Colm aarzelde. 'Ik ben verliefd op haar,' zei hij ten slotte. Hij keek zijn vader aan, angstig voor diens reactie.

'Ik ook,' zei JP. 'Volgens mij zijn we allemaal een beetje verliefd op Margot.'

'Nee, zo bedoel ik het niet. Ze is ook verliefd op mij. We hebben een relatie.'

JP bleef abrupt staan en keek zijn zoon ineens met andere ogen aan. 'Echt waar? Sinds wanneer?'

'We hadden het je al eerder willen vertellen, maar we waren bang dat je herstel eronder zou lijden.'

'Hoezo? Dat is toch geweldig nieuws? Waarom zou mijn herstel daaronder lijden?'

'Nou, ik dacht dat jij misschien ook een beetje verliefd op haar was. Dat zeg je net zelf.'

'Maar, lieve jongen, dat is toch iets heel anders.' JP schoot in de lach. 'Ik had haar vader kunnen zijn!'

'Dat weet ik, maar –'

'Ik ben dol op Margot!' viel JP hem in de rede. 'We zijn goede vrienden. Ik denk niet dat ik zonder haar de moed, of de wilskracht, zou hebben gehad om het roer om te gooien. En daar zal ik haar altijd dankbaar voor zijn. Maar ik ben niet verliefd op haar. Echt niet.' Terwijl ze weer verder liepen klopte hij zijn zoon op de rug. 'Ik ben blij voor jullie! Margot heeft een hart van goud. Het verbaast me dat ik nooit iets in de gaten heb gehad. Jullie hebben het goed verborgen weten te houden.'

'Dat viel ook niet mee,' zei Colm opgelucht.

'Ik neem aan dat je moeder het nog niet weet?'

'Nee, maar daar moeten we het ook over hebben. Ik zou graag willen dat je met haar ging praten. Niet om ruzie te maken. Maar gewoon... een normaal gesprek. Ze is zó verdrietig om opa's dood.'

'Dat begrijp ik, maar ik ben wel de laatste die ze wil zien.'

'Daar geloof ik niks van. Wat is het tegenovergestelde van liefde?'

'Haat.'

'Nee, onverschilligheid. Als de ander je helemaal niks meer kan schelen. Dat jullie elkaar haten, bewijst dat jullie nog om elkaar geven.'

'Haat is te sterk uitgedrukt. Ik heb je moeder nooit gehaat.'

'Ga dan alsjeblieft met haar praten. Doe het voor mij. Voor ons alle drie.'

Dorothy was nog altijd hevig van streek bij haar aankomst in Ballinakelly. Ze had alles uit haar handen laten vallen toen ze het nieuws hoorde, en de eerste de beste vlucht naar Shannon Airport genomen. Jack was dood. Jack O'Leary, de man die ze altijd zo had bewonderd. Het was simpelweg niet te bevatten. Ze had natuurlijk nooit laten merken dat ze van hem hield. Hij was de man van haar vriendin. Bovendien had Jack haar in geen enkel opzicht aangemoedigd. Waarschijnlijk had hij nooit ook maar het geringste vermoeden gehad van wat ze voor hem voelde. Het was iets wat niemand had geweten. Ze had haar geheim zorgvuldig bewaard.

Zelfs toen hij al bijna negentig was, had haar hart hem nog altijd toebehoord. Het leek onvoorstelbaar. Dat een man van zijn leeftijd een oude vrouw van in de tachtig nog altijd had kunnen doen blozen. Maar Jack O'Leary was uniek, met die twinkeling in zijn ogen en een charisma dat niet verbleekte met het klimmen der jaren. Bovendien had ze hem ook in de bloei van zijn leven gekend. Een dynamische, strijdlustige man met een onweerstaanbare aantrekkingskracht. En nu was hij dood.

Dorothy dacht tegenwoordig vaak aan de dood. De tijd die ze nog voor zich had, was veel korter dan de jaren die achter haar lagen. Was er een leven na dit leven? Ze was godsdienstig opgevoed en altijd trouw naar de kerk gegaan, maar nu het einde naderde twijfelde ze soms. Haar twijfels kwamen voort uit angst. Een leven na de dood, dat leek bijna te mooi om waar te zijn. En als iets te mooi leek om waar te zijn, dan was het dat meestal ook, wist ze uit ervaring. Natuurlijk, die avond met Dan Chambers zou ze nooit vergeten, maar toch twijfelde ze soms ook aan wat er toen was gebeurd. Was het echt haar dochter geweest die haar een boodschap had gestuurd? Of had Dan gewoon een willekeurige naam genoemd en goed gegokt? Lillie was een naam die veel voorkwam. Op dat moment hadden zijn woorden haar oprecht geleken. Maar nu vroeg ze zich af of ze hem had geloofd omdat ze dat zo hartstochtelijk graag had gewild. Of het verdriet, het gemis haar oordeel had vertroebeld.

Waar zou Jack nu zijn? Waar was zijn bewustzijn? Híj wist het antwoord op die vragen. Tenzij hij nergens meer was, natuurlijk. Bij die gedachte ging er een huivering door haar heen.

Nadat ze haar bagage had afgezet in het hotel, nam Dorothy een taxi naar de cottage van de O'Leary's. De wake was nog in volle gang. Het kleine huisje puilde uit, er was nergens ruimte om te zitten. Emer viel Dorothy hartstochtelijk om de hals, dankbaar dat ze was gekomen. 'Wat moet ik nu... zonder Jack,' stamelde ze schor. 'Ik weet me geen raad...'

'Ik blijf bij je. Zo lang als je wilt,' stelde Dorothy haar gerust.

Emers ogen vulden zich met tranen. 'Echt waar? Meen je dat echt?'

'Natuurlijk. Zolang Alana en de meisjes er zijn, blijf ik in het hotel, en daarna kom ik jou een tijdje gezelschap houden. Jack heeft nu geen last meer van me. Dus ik kan blijven zo lang als je wilt.'

Emer glimlachte verdrietig. 'Ach, malle. Maar je hebt wel gelijk. Jack hield niet van logés.'

'Zie je wel! Ik wist het!'

'Hij was niet zo sociaal. Meestal waren we maar gewoon saampjes. En dat vond ik ook fijn.'

Ze keek op toen de deur openging. Tot haar verrassing verscheen JP op de drempel, aarzelend of hij binnen mocht komen. Hij droeg een eenvoudig jasje van tweed en hield zijn hoed in zijn handen. Zijn blik verried dat hij nerveus was. 'Kijk nou eens!' zei Emer tegen haar vriendin.

'De dood haalt het beste in mensen naar boven,' zei Dorothy, die net zo verrast was als Emer.

'Ik kan maar beter even naar hem toe gaan. Het is erg aardig van hem om te komen.'

'En dapper,' zei Dorothy.

Emer glimlachte terughoudend toen ze JP de hand schudde. Tenslotte had hij haar dochter verdriet gedaan, en daar was Alana nog steeds niet overheen. Maar hoffelijk als ze was, hield Emer niet van harde woorden. 'Bedankt voor je komst,' zei ze dan ook, verbaasd dat hij er zo goed uitzag. Zijn ogen stonden helder, zijn huid was niet vlekkerig meer. Hij leek jaren jonger te zijn geworden, een rijpere versie van de dynamische, onbezorgde man die destijds Alana's hart had veroverd. Met enkele welgekozen woorden betuigde hij zijn respect. Emer knikte dankbaar. 'Kom, dan neem ik je mee naar Jack.' Ze verwachtte dat haar dochter JP niet zou willen zien en hoopte dat hij weer weg zou zijn voordat Alana hem in de gaten kreeg.

In de kamer waar Jack onder een wit laken lag opgebaard, was het enige licht afkomstig van de kaarsen op het nachtkastje en de ladekast. De rouwenden spraken op gedempte toon. Jack zag er vredig uit, alsof hij sliep. JP had er spijt van dat hij nooit had geprobeerd het contact te herstellen, dat na de scheiding was verbroken. Hij twijfelde er niet aan of Jack had de schuld voor Alana's vertrek naar Amerika bij hem gelegd. Daardoor had hij, als haar vader, haar in zekere zin ook verloren. Het leven was ingewikkeld, besefte JP niet voor het eerst. Na de eerste jaren van het huwelijk, waarin ze allemaal zo gelukkig waren geweest, leek de latere kilte maar moeilijk te begrijpen, laat staan te aanvaarden.

Iemand legde een hand op zijn arm. Hij draaide zich om en stond oog in oog met Alana. Ze glimlachte verdrietig. 'Wat fijn dat je er bent. Dank je wel.'

Hij knikte. Samen keken ze liefdevol op Jack neer, worstelend met het besef dat hij er niet meer was. Hij zag eruit alsof hij elk moment zijn ogen kon opendoen.

Daarna liepen ze de gang in. 'Kan ik je iets te drinken inschenken?' vroeg Alana.

'Nee, dank je. Ik ga maar weer. Ik wilde alleen even afscheid nemen. Je vader was een goed mens. Wijs, dapper, sterk. We zijn ooit goede vrienden geweest.' Hij aarzelde, maar besloot er niet verder op door te gaan. 'Hij heeft zijn rust wel verdiend,' zei hij in plaats daarvan. Dit was niet het moment om zich op het wankele koord van spijt en nostalgie te wagen.

'Ja, het is goed zo.' Alana liet hem uit en keek hem na. Het kan niet anders of er is weer een vrouw in zijn leven, dacht ze met een steek van jaloezie. Hij zag er zo goed uit, en het was duidelijk dat hij niet meer dronk. Dat kon alleen een vrouw voor elkaar hebben gekregen. Maar wie dan? Het zou toch niet die Margot Hart zijn?

De rouwdienst werd de volgende dag gehouden, in de katholieke All Saints Church. Daarna werd Jack ter ruste gelegd op het kerkhof, waar generaties O'Leary's hem waren voorgegaan. Het hele stadje liep uit. Jack mocht dan een teruggetrokken bestaan hebben geleid, hij was een dierbaar lid van de gemeenschap geweest.

Colms hart was gebroken. Hij had zielsveel van zijn opa gehouden. Het verlies raakte hem tot in het diepst van zijn wezen. Hij voelde zich leeg, vermorzeld. Toen dacht hij aan iets wat Mrs. B. een keer had gezegd. *Verdriet is liefde die nergens heen kan.*

Terwijl Margot die nacht in Colms armen lag, werd de gravin opnieuw het kasteel binnengesmokkeld. Mr. Dukelow ging haar met zijn zaklantaarn voor, de oude bediendetrap op. De westelijke toren was in duisternis gehuld. De gravin schoof de capuchon van haar cape naar achteren en liep rechtstreeks naar het bureau. Ze greep het stapeltje A4'tjes, draaide het om en zag tot haar verrukking dat Margot bijna klaar was. Mr. Dukelow scheen haar bij.

Koortsachtig liet ze haar blik over de tekst gaan, op zoek naar de naam van haar echtgenoot. Ongeduldig bladerde ze terug. Ze bestudeerde pagina na pagina, maar alleen Leopoldo's naam werd af en toe genoemd, over het grote onrecht dat hem was aangedaan was niets te vinden. 'Blijkbaar heb ik niet goed gekeken,' mompelde ze, en ze begon opnieuw te lezen.

'Leg de bladzijden neer, dan doen we het samen,' stelde Mr. Dukelow voor.

'Leopoldo komt er amper in voor,' bitste de gravin. 'Belachelijk! En dat noemt zichzelf historicus.' Ze lachte honend. 'Maar de moord op Cesare heeft ze wel in geuren en kleuren beschreven. En dat hij ervandoor ging met het geld van zijn vrouw. En met een jong meisje uit Ballinakelly dat hij had verleid. Schandalig! Het liefst zou ik de hele stapel papier in de haard gooien!'

'Dat lijkt me geen goed idee,' zei Mr. Dukelow. 'Kom, we moeten hier weg.'

De neusvleugels van de gravin trilden van woede. 'Na alle moeite die ik heb gedaan om bij haar langs te gaan en haar te helpen met haar research, krijg ik stank voor dank! Ik had mijn tijd beter kunnen besteden.'

'Het is een boek over de Deverills, gravin. Dus misschien wilde ze over uw familie niet verder uitweiden.'

'Welnee, ze heeft kritiekloos alles geslikt wat JP haar op de mouw heeft gespeld. Ik had het kunnen weten! En ze gaat naar bed met zijn zoon. Afijn, inmiddels weet ze alles wat ze wilde weten. Zodra het boek af is, gaat ze terug naar Engeland, en dan zien ze haar in Ballinakelly nooit meer. Het was stom van me om te denken dat ze zich aan de waarheid zou houden. Dat ze de geschiedenis zorgvuldig en volledig zou weergeven. Dit lijkt nergens naar! Met Leopoldo als weinig meer dan een voetnoot! Hoe durft ze!'

Mr. Dukelow begreep niet goed waar ze zich zo druk over maakte. Waarom zou miss Hart aandacht aan Leopoldo moeten besteden als die maar veertien jaar in het kasteel had gewoond? Voor de familiegeschiedenis van de Deverills deed hij er nauwelijks toe. Door haar jarenlange rancune was de gravin het perspectief misschien een beetje uit het oog verloren en blies ze de zaak buitenproportioneel op. Ze werd niet langer in het hotel verwacht om de gasten te onderhouden, en nu ze het bijna voltooide manuscript had gelezen, zou hij haar waarschijnlijk ook niet meer naar binnen hoeven te smokkelen. Mr. Dukelow vroeg zich angstig af wat dat voor hem betekende. Of ze hem dan nog wel wilde zien.

'Ik weet genoeg,' zei de gravin, en ze werd ineens ijzig kalm.

Stilte voor de storm, dacht Mr. Dukelow onwillekeurig. 'U moet de pagina's wel weer netjes terugleggen. Precies zoals u ze hebt aangetroffen,' waarschuwde hij.

Ze tikte met haar gemanicuurde vingers tegen de stapel om de A4'tjes te ordenen. 'Zo, klaar. Miss Hart zal niets in de gaten hebben.'

Mr. Dukelow ging haar voor de trap af, naar buiten. Sterren twinkelden aan de hemel, met daartussen de sikkel van de maan. Haastig volgden ze het pad door de tuin, tussen de bomen door naar een poort in de muur van het terrein. Mr. Dukelow had zijn auto in een parkeerhaven langs de weg gezet. Ze stapten in, en hij bracht haar terug naar Dublin. Het was een lange rit, maar dat vond hij niet erg. Hij genoot van haar gezelschap, ook al was hij bang dat dit wel eens de laatste keer zou kunnen zijn.

'Wanneer zien we elkaar weer?' vroeg hij toen hij stilhield voor het appartementengebouw.

Ze keerde zich naar hem toe en glimlachte poeslief. 'Ik denk niet dat ik nog naar het kasteel kom.'

'We kunnen overal afspreken. U hoeft het maar te zeggen, en ik kom naar u toe.'

'Dat is lief van je.' Ze streek hem vluchtig over zijn wang. 'Maar ik denk dat het tijd wordt om afscheid te nemen.' Ze lachte gnuivend; het was een wrange, vreugdeloze lach. 'Kijk niet zo verdrietig, Terrence. Het was leuk om als een stel dieven door het kasteel te sluipen. Als personages in een boek! Een romantisch boek. Twee geliefden, verborgen in de schaduwen, die elkaar kusten op gestolen momenten. Maar dat soort dingen kan niet duren. Dat weet je net zo goed als ik. Het was een droom, en dromen zijn bedrog.'

'We kunnen ook gestolen momenten beleven in Dublin,' stelde hij hoopvol voor, maar hij wist dat het zinloos was.

Ze deed het portier open. 'Nee, dat kan niet. Het is voorbij. Dag, Terrence.'

Hij keek haar na, zag hoe ze de sleutel in het slot stak en naar binnen glipte. In de hoop dat ze van gedachten zou veranderen, bleef hij nog een tijdje wachten. Maar ze liet zich niet meer zien. De straat lag er verlaten bij. De gravin was uit zijn leven verdwenen. Met een bezwaard gemoed reed hij terug naar Ballinakelly, zinnend op manieren om haar terug te krijgen. Er moest toch iets zijn wat hij voor haar kon doen?

Toen Margot op de dag na Jacks begrafenis de eetzaal binnenkwam, trof ze daar Dorothy, in een ivoorwitte zijden bloes met daaroverheen een vest; haar voeten staken in degelijke bruine veterschoenen. 'Ik ga de stad in,' vertelde ze. 'Lekker lopen. Heerlijk in de frisse lucht. Wat een prachtige dag, hè?'

Margot ging tegenover haar zitten en legde een bruin pakketje op de tafel.

'Is dat wat ik denk dat het is?' vroeg Dorothy blij verrast.

'Het is mijn boek,' antwoordde Margot. 'De eerste ruwe versie.'

'Lieve hemel, dat heb je snel gedaan!'

'De research is het meeste werk. Daarna gaat het inderdaad snel.'

'Nou, ik vind het een knappe prestatie.' Dorothy tilde het pakketje op. 'Wat is het zwaar.'

'Je hoeft het niet helemaal te lezen. Alleen de laatste honderd bladzijden.'

'Natuurlijk lees ik het helemaal!'

'Ik sta open voor kritiek. En ik heb het al eerder gezegd, het is niet de bedoeling om JP of zijn familie te kwetsen.'

'Je bent vast en zeker tactvol te werk gegaan. Daar twijfel ik niet aan.'

'Dat hoop ik.'

'Ik ga het meteen lezen.'

'Na je wandeling, neem ik aan?'

'Ja, na mijn wandeling. Dank je wel voor het vertrouwen. Wil je het terug?'

'Ja, maar neem rustig de tijd. Ik wil alleen niet dat het in verkeerde handen valt.'

'Het is toch niet je enige exemplaar?'

'Nee. Róisín heeft een kopie gemaakt, op het kopieerapparaat van het hotel.'

Dorothy zuchtte. 'Ik kan nog steeds niet geloven dat Jack er niet meer is. De wereld voelt incompleet. Uit het lood. En ik durf me nauwelijks voor te stellen hoe Emer zich moet voelen. Ik ga vanmiddag bij haar langs. Wanneer Alana en de meisjes weer weg zijn, houd ik haar een tijdje gezelschap. Het valt niet mee als je plotseling alleen komt te staan. Maar uiteindelijk wen je eraan.'

Margot reed naar een verlaten stuk strand om een eind te gaan lopen. Ze wilde alleen zijn, ze wilde de ruimte hebben om na te denken. Het boek was af. Er moest nog wel wat aan geschaafd worden, maar het meeste werk was gedaan. Ze zou wachten tot Dorothy het had gelezen voordat ze het naar haar uitgever stuurde. Het was een uitdaging geweest om de balans te vinden tussen haar integriteit als historicus en haar loyaliteit jegens de familie. Ze hoopte dat ze zowel de geschiedenis als de Deverills recht had gedaan. Vanwege de hechte band die ze met JP en Colm had opgebouwd, zou ze het afschuwelijk vinden als die zich gekwetst voelden.

Ze liep met grote passen over het zand. Dikbuikige grijze wolken schoven langs de hemel, de wind was vlagerig maar warm, er hing een geur van pekel en turf. Ierland was schitterend. Maar wilde ze hier blijven? Binnenkort was haar overeenkomst met het hotel ten einde, dan kon ze weer gaan en staan waar ze wilde. De afgelopen tien jaar had ze over de wereld gezworven. Het vooruitzicht om zich hier te vestigen, om op één plek te blijven, bezorgde haar een ongemakkelijk gevoel. Tegelijkertijd verdiepte haar verliefdheid op Colm zich tot echte liefde. 'Verliefd' was het bedwelmende gevoel wanneer twee mensen zich seksueel tot elkaar aangetrokken voelden, louter en alleen vanwege uiterlijkheden. 'Liefde' ging veel verder. Dat was het besef dat je onvoorwaardelijk van iemand hield, ook van zijn tekortkomingen, in goede en in slechte tijden. Het besef dat je niet zonder die ander kon. Was dat wat ze voor Colm voelde? Kon ze nog zonder hem? En wilde ze dat? Met haar handen in haar jaszakken beende ze verder. Ze wist het niet.

Kitty

Ik ben alleen. Helemaal alleen. Het is erg eenzaam, hier in het Tussenrijk.

Mrs. Carbery is verder getrokken naar het licht, en ook al zocht ik niet vaak haar gezelschap, het feit dat ze er was had iets geruststellends. Natuurlijk dwalen er ook nog andere aan de aarde gebonden zielen door de gangen van het kasteel, maar die zijn zich niet van mij bewust. Veel van hen weten zelfs niet dat ze dood zijn. Ze bevinden zich in een vreemd soort droomachtige toestand totdat iemand hen daaruit komt verlossen. Wie zal mij komen verlossen?

Ooit vond ik het leuk om door het hotel te spoken, maar daar heb ik inmiddels genoeg van. Het was vermakelijk om de levenden gade te slaan tijdens hun dagelijkse bezigheden, maar ook dat gaat vervelen. Het was opwindend om te reizen in mijn gedachten, maar uiteindelijk loopt het altijd op een teleurstelling uit. Toch is er niets wat ik kan doen. Ik kan niet weg. Ik zit hier gevangen, en daar heb ik zelf voor gekozen. Zelfs het kasteel dat me aan de aarde gebonden hield, begint zijn greep op mijn hart te verliezen. En nu is Jack er ook niet meer. Misschien was het kasteel niet de reden dat ik ben gebleven. Misschien was het Jack. En misschien is dat altijd al zo geweest.

Het kasteel is tenslotte niet meer dan een berg stenen.

Ik word naar de Elfenring getrokken. Er is een week verstreken sinds Jacks begrafenis. Hij had hier moeten worden uitgestrooid, net als ik. In plaats daarvan is hij begraven. Maar het maakt niet uit. Zijn lichaam heeft geen nut meer. Romantisch als ik ben, zou ik het een mooie gedachte hebben gevonden als onze sterfelijke overblijfselen door dezelfde wind waren meegevoerd. Hier. Op wat ooit onze plek was.

Maar het is niet langer alleen onze plek. Het is nu ook voor Colm en Margot hun speciale plek geworden. En wanneer ik Alana door het gras zie ijsberen, terwijl ze wacht op JP, besef ik dat het ook hun plek is. Of liever gezegd, dat was het. Alana is nerveus, ongeduldig, en terwijl ze naar de zee kijkt, wordt haar blik naar de verre horizon getrokken. Naar de plek waar alle vragen worden beantwoord. Hoe langer ze naar die mysterieuze heiige verte staart, hoe meer ze zichzelf en haar verlangens begrijpt. In een flits van helderheid komt het inzicht, en het doet de adem stokken in haar keel.

Ze draait zich om, en daar is JP. Met zijn hoed op, en opnieuw in zijn tweed jasje. Hij loopt met lange, zelfverzekerde stappen naar haar toe.

Wat ziet hij er goed uit. En wat is hij knap, denkt ze verrast. Ze steekt haar kin naar voren, trekt haar schouders naar achteren, en de zachtheid in haar gezicht maakt plaats voor een verbeten trek. Ze wil zich niet blootgeven. 'Bedankt dat je wilde komen,' zegt ze.

Hij begroet haar met een aarzelende glimlach. En vraagt zich nieuwsgierig af waarom ze hem uitgerekend hier wilde spreken.

'Weet je nog, al die keren dat we hier kwamen?' Haar blik gaat opnieuw naar de zee. 'Dit was onze speciale plek. En er is hier nog niets veranderd. Maar wij wel.'

'Deze plek was duizenden jaren geleden al net zoals hij nu is. Stel je eens voor waarvan de stenen allemaal getuige zijn geweest.'

'Tja, ik zou er heel wat voor geven als ik ze dat kon vragen.'

Hij grijnst. 'Vragen kan altijd. Ik denk alleen niet dat je antwoord krijgt.'

'Je weet best wat ik bedoel.' Ze glimlacht, ondanks zichzelf. Ze had met niemand zo kunnen lachen als met JP. Lang geleden, toen ze nog gelukkig waren.

'Hoe gaat het?' vraagt hij.

Ze haalt haar schouders op. 'Het gaat wel. Volgens mij moet het besef nog indalen. Ik verwacht nog steeds dat mijn vader elk moment kan binnenkomen. Het huis voelt vreemd zonder hem.' Ze kijkt JP aan, en ik zie een blik van verwarring in haar ogen. 'Je ziet er zo goed uit. Ik heb begrepen dat je het roer drastisch hebt omgegooid. Eerlijk gezegd had ik nooit gedacht dat het je zou lukken. Wat was de aanleiding?'

'Ik zat er volledig doorheen. Dieper kon ik niet zinken. Ik had twee opties. Omhoog of... Nou ja, dat was natuurlijk niet echt een optie.'

Ze fronst haar wenkbrauwen. 'Wie heeft je geholpen?'

'Colm en Margot.'

Ze verstijft. 'Dat dacht ik al.' Ze lacht verbitterd. 'Zo'n dramatische verandering, daar moest een vrouw achter zitten. Je zou haar vader kunnen zijn. Maar dat weet je zelf ook wel, en trouwens, waar bemoei ik me mee?'

'Colm en zij zijn een stel.'

Alana weet even niet wat ze moet zeggen. Ze knippert verbijsterd met haar ogen, als een mol die uit zijn holletje kruipt. 'Margot heeft iets met Colm?'

'Nou, het gaat verder dan dat ze "iets hebben".

'Maar ik dacht dat jij –'

'Hoezo? Waarom zou je dat denken?'

'Nou, ik eh... Het leek me dat een vrouw de enige reden kon zijn dat je er weer zo goed uitziet.'

'Dat klopt. Het is ook een vrouw. Maar het is niet Margot.'

Haar teleurstelling is bijna tastbaar. 'O, dus ik had toch gelijk? Zie je wel. Nou, ik ben blij voor je, JP. Ik hoop dat je gelukkig bent,' zegt ze heel erg óngelukkig. 'Het werd hoog tijd dat we allebei een nieuwe weg insloegen.' Ze durft hem nauwelijks aan te kijken. 'Wie is het?'

'Jij.'

Alana is opnieuw in verwarring gebracht. Ze durft haar oren nauwelijks te geloven. 'Ik? Hoe bedoel je? Ik begrijp het niet.'

'Nee, dat snap ik. Zullen we een eindje gaan lopen? Dat praat gemakkelijker. Bovendien, anders luisteren de stenen maar mee. En het gaat ze niks aan.'

Ik zie ze langs de rand van het klif slenteren. In de diepte rijzen de golven hoog op met koppen van schuim. Meeuwen zoeken krijsend, zwenkend, duikend naar eten.

'We hebben nooit echt gepraat, jij en ik,' zegt JP. 'We likten ieder onze eigen wonden, allebei op ons eigen eiland, allebei boos op de ander. En naarmate we verder uit elkaar dreven, waren we steeds minder bereid om te praten, totdat we dat uiteindelijk helemaal niet meer deden. Margot heeft me aangemoedigd om over mijn gevoelens te praten. Om de duisternis onder ogen te zien en het licht binnen te laten, zoals zij het noemt. En toen ik het licht eenmaal had binnengelaten, besefte ik wat ik allemaal verkeerd had gedaan. Echt afschuwelijk verkeerd. En dat heb ik opgebiecht. Ik had nooit troost bij Rosie mogen zoeken. Ik had niet boos op jou mogen zijn omdat je nog een kind wilde. Ik had je veel meer moeten steunen toen je de baby verloor. O, Alana, er is zo veel wat ik anders had moeten doen. Maar het belangrijkste is dat ik je nooit had mogen loslaten. We hadden ons best moeten doen om de weg naar elkaar weer te vinden.'

Er glinsteren tranen in Alana's ogen. Haar keel wordt dichtgesnoerd, ze kan nauwelijks ademhalen. 'Het spijt me dat ik je in Rosies armen heb gedreven. Ik heb net zo goed dingen verkeerd gedaan. En daar moet ik ook mijn verantwoordelijkheid voor nemen. Het valt niet mee, hè, om je fouten op te biechten. Maar papa's dood heeft me aan het denken gezet, en ik wilde hier niet weggaan zonder dat ik met jou had gepraat. Het was niet allemaal jouw schuld. Ik heb je niet de kans gegeven om me te steunen toen ik de baby had verloren. Ik was boos omdat je geen vierde kind wilde. En toen ik de baby verloor, gaf ik jou de schuld. Alsof jij de zwangerschap had vervloekt om alsnog je zin te krijgen. Ik had je nooit voor een voldongen feit mogen plaatsen. We hadden al drie kinderen. Ik had dankbaar moeten zijn, in plaats van nog meer te willen.'

'Wat waren we gelukkig, hè? Voordat we in het kasteel gingen wonen.' Het klonk weemoedig.

'Ik heb nooit beseft dat die erfenis zo zwaar op je drukte. Dat het kasteel zo'n last voor je werd. Had het maar gezegd. Dan hadden we samen onze schouders eronder gezet.'

Hij keek haar fronsend aan. 'Heb je met Colm gepraat?'

'Nee,' antwoordt ze snel. Ze ontwijkt zijn blik. 'Ik heb deze week gewoon heel veel nagedacht.'

'Ik wil het kasteel niet terug,' zegt hij. 'Ik ben blij dat het een hotel is. Laat Kitty het maar niet horen. Maar ik voel me op mijn plaats in het Jachthuis. Daar ben ik gelukkig. Bevrijd van de financiële druk, van de verantwoordelijkheid om het kasteel draaiende te houden. De tijd dat de Anglo-Ieren hier de elite vormden, is voorbij. Mijn grootouders konden het zich nog veroorloven om in een kasteel te wonen, maar tegenwoordig doet niemand dat meer. Volgens Margot –'

'Heeft het kasteel de bewoners alleen maar narigheid gebracht.'

'Je hebt wél met Colm gepraat!'

'Misschien heeft ze gelijk,' zegt Alana, zonder erop in te gaan. 'Misschien is het kasteel van meet af aan vervloekt geweest. Het is tenslotte op gestolen grond gebouwd. Dat zorgt voor slechte energie. Uiteindelijk komt boontje om zijn loontje. Dus het is maar goed dat je het hebt verkocht. Daar ben ik blij om. Ik wou alleen dat je er niet zo veel verdriet van had gehad.'

'Daar ben ik inmiddels overheen.'

'Gelukkig maar.'

'Toch ontbreekt er nog iets aan mijn leven.' JP blijft staan en kijkt vol liefde op haar neer. 'En dat ben jij. Ik hou van je, Alana. Ik ben altijd van je blijven houden. En ik begrijp het als jij niet meer hetzelfde voor mij voelt, maar ik zou heel graag willen dat we vrienden konden zijn. Dat zou zo fijn zijn. Voor iedereen. Als we vrienden konden zijn.'

Ze pakt zijn hand. 'Ik denk dat we wel meer zouden kunnen worden dan vrienden,' zegt ze met een aarzelende glimlach. 'Maar we moeten niet te hard van stapel lopen.'

'Nee, daar heb je gelijk in.'

Ze laat zijn hand niet los wanneer ze verder lopen. De wereld lijkt lichter, het licht stralender, het water weerkaatst de zon in flonkerende kristallen.

'Wanneer ga je terug naar Amerika?'

'Ik ga niet terug.'

'O? Ik dacht –'

'Ja, dat was wel de bedoeling, maar nu niet meer.'

'Gelukkig maar.'

Ze kijkt hem aan en ze glimlacht. Het is de glimlach die hij zo lang heeft gemist. 'Mijn thuis is hier,' zegt ze dan.

En ik word me bewust van een groot verdriet, diep in mijn hart. Want ooit was mijn thuis ook hier. Maar dat is niet meer zo. En nu ik eindelijk weet waar mijn thuis is, mijn echte thuis, kan ik er niet naartoe. Hoe lang zal ik nog afgesneden blijven van het licht?

20

Margot lag naar het plafond van haar torenkamer te staren. De balken doemden op uit de duisternis in het bleke, waterige schijnsel van de maan, die als een smalle sikkel aan de hemel stond. Ze was rusteloos en kon niet in slaap komen. Omdat ze behoefte had aan een moment voor zichzelf, had ze besloten die nacht niet bij Colm te blijven maar terug te gaan naar het hotel. Ze voelde zich gevangen, opgesloten, en dat gevoel werd steeds sterker. Het was begonnen als een steen die op haar maag drukte, maar inmiddels leek het alsof haar maag in de knoop zat. Waar kwam dat gevoel vandaan? Waarom was ze zo bang om een serieuze verplichting aan te gaan? Ze vertrouwde Colm. Op haar vader had ze nooit kunnen bouwen, maar Colm was anders. Als haar bindingsangst, want zo mocht ze het wel noemen, was veroorzaakt door de eerste man van wie ze had gehouden, dan had haar vader heel wat te verantwoorden.

Ze wilde kiezen voor Colm. Dat wilde ze oprecht. Maar bij de gedachte dat ze dan in Ballinakelly zou moeten blijven, kwam alles in haar in opstand. Ze had jarenlang een nomadenbestaan geleid, waarin ze voor haar werk voortdurend op reis was geweest. Het schrikte haar niet af om alleen te zijn, dat was ze gewend. En mocht ze zich toch af en toe eenzaam voelen, dan zocht ze het gezelschap van anderen op. Ze leerde onderweg genoeg mensen kennen. Vrienden, minnaars, maar ook onbekenden met wie ze in gesprek raakte in het café, of mensen die ze tijdens haar research ontmoette. Natuurlijk, die laatsten waren geen echte vrienden, geen mensen op wie ze een beroep kon doen. Van Colm wist ze zeker dat ze altijd op hem zou kunnen rekenen. Dus waar kwam dat afschuwelijke gevoel in haar maag vandaan bij het vooruitzicht van een bestaan in Ballinakelly? Waarom was ze niet zoals andere vrouwen? Waarom volgde ze niet gewoon het geijkte patroon? Verliefd. Verloofd. Getrouwd. Kinderen. Hoe was het mogelijk dat doelloos in haar eentje over de wereld zwerven, haar meer aantrok?

Gefrustreerd liep ze naar de badkamer om een slaappil te nemen. Die had ze doorgaans niet nodig, maar ze wilde niet de hele nacht wakker liggen. En piekeren. Het boek was af, die druk was verdwenen. Waarom was ze niet tevreden? Waarom was ze zo rusteloos, aan verwarring ten prooi?

De slaappil begon al snel te werken. Buiten werd de duisternis compleet toen dikke wolken voor de maan schoven. De wind wakkerde aan, en het getik van de regen tegen de ruiten hielp haar in slaap te vallen. Ergens klonk een zacht geschuifel, maar Margot geloofde niet in geesten. Het duurde niet lang of ze was in diepe rust.

Ze werd wakker van een brandlucht. Versuft door de slaappil deed ze langzaam haar ogen open. Het was ondraaglijk warm in de kamer. Haar eerste gedachte was dat ze droomde, maar toen ze het benauwd begon te krijgen, sloeg de paniek toe. Het kasteel stond in brand!

Doordat de toren al zo oud was, had hij razendsnel vlam gevat. Het geknetter van brandend hout had een ontnuchterende uitwerking. Margot sprong uit bed en keek vol afschuw om zich heen. Het boek! Ze had er maandenlang keihard aan gewerkt, ze kon het niet laten gebeuren dat het in vlammen opging. Door de hitte was de zitkamer onbereikbaar. Er stond zo veel rook dat ze het bureau, met haar schrijfmachine, haar aantekeningen en het manuscript, niet kon onderscheiden.

Maar de hoog oplaaiende vlammen ontnamen haar elke hoop. Het manuscript was niet meer te redden.

Maar ze had geen tijd om daar nog langer bij stil te staan. Het vuur verspreidde zich razendsnel. Haar overlevingsinstinct ontwaakte. Hijgend van angst en met een afschuwelijk gevoel van machteloosheid haastte ze zich naar de badkamer. Daar gooide ze een handdoek en een badjas in het bad, en ze draaide de kraan open. Even later schoot ze de doorweekte badjas aan en liep ze, gewapend met de druipende handdoek, terug naar de slaapkamer. Die stond inmiddels ook in brand, de vlammen kwamen steeds dichterbij. Ze kreeg rook in haar longen, haar hart bonsde in haar keel, maar ze baande zich met de drijfnatte handdoek voor zich uit een weg naar het raam. Ze rukte het open en ademde diep de schone lucht in. Het goot. Hopelijk zou de regen de vlammen doven. Ze keek naar beneden. Een eindje onder haar raam was een soort balkon; een smalle galerij met een muur voorzien van kantelen. Het was haar enige uitweg. De enige manier om aan het vuur te ontkomen. Maar de afstand was te groot. Als ze sprong zou ze alle botten in haar lichaam breken.

Ze draaide zich om. Er moest een andere uitweg zijn. Maar ze besefte meteen dat het hopeloos was. Met de vlammen in haar rug en met vóór zich de sprong in de diepte, had ze maar één optie om ook maar enige kans te maken de brand te overleven. Haar benen trilden zo dat het haar de grootste moeite kostte om op de vensterbank te klimmen. Voor haar gevoel had ze geen enkele controle meer over haar lichaam en waren haar armen, haar benen, haar ingewanden veranderd in een soort drilpudding. Van haar moed was niets meer over. Ze was er altijd prat op gegaan dat ze zo sterk was, zo onafhankelijk, voor niets bang, maar nu voelde ze zich nietig, verlamd door angst. Ze ging op de vensterbank zitten, met haar benen over de rand; diep onder haar lokte het smalle balkon. De angst wakkerde aan tot blinde paniek, en ze begon luid te snikken, met lange uithalen. 'O God! Help me alstublieft! Ik wil nog niet dood,' jammerde ze. De regen sloeg in haar gezicht, de doorweekte kamerjas sloot als een dwangbuis om haar lichaam.

Toen dacht ze aan Colm. Hoe kon ze ooit aan haar liefde voor hem hebben getwijfeld? En ze dacht aan haar moeder, maar haar gezicht verdween vrijwel onmiddellijk naar de achtergrond en maakte plaats voor dat van Dorothy. Haar kamer lag vlakbij, aan de voet van de trap naar de toren. Margot hoopte vurig dat het haar was gelukt om weg te komen.

Diep beneden haar klonk geroep van hotelgasten die naar buiten vluchtten, het gazon op. Margot keek naar links, naar rechts. Het vuur verspreidde zich angstaanjagend snel naar de rest van het kasteel. Ze schreeuwde, maar haar stem ging ten onder in het gebulder van de vlammen. Zouden ze haar kunnen zien, ondanks de rook?

Nog even, en de hele toren zou in vlammen gehuld zijn. Een geur van ontbinding drong in haar neus, een geur als van een dood dier, gevolgd door een schroeiende pijn in haar nek. Haar haar stond in brand! Het moest, ze had geen keus. Ze boog zich naar voren. En sprong.

JP kon de brand vanuit zijn raam zien. Iets had hem uit zijn slaap gewekt, en hij was angstig wakker geschrokken, met een gevoel alsof zich een kille vuist om zijn maag sloot. Het eerste wat hij deed, was Colm bellen. Die sprong in pyjama in de auto, maar hij was niet de enige. Onderhand was het hele stadje op de hoogte en haastte iedereen zich in de stromende regen naar het kasteel. Colm vloekte, toeterde naar de auto voor hem en beukte vol ongeduld met zijn hand op het stuur. Zijn keel werd dichtgesnoerd door angst. Het kasteel stond in brand, en Margot had niet bij hem willen blijven maar was teruggegaan naar het hotel!

Het begon nog harder te regenen. De grond raakte doorweekt, het leek wel een tropische storm. Colm had nog nooit zulke dikke druppels gezien. Als die het vuur niet doven, kan de brandweer ook niets uithalen, dacht hij. Dan is het kasteel reddeloos verloren.

Dorothy schoot overeind. De kamer stond vol met rook, haar bed was omringd door vlammen. Paniek maakte zich van haar meester. Maar dat duurde niet lang. Ze besefte al snel dat ze de hitte niet voelde, dat ze niets merkte van de rook waarvan ze zeker wist dat ze die inademde. De vlammen verteerden het bed, ze kon geen hand voor ogen zien, maar ze kon de dichte, grijs opbollende rook niet ruiken. Ze rook helemaal niets. Het was allemaal erg vreemd. Een serene kalmte daalde over haar neer. Ze liet zich uit bed glijden, soepel, zonder te kreunen, zonder last van stijve gewrichten. Ze keek naar haar blote voeten. Tot haar verbazing voelde ze geen pijn, hoewel de houten vloer inmiddels ook vlam had gevat. Toen ze achteromkeek zag ze zichzelf in bed liggen. Het was een angstaanjagend gezicht, zoals ze daar lag, in diepe rust, omhuld door vlammen.

Ze had opnieuw in paniek moeten raken, maar de kalmte die over haar was neergedaald, liet zich niet verjagen. Als gehypnotiseerd keek ze naar zichzelf, totdat ze zich bewust werd van een oogverblindende gloed, zelfs nog feller dan die van de vlammen. Toen ze zich afwendde van haar brandende lichaam, zag ze Lillie, omgeven door een aura van stralend wit licht. Haar dochter reikte haar de hand en glimlachte.

Toen begreep Dorothy dat ze dood was. Er ging een huivering van opwinding door haar heen. Het was allemaal waar wat Dan Chambers had gezegd! Lillie had haar die avond wel degelijk een boodschap gestuurd, en nu was ze hier, nu kwam ze haar halen. Dorothy strekte haar hand uit, en op het moment dat Lillie hem pakte, voelde Dorothy een overweldigende liefde, sterker dan ze ooit had ervaren. Een liefde die haar hart deed overstromen. Ze was er klaar voor.

Ik heb niet meer tegen Margot kunnen zeggen hoezeer ik van haar boek heb genoten, dacht ze spijtig. Toen volgde ze haar dochter naar het licht.

Tegen de tijd dat Colm bij het kasteel kwam, was de brandweer druk bezig met blussen, daarbij geholpen door de regen. Het water dat met bakken uit de lucht viel, was een zegen. Op het gazon had zich een groot aantal mensen verzameld die vol afschuw en ongeloof omhoogkeken naar het brandende kasteel. Mr. Dukelow rende handenwringend van hot naar her en schreeuwde commando's, maar er was niemand die naar hem luisterde. De auto's stonden rijendik, de inwoners van het stadje zwermden uit over het voorplein. Ze wilden helpen. Daarvoor waren ze gekomen. Maar ze konden niets anders doen dan hopen en bidden. En iedereen vroeg zich hetzelfde af: hoe was het mogelijk dat het kasteel voor de tweede keer in zijn geschiedenis in de as werd gelegd?

Colm liep tussen de mensen door, wanhopig op zoek naar Margot. Hij riep haar, maar hij zag haar nergens. Angst klauwde naar zijn hart. Hoe langer hij zocht, hoe meer hij vreesde dat ze niet uit het brandende kasteel had weten te komen. 'Het vuur is in die toren begonnen,' zei iemand, en hij wees naar Margots kamer. 'Volgens mij is dat het oudste deel van het hotel. Dus je kunt je voorstellen hoe snel het in lichterlaaie stond.'

Colm ging op zoek naar Mr. Dukelow. 'Heb je Margot gezien?'

Het gezicht van de manager zag grauw. 'Nee.' Hij keek omhoog naar de westelijke toren.

Colm volgde zijn blik. Het houten plafond was ingestort, maar de dikke muren stonden nog overeind. De regen doofde de vlammen. Maar als Margot nog in de toren was, kon ze de brand onmogelijk hebben overleefd.

De brandweer en de regen werkten samen om het vuur onder controle te krijgen, maar Colm weigerde werkeloos toe te zien. Hij moest iets doen! 'Misschien is ze uit het raam gesprongen!' riep hij. 'We moeten naar boven, naar dat balkon!' Hij wees.

'We?'

'Ja. We. Jij en ik. Kom op, Terrence. Je moet me helpen.'

'Dat is veel te gevaarlijk. De brandweer –'

'Daar kan ik niet op wachten.' Hij pakte de manager bij de arm en trok hem mee naar de achterkant van het kasteel, die buiten het bereik van het vuur was gebleven. Mr. Dukelow raapte al zijn moed bij elkaar, gedreven door schuldgevoel, want hij wist bijna zeker wie de brand had aangestoken. Colm kende de oude bediende-ingang nog uit zijn jeugd, toen het hele kasteel voor hem en zijn zussen als speelterrein had gediend. Mr. Dukelow werd misselijk van angst toen hij de deur opendeed waardoor hij nog maar een week eerder de gravin in het holst van de nacht had binnengelaten.

Ze stormden de trap op, Colm met drie treden tegelijk. Het kostte Mr. Dukelow de grootste moeite om hem bij te houden. Bovenaan de trap gekomen zagen ze dat de gang was gevuld met dikke grijze rook. Mr. Dukelow greep naar zijn keel en begon te hoesten. 'Dit kan ik niet...' Hij maakte rechtsomkeert. 'Ik heb astma.'

'Kom op, Terrence! Laat me niet in de steek!' Colm greep hem bij zijn mouw. Als hij hem niet zo wanhopig nodig had gehad, zou hij hem midden in zijn gezicht hebben gestompt.

Mr. Dukelow staarde hem aan, rukte zich los en stormde de trap weer af.

Colm trok zijn T-shirt uit en drukte het tegen zijn mond. Zijn ogen begonnen te wateren, zijn longen vulden zich met rook, maar hij zette door. Hoe dichter hij bij de westelijke toren kwam, hoe dikker de rook werd. Hij vroeg zich angstig af of hij de deur naar boven wel zou kunnen vinden. Maar hij had zich geen zorgen hoeven maken. Tegen de tijd dat hij bij de trap naar de torenkamer kwam, bleek de deur te zijn weggeslagen. De muren waren ingestort, het plafond naar beneden gekomen, en de torenkamer bestond niet meer. Een berg puin en smeulende balken versperden hem de weg. Door het gat in het plafond klonk een mannenstem. 'Hé! Jij daar!'

Colm sloeg er geen acht op, baande zich een weg door het puin naar het smalle balkon.

Daar lag ze! Hij dacht dat zijn hart stilstond. Ze was op de stenen te pletter geslagen. Haar doorweekte badjas zat onder het bloed. Hij rende naar haar toe, liet zich op zijn knieën vallen en voelde haar pols. Haar hart klopte nog. Heel zwak. Als het hartje van een vogel. Toen stond er ineens een stel brandweermannen naast hem die zeiden dat hij de weg vrij moest maken. Vanaf dat moment ging alles zo snel dat het hem duizelde. Contouren vervaagden, ambulances kwamen aanrijden, en Margot werd op een brancard gelegd. Colm eiste dat hij met de ziekenwagen mocht meerijden.

'Bent u familie?' vroeg een hulpverlener.

'Ik ben haar man,' loog hij.

'Goed. Komt u dan maar mee.'

Kitty

Die regen, dat was mijn werk. Ik weet nóg niet hoe ik het voor elkaar heb gekregen, maar het is me gelukt. Het is verbazend waartoe wij als zielen in staat zijn wanneer we ons tot het uiterste concentreren. De geest is een machtig instrument. Toch heb ik niet kunnen voorkomen dat de westelijke toren volledig in de as werd gelegd.

Ooit zou ik dat heel erg hebben gevonden. Ooit zou ik wanhopig zijn geweest. De toren was het oudste gedeelte van het kasteel, het enige gedeelte dat na de brand van 1921 nog overeind stond. Maar het doet me weinig meer. Het kasteel blijft een hotel, ook al zal Mrs. De Lisle geruime tijd nodig hebben om de schade te herstellen. Ik vermoed dat ze al plannen heeft voor een nieuwe toren. Een nieuwe toren met een Margot Hart-suite.

JP zal doorgaan als gastspreker. Zijn praatjes voor de gasten van het hotel hebben hem weer een doel in het leven gegeven. Bovendien gaat het goed tussen hem en Alana. Uit de as van hun huwelijk rijzen nieuwe scheuten op. Ik heb er alle vertrouwen in. En ik heb een belangrijke les geleerd: thuis is waar de liefde woont. Het kasteel is al heel lang mijn thuis niet meer. Maar dat heb ik niet willen inzien. Inmiddels doe ik dat wel. Op het aardse niveau is alles eindig. Maar wij zielen zijn eeuwig, dankzij de liefde in ons hart. Want het is de liefde die het leven zin geeft.

Ik hou van JP. Onvoorwaardelijk. En ik hou van Colm, van Alana, van alle mensen die ik de afgelopen jaren heb gadegeslagen. Mijn ziel is zo vervuld van liefde dat ik niet langer geef om het kasteel, om wat ermee gebeurt. Het interesseert me niet wie de brand heeft aangestoken. Ik ga geen wraak nemen, want ik voel alleen maar compassie met iemand die zo vol wrok zit, iemand die zich blijkbaar zo verloren voelt. Wat kunnen zulke mensen verwachten wanneer hun tijd is gekomen? Ik kan alleen maar voor hen bidden, in de hoop dat ze ooit de weg naar het licht zullen vinden.

Mijn herinneringen liggen niet in het kasteel. Die draag ik bij me. Ik vlieg hoog over de heuvels die me zo dierbaar zijn en waar gele gaspeldoorn en paarse hei bloeien tussen kleine witte orchideeën en daslook. Ik vlieg met de meeuwen en de roeken en de stille kerkuilen, en ik ben vrij. Ik ga niet meer terug naar het kasteel. Van die obsessie, die ik ten onrechte heb aangezien voor liefde, ben ik bevrijd. Ik heb eindelijk geleerd om los te laten, en door dat te doen heb ik mijn boeien afgeworpen.

Hoger, steeds hoger vlieg ik, naar de verre einder waar de waarheid wacht, het antwoord op alle vragen. In het serene gouden licht zie ik Jack. Niet de oude man die nog maar kortgeleden zijn laatste adem uitblies, maar de jonge Jack op wie ik ooit verliefd ben geworden toen hij tot zijn knieën in het water naar kikkers stond te zoeken. Zijn gitzwarte haar valt over zijn indigoblauwe ogen. Hij glimlacht breed, zijn ogen stralen van geluk, maar er dansen ook ondeugende pretlichtjes in. Zijn hart stroomt over van liefde, en wanneer ik mijn hand in de zijne leg, besef ik iets wat ik altijd heb geweten maar wat ik was vergeten. Ons leven op aarde is als dat van de personages in een toneelstuk, wier liefde zich afspeelt binnen de beperkingen van het podium. Maar zodra het doek valt, wordt onze liefde bevrijd. Dan groeit ze, als een machtige gloed die geen beperkingen kent. Jack houdt van me, maar hij houdt ook van Emer, en wanneer haar tijd is gekomen om naar huis te gaan, zal hij ook haar de hand reiken, net zo liefdevol als hij zijn hand nu naar mij uitstrekt. En ik besef dat ik ook van Emer houd. Hoe heb ik ooit kunnen denken dat ik niet van haar hield?

21

Margot verkeerde in een staat van verminderd bewustzijn. Ze besefte dat ze niet alleen was, maar de gezichten om haar heen bleven vaag, ze zag slechts onduidelijke contouren. Ze wist niet waar ze was, en dat kon haar ook eigenlijk niet schelen. Het was een soort vreemde droom waarin ze zich bevond en waarin ze zich bewust was van haar lichaam terwijl het haar tegelijkertijd merkwaardig onverschillig liet. Ze had geen pijn. Sterker nog, ze voelde helemaal niets. Ze merkte ook niet dat ze ademhaalde. Toch was ze niet dood. Tenminste, dat hoopte ze. Want ook al was de toestand waarin ze zich bevond niet onaangenaam, ze had zich het leven na de dood anders voorgesteld.

De tijd had opgehouden te bestaan. Ze registreerde weliswaar dat ze soms even bijkwam en dan weer wegzakte, maar ze had geen besef van dag en nacht, laat staan van uren en minuten. Wel was ze zich bewust van een aanwezigheid naast haar bed. Een donkere figuur. Betrouwbaar en wonderlijk geruststellend. Het was geen engel – ze had nooit in engelen geloofd, maar op dit moment was ze bereid overal in te geloven – want engelen werden geacht wezens van licht te zijn. Deze aanwezigheid was donker, massief, als een rots. Als een van de reusachtige stenen van de Elfenring. En telkens wanneer ze even uit het niets ontwaakte, voelde ze dat hij er was. Dan dacht ze aan de Elfenring. En aan Colm. En toen ze eindelijk haar ogen opsloeg, keek ze in de zijne. De betrouwbare, geruststellende aanwezigheid naast haar bed, dat was hij! En ze besefte dat haar hand warm en veilig in de zijne rustte.

Vanaf het moment dat Margot de IC mocht verlaten, had Colm naast haar bed gezeten. Ze had bijna al haar botten gebroken – haar heupen, haar ribben, een arm, een jukbeen, haar kaak. Haar haar was verbrand, een verpleegster had het afgeknipt tot korte, onregelmatige plukken. Het was een wonder dat ze nog leefde. In zijn wanhoop had Colm zich tot God gewend. *Laat haar niet doodgaan*, had hij gebeden. Telkens en telkens weer. *Alstublieft! Laat haar niet doodgaan.* Hij was oprecht gelovig, maar in de week dat Margots situatie kritiek was geweest, was zijn geloof zwaar op de proef gesteld. Wanneer hij naar haar keek zoals ze daar lag – nietig en roerloos in haar ziekenhuisbed, wasbleek, met haren die alle kanten uit piekten – besefte hij pas goed hoeveel hij van haar hield.

Maar nu deed ze haar ogen open. Ze keek hem aan! En hij wist dat ze het ging redden. Glimlachend hield hij haar blik vast, en alleen de tranen die in zijn ogen schitterden, verrieden hoe wanhopig hij was geweest. 'Hallo,' zei hij zacht. Ze knipperde met haar ogen, in het besef dat ze niets kon zeggen. 'Probeer maar niet te praten,' zei hij. 'Dat doe ik wel.' Met zijn duim streelde hij haar hand. Ze voelde het. Een tedere, troostrijke streling. 'Je hebt me wel laten schrikken, hoor. Maar het komt allemaal goed. Je ligt in het ziekenhuis in Dublin. Nog even, dan ben je weer als nieuw. De dokters zijn geweldig. En ik blijf bij je. Net zo lang tot je weer beter bent.'

Ze deed haar ogen dicht, overspoeld door een gevoel van gelukzaligheid. En ze zakte opnieuw weg, maar nu in een diepe slaap die lichaam en ziel rust gaf. In het besef dat er van haar werd gehouden. Dat was belangrijk. Ze wist ineens hoe belangrijk dat was.

De gravin Di Marcantonio zat in haar roze zijden kamerjas aan haar kaptafel toen er werd aangebeld. 'Lieverd, ga jij even?' Geen antwoord.

Ze zuchtte. Zonder make-up en met krulspelden wilde ze niet dat ook maar iemand haar zag. 'Lieverd! Er is iemand aan de deur!' Ze fronste nijdig. Waarom zei hij nou niks? Waar zat hij? Hoofdschuddend legde ze haar make-upkwast neer.

Ze liep naar de hal en drukte op de knop van de intercom. 'Wie is daar?'

'Ik ben het. Terrence.'

'Wat dóé je hier?' beet ze hem toe, plotseling in paniek. 'Ga weg!'

'Ik heb inspecteur Coyle bij me. Hij wil je spreken.'

Het bleef even stil. Inspecteur Coyle? Wat moest die van haar? 'Laat hem maar een andere keer terugkomen. Ik kan nog geen bezoek ontvangen.'

'Het is dringend, gravin.' Dat was de stem van de inspecteur.

De gravin huiverde. Ze wilde zo niet gezien worden, maar er was geen ontkomen aan. 'Nou, dan moet het maar.' Ze drukte op de zoemer om de deur beneden open te doen.

Op dat moment verscheen de graaf. Hij oogde broos en sjofel, in een oud overhemd en een trui vol vlekken.

'Waar zat je nou?' snauwde ze. 'Heb je de bel niet gehoord?'

'Wie is het?'

'De garda.'

De graaf fronste. 'De garda? Wat komen die doen?'

'Geen idee. Het is een inspecteur, samen met Mr. Dukelow van het kasteel.'

'Of wat daar nog van over is.' Leopoldo legde hoofdschuddend de hand op het hart. 'Wat een drama! Maar dat is gelukkig niet mijn probleem.'

'Hij wil me spreken, zegt hij. Die inspecteur.'

De graaf fronste opnieuw zijn wenkbrauwen. 'Hoezo? Wat heb je gedaan?'

'Niks. Dus ik heb geen idee wat hij komt doen.'

Er werd op de voordeur geklopt. De gravin haalde diep adem en deed open. Ze schudde eerst Mr. Dukelow de hand en toen de inspecteur, een kleine, gedrongen man met een grote snor en bolle wangen zo rood als aalbessen. Zijn ogen stonden groot en streng achter zijn brillenglazen. De gravin ging hun voor naar de zitkamer. In de hoop dat ze niet te lang bleven, bood ze hun geen stoel aan.

'Wat is er aan de hand?' vroeg ze hooghartig. 'Ik begrijp werkelijk niet wat er zo dringend is dat het niet kan wachten.'

'Ik zal het kort houden, gravin.' De inspecteur haalde een notitieboekje uit zijn borstzak. 'Waar was u in de nacht dat er brand uitbrak in het kasteel?' vroeg hij met zijn pen in de aanslag.

'Hier, natuurlijk.' Ze schudde geërgerd haar hoofd. 'Ik begrijp er niks van. Moet ik daaruit opmaken dat de brand is aangestoken?'

'Mr. Dukelow heeft bekend dat hij u 's nachts een paar keer via de oude bediende-ingang heeft binnengelaten en dat u toen in de westelijke toren bent geweest. De brand is daar ontstaan.'

De gravin keek opzettelijk niet naar Mr. Dukelow. Met opgeheven hoofd hield ze haar gezicht in de plooi. Haar man keek ze ook niet aan.

'Ik heb van Mr. Dukelow begrepen dat u bepaald niet gelukkig was met het boek waar miss Hart aan werkte. Dat u vastbesloten was om te zorgen dat het niet gepubliceerd zou worden.'

'Ik weet niet waar u het over hebt.' Toen keerde ze zich naar de hotelmanager. 'En ik begrijp niet wat u met dit soort leugens denkt te bereiken.'

'We hebben een getuige,' vervolgde de inspecteur. 'Iemand die u en Mr. Dukelow bij meer dan één gelegenheid heeft gezien.'

'Een getuige? Wie dan?' vroeg de gravin gebiedend.

'Een van de kamermeisjes.'

'Onzin. Dat heeft ze gedroomd. U weet net zo goed als ik dat het er spookt.'

De inspecteur was niet onder de indruk. 'U bent zich ervan bewust dat miss Hart in kritieke toestand in het ziekenhuis is opgenomen? En dat Mrs. Walbridge bij de brand is omgekomen?'

De gravin verbleekte. 'Wat verschrikkelijk!' Ze sloeg een hand voor haar mond. 'Afschuwelijk. Maar ik heb er niets mee te maken.' Ze keek haar man aan en vernauwde haar ogen tot spleetjes. Waar was de graaf geweest in de nacht van de brand? Er verscheen een verbeten trek om haar mond, haar ogen stonden plotseling hard. 'Lieverd, misschien kun jij de inspecteur vertellen waar ik was, in de nacht van de brand.'

Leopoldo keek zijn vrouw aan. Ze vervulde hem met weerzin, hij haatte haar tot in het diepst van zijn ziel. Dit was zijn kans om voorgoed van haar af te komen. 'Het spijt me, maar ik kan niet liegen.' Met een vuist tegen zijn borst gedrukt bood hij een verslagen aanblik. 'Je was niet hier, liefste. Tenminste, niet de hele nacht. God is mijn getuige, ik moet eerlijk zijn.'

'Leugenaar! Waarom zeg je dat? Leopoldo!' Ze keerde zich naar de inspecteur, haar wangen brandden alsof ze was geslagen. 'U kunt beter aan de graaf vragen waar híj was in de nacht van de brand. Ík lag in bed, onschuldig als een lam, en híj was de deur uit. Terrence, ik heb het niet gedaan! Zoiets zou ik toch nooit doen! Ik was teleurgesteld door dat boek. Dat geef ik eerlijk toe. Het doet geen recht aan mijn man en zijn familie. Maar brandstichten om publicatie te voorkomen? Dat zou ik nooit doen!' Verbijsterd keerde ze zich weer naar haar man. 'Waarom heb je het gedaan? Het is je voorouderlijk huis! Ik begrijp het niet.'

'Gravin Amelie di Marcantonio, u staat onder arrest op verdenking van brandstichting en doodslag. U hoeft niets te zeggen. Maar het kan uw verdediging schaden als u desgevraagd iets niet meldt waar u zich later bij de rechtbank op beroept. Alles wat u wel zegt, kan tegen u worden gebruikt.'

De gravin sloeg haar handen voor haar gezicht en zakte in elkaar. Mr. Dukelow schoot haastig toe om haar op te vangen. Op Leopoldo's gezicht tekende zich een zekere bevrediging af terwijl de hotelmanager haar in zijn armen nam. Dus zijn vermoeden klopte. Die twee hadden een verhouding. ‘Ik heb het niet gedaan, Terrence,’ stamelde de gravin. ‘Echt niet.’ Toen keerde ze zich naar haar man. Haar ogen spuwden vuur. ‘Wacht maar!’ beet ze hem toe. ‘Hier krijg je spijt van!’

Margot huilde toen ze zichzelf in de spiegel zag. Het was onmogelijk dat Colm nog van haar hield. Ze streek over het piekerige haar, over haar gezwollen gezicht, en ze snikte het uit. Toen Colm zoals elke dag op bezoek kwam, keerde ze hem de rug toe. ‘Ga weg. Ik wil je niet zien.’

‘Hoezo?’ Hij ging niet weg.

‘Ik ben afstotelijk.’

‘Waar heb je het over?’

‘Ik heb geen haar,’ stamelde ze snikkend. ‘Mijn gezicht ziet er verschrikkelijk uit. Ik ben wanstaltig!’

‘Hoe kom je daar nou bij? Je bent prachtig.’

‘Dat is gewoon niet waar! Ik ben een monster. Je hoeft niet meer te komen. Voel je niet verplicht. Ik begrijp het als je me niet meer wilt zien. Echt, dat meen ik.’

Hij ging op de stoel naast haar bed zitten en pakte haar hand. Ze probeerde zich los te rukken, maar hij hield stevig vast. ‘Margot, je was bijna dood,’ zei hij ernstig. ‘Wat geeft het dat je haar eraf is? Wat geeft het dat je van top tot teen in het verband zit? Je haar groeit weer aan, en met genoeg fysiotherapie kun je straks alles weer. Bovendien, denk je nou echt dat ik alleen maar van je hou om hoe je eruitziet? Ik hou van je om wie je bént.’

Haar schouders begonnen te schokken, de emoties werden haar opnieuw te machtig.

‘Ik hou van je omdat je ogen zo vurig schitteren als je boos bent. Ik hou van je om je smalle bovenlip. Ik hou van je lieve glimlach wanneer je je onzeker voelt. Je hebt jezelf wijsgemaakt dat je niet eenzaam bent zolang je maar over de wereld blijft zwerven. Maar soms, als je denkt dat niemand naar je kijkt, dan zie je er zo eenzaam uit. Maar wij samen, dat voelt zo goed. Je haalt het beste in me naar boven, en andersom geldt volgens mij hetzelfde. Ik wil niemand anders. En jij ook niet. Dat weet ik zeker.'

'Ik had dood moeten zijn,' zei ze diep ongelukkig. 'Moet je zien hoe ik eraan toe ben. Dat komt toch nooit meer goed.'

'Maar je bent niet dood. Je leeft nog. Je hebt zo veel geluk gehad.'

'Zo voelt het niet.' Als ze dacht aan de strijd die ze zou moeten leveren, voelde ze zich al bij voorbaat verslagen. Zou ze ooit weer helemaal de oude worden? Misschien bleef ze wel verminkt. 'Mijn leven wordt nooit meer hetzelfde. Het is eigenlijk voorbij. Of wou je zeggen van niet?'

'Het is niks voor jou om de moed op te geven.'

'Nee, misschien niet. Maar ik ben er nog nooit zo ellendig aan toe geweest.'

Colm had haar nog niet verteld over Dorothy. Hij had willen wachten op een geschikt moment. Maar voor zulk verdrietig nieuws bestond er niet zoiets als een geschikt moment. Bovendien hoopte hij dat het Margot ervan zou doordringen hoe dankbaar ze mocht zijn. 'Ik moet je wat vertellen. Het gaat over Dorothy. Ze heeft het niet gered.'

'Wat?' Margot keek hem met grote ogen aan. 'Is ze... is ze dood?'

Hij knikte ernstig. 'Ja, ze is omgekomen in de vlammen.'

'O god, wat vreselijk!' Nu huilde Margot niet langer om zichzelf, maar om haar vriendin. Dorothy was de moeder geweest die ze nooit had gehad.

Colm hield haar hand nog wat steviger in de zijne. Hij wilde haar omhelzen, maar daar was ze nog te broos voor. 'De westelijke toren is volledig in de as gelegd, en ook een gedeelte van het kasteel daaronder. Het gedeelte waar Dorothy haar kamer had. Ze had geen schijn van kans. Jij hebt jezelf gered door te springen. Als je dat niet had gedaan, was je ook omgekomen in de vlammen. Ik besef dat het zwaar is, maar je leeft nog!'

'Arme Dorothy! Wat afschuwelijk. Ik hoop dat het snel is gegaan, dat ze niet heeft geleden. Ik kan gewoon niet geloven dat ze er niet meer is.' Margot haalde haperend adem en begon opnieuw te snikken. Colm streelde haar hand.

'Is ze al begraven?' vroeg Margot ten slotte.

'Ja, ze hebben haar lichaam teruggevlogen naar Engeland. Daar is ze begraven. In het dorp waar ze vandaan kwam.'

'Als ik weer beter ben, wil ik erheen. Om afscheid te nemen.'

'Natuurlijk. Zodra je beter bent gaan we samen.'

Margot keek hem aan. Haar ogen glansden vochtig. 'Weet je echt zeker dat je me nog wilt?' vroeg ze weifelend.

'Ja, natuurlijk! Ik hou van je, Margot. Daar heb ik nooit aan getwijfeld. Geen moment. En door wat er is gebeurd houd ik nog meer van je.'

'Waarom?'

'Omdat het in de liefde niet alleen om de goede tijden gaat. Juist in slechte tijden komt het erop aan. Dat is ware liefde. Er voor elkaar zijn wanneer het tegenzit.'

'Je bent veel te goed voor me. Ik ben je niet waard.' Ze glimlachte door haar tranen heen.

'Ik hoor het al, daar moet ik iets aan doen. Ik zal je leren om van jezelf te houden. Om te beseffen hoe kostbaar je bent. En dat alleen het beste goed genoeg voor je is.' Hij grijnsde ondeugend.

Ze grinnikte. 'En dat ben jij?'

'Reken maar. En dat verdien je.'

Ze schoot in de lach, maar voelde zich meteen een beetje schuldig. 'Dorothy zou niet willen dat we verdrietig waren,' troostte ze zichzelf.

'Nee, ze wil dat je gelukkig bent.'

'Het manuscript dat ik haar had gegeven, is ook verbrand, neem ik aan?' Ze zuchtte. Vergeleken met de dood van Dorothy stelde het verlies van haar boek niets voor. 'Nu zal ik nooit weten wat ze ervan vond,' zei ze verdrietig.

'Nee, maar kijk eens naar wat eruit is voortgekomen. Zonder dat boek hadden wij elkaar niet leren kennen. Dan was het contact tussen mij en mijn vader niet hersteld. En dan zou mijn moeder zich ook nooit met hem hebben verzoend.'

'Hebben ze het goedgemaakt?'

'Het is nog pril, maar ze zijn weer vrienden. Ik kan er nog steeds niet over uit. En dat is allemaal dankzij jou.'

'Wat fijn!' zei Margot dankbaar. 'En zonder het boek had ik Dorothy nooit leren kennen.' Er kwamen opnieuw tranen in haar ogen. 'Ik hield echt van haar.'

'Dat weet ik.' Colm boog zich over haar heen en drukte voorzichtig zijn lippen op haar slaap. 'Alleen al voor Dorothy moet je weer beter worden.'

Margot knikte. 'Ik ga mijn best doen. Voor Dorothy en voor jou.'

22

Na zes weken was Margot zover dat ze bezoek wilde ontvangen. De eerste die kwam was JP, samen met Mrs. B., die een portercake had meegenomen. 'Ik steek elke dag een kaarsje voor u aan bij het beeld van de Heilige Finbar.' Ze legde voorzichtig een hand op Margots arm. 'God sta ons bij, ik heb mijn oude knieën versleten met bidden. En met dank zeggen aan Jezus en Zijn Gezegende Moeder omdat uw leven gespaard mocht blijven. Ach, en die arme Mrs. Walbridge! Ik troost me met de gedachte dat ze nu bij haar kleine meid is. Goddank was uw tijd nog niet gekomen. Wie bestemd is voor de kogel, komt niet aan de galg, zei mijn oude moeder altijd. Ik heb een flesje Lourdeswater voor u gekocht. U hecht er geen waarde aan, dat weet ik. Maar baat het niet, dan schaadt het niet.'

JP trok een stoel bij en bracht verslag uit van de plannen voor de herbouw van het kasteel. 'Mrs. De Lisle wil zo snel mogelijk weer open. Ze geeft interviews aan alle media, en daarin zet ze ook mijn familie en de brand van 1921 in de schijnwerpers. Een geweldige reclame voor het hotel. Het publiek is dol op dat soort verhalen.'

Verdrietig dacht Margot aan het verloren gegane manuscript, maar toen riep ze zichzelf tot de orde. Colm had gelijk. Ze moest dankbaar zijn dat ze nog leefde.

De volgende bezoeker was Seamus O'Donovan. Hij had bloemen bij zich en een papieren zak met sinaasappels. 'Wat dacht je? Wat Superwoman kan, dat kan ik ook?' Hij liet zich grijnzend op de stoel naast haar bed ploffen.

Margot schoot in de lach, blij met zijn komst. 'Ik zal het nooit meer doen. Dat was de laatste keer dat ik uit een raam ben gesprongen.'

Zijn gezicht werd weer ernstig. 'Je hebt ons wel laten schrikken, hoor. Heel Ballinakelly had het over je.'

'Ik ben er zelf ook van geschrokken.'

'Nou ja, je bent er nog. En ik weet dat Colm en jij samen zijn, dus ik laat je met rust. Maar één ding moet me nog wel van het hart. Je deed me echt wat, Margot. En dat zeg ik niet gauw.'

'O, Seamus,' zei ze ontroerd. 'Wat lief dat je dat zegt. En het spijt me. Echt waar. Ik heb je niet netjes behandeld.'

'Ach, gedane zaken nemen geen keer. Zand erover.' Hij glimlachte verlegen.

'En we hebben het leuk gehad samen. Of niet dan?'

'Nou en of.'

Ze legde haar hand op de zijne. 'Ik vind het zo lief dat je me komt opzoeken. Dank je wel. Je bent een echte vriend.'

'Precies. Ik wil heel graag dat we vrienden zijn. Heb je trek in een sinaasappel?'

Daarna kwam er een gestage stroom bezoekers langs in het ziekenhuis. Margot was verrast door het grote aantal mensen uit Ballinakelly. Sommige had ze misschien maar één keer ontmoet. En toch kwamen ze met fruit of bloemen, of simpelweg met een vriendelijk, bemoedigend woord. Mrs. De Lisle wilde weten wanneer ze dacht weer als spreker te kunnen optreden. 'En je moet dat boek natuurlijk opnieuw schrijven,' zei ze op besliste toon. 'Zo moeilijk kan dat niet zijn. Je hebt hier in het ziekenhuis toch niks te doen. Dus schrijven is dé manier om de tijd door te komen. De research heb je al gedaan, en wie weet, misschien wordt de tweede versie nog wel beter dan de eerste.'

Margot sprak haar niet tegen, maar mompelde iets vrijblijvends.

Toch wist ze diep in haar hart dat het onmogelijk was. Ze zou het boek niet herschrijven.

Na drie maanden mocht ze eindelijk naar huis. Tijdens haar verblijf in het ziekenhuis had de herfst zijn intrede gedaan. De bladeren begonnen te verkleuren, de kille wind uit zee voerde een gevoel van weemoed met zich mee. Ze was blij weer buiten te zijn, na alles wat er was gebeurd keek ze met nieuwe ogen om zich heen, nieuwsgierig en verwonderd als een kind dat nog kon genieten van de kleinste dingen. Het was allemaal zo prachtig, zo heerlijk.

Colm had zijn praktijk, dus JP had erop gestaan dat ze in het Jachthuis kwam revalideren totdat ze weer voor zichzelf kon zorgen. Mrs. B. zat klaar met thee en portercake, en er was een kamer voor haar ingericht op de benedenverdieping. JP was dankbaar dat hij iets kon terugdoen. Margot had hém geholpen, nu was het zijn beurt.

Het hotel was inmiddels heropend, ook al stonden de westelijke toren en het gedeelte van het kasteel daaronder nog in de steigers. Er was een nieuwe manager aangetrokken, Mr. Cavendish, die Mrs. De Lisle bij Claridge's in Londen had weggekocht. Hij had JP al laten weten dat hij hem dolgraag weer als gastspreker wilde contracteren en vond het erg spijtig dat het boek van miss Hart bij de brand verloren was gegaan. Want wat zou het niet geweldig zijn geweest om de geschiedenis van de Deverills een plaatsje te geven in de gastenbibliotheek, en om de schrijver samen met Lord Deverill aan het woord te laten! Hij kon op de hele wereld niet één ander hotel bedenken dat zich kon laten voorstaan op zo'n boeiend duo van sprekers.

Behalve aan de brand hadden de media ook uitvoerig aandacht besteed aan de arrestatie van de gravin Di Marcantonio, die ervan werd verdacht de brand te hebben aangestoken. Maar er waren er ook die zeiden dat de graaf het had gedaan en dat hij de schuld in de schoenen van zijn vrouw had geschoven, vanwege haar vermeende verhouding met de manager van het hotel. Een kamermeisje, dat vervolgens was ontslagen, had haar verhaal aan een krant verkocht. Ze beweerde dat ze op de avond van de brand iemand door de oude bediende-ingang naar binnen had zien glippen. Maar ze had niet kunnen zien of het een man of een vrouw was. Het klonk allemaal erg louche, en JP wist niet wie hij moest geloven. Maar de brand had hem een waardevolle les geleerd. Thuis is waar de liefde woont, en hij wilde nergens anders wonen dan in het Jachthuis, waar al zijn kinderen langskwamen. Niet alleen Colm, maar ook zijn dochters wanneer ze in Ierland waren. En waar ook Alana zich steeds vaker liet zien. Hij ontdekte tot zijn vreugde dat Colm gelijk had: het tegenovergestelde van liefde was niet haat, maar onverschilligheid. Hun boosheid, hun verdriet en hun gekwetstheid waren ten diepste voortgekomen uit liefde. En die liefde was nooit verdwenen. Tot dat besef kwamen ze elke dag een beetje meer.

Margot zat in de tuin van het Jachthuis, genietend van de vogels en hun gezang, van de zon op haar gezicht, en ze dacht aan Dorothy. De liefde voor haar nieuwe vriendin zat diep en was onuitwisbaar, ook al hadden ze elkaar maar kort gekend. Ze miste haar nog elke dag. Terwijl de wonden aan de buitenkant langzaam genazen, deden die aan de binnenkant er langer over om te helen. Ze had last van nachtmerries waarin ze opnieuw uit het raam sprong, of ze droomde over het verloren geraakte manuscript. Ze wist dat ze dankbaar moest zijn dat ze nog leefde. Toch deed het pijn dat al haar inspanningen voor niets waren geweest. En het viel niet mee om zich daaroverheen te zetten.

Ze was verrast toen Emer O'Leary op een verrassend milde avond aan het eind van september langskwam. Emer was in het ziekenhuis niet op bezoek geweest, en tot op dat moment ook niet in het Jachthuis. Ze dronken thee op het terras en spraken over Margots herstel, waarbij het gesprek ook onvermijdelijk op Dorothy kwam. 'Ik mis haar verschrikkelijk,' zei Emer verdrietig. Haar ogen glansden vochtig. 'Haar dood was zo'n schok. Ik had nog maar net afscheid moeten nemen van Jack, en een paar weken later verloor ik ook Dorothy. Het was zwaar, ik was er slecht aan toe. Maar het spijt me dat ik nu pas bij je langskom.'

'Dorothy was een bijzondere vrouw,' viel Margot haar bij.

'Ze was een grote fan van je. Ik moet eerlijk bekennen dat ik twijfelde aan je bedoelingen. Maar als ik dat zei, dan nam Dorothy het altijd voor je op.' Emer sloeg haar ogen neer. 'Nu schaam ik me. Ik had beter moeten weten.'

'Dat geeft toch niet. Je kwam op voor je familie.'

'Ik had haar moeten vertrouwen. Trouwens, dat geldt ook voor Colm. Die heeft me bezworen dat ik je een kans moest geven. Nogmaals, ik begrijp nu niet meer waarom ik zo wantrouwend reageerde. Waarom ik dacht dat een boek zo veel kwaad zou kunnen aanrichten.'

'Nou ja, het is bij de brand verloren gegaan. En ik ga het niet herschrijven.' Margot haalde met een berustende zucht haar schouders op. 'Misschien heeft het zo moeten zijn.'

'Er is een filosoof aan je verloren gegaan,' zei Emer.

'Ach, het heeft geen zin om er nog langer om te treuren. Er is toch niks meer aan te doen.'

'Dat mag dan zo zijn, toch vind ik het bewonderenswaardig dat je het zo opneemt.'

'Ik doe mijn best.'

'En dat vind ik heel dapper van je.'

'Ik had alleen zo graag geweten wat Dorothy ervan vond. Zij is de enige die het heeft gelezen. Ik had haar het manuscript gegeven, misschien een week voor de brand. Ze had beloofd dat ze me eerlijk haar mening zou geven. Maar dat is er nooit meer van gekomen.'

'Toch heeft het boek ondanks alles veel goeds opgeleverd. Als je niet naar Ballinakelly was gekomen, had je Dorothy nooit ontmoet. En Colm niet te vergeten. Hij houdt zielsveel van je, Margot. En dat is echt bijzonder. Want hij is erg kritisch als het om de liefde gaat.'

Margot lachte, haar ogen begonnen te stralen. 'Hij is geweldig. Hij heeft me zo gesteund. Als ik in de put zat, gaf hij me telkens weer nieuwe moed. Ik denk niet dat ik het zonder hem had gered.'

'Jij hebt hém ook enorm gesteund, Margot. Dat moet je niet onderschatten. Ik ben nooit te beroerd om mijn ongelijk toe te geven. Dus nogmaals, het spijt me dat ik ooit aan je heb getwijfeld. Colm en jij zijn een goed stel. Ik ben dolblij dat jullie elkaar hebben gevonden.'

Ze had gelijk, dacht Margot. Colm had haar op talloze manieren, met talloze kleine attenties, laten zien hoeveel ze voor hem betekende. Haar eigenwaarde had ernstig geleden onder de verwaarlozing door haar vader, maar dankzij Colm twijfelde ze niet langer aan zichzelf.

'Ik weet niet of Alana daar ook zo blij mee is,' zei ze voorzichtig. Alana deed niet onaardig, maar het leek wel alsof ze Margot ontweek. 'Misschien vindt ze me niet goed genoeg voor haar zoon.'

'Daar geloof ik niets van,' probeerde Emer haar gerust te stellen. 'Ze mag haar handen dichtknijpen met jou als schoondochter.' Ze glimlachte toegeeflijk. 'Misschien moet ze wennen aan het idee dat er eindelijk een vrouw in het leven van haar zoon is gekomen. Hij is altijd nogal op zichzelf geweest. Maar Alana wilde niets liever dan dat hij zou trouwen. Alle moeders gunnen hun zoon een lief meisje om voor hem te zorgen. Het komt heus wel goed.'

'Dat hoop ik. Het boek kan het niet zijn. Want dat is er niet meer.'

'Je moet haar gewoon nog even de tijd geven. Het is nog niet eens zo lang geleden dat ze hevig van streek was over je boek, en nu heb je een relatie met haar zoon. Dat heeft tijd nodig. Maak je geen zorgen. Het komt goed. Echt.'

Maar Margot maakte zich wel degelijk zorgen. Alana had geen reden meer om te denken dat ze Colm probeerde te paaien om informatie van hem los te krijgen. Dus waarom deed ze dan nog steeds zo afstandelijk?

De dagen werden korter, de bladeren begonnen te vallen. Een vochtige, koude wind floot door de takken, en in oktober was de tuin voor het eerst bedekt met rijp. In de salon en de bibliotheek was de haard weer aangestoken, en de geur van brandend hout trok door het hele huis. De leegte, de verlatenheid van vroeger was verdwenen. JP nodigde vrienden uit om te komen eten, het huis kwam weer tot leven dankzij gelach en geroezemoes van stemmen terwijl er werd gedineerd en gekaart. Het was weer net als vroeger, toen Bertie en Maud het hele graafschap ontvingen. JP huurde een paar meisjes uit het stadje in om Mrs. B. in de keuken te helpen, maar de oude huishoudster piekerde er niet over om met pensioen te gaan. Het Jachthuis was haar thuis en Lord Deverill haar broodheer. Die zou ze niet in de steek laten, anders dan tussen zes planken. Daar liet ze geen enkel misverstand over bestaan.

Margot volgde intensieve fysiotherapie, vastbesloten om weer net zo sterk en lenig te worden als voor de brand. En wanneer ze dreigde bij de pakken te gaan neerzitten, was het Colm die haar nieuwe moed insprak. Ze hobbelde rond op krukken en genoot van simpele genoegens zoals lezen, kaarten, luisteren naar muziek. Maar ze genoot vooral van de natuur, ze vond het heerlijk om buiten te zijn, om te zien hoe het landschap elke dag opnieuw veranderde. Colm nam haar 's avonds mee naar de pub, en met goed weer gingen ze soms naar het strand. Dan zaten ze in de duinen, beschut tegen de wind, en ze praatten, ze lachten, ze plaagden elkaar. Wanneer het licht verbleekte staarde Margot naar de verre einder en dacht aan Dorothy. Dan moest ze onvermijdelijk ook aan het boek denken. Maar ze deed haar uiterste best om daar niet om te treuren, om dankbaar te zijn. Dankbaar voor het leven en voor Colm.

Op een regenachtige middag hobbelde ze naar de jachtkamer. Het was er koud. De haard had in geen maanden gebrand en het biljart was ook al heel lang niet gebruikt. Tot haar verrassing stonden de dozen met haar research nog op het kleed opgestapeld. De vertrouwde pijn om het verlies overviel haar. Ze dacht aan alle uren dat ze hier had zitten werken, verdiept in dagboeken, brieven, grootboeken; aan alle aantekeningen die ze had gemaakt – boeken vol – en die ze netjes had geordend in mappen die door het vuur waren verteerd. En ze dacht aan de tijd die het had gekost om het allemaal op papier te krijgen, om het tactvol te verwoorden opdat de nog levende Deverills, in het bijzonder JP en Alana, er niet door bezeerd zouden raken. Ze dacht dat ze daarin was geslaagd, maar dat zou ze nooit weten. Trouwens, ze wist ook niet of ze ooit nog de energie zou kunnen opbrengen om aan een nieuw boek te beginnen. Misschien kwam het doordat ze alle zeilen moest bijzetten voor haar herstel dat ze zich zo ongeïnspireerd voelde. Misschien zou ze tegen de tijd dat ze weer helemaal de oude was, een nieuw onderwerp hebben om over te schrijven. Maar ze kon niets bedenken wat haar zou inspireren zoals de Deverills dat hadden gedaan. Haar creativiteit was als een braakliggend terrein, waar niets anders groeide dan hier en daar wat weerbarstig onkruid.

Begin december trok ze bij Colm in. Ze zette haar toiletspullen in de badkamer, hing haar kleren in de kast, en ze kreeg het er niet benauwd van toen ze haar schoenen naast de zijne zette. Integendeel, het bezorgde haar een gevoel van geborgenheid; het was een gevoel dat ze heel lang niet had gekend.

Om haar wat afleiding te bezorgen nam Colm haar mee wanneer hij op huisbezoek ging bij patiënten die te ziek of te groot waren om naar de praktijk te komen. Margot hield van dieren, en ze vond het heerlijk om Colm tijdens zijn werk gade te slaan. Hij was wijs en geduldig, en hoe langer ze hem observeerde, hoe aantrekkelijker ze hem vond. Bovendien vond ze het leuk om meer mensen te leren kennen. Ze had Ballinakelly altijd afgedaan als een onbeduidend plaatsje in het achterland. Maar ze besefte dat ze zich had vergist. Ballinakelly was een levendige gemeenschap waar de mensen naar elkaar omkeken en voor elkaar zorgden. Nadat Colm een ziek varken had genezen, kwam de eigenares, een excentrieke oude dame die graag een glaasje *poitín* dronk, hem als dank een schaal met sodabroodpudding brengen. Terwijl Margot er met smaak van at, drong het tot haar door dat ze nooit eerder deel had uitgemaakt van een gemeenschap. Maar dat ze dat wel graag wilde. Voor het eerst van haar leven. Dus ze besloot zich er actief voor in te zetten. Schrijven was haar talent, dus ze bood haar diensten aan bij de plaatselijke krant. Na maanden zonder inspiratie merkte ze dat haar sluimerende creativiteit aarzelend, voorzichtig ontwaakte bij het vooruitzicht om weer te gaan schrijven. Ze kocht een schrijfmachine en installeerde zich met een glas wijn aan de keukentafel en ging op zoek naar ideeën voor een verhaal.

Colm was dolgelukkig dat zijn ouders het weer goed konden vinden samen. Het verbaasde hem dat ze elkaar, na jaren van verbittering, bijna zonder contact, zo gemakkelijk konden vergeven. Zou zijn moeder milder zijn geworden door de dood van Jack? Zou ze daardoor anders over sommige dingen zijn gaan denken, waardoor ze over de kloof heen had kunnen stappen die tot voor kort onoverbrugbaar had geleken?

Margot wilde niets liever dan een goede verstandhouding met Alana, maar omdat ze met haar eigen moeder al nauwelijks een band had, dacht ze dat ze misschien gewoon niet goed met moeders overweg kon. Het was Colm niet opgevallen dat zijn moeder zich op een afstand hield. Wanneer Margot daarover haar zorgen uitte, zei hij dat ze het zich verbeeldde. 'Ze is waarschijnlijk nog verdrietig om opa.' Maar dat was het niet, wist Margot. Ze wist alleen niet wat het dan wel kon zijn.

Alana had gelukkig moeten zijn. Ze was terug in Ballinakelly, ze woonde weer bij haar moeder, in haar ouderlijk huis. Haar vader was er niet meer, maar met dat verdriet begon ze geleidelijk aan steeds meer in het reine te komen. Hij had een mooi leven gehad, en een lang leven, hield ze zichzelf voor. Ze herinnerde zich alleen de mooie momenten, en ze was dankbaar dat ze altijd een warme, open verstandhouding met hem had gehad. Ondertussen bracht ze veel tijd door met JP, en hun oude liefde bloeide na een lange, barre winterslaap weer op. Er was nooit een andere man in haar leven geweest. JP was nog altijd de enige.

Doordat ze weer in Ballinakelly woonde, zag ze ook haar zoon regelmatig. Wat was hij knap geworden! Ze was trots op hem. Ook omdat hij de moed had gehad zich in de brandende toren te wagen om Margot te redden. Dat hij zijn leven voor haar had gewaagd, bewees hoeveel hij van haar hield. Als ze later was gevonden, zou ze waarschijnlijk in de vlammen zijn omgekomen, net als Dorothy Walbridge. Margot en hij waren tot over hun oren verliefd. De blik in zijn ogen wanneer hij naar haar keek, was hartverwarmend. Dus Alana had gelukkig moeten zijn, maar ze had iets heel ergs gedaan.

Aanvankelijk gooide ze het met haar geweten op een akkoordje. Het was wel erg wat ze had gedaan, maar nou ook weer niet zó erg. Er waren ergere dingen. Ze zette het van zich af, probeerde het te vergeten, er niet meer aan te denken. Maar het geweten laat zich niet sussen. Althans, bij mensen van goede wil. En Alana had een geweten dat duidelijk zijn stem liet horen. Dus ze kon onmogelijk doen alsof er niets aan de hand was. Telkens wanneer ze Margot zag, haakten de klauwen van haar schuldgevoel dieper in haar hart. Wat zou Dorothy hebben gezegd, vroeg ze zich af. En haar vader? Wat zou haar moeder zeggen als ze het haar vertelde? Maar Alana wist zelf heel goed wat ze moest doen. Ze had er alleen zo lang mee gewacht dat ze niet wist hoe ze het ooit nog kon goedmaken. En dus deed ze niets en hield ze zich op een afstand. Ze probeerde Margot te ontlopen, in de hoop dat het schuldgevoel zou slijten. Of dat de kwestie uiteindelijk niet belangrijk meer zou zijn.

En toen werd het Kerstmis. Margot liep nog altijd op krukken, maar ze zette samen met Colms twee zussen, die met hun gezin uit Amerika waren overgekomen, in de salon van het Jachthuis de kerstboom op en versierde hem met engelenhaar, ballen en lichtjes. De kleintjes van Cara maakten de gouden ster, en Declan, haar man, bevestigde hem onder luid applaus op de hoogste tak van de boom. Margot had erg veel moeite gedaan om voor iedereen cadeautjes te kopen, zelfs voor de kinderen van Aisa en Cara, die ze pas net had leren kennen. Alle zorgvuldig uitgekozen presentjes waren verpakt in zilverkleurig papier met glinsterend groen lint en een takje mistletoe tussen de strik. Alana was geroerd dat ze er zo veel werk van had gemaakt. Behalve cadeautjes had Margot bovendien de kerstlunch geregeld, en omdat de huishoudster zelf geen familie meer had, was Mrs. B. ook uitgenodigd voor alle festiviteiten en lag er ook voor haar een pakje onder de boom. Mrs. B. was geroerd, net als Alana. Op haar witte bloes had ze de gouden broche met diamanten gespeld die nog van haar overgrootmoeder was geweest. Ze had de broche maar één keer eerder gedragen. Op de zeventiende verjaardag van haar broer, een paar maanden voordat hij sneuvelde. Nu droeg ze hem weer, en ze wist dat Rafferty op deze bijzondere dag bij haar was.

Na de lunch werd er muziek gedraaid, er werden spelletjes gedaan, en de wijn vloeide opnieuw rijkelijk. Het was voor allemaal het mooiste kerstfeest dat ze ooit hadden gevierd. Er heerste een uitgelaten stemming. Alana had te veel gedronken. Onderuitgezakt op de bank staarde ze wazig naar JP en gaf zich over aan een gevoel van dankbaarheid en nostalgie. Haar blik ging naar haar kinderen, haar kleinkinderen, en ze besefte hoe gelukkig ze zich mocht prijzen met deze tweede kans op een familieleven. Ze was weer thuis, bij de mensen van wie ze hield.

Maar ineens begon ze te huilen, overweldigd door schuldgevoel. Margot wilde zich niet opdringen, maar sloeg haar nerveus gade. JP ging naast haar op de bank zitten. 'Heerlijk, hè?' Hij pakte haar hand. 'Om bij elkaar te zijn.'

Alana knikte. Toen veegde ze resoluut met haar mouw over haar ogen en keek ze Margot aan. 'Kan ik je even onder vier ogen spreken?'

Margot wierp een vragende blik op Colm, in de hoop op geruststelling, maar die haalde zijn schouders op. 'Natuurlijk.'

Alana kwam overeind en liep enigszins onvast naar de jachtkamer. Daar brandde de haard, voor het geval iemand wilde biljarten. Het was er aangenaam warm, ook al lagen er alleen nog wat smeulende sintels op het rooster. Alana leunde tegen het biljart, op zoek naar houvast.

Margot ging voor de haard staan, een beetje angstig en gespannen.

'Ik moet je iets bekennen,' zei Alana.

Margot wachtte af, niet wetend wat ze moest zeggen.

Het bleef even stil. Het was Alana aan te zien hoe moeilijk ze het vond om de juiste woorden te vinden, en te oordelen naar de vuurrode blos op haar wangen moest het wel iets heel ergs zijn wat ze ging opbiechten. Uiteindelijk haalde ze diep adem en gooide ze het eruit. 'Ik heb het manuscript van je boek.'

Margot was verbijsterd. Haar mond viel open, maar ze kon geen woord uitbrengen. Zou het echt waar zijn? Was het toch niet verloren gegaan? Ze durfde het nauwelijks te hopen.

'Dorothy had het aan mij gegeven. Ik wist eerst niet zo goed waarom, totdat ik het begon te lezen.' Alana vouwde krampachtig haar handen. Ze keek Margot glazig aan, de rimpels in haar voorhoofd werden dieper. 'O Margot, ik hoop dat je me kunt vergeven. Ik had het moeten zeggen. Het spijt me zo. Ik had het je meteen moeten teruggeven. Het was stom van me. Ik dacht alleen maar aan mezelf. Het is afschuwelijk wat ik heb gedaan. Al het werk dat je erin hebt zitten. En jij dacht dat het allemaal voor niets was geweest. Dat het manuscript dat je aan Dorothy had gegeven, ook verloren was gegaan. Maar al die tijd had ik het.'

Margot schudde haar hoofd. 'Ik kan het gewoon niet geloven. Ik dacht dat het ook was verbrand.'

'Nee. Het is er nog. Het ligt bij mij. In de la van mijn nachtkastje.'

Ze keken elkaar aan. Alana nog altijd geschokt door wat ze had gedaan. Nu ze het eenmaal hardop had gezegd, klonk het nog afschuwelijker. En Margot met stomheid geslagen. Ze zou Alana van pure dankbaarheid om de hals willen vallen, maar dat kon niet vanwege de krukken.

'En? Wat vond je ervan?' Margot ging ervan uit dat Alana niet gelukkig was met het boek. Waarom zou ze anders hebben verzwegen dat zij het had? Dus ze hield haar adem in, bang voor het antwoord.

Alana glimlachte. 'Ik vond het geweldig. Boeiend, grappig, aangrijpend, en je hebt het allemaal zo tactvol beschreven. Sommige stukken vond ik moeilijk om te lezen. Ik neem aan dat je dat begrijpt. Maar ik had de situatie nooit door de ogen van JP bekeken. En dankzij jouw boek ben ik dat gaan beseffen. En ben ik hem beter gaan begrijpen.' Ze zuchtte spijtig. 'Door het lezen van je boek ben ik gaan inzien dat ik ook niet vrijuit ga. Dat ik hem ook pijn heb gedaan.' Ze hief een hand. 'Nee, daar ben ik niet boos om. Integendeel, ik ben je dankbaar. Je bent alleen maar eerlijk geweest, je hebt evenwichtig verslag uitgebracht door beide kanten aan het woord te laten.'

Margot dacht aan Dorothy en glimlachte verdrietig.

'Je kiest geen partij,' vervolgde Alana. 'En dat is best bijzonder, gezien je vriendschap met JP. Dat is het kenmerk van een goede historicus, neem ik aan. Dat je onpartijdig bent. En je bent in sommige opzichten ook terughoudend geweest. Je hebt ons in onze waarde gelaten.'

'Waarom heb je het dan achtergehouden?'

Alana slikte. 'Omdat ik niet wist of ik wel wilde dat iedereen het zou lezen.'

'En hoe denk je daar nu over?'

'Ik heb er vrede mee. Dankzij jou heb ik mijn familie terug. Ik had het eerder moeten zeggen, maar ik wist niet hoe. Ik had er al veel te lang mee gewacht. Hoe langer het duurde, hoe moeilijker het werd. Ik had het manuscript bijna weggegooid.'

Margot hield geschokt haar adem in.

'Maar dat heb ik niet gedaan,' stelde Alana haar haastig gerust. 'En er was nog iets waardoor ik er moeilijk afstand van kon doen. Dorothy heeft in haar beverige handschrift aantekeningen gemaakt in de marge.'

'O? Wat schreef ze?'

'Dat ze het prachtig vond. Daarom had ze het aan mij gegeven. Omdat ze wilde dat ik het ook zou lezen. Niet alleen omdat het een geweldig boek is, maar ook omdat ze wist dat het me zou helpen. We dachten allemaal dat onze familie door je boek nog verder uit elkaar zou worden gedreven, maar het heeft ons juist weer bij elkaar gebracht.'

Margot kreeg een brok in haar keel. Haar ogen werden vochtig. 'Ik ben zo blij dat je dat zegt.' Ze veegde over haar ogen. 'Dankzij jou is dit kerstfeest nog mooier geworden. Dank je wel!'

Alana lachte. 'Ik kan hetzelfde tegen jou zeggen. Ik heb me al die tijd zo schuldig gevoeld. Het was afschuwelijk. Dus je bent niet boos op me?'

'Nee, natuurlijk niet.'

Alana omhelsde Margot. 'Ik ben een beetje aangeschoten. Zonder drank had ik het nooit durven opbiechten. Maar volgens mij heb ik nu wel een beetje te veel gedronken.'

'Het is uitstekende wijn,' zei Margot.

'Zullen we nog een glaasje gaan halen?'

'Goed idee!'

'Voortreffelijk,' zei Alana. 'Dat zegt JP altijd. Een voortreffelijk idee.' Ze grijnsde wiebelig. 'Ik zal je een geheimpje vertellen. Ik hou van hem.'

'Ja, dat weet ik.'

'En jij houdt van Colm, hè?'

'Ja.' Margot schoot in de lach. Alana was echt behoorlijk aangeschoten.

'Dan is het goed. Want hij houdt ook heel erg veel van jou. Er is hier zo veel liefde! Het is ongelooflijk. Ik kan het nauwelijks bevatten.'

23

Juli was in het land. De zon stond stralend aan een strakblauwe lucht waarlangs witte wolken zeilden, wollig als paardenbloemenpluizen. Een serene, zorgeloze zomerdag. Een milde bries ritselde door de paardenkastanjes en de struiken, door de bloemen rond het onberispelijk gemaaide gazon van kasteel Deverill. In vroeger tijden was het traditie dat Lord en Lady Deverill een tuinfeest gaven voor bedienden, personeel en de honderden pachters, die werden ontvangen met taart en sandwiches, rijkelijk besproeid met drank en thee. In de meer dan drie eeuwen dat het kasteel het economische hart van Ballinakelly had gevormd, was dit feest het jaarlijkse hoogtepunt geweest voor de bewoners van het stadje en de wijde omgeving. Vandaag stonden niet de pachters en het personeel centraal, maar werd de presentatie van Margots boek gevierd en was de ontvangst nog copieuzer. Mrs. De Lisle had kosten noch moeite gespaard voor de lancering van *Het kasteel van een Deverill is zijn koninkrijk, een biografie*. Het kasteel was tenslotte het kroonjuweel van haar hotelketen, en de boekpresentatie was de ideale gelegenheid om publiciteit te genereren.

Het kasteel zag er schitterend uit. De grijze muren verhieven zich trots en uitdagend naar de hemel, nog altijd in volle glorie ondanks de brand. De zware torens en ranke spitsen die al eeuwenlang de horizon domineerden en als baken hadden gediend voor de vissers op zee, glinsterden in de zon. Roeken krasten op de daken, daarboven cirkelden meeuwen, met hun priemende blik gericht op de tafels met sandwiches en taart. De westelijke toren was herbouwd, de kamers omgedoopt tot de Margot Hart-suite. Gasten moesten maanden van tevoren reserveren, want van alle kamers was de suite het meest gewild.

Mrs. B. stond bij de theetafel. Ze droeg een spierwitte bloes met een zwarte rok, ook al was het bijna dertig graden. Op haar hoofd prijkte een strohoed. Omdat ze zich niet op haar gemak voelde in grote gezelschappen, had ze aanvankelijk niet willen komen. Maar uiteindelijk was ze voor Margots aandringen gezwicht, op voorwaarde dat ze niet de hele middag hoefde te blijven. Terwijl ze van haar thee nipte liet ze haar blik over de gezichten gaan, van wie ze er vele al haar leven lang kende. Het leek wel alsof Mrs. De Lisle het hele stadje had uitgenodigd. Een sympathieke geste, vond Mrs. B. Tenslotte waren het kasteel en het stadje onverbrekelijk met elkaar verbonden.

'Bessie? Hoe is het met jou?'

Mrs. B. schrok op uit haar gedachten en zag dat Neil O'Rourke naast haar stond, met een glas donker bier in de hand. Neil was de opa van Tomas en Aidan.

'Nee maar! Neil O'Rourke! Dat is lang geleden. Waarom zie ik je nooit in de kerk?'

Neil was altijd lang geweest en buigzaam als een rietstengel, met vriendelijke ogen zo bruin als turf. Inmiddels was zijn rug kromgegroeid en zijn gezicht tanig en verweerd geraakt. Maar toen hij grijnsde, zag Mrs. B. opnieuw de vrolijke jongeman van vroeger, altijd in voor een geintje.

'Ik kan me niet heugen wanneer we elkaar voor het laatst hebben gesproken,' vervolgde ze. Neil was het knechtje van de tuinman geweest toen zij voor Celia Deverill ging werken. Ze had hem regelmatig stiekem een plak cake toegestopt in de doolhof.

'Ik ga niet meer naar de kerk, Bessie.'

Mrs. B. keek hem verwijtend aan. 'Lieve god, waaróm niet? Je ging altijd zo trouw, je was de ruggengraat van de armenzorg.'

'God is overal, Bessie. En bij mij is Hij in mijn tuin. Met de vogeltjes als misdienaren en een oude vos als koster.'

Haar gezicht verzachtte. 'Dat is mooi gezegd, Neil. En misschien heb je wel gelijk. Gods schoonheid is overal.'

Hij keek naar het kasteel. 'Weet je nog? Die goeie ouwe tijd?'

Ze glimlachte weemoedig. 'Nou en of. Ik bewaar er dierbare herinneringen aan. Het stemt me soms verdrietig dat die tijd voorbij is.'

'Je bracht me altijd cake met een kop thee, en dan zaten we samen te smikkelen in de doolhof.'

Mrs. B. schoot in de lach. 'Dat je dat nog weet!'

'Natuurlijk weet ik dat nog. Een ondeugd, dat was je, Bessie!'

'Ja, een beetje wel, hè?'

'Een béétje? Je haalde de gekste capriolen uit.'

'Ik geloof er niks van.'

Hij keek glimlachend op haar neer. 'Wat fijn om je weer te zien, Bessie. Je hebt je veel te lang verstopt.'

'Dat zal ik dan niet meer doen.' Bij het zien van zijn glimlach en de warme blik in zijn ogen vroeg ze zich af waarom ze haar oude vrienden niet vaker had opgezocht.

'Zullen we een eindje gaan lopen? Ik ben benieuwd hoe de tuinen erbij liggen. En met wie kan ik dat beter gaan bekijken dan met jou?'

'Goed idee.' Ze zette haar kopje neer. 'Zullen we beginnen met de groentetuin? Weet je nog, de kassen met cannabis? In de tijd van Lady Adeline?'

Hij schoot in de lach. 'Als ze die nog steeds zou telen was ze miljonair. Of ze zat in Limerick in de bak. Trouwens, zij was niet de enige die er thee van zette.' Hij wierp haar een veelbetekenende blik toe. 'Die cannabis was er in de tijd van Celia Deverill ook nog.'

'Neil! Heb jij het soms aan die arme Eily Sullivan gegeven? Eily en ik deelden een kamer, en op een nacht maakte ze me wakker. Helemaal over haar toeren. Ze had het beeld van de Heilige Maagd gezien, maar

Maria was veranderd in een reusachtige káter! Wat ik ook zei, ik kon het haar niet uit haar hoofd praten.'

'Ja, dat was mijn schuld. Ik beken, edelachtbare.'

'Schaam je!' Grinnikend schoof ze haar arm door de zijne.

'Alles is zo veranderd, Bessie. Behalve jij en ik natuurlijk. De reis van Ballinakelly naar Dublin duurde vroeger zes uur. Tegenwoordig ben je in zes uur in Amerika. Het is voor een ouwe man zoals ik niet te bevatten.'

Op een bankje, onder een rozenboog helemaal aan de andere kant van het gazon, zaten JP en Alana.

'Vind je het jammer dat het kasteel nu een hotel is?'

'Nee,' antwoordde JP terwijl hij zijn blik over het huis van zijn voorouders liet gaan. 'Nee. Daarvoor heb ik er te veel verdriet van gehad.'

'Volgens het boek van Margot heeft het bijna niemand geluk gebracht.'

'Precies. Dat was een interessante observatie. En Margot heeft gelijk. We werden allemaal veel te veel in beslag genomen door onze status, met het kasteel dat ons door Karel II was geschonken. Maar die had het aan Barton gegeven, niet aan ons. Barton had het verdiend door de koning trouw te blijven. De rest van de familie heeft er niets voor hoeven doen. We hebben ons al die tijd Bartons prestige toegeeigend. De Deverills hebben het kasteel eeuwenlang belangrijker gevonden dan de mensen die erin woonden. Dat was verkeerd. En daar heb ik me ook schuldig aan gemaakt.' Hij glimlachte naar haar. 'Ik ben gelukkig met wat ik nu heb, Alana. Dat meen ik echt. Ik hoef me geen zorgen meer te maken hoe ik de rekeningen moet betalen, hoe ik de boel draaiende moet houden en of ik de pachters wel recht kan doen.'

'En je gaat weer optreden als gastspreker, samen met Margot.' Ze grijnsde. 'Op die manier houdt het kasteel jóú draaiende.'

Hij grinnikte. 'Ja, zo zou je het kunnen zeggen. We hebben zelfs plannen om samen een boek te gaan maken. Een fraai uitgevoerd fotoboek over het kasteel zelf. We hebben genoeg materiaal om uit te kiezen, en ik kan voor de anekdotes zorgen.'

'Wat een geweldig idee,' zei ze enthousiast.

'Maar we zouden wel het motto moeten veranderen.'

'O? Waar denk je dan aan?'

'De familie van een Deverill is zijn koninkrijk.'

Met een warme glimlach pakte ze zijn hand. 'Daar ben ik het roerend mee eens. Er gaat niets boven familie.'

'Precies.' Hij kreeg pretlichtjes in zijn ogen. 'Het hemd is nader dan de rok. En belangrijker dan een berg stenen.'

'Kom, laten we een eindje gaan lopen.' Colm reikte Margot de hand.

Ze pakte haar stok in de andere hand en stond op van achter de tafel waar ze had zitten signeren. De belangstelling was zo groot geweest dat ze er kramp van had gekregen in haar pols en haar vingers. Langzaam, voorzichtig begonnen ze aan hun wandeling langs de borders, waarin stralend paarse en lila riddersporen hoog oprezen tussen pioenrozen en hortensia's. Hand in hand lieten ze de drukte achter zich, waarvan Mrs. De Lisle op dat moment het middelpunt vormde, omringd door de journalisten die ze uit Londen had laten overkomen en door de talrijke belangrijke gasten die ze hoogstpersoonlijk had uitgenodigd voor een verblijf in het hotel. Colm en Margot waren blij even te kunnen ontsnappen. Het was doodvermoeiend om voortdurend te moeten praten, ook al sprak iedereen vol lof over het boek. Na een tijdje bleven ze staan om een blik achterom te werpen. Margot liet haar blik over het kasteel omhooggaan naar de toren. De brand leek inmiddels iets uit een ander leven. 'Je bent echt een held, Colm,' zei ze zacht.

'Welnee. Iedere andere man zou hetzelfde hebben gedaan voor de vrouw van zijn leven.'

Ze glimlachte teder. 'Dat is lief gezegd.'

'Tja, je kent me. Ik ben een echte woordkunstenaar,' zei hij luchtig.

'Volgens mij heb ik je nooit bedankt.'

'Nee, dat klopt.'

'Echt niet?'

'Nee, je vond mijn heldendaad blijkbaar iets vanzelfsprekends.'

Ze schoot in de lach. 'Nou, dan doe ik het nu. Dank je wel.'

'Ja, je staat behoorlijk bij me in het krijt.'

'Je hebt mijn leven gered. Dat is een schuld die ik nooit kan inlossen.'

'Nee, dat klopt.' Hij grijnsde. 'Maar je hebt de rest van je leven de tijd om het te proberen.'

Haar glimlach haperde.

Hij keek haar recht aan. 'Ik wil dat je voor altijd bij me blijft,' zei hij ernstig.

'Bedoel je daarmee wat ik denk dat je bedoelt?'

'Dat denk ik wel. Wil je met me trouwen, Margot? En voordat je in de stress schiet... Als we eenmaal getrouwd zijn, ben ik meer dan bereid om samen de hele wereld over te zwerven. En ik wil ook wel ergens anders gaan wonen. In Frankrijk, of Spanje. Misschien in Italië. Jij mag het zeggen. Ik weet dat je niet bepaald honkvast bent. Dus... de wereld ligt aan je voeten. Waar wil je naartoe?'

Margot vernauwde haar ogen tot spleetjes. 'Ik wil hier blijven.' Ze zuchtte tevreden. 'Bij jou.'

Colm glimlachte breed. 'Echt waar? Hier? In het bruisende Ballinakelly?' Hij sloeg een arm om haar heen en ze kroop tegen hem aan.

'Thuis is waar de liefde woont,' zei ze. 'Dat heb ik nooit zo beseft. Ik ben jaren op de vlucht geweest omdat ik me niet wilde binden. Maar dankzij jou ben ik veranderd en wil ik niets liever. Want waar jij bent, daar ben ik thuis.'

'Je weet niet half hoe gelukkig je me maakt.'

'Dus ja, Colm. Ik wil met je trouwen.'

Toen kuste hij haar, lang en hartstochtelijk.

'Als dit een voorproefje is van ons huwelijk, dan komt het wel goed, denk ik,' zei ze, huiverend van genot.

Hij grinnikte. En kuste haar opnieuw.

Kitty

Ik kijk naar Colm en Margot terwijl ze teruglopen over het gazon om zich weer bij het gezelschap te voegen. De zon staat nog altijd hoog aan de hemel, en in het stralende licht zie ik dat ik niet alleen ben. Dorothy is bij me. 'Ik heb Margot nooit kunnen zeggen dat ik zo heb genoten van haar boek.' Ze glimlacht weemoedig. 'Dus ik hoop maar dat ze mijn krabbeltjes in de kantlijn heeft gelezen.'

'Frustrerend, hè, dat we niet echt met de levenden kunnen communiceren? Er is zo veel wat ik zou willen zeggen. Dat de dood niet meer is dan een overgang. Dat de ziel voortleeft. Dat liefde ons voor altijd verbindt. Dat we nooit ver weg zijn en onze dierbaren volgen vanuit het zielenrijk. En ik zou hun ook zo graag willen vertellen hoe mooi het hier is, hoe heerlijk.'

'Ik ook,' zegt Dorothy.

'Er bestaat wel een manier om contact te maken.'

'Ach ja, natuurlijk!' Dorothy denkt aan de kleine roodborst die werd gestuurd door haar dochter. 'En daar weet jij vast en zeker alles van.'

'Reken maar. Ik ben een ouwe rot in het vak.'

'Zou jij me dan willen helpen?'

'Kom maar mee. Ik heb een idee.'

De middag loopt ten einde. De laatste gasten zijn vertrokken. Colm en Margot zijn nog in de tuin, samen met een paar dienstmeisjes van het hotel, druk bezig de boeken weer in de dozen te stoppen. Vol trots pakt Margot er een op. 'Ik wou dat Dorothy wist dat ik het boek aan haar heb opgedragen,' zegt ze tegen Colm. 'Wat zou ze dat geweldig hebben gevonden. En dat de kritieken zo lovend waren, óók van JP en Emer. Dorothy voelde zich er zo bij betrokken. Dat bleek wel uit haar opmerkingen in de marge. Maar ik wou vooral dat ze wist dat we gaan trouwen, dat ik in Ballinakelly blijf. Dat ik gelukkig ben. O, Colm. Er is zo veel wat ik haar zou willen vertellen.'

Op dat moment komt er een roodborstje aanvliegen. Het strijkt neer op het gras aan haar voeten. Ze kijkt ernaar met een glimlach van verwondering. 'Kijk! Een roodborstje!' fluistert ze om het vogeltje niet te laten schrikken. Dan houdt ze verbijsterd haar adem in. 'Misschien... Het zal toch niet...' De roodborst hipt naar haar toe, beweegt met zijn vleugeltjes en fladdert op het boek. Margot houdt haar adem in. De roodborst verroert zich niet, ze kijken elkaar aan, en Margots ogen vullen zich met tranen. 'Dank je wel, Dorothy,' zegt ze dan. De roodborst houdt zijn kopje schuin. *Je huilt toch niet om mij, kindje?* lijkt hij te willen zeggen. Dan vliegt hij weg.

Dankwoord

Met dit vijfde deel komt er een einde aan de serie over de Deverills. Hoewel, dat zei ik ook na deel vier. Dus misschien moet ik geen beloftes doen waaraan ik me niet kan houden. Er bestaat een kans, een kleine kans, dat ik in het verre verleden van de Deverills duik, om hun voorouders in de achttiende of de negentiende eeuw tot leven te brengen. Er valt nog zo veel te ontdekken in de geschiedenis van de familie. Maar voorlopig is dit het laatste deel.

Ik heb voor dit boek opnieuw een beroep gedaan op mijn goede vriend Tim Kelly om me te helpen bij het ontwikkelen van mijn Ierse personages. Voor al zijn ideeën, suggesties, adviezen sta ik diep bij hem in het krijt. Zonder hem zou deze serie nooit van de grond zijn gekomen.

Dankzij mijn belangstelling voor de esoterie heb ik een aantal geweldige mensen leren kennen die ik hier graag wil bedanken: Simon en Lisa Jacobs, Susan Dabbs, Robin Lown en Avril Price. Er is meer tussen hemel en aarde dan we met onze fysieke zintuigen kunnen waarnemen, en ik geniet van het leerproces dat ik in dit opzicht doormaak.

Ik bedank ook mijn agent, Sheila Crowley, en mijn redacteur Suzanne Baboneau, de belangrijkste mensen in mijn leven als schrijver. Zonder hen zou ik waarschijnlijk niet eens een leven als schrijver hebben gehad. Ze ontfermen zich niet alleen over zaken als contracten en verkoopcijfers, ze ontfermen zich ook over míj. Ze omringen me met zorg, ze geven me goede raad, ze steunen me, en daarnaast doen deze twee fantastische vrouwen nog zo veel meer. Dank jullie wel.

Verder bedank ik mijn filmagent, Luke Speed, en iedereen bij Curtis Brown die zich inzet voor mijn boeken: Alice Lutyens, Sophia Macaskill, Katie McGowan, Callum Mollison, Emily Harris en Sabhbh Curran. En natuurlijk ook dank je wel Ian Chapman, mijn baas bij Simon & Schuster, en zijn team van geweldige mensen die met zo veel liefde en toewijding aan mijn manuscripten werken: Sara-Jade Virtue, Gill Richardson, Dominic Brendon, Polly Osborn, Rich Vlietstra en Alice Rodgers.

En ten slotte bedank ik mijn man, Simon Sebag Montefiore, onze kinderen Lily en Sasha, mijn ouders Charles en Patty Palmer-Tomkinson, en verder James, Sos, Honor, India, Wilf en Sam Palmer-Tomkinson en mijn tante Naomi Dawson die me bij de les houden en die me zo gelukkig maken. Ik hou van jullie!